내 남자 안아주기

내 남자 안아주기

2014년 5월 20일 초판 1쇄 | 2017년 5월 11일 4쇄 발행
지은이 · 김선희

펴낸이 · 김상현, 최세현
마케팅 · 권금숙, 김명래, 양봉호, 임지윤, 최의범, 조히라
경영지원 · 김현우, 강신우 | 해외기획 · 우정민
펴낸곳 · (주)쌤앤파커스 | 출판신고 · 2006년 9월 25일 제406-2012-000063호
주소 · 경기도 파주시 회동길 174 파주출판도시
전화 · 031-960-4800 | 팩스 · 031-960-4805 | 이메일 · info@smpk.kr

ⓒ 김선희 (저작권자와 맺은 특약에 따라 검인을 생략합니다)
ISBN 978-89-6570-207-8 (03810)

쌤앤파커스(Sam&Parkers)는 독자 여러분의 책에 관한 아이디어와 원고 투고를 설레는 마음으로 기다리고 있습니다. 책으로 엮기를 원하는 아이디어가 있으신 분은 이메일 book@smpk.kr로 간단한 개요와 취지, 연락처 등을 보내주세요. 머뭇거리지 말고 문을 두드리세요. 길이 열립니다.

내 남자
안아주기

"그가 그렇게
힘들어하는 줄
몰랐어요"

임상심리전문가 김선희 지음

쌤앤
파커스

그에게
당신이 필요하다

　　　　　얼마 전 시아버지께서 산책 중 넘
어지셔서 무릎뼈가 부러졌다. 며칠 후에는 친정아빠께서 전기를 아껴
야 한다며 아파트 단지에 불필요하게 켜져 있는 등을 끄러 다니다 넘
어지셔서 대퇴부 뼈가 부러졌다. 최근 며칠 사이에 벌어진 일이다.

　시어머니는 시아버지의 간호를 시작하셨다. 친정엄마 또한 아빠의
간호를 시작하셨다. 긴 시간이었고 고되었고 환경적으로 불편했다. 식
사 시중은 물론 움직이지 못하시는 아버지들의 수족이 되셨고 화장실
에도 함께하셨다. 아파하시는 아버지들의 통증과 불편함을 모두 받아
내셨다.

아버지들을 떠올렸을 때 이번 4월은 내게 '잔인한 4월'이었다. 하지만 어머니들을 떠올렸을 때 4월은 더 이상 잔인한 4월이 아니다. '돌봄의 4월'이었다. 바로 '사랑의 4월'이었다.

부부란 무엇일까. 남자와 여자란 무엇일까. 피 한 방울 섞이지 않은 남자와 여자가 긴 세월 마음을 섞고 몸을 섞어 아이를 낳고 키우며 함께 살아간다는 건 어떤 의미일까. 기쁠 때나 슬플 때나 건강할 때나 병들었을 때나 함께한다는 클리셰는 진부한 걸까, 고귀한 걸까.

인간은 타인과 함께 살아간다. 유의미한 대상significant other과의 관계 속에서 사랑도 주고받지만 때로는 증오도 느끼며 삶 속 애증의 강을 가로지른다. 길바닥에 널린 자잘한 돌부리에 하루가 멀다 하고 걸려 넘어지기 일쑤인 우리는, 어느 날 목숨을 잃을 듯한 절체절명의 순간을 만나기도 한다. 그럴 때, 우리는 가쁜 숨을 몰아쉬며 주변을 둘러본다. 손잡을 사람을 찾는다. 그때 만나게 되는 어떤 사람. 그런 사람이 있는가. 그는 누구인가. 나는 누군가에게 그런 사람이 되어주고 있는가.

긴 세월 앞에서 언제나 일사불란하게 강인한 사람은 없을 터이다. 사람에 치이고 좌절에 눌리고 상실에 슬프다. 분하고 억울한 밤을 지나 죄책감에 시달리는 새벽을 맞이한다. 연약한 우리는 인생의 어느 지점에서 무너지듯 쓰러진다. 바로 그때, 곁에서 손 내미는 누군가의 존재 그리고 그가 불어넣어주는 심리적 산소^{psychological oxygen} 덕에 기꺼이 다시 일어난다. 살아난다. 연약하고 불완전한 우리는 생명력 넘치는 관계를 통해 이해받고 사랑받고 도움과 돌봄을 받아 일어설 수 있고, 거듭날 수 있고, 결국 성장하게 된다. 관계경험 속에서 타인의 도움을 받아 심리적 탄생^{psychological birth}을 이루게 된다. 그 속에서 상처는 극복된다. 아문 자리에 새 살이 돋고 성장이 찾아온다. 공감과 감사함이 깃든다. 이게 바로 '대상관계^{object relations}'다.

우리 모두는 어떤 식으로든 타인의 '사랑과 돌봄'을 받고 이 자리에 와 있다. 나는 그에게 그녀에게 그런 사랑과 돌봄을 건네주고 있는 걸까. 목발과 휠체어, 붕대와 함께이지만 양가 부모님의 2014년 봄은 내게 노년, 아니 인생의 진정한 화양연화^{花樣年華}를 보여줬다. 함께한 인생. 인생은 결국 아름다웠다. La vita e bella.

2014년 봄

김선희

글을 열며

차례

포옹하지 못하는 여자에게
그가 당신을 두려워한다

세 번째 포옹
차마 화낼 수 없어서 거짓말한다

네 번째 포옹
그는 단지 피곤할 뿐이다

다섯 번째 포옹
인정받는 남자는 떠나지 않는다

여섯 번째 포옹
일은 남자의 자존심이다

다시, 당신에게
남자를 안아주어라, 행복하게 사랑하고 싶다면

포옹하지 못하는 여자에게
그가 당신을 두려워한다

남녀 간의 사랑에는 끊임없는 고뇌가 있다.

마르셀 프루스트

내 남자가 나를
두려워하고 있다

"아내가 무섭습니다."

그래서인지 아내 옆에 나란히 앉은
그의 얼굴은 굳어 있었다. 무서운 사람 옆에 있으면 얼마나 긴장될까.
부부갈등 속에 그간 많이 힘들었고 위축감에 짓눌렸다는 준우 씨는 긴
장감 넘치는 팽팽한 고무줄을 퉁겨내듯 입술을 약간 튕기더니 어렵사리
말을 이어간다. "아내는 제가 말만 걸어도 인상을 쓰고, 대답도 단답형으
로 합니다. 그런 모습을 보면서 전 단순하게 생각했죠. 아… 아내가 자기
만의 공간을 원하나 보구나… 그러고는… 숨어 지내기 시작했죠… 이
상하게 그렇게 되더군요. 그런데 지금 와서 솔직히 말하자면… 아내의

포용하지 못하는 여자에게

그런 모습이 두려웠던 것 같습니다." 음… 아내가 두렵다… "숨어 지낸다는 건… 아내가 밥 차리기 힘들 것 같아서 밖에서 먹고 들어가고, 집에 왔는데 아내가 방에서 나오지 않으면 저도 그냥 서재로 들어가고… 걸을 때 소리 나지 않게 까치발로 조용히 걷고, 각방 쓰고… 엄청나게 눈치 보며 지냈죠."

　나는 부부상담가다. 부부치료자라 불리기도 한다. 부부를 만나 그들이 가슴으로 토해내는 이야기를 듣는 것이 나의 직업이다. 지극히 일상적이어서 많은 부부들이 사소하다며 애써 치부해버리는 이야기도 있고 커다랗게 한 방 날리는 이야기도 있다. 나는 그 이야기를 충분히 들은 후 함께 대화를 나눈다. 치료적 대화. 그들이 감정적으로 활활 불타고 있다면 그 불도 진화한다. 활화산이 터진 상태라면 상대 배우자에게 일단 안전거리를 확보하고 잠시 물러나는 게 지혜로울 수 있다고 말해주기도 한다. 활화산은 일단 내가 맡는다. 그렇지 않으면 그가 화상을 입으니까. 두 사람 사이에 냉담한 빙산이 끼어 있다면 그걸 녹이기 위해 북극탐험가마냥 이것저것 조심스럽게 탐험하고, 필요하다면 쇄빙선에 올라타는 것도 익숙한 일상이다. 안심도 시키고 설명도 해주며 때론 확인도 시켜준다. 질문도 던진다. 과거를 재정리하고 현재를 붙잡으며 필요하다면 미래를 담대히 예측해본다. 당장 두렵고 괴로워 갈등상황이나 문제의 핵심을 부인하거나 회피하려는 부부, 진실 앞에서 강하게 막판 저항을 하는 부부, 그들의 마음을 담아주고 강하게 견뎌준다. 쉽지 않은 과정, 버티고 살아남아야 한다. 나 그리고 부부 모두.

그렇게 매일매일… 하루하루가 쌓여간다. 상담의 치열함, 사무치는 회한, 고통 속 깨달음, 쏟아지는 슬픔과 치유적 눈물, 단절의 복구, 밀려드는 감동도 켜켜이 쌓여간다. 그렇게 쌓인 성장의 부름켜 속에서 관계세포들은 왕성하고 아름답게 분열하기 시작한다. 그리하여… 부부들은 떠나고 나는 혼자 남는다. 때로 외롭다 느껴진다. 그들과 정이 들었기 때문일지도 모르겠다. 솔직히 그렇다. 정이 들어버린다. 하지만 난 내색하지 않는다.

수많은 부부들이 문을 두드리는 부부상담소. 부부의 발걸음에는 긴장과 떨림, 답답함, 조급함, 지침, 격노, 우울 혹은 주저함 내지는 거부감이 담겨 있을 테다. 그들은 상담실에 들어와 약간 서성인 후 의자에 몸을 맡긴다. 부드러운 곡선과 단단한 탄력의 쿠션을 지닌 의자다. 어서 오세요.

그리고 그들은 문제, 불만, 갈등, 불화를 이야기한다. 그동안 꾹꾹 눌러담아 터질 듯한 싸움 보따리를 내게 휙 던지기도 한다. 이것 좀 없애주세요. 아님 맡아주시든가… 그들은 수많은 이야기를 담은 눈빛으로 나를 바라본다. 무언가 '해결'하기 원한다. 나를 지니의 '마술램프'로 믿는 사람들도 만난다. 묘책 있으시죠? 추위에 오들오들 떨고 있는 겨울 초승달 같은 눈을 한 그들이 내 머릿속을 스친다. 나를 바라보는

포용하지 못하는 여자에게

부부의 얼굴과 얼굴 사이, 어젯밤 나눈 딸내미와의 대화가 묻혀 올라온다.

어젯밤, 함께 집으로 들어가다 하늘에 뜬 어여쁜 둥근달과 그 곁에서 선명하게 반짝이는 별을 본 것이다. 한파 그 자체인 한겨울 밤이었지만 서늘함이 꼭 나쁘지만은 않았다. 둥근달과 반짝이는 작은 별이 혹시 이 추위에 얼어붙는 건 아닐까. 난 고개를 위로 잔뜩 꺾어 밤하늘을 응시하며 염려하던 차였다. "엄마, 좀 춥지만 날씨 진짜 좋네요. 엄마, 하늘 좀 보세요. 별이 정말 반짝거려요. 아, 별이 많이 보이네요. 왜 갑자기 많이 보이지? 아, 진짜 이쁘다. 찰칵, 찰칵… 엄마, 이것 보세요."

진짜 예쁘네, 딸아이는 하늘의 달과 별을 한껏 품어낸 만족스러운 얼굴로 사진을 쳐다본 후 나를 보며 활짝 웃는다. 빨간색 후드티의 모자를 한껏 뒤집어쓴 덕분에 예의 그 뱅헤어와 고운 눈, 코, 입 그리고 입안 가득 옥수수알처럼 가지런한 하얀 이들이 달랑 드러나 있는 딸내미의 얼굴이 참으로 사랑스러웠다. 사랑스런 여고생. 딸이 행복하고 기뻐 보였다. 내 딸은 그렇게 마음의 부자다. 딸아이의 마음을 행복으로 채워준 밤하늘 친구들, 둥근달과 반짝이는 별들.

그러면서 나는 떠올려본다. Scar into Star… 상처가 별이 된다. 모든 상처가 별이 되는 것은 아니지만 상처를 잘 다루면 그것은 분명 별이 되어 우리의 마음을, 관계를, 우리 자신을 빛나게 해준다. 칠흑 같은 밤하늘이 받쳐주기에 더욱 아름답게 반짝이는 별처럼, 인생에는

'명암'이라는 흐름이 깃들어 있지. 'Bitter and sweet', 그것이 인생의 묘미지. 아픔의 골짜기에서 평안의 땅에 이르는 그 길. 쓰라림의 계곡에서 기쁨의 강에 이르는 그 길. 그 길이 인생이겠지. 두려움에 떨고 있는 준우 씨도, 그의 말을 듣고 "내가 무섭고 두렵다고요? 아… 전혀 몰랐네요. 충격이에요. 제가, 그런 존재…였나요?"라고 토로하는 아내 민선 씨도 그 길 위에 오롯이 서 있는 것일 테지. 그들에게 딸내미가 찍은 '기쁜 사진'을 보여주고 싶다고 느꼈을 때 준우 씨가 말을 이어갔다. 아내가 언제부터 두려워졌는지, 계기가 있는지 물은 내게 답을 하려는 듯했다.

"아내가 좋은 사람이란 것, 압니다. 본성이 좋은 사람이지요. 스타일은 무서워도 말입니다. 음… 아내가 무섭다 느껴지기 시작한 건… 아내와 냉전이 지속되면서인 것 같아요. 아내가 무섭다 느껴지면서 뭔지 모르게 점점 멀어지게 됐어요. 늘 긴장과 두려움이 저를 누르고 있었죠. 그래서인지 어느 순간부터 아내와 잠자리를 못하겠더군요. 제가 확 수그러드는 느낌을 받았어요… 감정도 불편할뿐더러 자신이 없어졌어요…."

여러 가지가 얽혀 있는 형국이다. 민선 씨는 그저 남편이 잠자리할 마음이 없는 줄 알았다 한다. 남편이 예전처럼 자신을 원하지 않는구나 싶어서 의기소침해졌다고 한다. 그러면서 자신의 마음은 점점 냉담

포용하지 못하는 여자에게

해지고 종종 신경질이 격하게 솟았다고 한다. 민선 씨의 말을 들으며 나는 생각해본다. 마음이 먼저일까, 몸이 먼저일까. 상대가 멀어진 게 먼저일까, 내가 다가가지 않은 게 먼저일까. 닭이 먼저일까, 달걀이 먼저일까. 과연 그걸 가늠할 수 있을까. 가늠하는 게 의미가 있을까. 남편이 이렇게 자신을 두려워하면서 자기 주위를 인공위성처럼 맴돌기만 했던 걸 지금 처음 알았다 한다. 그렇게 부부는 '처음'을 경험한다. 모든 게 새롭다.

부부의 두 몸과 두 마음은 그렇게 물 밑으로 이리저리 교신을 시도한다. 엇나가기도 하고 때론 부정확하다. 상대에게 '그 무엇'을 간접적으로라도 표현하고픈 마음 그리고 상대의 의중을 알고픈 마음에 끊임없이 상대 주변을 배회하며 살핀다. 불화와 갈등의 시절이라고 해서 이 교신이 끊기는 건 아니다. 오히려 더 절절하게 흐르고 있었던 것은 아닐까. 관계, 어렵다.

남자가 여자를 무서워한다. 두렵다고 고백한다. 어렵사리 털어놓는다. 남편의 고백에 아내는 놀라움을 금치 못한다. '사랑의 고백'만큼 '두려움의 고백'은 관계에 새로운 전기가 되는 게 아닐까. 커플이 '다음 단계'로 넘어갈 수 있는 견인차 역할 말이다. 따라서 난 이 모두를 환영하는 바이다. 사랑도, 두려움도 모두.

'소망'을 '무기'로
사용하는 여자

"신혼 초부터 부부싸움이 잦았어요. 계속 싸우다 보니 '아, 정말 말이 안 통하는구나'라고 느껴졌어요. 논리적으로 조목조목 설명하면 풀리겠거니 해서 그렇게 했죠. 그래도 안 되더군요. 그래서 싸움을 끝내기 위해 어영부영 건성으로 아내에게 사과했죠. 어떤 날은 밤새 싸우기도 하고요. 계속 싸우다 보니 얘기해봐야 부딪치기만 할 걸 아니까 말을 안 하게 되었습니다. 점점 더 골이 깊어졌죠… 얘기 꺼내는 것 자체가 무서웠습니다."

바로 어제가 결혼기념일이었다는 결혼 7년 차 성재 씨는 야구모자를 눌러 쓴 모습이었다. 짙은 자줏빛 모자에는 하얀색 실로 알파벳

'A'가 정교하게 새겨져 있었다. 최첨단 기계수로 빈틈 하나 없이 수놓인 'A'의 부드러운 곡선은 당장이라도 춤을 추며 날아갈 듯했다. 나는 성재 씨를 바라보며 그의 포지션을 생각해봤다. 투수, 포수, 1루수, 유격수, 중견수… 그는 그의 인생에서 어떤 포지션일까. 무엇에 능할까. 기억에 남는 안타가 있을까. 시원하게 삼진을 잡았을까. 병살을 당해본 적이 있을까. 도루를 성공한 적이 있나. 홈런을 맞은 후 허탈감을 품위 있게 극복했나. 3루타를 치고 그게 승점으로 값지게 연결되었을까.

나는 학창시절과 대학 시절 집에서 야구경기 시청을 즐기는 여학생이었다. 집에서 TV를 통해 관전하는 야구경기는 내게 재미와 동시에 평안을 안겨주었다. 그리고 그 곁에는 늘 남동생이 함께했다. 비슷하게 생겨 어릴 때는 쌍둥이냐는 말을 듣기도 한 남매다. 우리 둘에게는 야구경기가 결코 길지 않았다. 심지어 아쉬웠다. 그런 우리를 보며 언니는 말하곤 했다. 무슨 재미니? 지루하게시리. 하지만 나와 남동생은 아랑곳하지 않았다.

우리는 그렇게 봉황기 고교야구대회를 위시한 다양한 고교야구대회들, 프로야구, 하계올림픽, 동계올림픽, 농구대잔치를 함께 즐겼다. 근검절약이 생활의 모토인 아버지 때문에 추워도 보일러를 마음대로 틀지 못했던 우리는 겨울이면 오리털 파카를 입고 TV 앞에 앉아 예의 즐거운 시청에 빠져들었다. 우리에게는 각자 '홈웨어'와도 같은 오리털 파카가 하나씩 있었다. 동생은 네이비색, 나는 하얀색.

시간이 많이 지난 지금, 난 예전만큼 야구경기를 시청하지 않는다. 세월이 흐르고 나의 기호도 달라져서이겠지만 남동생과 함께하지 못하기 때문일 수도 있을 듯하다. 지금 와서 보니 야구경기 시청보다는 남동생과 함께하는 다정한 시간이 더 좋았던 것 아닐까 싶다. 내 동생도 이제는 중년을 살아가는 남성이 되었다. 토끼 같은 아이들과 꽃 같은 아내를 책임지는 어엿한 가장이다. 나에게 더없이 소중한 가족이자 함께 늙어가는 피붙이 동생 그리고 언니. 우린 함께 부모의 사랑, 시간, 집이라는 공간, 기쁨의 순간, 슬픔의 순간, 수많은 찰나들을 나누면서 성장했다. 이제는 각자의 삶에서 배우자 그리고 아이들과 함께 인생을 살아내고 누리고 즐기고 때로는 견디고 버티며 하루하루를 채워가고 있다. '경험의 깊이'를 채워가고 있다. 세월은 그렇게 흐른다. 성재 씨에게도 세월은 그러할 것이다.

"제 나름대로 아내와의 관계를 복구하기 위해 여러 가지 노력을 했는데… 일단 아내에게 말을 꺼내지 못하겠으니까 계속 정체되는 것 같아요."

아내 수미 씨는 성재 씨보다 세 살 많지만 동그란 동안에 얹힌 귀여운 단발머리 때문인지 연상이라고 느껴지지 않았다. 동안에 어울리지 않는 굳은 표정만 아니었다면 수미 씨의 미모는 한층 확연했지 싶다. 그녀는 "남편은 변하지 않을 거예요. 남편이 변할 거라 기대하고 싶지 않아요"라 말하고는 입을 굳게 닫았다. 남편이 무슨 말을 하든 유일한 관심사는 남편의 변화 여부뿐이라는 걸 어필하려는 듯 그녀는 간단명료한 문장을 빚어냈다. 수미 씨의 그 단호함이 마치 '호두' 같다고 느껴졌다. 여간해서는 호두의 단단하고 두꺼운 내과피를 깨기 어렵다. 수미 씨의 말이 호두가 되어 상담실 바닥에 툭 떨어져 데구르르… 저 멀리로 굴러가는 것 같았다.

"신혼 초부터 정말 엄청 싸웠어요. 남편 자존심이 워낙 세서 제 말을 듣지 않아요. 혹시라도 상처받을까 봐 조심하면서 얘기해도 남편은 늘 '야단친다, 지적한다'고만 합니다. 한 번도 제 진심을 이해해준 적이 없어요. 남편은 제게 진정 어린 관심이 없어요. 제 마음도 닫힌 지 오래되었고요. 이혼 이야기도 그러다 제 입에서 먼저 나왔어요."

데구르르… 데구르르르… 딱딱한 호두 한 포대가 상담실 바닥에 쏟아져 제멋대로 굴러간다. 호두의 단호함과 딱딱함이 특유의 질감을 내뿜으며 상담실 안을 가득 채우는 것 같았다. 난 수미 씨를 바라보았다. 그녀가 처음부터 이렇게 딱딱하고 단호하지는 않았을 것이다. 언제부터 '호두'가 되었을까.

수미 씨는 결혼생활 7년 동안 남편에게 분노와 실망, 서운함을 느꼈던 여러 상황들을 들려주었다. 아내 입장에서 화가 나고 서운할 수밖에 없었겠다고 충분히 이해되는 이야기도 있었고, 수미 씨가 지나치게 엄격하고 비관적으로 받아들여서 갈등이 증폭된 경우도 있었다. 아이가 생기면서 남편에 대한 불만이 점점 더 커져갔다고 한다. 남편이 육아를 돕지 않고 일에만 몰두하며 수미 씨에게 무심한 것이 화가 났다고 한다. 아기가 아플 때도 자신이 아플 때도 남편에게 도움을 청할 수 없었고, 기껏 말해도 남편은 다 낫는다며 참으라고만 할 뿐 염려와 관심을 보이지 않았다 한다. 하루가 멀다 하고 싸우며 지냈다. 별거하고 싶다는 마음도 수없이 들었다고 한다. 둘째아이도 원치 않았는데 생겼고 낳고 싶지도 않았다고 한다. 육아와 양육은 날로 더 힘들어져 갔다. 수미 씨는 자신의 불만과 불행감의 '원인 제공자'는 전적으로 남편 성재 씨라 생각했고, 남편의 성격을 자신이 원하는 대로 바꾸고 싶었다고 했다.

"남편이 변했으면 좋겠어요. 남편의 천성이 바뀌어야 해요."

성재 씨는 아내의 이야기가 매우 익숙한 것 같았다. 얼굴 표정에 어떤 변화도 없이, 어떤 움직임도 없이 앉은 자세 그대로 듣고만 있다. 그러다 무덤덤하게 말을 꺼낸다.

"아내 말대로 제가 문제라는 건 인지하고 있어요. 그래서 제 나름대로 노력도 많이 하고… 아이들이나 아내가 아플 때 곁에서 함께하지 못해 많이 미안하죠. 그래서 진심으로 사과도 많이 했습니다. 하지만 아기가 감기라고 제가 회사에서 매번 조퇴하고 달려갈 수는 없는 노릇이니까… 얼마 전에 아내가 아파서 제게 계속 전화했는데, 그때 전 사장단 앞에서 PT를 하고 있었어요. PT하고 세미나하고… 2시간 동안 휴대폰을 만질 수 없는 상황이었는데… 아내가 그런 정황을 참작해주지 않더라고요… 이런 얘기가 아내에겐 변명으로 들릴 겁니다. 저도 말하면서 참 구차하네요….”

성재 씨는 멍한 표정이었다. “제 성격이, 뭐랄까… 아플 때 전혀 내색하지 않거든요. 무조건 참고… 어릴 때부터 아파도 부모님께 말씀드리지 않았어요. 혼자 다 해결했습니다. 그래서 타인이 아플 때도 솔직히 그렇게 심각하게 생각되지 않는 부분도 있어요. 죽을병도 아닌데… 약 먹으면 낫고… 시간 지나면 좋아지고… 저도 혼자 그랬으니까… 어릴 때부터 주욱 그래왔어요. 남자는 강해야 한다, 과묵해야 한다… 강요받으며 자란 것 같기도 하고… 아, 뭐가 뭔지 모르겠네요. 혼란스럽습니다.”

성재 씨가 괴로워 보였다. 하지만 그는 이야기를 멈추지 않았다.

“제가 좀 일중독일지도 몰라요. 정말 열심히 일하기는 합니다. 내가 열심히 해서 성공해야 우리 집을 거뜬히 지킬 수 있다… 그런 생각이 강합니다. 제 마음 한구석에 늘 ‘불안’이 있어요. 경쟁에서 이겨야 한다… 나에게 우리 집, 가족의 미래가 달려 있다… 그래서 달리고 또 달린 거죠. 그런데 지금… 이렇게 되었네요… 아내는 제 성격 자체를 비난하고 고쳐야 한다고 하고….”

그가 한 박자 쉰다. 목이 마른 것 같았다. 성재 씨를 보면서 난 갑자기 아이스크림이 먹고 싶어졌다. 깨끗한 바닐라 아이스크림. 이런 순

간에 아이스크림이라니. 물론 혼자 먹겠다는 건 아니다. 성재 씨에게
도 수미 씨에게도 같이 먹자 하고 싶다. 저는 말이죠. 아이스크림을 먹
으면 마음이 순해지거든요… 아이스크림을 한 입 베어 물며 저런 말을
건네면 어떨까. 그런 눈으로 난 성재 씨와 수미 씨를 번갈아 바라보았
다. 그와 그녀는 지금 나의 '아이스크림 순정'을 알 리 만무하다. 그가 마른
기침을 몇 번 뱉은 후 말을 이어 붙였다.

"갈등을 해결하기 위해 그간 하도 노력해서인지… 이제는 더 이상
못하겠다는 생각도 들어요. 너무 힘들고 지칩니다. 아내에게 먼저 말
을 꺼내기가 너무나 두렵습니다. 아내가 무섭습니다. 그래서 자꾸 피
하게 되고… 다짐을 굳게 하고 말을 꺼내면 저보고 변하라고만 하고…
어떻게 하면 좋을지 정말 고민이 됩니다… 지금 아내가 조용히 제 말
을 듣고 있는데, 솔직히 지금도 무섭습니다. 뭐라고 받아칠까, 선생님
앞에서 나를 지적하며 무안하게 하지는 않을까… 그런 상상이…."

수미 씨를 바라보았다. 지금은 그녀가 꼭 '호두' 같지는 않았다. 꽤
긴 침묵 후 그녀가 입을 열었다.

"음… 남편이 이 정도로 저를 두려워하고 있군요… 슬프기도 하고…
기도 차네요. 남편이 저를 무서워하게끔 제가 행동한 적이 있는 것 같아
요… 전 남편이 제 말대로 변할 줄 알았어요. 그래서 밀어붙였던 거죠.
그런데…." 그녀의 얼굴 표정이 제대로 씁쓸해 보였다. 사랑하는 남자
가 나를 무서워하다니. 사랑, 하기는 하는 걸까. 내가 너를. 네가 나를.

포옹하지 못하는 여자에게

하지만 이후 이어진 부부상담에서도 수미 씨는 남편이 어떤 이야기를 꺼내건 '남편은 변하지 않을 것'이라는 말만 반복했다. 도돌이표가 여기저기 배치된 악보를 연주하는 것 같았다. 수미 씨는 괴로워 보였지만 '단호함'이 '괴로움'을 이내 덮어버렸다. 그녀는 남편의 말을 들으려 하지 않는 것 같았다. "모든 건 남편의 성격문제예요. 남편이 변해야 합니다. 솔직히 지금 남편의 말도 선생님의 이야기나 질문도 귀에 들어오지 않아요. 남편은 그간 변한 게 하나도 없어요."

수미 씨의 말에 성재 씨 얼굴의 명도와 채도가 동시에 하강하는 것 같았다. 하지만 수미 씨에게 남편의 얼굴빛은 관심사가 아닌 듯했다. 그저 스스로 불타고 있었다. 수미 씨는 그간 남편의 관심과 돌봄 없이 얼마나 버겁게 생활을 이끌어왔는지 설명했다. 설명 중 상당 부분은 남편에 대한 비난으로 채워졌다. 그래서일까, 이야기를 마칠 즈음 수미 씨의 얼굴은 원망과 분노로 일그러진 채 부들부들 떨리고 있었다. 더욱이 남편이 갈등상황에 대해 설명하려 하면 말을 자르고 들어와 "그건 변명일 뿐"이라고 주장했다. 성재 씨는 "아내의 이런 모습이 너무 무섭습니다…"라고 반복할 뿐. 무섭다는 표현에 자극받은 듯 수미 씨는 결정타를 날린다. "무섭다니요? 저는 할 말을 할 뿐이에요. 남편이 변하지 않으면 저는 상담받을 필요가 없는 것 같아요."

나는 수미 씨의 얼굴을 가만히 바라보았다. 내 눈빛이 온정적이라 느껴졌는지 그녀의 눈초리가 약간 내려가는 것 같았다. 그 변화를 바라보며 나는 부드럽고 차분하게 말을 건넸다. 속도도 느렸다.

"제게 여러 번 말씀해주셔서 당신이 가장 바라는 게 '남편의 변화'임을 알고 있어요. 당신 입장에서 간절하다 느껴집니다."

수미 씨의 눈동자가 흔들린다. 나를 조용히 응시하던 그녀의 코끝이 빨개진다. "당신도 힘들었던 것 같습니다. 뭔가 좌절스러운 부분이 컸던 것 같아요. 처음부터 이렇게 주장하지는 않으셨겠죠. 당신이 말하는 남편의 변화라는 게 구체적으로 어떤 모습인지 궁금합니다. 차근히 살펴볼 필요도 있겠네요. 음… 하지만… 다른 한편으로 생각해보면 현재 분명한 건… 남편의 변화를 말씀하시는 것, 그 대전제 자체가 당신의 의도나 소망과는 달리 부부관계에서 마치 '무기'처럼 사용되고 있다는 느낌을 받습니다. 많은 분들이 관계에서 '무기'를 사용하곤 하죠. 그런데 무기를 사용하면 원하는 걸 얻기가 어려워져요. 설령 얻는다 하더라도 한쪽이 큰 부상을 입습니다. 보살핌과 돌봄이 아니라 공격과 방어가 난무하기 때문이죠. 결국 두 분 모두 아프죠…."

나는 조용히 그녀를 바라보았다. 눈에 눈물이 맺혀 있었다. 눈꺼풀이 미세하게 떨리다 일순간 깜박했고, 깜빡임에 치여 눈물 한 방울이 낙하했다. 꽃잎 같았다.

며칠 후 성재 씨의 개인상담이 이루어졌다. 그의 멋들어진 슈트가 상담실을 밝힐 만큼 빛났지만, 그래도 지친 어깨선은 감추어지지 않았

포용하지 못하는 여자에게

다. "마음이 아주 복잡합니다. 아내의 이야기대로 제가 아내를 힘들게 하는 부분도 있지만 아내 또한 저를 힘들게 합니다. 아내는 늘 제 행동을 꼬투리 잡아 말합니다. 결혼 전부터 아내는 제게 바꾸라고 계속 지적했어요. 성격을 바꿔라, 네가 변해야 한다… 그래서 저도 나름대로 많이 노력했어요. 제 자신을 바꾸려고요. 그런데 그 세월이 길어지니까 저도 지치더군요. 아내의 요구는 날이 갈수록 강해지고 빈번해지고… 그럼 저도 아내에게 말하죠, 나는 네게 요구하는 게 없는데 넌 왜 이렇게 요구하느냐… 그러면 아내는 본인은 문제될 게 없고 제 성격이 문제여서 그런 거라고 합니다. 휴… 아내가 저를 받아들여줬음 하는데 일방적으로 제 변화, 양보를 요구하며 비난하니까… 남자가 맞춰야 한다면서 말이죠. 지금 돌이켜보면 아내가 좀 더 따뜻하게 대해줬다면 저도 아내가 원하는 대로 바뀌었을지 모르겠다는 생각도 들어요."

성재 씨는 아내의 요구를 줄기차게 접하며 '나는 늘 부족하구나, 아내를 만족시켜주지 못하는구나'라 생각하게 되었다고 한다. "관계가 이렇게 어그러지니 아내에게 다가가기 어렵더군요. 최근에는 아내가 당신은 더 이상 안 되겠다며 별거에 이혼 이야기까지 꺼내는데… 뒤통수를 한 방 맞은 것 같았어요. 그러면서 시간이 지나니 정말 화가 나더군요. 내가 이혼요구를 받을 만큼 뭘 그리 잘못했는가… 꼭 제 잘못만은 아닌데… 내가 정말 그렇게 못난 놈인가… 전 혹여 아내가 잘못한 것 같아도 말하지 않고 참고 사는데…."

"상황이 이러니 마음을 나누는 대화는 아예 불가능하더군요. 외로웠습니다. 그러다 보니 등산과 영화에 의존하게 됐고요. 제 나름대로 마음의 균형을 찾아가는 방식이 등산과 영화감상이었어요. 혼자 있는 거죠…." 성재 씨는 늘 혼자 산에 올랐다. 영화는 주로 슬픈 영화를 고른다고 했다. 슬픈 영화를 보며 눈물 흘리면 마음이 좀 나아진다고 했다.

'네가 바뀌어라, 네 성격을 바꿔라' 같은 강요를 지속적으로 받는 사람의 마음은 너덜너덜해진다. 아내의 요구에 맞추다 보니 너무 힘들고 지친다. 나 자신이 참으로 못난 놈이라는 자괴감도 피해갈 수 없다. 아내가 무서운 존재, 두려운 존재가 되어버리는 건 시간문제다. 아내에게 두려움 이외의 감정을 느끼지 못한다. 긴장하고 위축된 채 늘 경계태세가 돼버리니 관계의 정을 잃는 건 당연하다. 무서운 대상에게 말을 붙이는 것만큼 어려운 일이 있을까. 나를 못마땅해하는 사람에게 대화를 시도하는 것만큼 긴장되는 게 또 있을까.

그런 관계에서 남자들은 두려움에 떨며 방어벽을 치고 눈치만 보게 된다. 그 벽은 상대로부터의 방어이기도 하지만 자신의 두려움을 누구에게도 들키고 싶지 않은 마음에서 나오는 '나 자신에 대한 방어'이기도 하다. 내가 나 자신을 누르는 것이다. 그러하기에 나 자신을 자유롭게, 아니 최소한도 표현할 수 없다. 당연히 교류도 교감도… 사라져버린다. 남편은 두려움에 떨고 아내는 남편에 대한 분노와 좌절감에 활

포옹하지 못하는 여자에게

활 타오른다. 두 사람은 점점 멀어져간다.

　수미 씨가 성재 씨를 이렇게 대하게 된 데는 분명 이유가 있을 것이다. '개인적 차원'에서 그녀의 분노와 원망감은 분명 이해되는 부분이 있다. 있을 수 있는 일이다. 그러나 한발 물러나 '관계의 차원'에서 보았을 때, 그녀는 성재 씨를 두려움에 떨게 하는 사람일 뿐이다. '관계'라는 관점에서 보았을 때 이건 분명한 적신호이자 역기능적 형국이다. 잘잘못의 문제가 아니다. 관계역동, 상호작용에 대한 이야기다.

　남편은 아내가 무섭다. 무서워서 자신도 모르게 피하게 된다. 말도 꺼내지 못하게 되고 감정도 억압된다. 행동도 위축된다. 하지만 아내는 그런 남편의 회피적인 모습을 보며 '나에 대한 관심과 사랑이 식었다' 여기며 또 다시 분노한다. 아내의 분노와 남편의 두려움은 왈츠를 춘다. '분노의 화신'과 '두려움의 포로'가 추는, 끝나지 않는 춤이다.

두려움을 거둬내는
용기

"부부싸움이 너무 심합니다. 싸우면 끝이 나지 않습니다. 제가 잘못했다고 사과해야 잠을 잘 수 있습니다. 이런 싸움이 반복되다 보니… 아내에게 얘기 꺼내는 자체가 두렵더군요. 더욱이 아내가 저를 너무 냉담하게 대합니다. 계속 그러니까 제가 무엇을 할 수 있을까… 자신이 없어집니다."

목소리가 매우 가라앉아 있었다. "아내가 무섭고 두렵습니다…"라는 말로 상담의 포문을 연 지원 씨는 마치 두려움 이외의 감정은 없다는 듯 건조한 목소리로 말을 이어간다.

"아내는 잘 있다가 조금이라도 기분이 상하면 확 화를 냅니다. 그리

포옹하지 못하는 여자에게

고 싸움이 시작됩니다. 말을 하면 자꾸 싸움이 되니까 제가 가만있거든요. 그러면 아내는 왜 말을 하지 않느냐며 더 격해집니다. 어떤 때는 집에 일부러 늦게 들어가기도 합니다. 들어가면 또 싸울 테니까요."

눈이 내리는 어느 날이었다. 소복이 쌓이던 눈이 수북해질 즈음, 난 괜스레 하늘이 원망스러웠다. 미끄러운데… 아, 차 막히겠다… 신발 다 젖겠네… 언젠가부터 난 눈에 대해 양가감정을 지닌 사람이 되었다. 눈이 내리면 좋기도 하고 싫기도 한 것이다. 한 번은 낭만을 잃어가는 마음을 타파해보고자 남편, 딸내미와 신나게 눈싸움을 했다. 눈싸움을 하면 눈에 대한 양가감정이 사라지고 눈, 자연과 하나 됨을 느끼는 묘미가 있다. 그러고 보니 올해는 눈싸움을 안 했네… 더 늦기 전에 한 판 해야겠다… 그때 휘릭 하고 누군가 내 머릿속에 등장했다. 예상 밖의 인물, 고등학교 수학 선생님이다. 고교 시절, '눈'에 대해 독특한 이야기를 해준 선생님. 커다란 밤색 뿔테 안경을 낀 선생님은 약간 긴 머리가 뒤로 일정히 뻗친 헤어스타일에 무턱의 얼굴형이 나름대로 조화를 이룬 분이었다. 게다가 배가 볼록 나와서인지 큰 키와 덩치에도 불구하고 전체적으로 귀여운 인상이었다. 펭귄 같았다.

어느 눈 오는 날이었다. 눈이 오건 말건 우리는 여지없이 수업 중이었다. 선생님은 열심히 수업을 하시다가 갑자기 창밖을 내다보더니 말씀하셨다. "여러분, 내 생각에 눈은 꼭 여자 같아요. 비는 남자 같고요." 새초롬한 말투였다. 나를 비롯한 아이들은 일제히 눈이 동그래졌다. 수업에 집중하던 아이들도 딴짓하던 아이들도 졸던 아이들도 동시에 선생님을 쳐다봤다. "비는 내릴 땐 싫은데 내리고 나면 시원하죠? 눈은 내릴 땐 예쁜데 나중에 녹을 땐 엄청 지저분하죠. 더러워요. 그래서 눈은 여자 같아요." 아, 뭐야… 선생님 너무하세요… 악… 반 아이들은 일제히 소리 지르며 반항 아닌 반항을 했고, 선생님은 반쯤 닳은 흰색 분필을 쥔 채 손목을 이리저리 돌리더니 새침한 얼굴로 "내 말이 맞아요" 하시곤 계속해서 진도를 나갔다.

여자가 그런가? 음… 카뮈도 수학 선생님과 비슷한 말을 했다. "여인은 하나의 쓰라린 조국"이라고. 난 이 두 말이 비슷하다 느껴졌다. 카뮈도 수학 선생님도 어떤 한 여자를 사랑했을 테고 행복했을 테고 아팠을 테고 결국 이별했을 테고 또 다른 만남을 시작했을 테고… 남자들에게 여자는 그런 존재인가 보구나. 하여튼 재미있다… 눈길을 헤치고 내게 찾아온 지원 씨가 상담실의 따스한 공기에 이제는 조금 익숙해진 것일까. 편안히 앉아 숨을 쌕쌕 쉬며 나를 말똥히 쳐다본다. 이제 그의 목소리는 아까처럼 건조하지는 않을 것 같다. 당신에게 여자는 어떤 존재인가요? 눈 같은 존재? 쓰라린 조국 같은 존재?

"아내가 두려울 때가 있어요. 음… 아내가 무서운 데가 있어서… 아내는 아이에게도 무섭게 합니다. 아이가 늘 기죽어 있어요. 엄마가 부르면 깜짝 놀랍니다. 안쓰럽죠. 아내가 아이와 저를 싸잡아서 도매금으로 넘기며 비난하고 소리 지를 때가 가장 두렵습니다. 이렇게는 더 이상 못 살겠어요. 정말 심각합니다."

"아내는 사소한 문제에 크게 화를 내고 또 자주 냅니다. 제 입장에서 너무나 당황스럽죠. 제게 상처가 될 정도로 화를 내니까… 신혼 초에 생활습관 때문에 싸움이 시작되었어요. 옷장정리랑 화장실 습관… 아내가 처음에 너무 화를 내서 제가 고치려 애썼는데, 오래된 습관이라 잘 고쳐지지 않으니까… 늘 긴장과 불안 속에 집에 있게 되었어요… 아내와 극단적으로 싸움이 벌어지는 것을 개선하고 싶어요. 너무 힘들어요. 화해를 해도 하나도 개운하지 않고 계속 방전되는 것 같습니다."

아내를 두려워하는 남자들… 이게 비단 준우 씨, 성재 씨, 지원 씨만의 사정일까. 수많은 부부들은 클리닉에 와 잦은 싸움에 따른 고통과 고단함, 분노, 절망감 그리고 지긋지긋함을 토로한다. 벗어나고 싶다 말한다. 부부싸움은 애정으로 묶인 애착관계에 무언가 문제가 생겼다는 걸 알려주는 신호다. 보통의 있을 수 있는 싸움이 아니라 반복적이고 만성적인 '싸움판'은 부부관계의 악화와 퇴행을 시사해주는 징표임에 틀림없다.

우리는 대개 부부싸움을 무서워하는 사람은 아내일 것이라 생각한다. 그러나 오늘날 부부관계를 깊이 들여다보았을 때, 꼭 그렇지만은 않음을 난 현장에서 누누이 체험한다. 두려움에 위축된 건 오히려 긴장된 남편들임을, 남편들의 고백과 표정으로 생생히 목도한다.

잦은 싸움, 격심한 싸움은 마음을 할퀸다. 특히 사랑관계, 부부관계에서는 더 그러하다. 싸움에 일방적인 상처, 일방적인 공격이란 있을 수 없다. 싸움에 연루된 양쪽 모두 마음에 상흔이 남는다. 나아가 잦은 싸움은 안정감$^{\text{sense of security}}$을 소멸시킨다. 잡아먹는다. 빈번한 싸움, 격심한 싸움은 '이 관계는 위험하다'는 위기감과 두려움을 고조시킨다. 그러면 두 사람의 마음과 마음은 만날 수 없게 된다. '단절'이 저 멀리서 입을 벌리고 있다. 커다랗게.

사람과 사람 사이에 가장 중요한 것은 '접촉'이다. 나는 그렇게 생각한다. 신체적 접촉, 심리적 접촉 모두 포함해서 말이다. 물리적 실감, 마음에 떠오르는 내적 이미지 모두 말이다.

존재와 존재의 접촉은 위안을 준다. 부부간에도 부모자녀 간에도 친구 간에도 상담자와 내담자 간에도 서로 접촉하고 있는지, 접촉할 수 있는지 그것이 가장 중요하지 않을까. 그저 함께 앉아 마주보고 대화한다고 해서 접촉하고 있는 건 아닐 것이다. 내가 너를, 네가 나를 정말로 어루만지고 보듬고 헤아릴 수 있는지, 마음과 마음이 잘 연결돼 있는지, 내 속마음을 상대방에게 안심하고 보여줄 수 있는지, 그리고 상대가 그 마음을 품어주는지. 그런 실질적이고 온정적인 만남과 어루만짐이 진정한 접촉일 것이다. 단순한 애정의 문제 그 이상의 의미 말이다. 서로 깊이 눈 맞추는 것, 안부문자를 주고받으며 미소 짓는 것, 상대방의 이야기에 귀 기울이는 것, 대화가 깊어지는 것, 손을 맞잡는 것, 서로 따스히 끌어안는 것 그리고 뜨겁게 화해하는 것, 이 모두는 접촉을 향한 우리의 몸짓이다. '접촉위안'은 우리 삶의 '관계산소'다.

서로의 마음을 할퀴는 잦은 싸움, 격심한 싸움, 냉전, 상대를 변화시키려는 시도, 비난과 무관심… 이 모두는 '접촉'이 끊어지고 붕괴되는 결과를 낳는다. 안정감도 무너진다. 안정감이 무너진 자리에는 새로운 손님이 찾아온다. 바로 두려움이다. 내가 사랑했던 사람이 이제는 그저 두려울 뿐이다. 그 사람 앞에서 설레며 두근거리던 내 마음이 이제는 긴장과 경계심으로 쿵쾅거린다. 사랑을 주고받던 우리가 공격과 싸움, 분노와 비난을 주고받는다. 내게 원망과 분노를 쏟아내는 상대가 너무 무섭다.

두려움을 거둬내고 붕괴된 접촉을 살리는 길, 위축된 마음을 펴고 무너진 안정감을 되찾는 길. 우리가 가야 할 길이지 않을까. 그 길 위에서 뜨겁게 서로를 안아주는 포옹. 마음에 평안을, 관계에 안락함을 안겨주는 재생의 여정을 시작하는 용기. 나와 부부들은 걸어가고 또 걸어간다. 삶은 그렇게 두려움을 거둬내는 과정 아닐까. 용기, 내볼 일이다.

버려지는 것에 대한 불안

무엇이 가장 두려우세요?

이 물음을 듣고 지금 무엇이 떠오르나요?
사람? 장면?
혹시 재빠르게 방어심리가 작동하여 엉뚱한 것이 떠오르거나
아무것도 떠오르지 않거나…
그러신지요?

인간 마음의 핵심에는 버려지는 것에 대한 불안, '유기불안'이
자리 잡고 있습니다. 거절당하는 것에 대한 불안 말이죠.
'사람들은 나를 싫어해, 비판할 거야, 거부하고 멀리할 거야'라는
피해의식적 불안에 시달리며 위축되는 것도 여기에 포함될 수 있어요.

관계를 추구하는 인간에게 이것은 본능적 불안이라 할 수 있지요.
인간은 좋은 관계 안에서 '사랑받고 인정받고 싶은 욕구'를 지니고
태어나는 존재입니다.
정도와 표현에 차이가 있을 뿐, 이 테마에서 벗어날 수 있는 사람은
단 한 명도 없지요.
이 욕구가 어떻게, 어떤 과정을 통해 '실현되고 충족되느냐'는
그 사람의 인격형성에 핵심적인 힘으로 작용합니다.
더불어 이 욕구가 어떻게 '좌절되고 상처 입었는지' 또한
그 사람의 인격 그리고 세계관의 핵심을 이루게 됩니다.
우리 모두 각자의 '애착역사'를 지니고 있는 것이죠.
'험난한 애착역사difficult attachment history' 말이죠.

이렇듯… 관계 속 인간심리의 핵심요소는
'사랑' 그리고 '두려움'의 두 축이 아닐까 생각해봅니다.

제게 찾아오는 많은 분들은 살아가던 중에
상담을 받을 수밖에 없는 어떤 '계기'를 경험하게 되고
그 계기로 제게 찾아옵니다.
상담을 오게 된 대표적 계기 중 하나가 바로 '버려지는 경험'이
발생한 것입니다.

어떤 이에게 실제로 버려졌건, 사랑하는 이에게 심리적으로 버려졌건,

가까운 사람, 가장 중요한 사람에게 처절하게 거절당했건,

사회생활 중 어떤 상황으로부터 버려졌건 말입니다.

혹은 버려짐의 징후가 터질 듯 그득한 상황 앞에서

더 이상 피할 수 없을 때

관계의 끊어짐, 유기공포를 가득 싣고 제게 옵니다.

어떻게 해야 할까요? 쉽지만은 않은 작업이지요.

상담 동안 저와 내담자분들은 이런 부분들에 기꺼이 조우합니다.

두려움을 용기 있게 거둬내며 '날것'으로서의 내 모습을

담대히 견디며 그렇게, 있는 그대로 받아들이며

폭넓고 깊이 있게 이 응어리를 다루는 작업들, 진행한답니다.

함께…하는 거죠.

마음의 손, 붙잡고 말입니다.

이제 시작이에요.

첫 번째 포옹
그가 술 마시는 이유는 따로 있다

마음은 이성을 지니되, 이성은 아무것도 모른다.

파스칼

울어본 적 없는
사람은 불행하다

"술은 제게 목발 같습니다."

댄디한 남성이구나. 큰 키에 날씬
함이 절로 묻어났다. 단정하고 깔끔하게 빗어 넘긴 머리, 유행에 걸맞
은 딱 떨어지는 슈트가 무척이나 잘 어울렸다. 슈트 상의 가슴포켓에
꽂힌 핑크톤의 행커치프는 마치 내게 풍성한 미소를 날리는 듯했다. 날
렵한 턱선은 단호해 보였다. 젊음을 능가하는 중년이었다. 단지 외모나
외형 때문만은 아니었다. 그가 풍기는 아우라가 그랬고, 그를 이루는
요소들이 모여 완성한 '그'라는 총체, 게슈탈트Gestalt가 그랬다. 그런 그
가 술이 목발 같다고 말한다.

첫 번째 포옹

"불안, 스트레스를 늘 술로 풀었습니다. 무기력함이 지속되니까… 감정을 정면으로 느끼는 게 두렵고 힘겹더군요. 피하고 싶었던 게 사실입니다. 술을 마시며 지워버리고 싶다고나 할까요."

승욱 씨는 지금 댄디한 외형 이면에 감추어진 남자의 쓸쓸함에 대해 이야기한다. 술이라는 목발에 지탱할 수밖에 없는.

"아내와 고질적인 문제가 있습니다. 7년 전 제가 다른 여성을 만나다가 아내가 알게 돼서 이혼 직전까지 간 적이 있었죠. 몇 개월간 별거도 하다가 제가 사과하고… 그러면서 유야무야 봉합이 되었어요. 그렇다고 아내와 사이가 좋아진 건 아니고요. 아내와는 늘 냉랭했어요. 그일 이후로는 다른 여자와 마음을 나누는 관계는 만들지 않았어요. 그저 무의미하게 스쳐가는… 여자들뿐이죠.

그때도 그렇고 지금도 전 술을 마십니다. 3~4년 전에는 완전히 끊은 적이 있었어요. 결심했던 거죠. 그 전까지는 일주일 내내 마셨고 필름이 끊긴 적도 허다했습니다. 그러다 다시 마시기 시작했어요." 계기를 묻는 내게 그는 짧게 대답했다. "공허하고 허무합니다. 기댈 곳이 없어요…."

그의 얼굴은 멍해 보였다. 하지만 눈동자는 가늘게 떨리고 있었다. 투명했다.

"아내와 10년간 섹스리스입니다."

승욱 씨의 이야기는 뚝뚝 끊기면서 이어졌다. 마치 아내와의 사이가 뚝뚝 끊겨 있다는 것을 보여주듯. "제 외도 전부터죠. 그 이후로도 아내는 저더러 외도한 더러운 남자라며 곁에 오지 못하게 합니다. 각방을 쓰고 있지요." 그는 어찌해야 할지 도통 알 수 없다는 눈빛이었다. "제가 아내에게 피해를 준 것이죠. 상처를 주었어요. 하지만 저도 참 외롭습니다. 마음을 열고 내가 왜 이런지 이야기할 곳이 없습니다. 얘기할 곳이, 없어요… 그나마 술집 아가씨와 나누는 대화가 전부입니다. 그러면 육감이 발달한 아내가 나를 의심하는 것 같고… 이러고 싶지 않아요. 아내는 엄마로서는 좋은 사람입니다. 아이에게 공들이고…."

오랜 기간 냉랭하게 굳어져 버린 아내와의 관계. 대화도 섹스도 없는 차가운 분리. 좋은 엄마인 여자. 승욱 씨의 '공들인다'는 표현 안에는 겹겹의 의미가 내포돼 있을 것이다. 공들이는 것이 사랑일 테지. 겹겹을 헤아리며 공들이는 것이 다정한 사랑일 테지. 대개의 남편들은 아내와 아이들의 끈끈한 연대, 진하디진한 피로 연결된 유대관계를 보며 놀라곤 한다. 아내가 저럴 수도 있구나… 그러면서 무의식적으로 아내의 모성에 깊은 시기심을 느끼는 일도 흔하다. 부부상담을 하다 보면 아내와 아이들의 유대관계에서 상대적 애정박탈감을 느끼는 남편들을 어렵지 않게 만날 수 있다.

승욱 씨는 아내에게 다가가는 법을 모르는 것 같았고, 아내 또한 남편에게 냉담하게 대하거나 주시할 뿐이었다. 그녀는 무엇에 의지하고 어디에서 기쁨을 얻으며 살아가고 있을까. 그녀는 지금 이 상태를 어

첫 번째 포옹

떻게 느끼고 있을까. 그녀를 가만히 상상해본다. 허공에 그녀의 모습을 그리기 시작한다. 쓱싹, 쓰으윽. 모습이 거의 완성될 때까지 나는 턱을 괴고 있었다. 그런 나를 그는 멍하니 바라본다. 희미하지만 그녀가 어슴푸레 완성되었다. 그런 다음 그 희미함 옆에 여전히 멍하니 앉아 있는 그를 쳐다본다. 궁금해졌다. "당신은 어떤 사람입니까?" 나의 질문에 그는 잠깐 놀란 표정이었으나 이내 호기심 가득한 표정으로 바뀌었다. 의기양양한 어린이 같은 눈빛이 휙 지나가는 것을 나는 놓치지 않았다. 그의 눈빛에 튕겨져 나가듯 그녀의 어슴푸레한 모습은 어디론가 사라졌다.

"저는 침착하고 과묵한 편입니다. 말수가 적지요. 취미도 많고 아는 것도 많고 호기심이 강한 편이에요. 사업상 의사소통하는 데는 문제가 없습니다. 하지만 아주 가까운 관계가 아니라면 대화를 못합니다. 이런 제게 아내는 늘 무반응이다. 자기에게 관심이 없어서 그렇다고 지적했죠. 그럴 때마다 저는 할 말을 잃습니다. 솔직히 지금 선생님께서 조용히 제 이야기를 들어주시는 게 좀 어색하고 신기하기도 합니다. 중간에 제 말을 안 자르시네요…."

승욱 씨는 좋은 대화를 경험한 지 오래된 것 같았다. 편안하게 주고받듯 대화할 수 있다는 것조차 그에겐 낯선 듯했다. 더욱이 타인의 조용한 관심을 받으며 자신의 이야기를 하는 것은 더. "술 마시지 않고

이렇게 저에 대해 말하는 것이 사실은 좀 불편하고 긴장됩니다. 무슨
이야기를 해야 할지, 내가 말은 잘하고 있는지….”

긴장돼 보였다. 나는 그가 로봇 같다고 느꼈다. 어조에 높낮이가 없
고 다소 기계적인 말투였다. 이야기 전개에 따른 자연스런 감정의 흐
름이 느껴지지 않았다.

“만일 지금 술을 마신다면… 긴장이 풀릴 것 같으세요?”

그는 그렇다면서 한숨을 내쉬었다. 나는 부드럽게 허공을 휘젓듯 제
스처를 취하며 말했다.

“지금 이 불편감을 잘 견뎌보도록 합시다. 온전한 정신상태로도 마음
속 얘기를 나눌 수 있다… 그걸 한 번 경험해보도록 하죠. 타인과 마음
속 이야기를 하는 것, 긴장된 일이지요. 쉬운 일 아닙니다. 이런 불안
과 불편감을 감수하고 소화하는 법을 하나하나 익히고 연습하면서 가
는 게 좋겠어요. 필요한 일이기도 하고요.”

내 말에 그의 긴장한 어깨선이 유선형을 띤다. 의자에 편히 기댄다.
내가 말한다.

“제 느낌을 한 가지 말씀드려도 될까요? 음… 말씀하시는 어조가 단
조롭다, 뚝뚝 끊긴다… 그런 느낌이 들었어요. 감정이 어디 갔을까. 우
리가 말할 때 묻어나는 감정의 자연스런 흐름 말이죠… 그게 잘 느껴
지지 않네요.”

그는 내 말을 무심히 듣는 것 같더니 이내 눈빛이 반짝거렸다. 약간

얼굴이 붉어지는 것 같았다. 그가 입을 뗀다.

"제가 방어적이라는 말을 들을 때가 사실은 꽤… 있어요. 감정을 억눌러요. 내가 타인에게 어떻게 보일까 의식을 많이 하는 편이지요. 한때는 제가 감정을 잘 해소하고 산다고 여긴 적도 있었어요. 나는 분노, 화, 슬픔 같은 감정을 잘 안 느낀다, 그러니 괜찮다… 그런데 그게 아니었나 봅니다. 전 크게 화를 낸 적도 없고, 특히 울어본 적도 없어요. 그런 제게 아내는 언젠가 로봇 같다고 소리 지르더군요. 기계 말입니다."

나는 깜짝 놀랐다. 내 생각을 읽은 건가. 로봇.

울어본 적 없는 사람은 불행하다. 우는 사람이 불행한 게 아니라 울어본 적 없는 사람이 불행한 것이다. 슬퍼할 수 있다는 건 마음이 살아 있다는 증거다. 마음이 살아 있다는 건 상황에 맞는 감정을 느낄 수 있다는 것이다. 슬플 때 슬퍼할 수 있고, 화날 때 화났다는 걸 인지할 수 있는 사람이 기쁠 때 충분히 기뻐할 수 있고 행복도 느낄 수 있다. 슬픔은 나 자신을 돌아보는 원동력인 건강한 죄책감과도 연관되고 상대방에 대한 공감, 연민과도 맞닿아 있다. 슬픔을 느끼고 눈물 흘릴 수 있다는 것은 마음의 정화장치가 작동하고 있다는 의미다.

그런데 그는 울지 못한다. 깊은 슬픔을 느끼지 못한다. 우울함과 슬픔의 기미가 저 멀리서 다가오면 바로 술을 마셔버린다. 마음을 마비시킨다. 그러면 흥이 나고 웃음이 나온다. 그렇게 눈물과 슬픔을 외면

하고 살아온 세월 속에서 그는 점점 로봇이 되어가고 있었다. 그는 인간의 마음을 원했다. 따뜻한 관계를 원했다. 슬플 때 울고 기쁠 때 웃고 마음을 표현하며 정서적인 대화를 나누는 관계. 서로의 아픔을 들여다보며 부둥켜안을 수 있는 관계 말이다. 긴 세월 술을 마시며 스스로를 달래봤지만 그에게 남은 건 공허함과 허무함, 외로움뿐이었다. 술을 마시며 낯선 여자와 대화를 나누어도, 혹여 그 여자와 가까워졌다 느껴져도 정서적 불구는 치유되지 않았다. 그에게 술은 그저 자기 몸을 지탱해 앞으로 걷게 하는 목발일 뿐이었다.

"선생님, 제가 여기에 온 이유는 여러 가지이지만, 중요한 하나는 아내에 대한 공감, 엠퍼시empathy를 느끼고 싶어서입니다. 그게 가능할까요? 어디서부터 어떻게 시작해야 할까요?"

그는 여전히 로봇 같았다. 나는 말했다. "그러시군요… 중요한 이야기입니다. 지금의 양상을 보면 부부상담을 통해 남편과 아내가 함께 협조하여 고쳐갈 때 해결될 부분이 많습니다. 당신의 부부관계 군데군데 놓인 심리적 장애물, 현실적인 장애물들을 제거하기 위해서는 아내의 도움이 필요하죠. 하지만 부부상담이 여의치 않으니 당신의 개인상담을 통해 하나하나 짚어보고 탐구하며 나아가는 게 지금으로선 현명하겠지요. 그리고 당신의 내면과 감정을 깊이 있고 폭넓게 다루기 위해서는 개인상담이 더 적합하기도 하고요. 개인상담을 통해 당신이 자신에 대해 더 잘 알게 되고, 편안해지고, 발전적으로 성장하면 그것이 곧 좋은 부부관계를 이루는 강력한 토대가 될 겁니다."

겉으로는 멍한 표정이었지만 승욱 씨가 그 어느 때보다 내 말에 귀 기울이고 있다는 걸 느낄 수 있었다. "아내에게 부부상담을 받자고 한 지는 오래되었어요. 그때마다 아내는 '상담은 당신이나 받으라'고 딱 잘라 답합니다. 냉정하게… 제가 상담받는 것에도 별로 관심 없는 것 같아요."

승욱 씨는 고개를 끄덕이며 무덤덤하게 말한다. 그의 손에, 눈에 보이지 않는 술잔이 쥐여 있는 것 같았다. 그의 손이 쓸쓸해 보였다. 그의 쓸쓸함을 채워주는 건, 아니 지워주는 건 오로지 술이었겠지. 마시고 또 마셨겠지. 나는 다시 그의 마음에 초점을 맞춘다.

"아내에게 공감하고 싶다 하셨죠… 그런 소망이 내 안에 있고 그걸 이렇게 표현했다는 것… 이미 의미 있는 발걸음을 떼신 겁니다. 사람과 사람 사이에 공감이란 게 있다는 것, 그것이 중요하다는 것, 하지만 참으로 어렵다는 것, 그러므로 노력할 가치가 있다고 여기는 바로 그 지점에서부터 출발해보죠. 공감하려면 우선 자신의 기분, 감정, 심정을 느끼고 인지하고 표현할 수 있어야겠지요. 그 어떤 감정도 모두 나름의 의미가 있다… 충분히 느껴보자… 마음의 문을 열어주는 거죠… 슬플 땐 눈물 흐르는 게 자연스럽다는 것, 참을 땐 참지만 드러내야 할 때는 드러낼 필요가 있다는 것… 감정을 억누를 게 아니라 조절하는 방향으로 가야겠죠. 감정을 활용하는 겁니다. 생각보다 오래 걸릴지도 모르지만, 함께 시작해봐요."

승욱 씨는 숨을 쌕쌕 쉬며 내 말을 차분히 듣는다. 그러다 손을 심장 근처에 가져다 댄다. 내게 풍성한 미소를 날리던 핑크빛 행커치프가 손에 가려졌다. 자신의 심장박동에 조용히 귀 기울이는 것 같았다. 그 모습이 인상적이었다. "선생님, 그러면 술도 끊게 될까요? 술에서 해방되고 싶습니다." 나는 조용한 미소로 답을 대신했다.

며칠 후 승욱 씨가 다시 상담실에 들어섰다. 여전히 댄디했다. 한 치의 흐트러짐도 없었다. 의자에 앉은 그가 말했다.

"지난 상담 이후 이것저것 곰곰이 생각해봤습니다. 특히 제가 대화를 잘 못하는 부분에 대해서요. 비즈니스 대화 말고 가까운 사람들과의 대화 말입니다. 제 직업이 감정을 드러내면 안 되는 종류인 것도 다소간 영향이 있는 것 같은데… 물론 대개의 남자들이 그렇겠지만 말입니다. 직장에서도, 일반적인 대인관계에서도 감정을 표현하지 못하고, 느끼지도 못하고 사는 게 아닌가… 아랫사람에게도 있는 그대로, 노골적으로 말을 못합니다. 우회적으로 돌려서 하죠. 제가 실제로 하고 싶은 말은 별로 못하고 사는 것 같아요. 명목상 해야 되는 이야기는 일목요연하게 잘하는 편인데 말입니다. 제가 기본적으로 감정표현은 유익하지 않다고 생각하는 것 같아요. 연애 때는 정력적으로 감정을 표현

첫 번째 포옹

한 것 같기도 한데… 일하고 나이 들면서 제가 변한 건지… 머릿속이 좀 복잡합니다."

승욱 씨의 눈동자가 이리저리 왔다 갔다 한다. 머릿속에 무거운 추가 왔다 갔다 하는 것 같았다. "이런 제 모습에 대해 골몰해서인지, 요 며칠 간 좀 정신이 없었습니다. 며칠 전에 태블릿PC를 호텔 로비에 놓고 나와버렸어요. 2시 약속과 4시 약속도 장소를 바꿔 가고… 아주 당황했어요. 이런 적이 없었는데… 일도 집안도 모두 정상이 아닌 것 같아요. 그래서 어제 술 생각이 났는데… 오늘 여기 올 생각에 참아봤습니다."

승욱 씨는 자신의 삶에서 감정이라는 커다란 줄기가 빠져 있다는 것을 인지하고 있었다. '감정'의 가치를 경시해왔다는 것도 깨닫기 시작한 듯했다. 낭만적 사랑의 감정이 상승한 구애기간에 감정을 표현했던 기억은 다행히 살아 있었다. 다만 뭔가 텅 빈 느낌이 들면 어찌할 바 몰라 술로 빈 공간을 채웠을 뿐이다.

"아내에게 내가 왜 이렇게 되었는지 설명하고 싶습니다. 7년 전의 일도 그렇고 지금까지의 여러 정황들, 술 마시는 것에 대해 아내에게 설명하고 진정 어린 용서를 구하고 싶습니다. 서로 이해가 깊어졌으면 좋겠습니다. 그런데 그게 가능할지…."

승욱 씨의 어투는 여전히 건조하고 단조로웠다. 말을 약간 더듬는 것 같기도 했다. 감정을 다루는 방식은 특정 개인에 대해 많은 정보를 준다. 감정을 통째로 억압하는 사람, 가까스로 억제하다 이상한 곳에서 폭발하는 사람, 행동으로 표현하는 사람, 속으로 삭이는 사람. 모두가 사연이 있고 그렇게 될 수밖에 없는 이유가 있다. 분명한 사실은, 감정은 우리의 생존에 더없이 중요한 나침반이라는 것이다. 우리는 감정을 느낌으로써 내 상태가 어떤지 '현재의 나'를 인식할 수 있고, 내가 원하는 것이 무엇인지, 지금 내게 진정 중요한 것이 무엇인지, 그동안 무엇이 좌절돼왔는지, 내가 미래에 어느 방향으로 나아가고 싶은지를 비로소 인지할 수 있다. 머리만으로는 부족하다. 이성과 감성의 긴밀한 협력, 보완관계가 우리 삶을 풍요롭게 받쳐주는 것이다. 감정을 통해 우리는 행동을 조정하고 대인관계를 다듬어갈 수 있다. 무엇인가 잘못되고 있음을 알려주는 것도 감정이다. 이처럼 감정은 나침반일 뿐 아니라 인간을 살아 있게 하는 생동감 그 자체다. 인간은 '감정의 도움'을 받아 이 세상을 깊이 있게 들여다볼 수 있으며 비로소 타인을 이해하기 위해 한 걸음 내디딜 수 있다. 인간정신이라는 것도 있지만 인간애, 인간미라는 것도 있는 것이다. 그는 말을 이어갔다.

"언젠가부터 인간적인 소소한 기쁨, 즐거움, 교류보다 성취감에 중독된 것 같습니다. 팀의 리더로서 팀원들과 함께 계약을 따내면 그 순간의 짜릿함에 피로를 느낄 틈이 없습니다. 창조적 아이디어가 솟아나고… 제 스스로 자신감이 충만해지고… 제 안에 승부욕이 있는데 그게 다른 것들을 덮는 것 같아요. 강렬한 자극을 느끼는 거죠."

금전적 보상, 사회적 인정, 찬사가 쏟아지는 일에서의 성취는 그 어떤 자극보다 강렬한 뿌듯함과 승리감을 안겨준다. 값진 일이라 생각한다. 그러나 승리감에 과도히 또는 지속적으로 취하거나 집착이 일어나 성취감의 노예가 된다면 그 그림자는 의외로 짙다. 내 기대가 점점 커진다는 것, 그걸 얻기 위해 갈수록 엄청난 노력과 에너지, 시간을 쏟아부어야 한다는 것, 그 과정에서 내 일상적 욕구와 인간적 감정은 무시해버려야 한다는 것이 그것이다. 그 결과, 인생을 받쳐주는 '작지만 의미 있는 기쁨의 기회들'을 잃게 될 뿐 아니라, 소중한 관계는 돌볼 틈 없이 방치되면서 이내 시들어버릴 위험이 높아진다. 아니, 이미 시들어 있다. 인간의 에너지와 시간은 유한자원이다. 인간의 에너지를 과도하게 가동하면 탈진이 온다. 무엇보다 시간은 한 번에 한 곳에만 쓰인다.

나는 승욱 씨의 이야기를 듣다가 지금 말한 것 이외에 다른 즐거움이 무언지 물었다.

"아이가 좋은 성적 받았을 때요. 그런데… 아이의 성장과정을 별로 못 봤습니다. 출장도 많았고… 아빠로서 대화가 많지는 않았어요. 그래서 그걸 만회하려고 아이와 있게 되면 시간을 알차게 보내려 해요. 최근에 집을 고치면서 가족이 함께 즐거웠던 시간도 있긴 했어요. 편안하고 소중했다고 생각합니다…." 그의 얼굴에 뭔지 모를 그리움과 서글픔이 휙 지나갔다. 그러고는 양복 속주머니에서 뭔가를 꺼내듯 천천히 이야기를 꺼냈다. "지금 한 사람이 떠오르네요. 다른 즐거움을 물으셨죠… 7년 전에 만났던 그녀가 떠오릅니다… 서로 좋아했습니다. 그녀는 발랄하고 감정표현도 많았어요. 그러고 보니 저와 반대군요, 감정을 표현하는 부분에서… 제가 그녀의 발랄함과 생기 넘치는 모습에 몰두했던 것 같아요… 나도 살아 있다는 느낌을 받았던 듯합니다…."

승욱 씨는 흑백영화를 보는 듯한 얼굴이었다. 아련한 옛 기억을 더듬는 눈빛에 그리움도 서렸지만 그와 함께 쓰라림 한 줄기가 지나가는 것 같았다. 그의 미간이 약간 찌푸려졌다. 아주 미세하여 눈에 띄지 않을 수도 있었던 찌푸림이었다. 찌푸림을 응시하며 난 조용히 읊조렸다. "그러셨군요… 이해되는 부분이 있습니다." 그가 나를 올려다봤다. "아내와는 정신적 공유, 마음을 나누는 것, 대화가 잘 안 됐어요. 달걀이 먼저인지 닭이 먼저인지 분명하지 않지만… 저와 아내 사이에 뭔지 모를 장막이 있었던 것 같고 그걸 제가 타파하지 못했던 것 같아요. 선생님, 저처럼 감정표현이 메마른 사람도 감정을 교류하는 관계, 주고받는 사랑…이 필요한가 보네요. 아… 술 마시고 싶네요."

승욱 씨의 미간은 여전히 미세한 찌푸림에 붙잡혀 있었다. 일견 무표정으로도 보였다. 일관되게 참으로 덤덤히 말하는 어조 때문일까. 그렇게 생각하던 차, 그가 입을 크게 벌린다.

"선생님, 지금 말입니다… 제 자신이 너무나 웃깁니다." 나는 고개를

첫 번째 포옹

들었다. 그의 눈에 지금 내 표정은 어떻게 읽힐까. 하지만 그는 그런 건 안중에 없는 듯했다.

"그 어떤 감정도 없이, 그때 느꼈던 수치심과 고통들을 드러내지 않고 말하는 제가 웃깁니다. 이 이야기 남에게는 처음 하는 겁니다. 잘 알지도 못하는 선생님한테 말이죠. 그런데 선생님은 조용히 듣고만 계시고… 그런 선생님을 보면서 전 그때의 감정들, 수치심, 고통들을 드러내면 안 된다고 자제하고 있는 것 같아요. 아내가 그 일을 알고 나서 아주 급격한 감정반응을 보였고 저를 심하게 몰아붙였어요. 죽어버리겠다고 협박 아닌 협박도 했죠… 정말 괴로웠어요… 아마도 아내는 이 이야기를 울면서 할 것 같아요."

아… 그랬구나. 그와 나 사이에 껴 있던 투명한 셀로판지가 걷히는 느낌이었다. "아내는 울 것 같아요… 전 지금 스스로에게 이렇게 말하고 있습니다. 무너지면 안 된다. 상담 초기인데 벌써 무너지면 안 된다, 아직 그럴 때가 아니다… 선생님, 제가 별 연관도 없는 이야기를 한 것 같아요."

그는 그만의 방식으로 가장 깊은 곳의 감정을 드러냈다. 수치심과 고통. 아주 어렵사리 과거의 그 감정을 만났다. 그 감정이 느껴지는데 그것을 드러내면 무너질 것 같은 위기감을 느꼈다. 아내가 울면서 이야기할 것 같다는 말을 들으며 나는 지금 마음속으로 울고 있는 사람은 바로 그라는 걸 알 수 있었다. 그는 울고 있었던 것이다. 아내의 아폼에 공감하면서 자신도 아프다는 걸 그는 '그만의 방식'으로 표현하고 있었다. 나는 그에게 말했다.

"지금 들려주신 이야기, 제 마음에 와 닿습니다. 과거의 경험 속 생동감, 그녀에 대한 그리움과 좋았던 감정들이 기억에 남아 있지만, 그와 동시에 부부 사이를 떠올리면 수치심과 고통을 동시에 느끼시는 것 같습니다. 이 기억과 감정들이 당신을 아프게 하는 것 같네요. 남자로서의 나, 그저 한 인간으로서의 나 그리고 남편으로서의 나… 이렇게 아프게 어긋날 수 있어요. 우리 모두는 나약하고 때로는 모순적인, 그러면서 어쩔 수 없이 고군분투하며 살아가는 인간일 뿐이죠. 아내가 이 이야기를 울면서 할 것 같다는 표현이 제게 감정적 울림을 주었고, 더불어 여러 가지 생각을 불러일으킵니다. 아내의 아픔을 느끼고 계시구나… 그 얘기는 거꾸로 당신도 아프다는, 당신도 울고 싶을지 모르겠다… 그런 느낌, 생각이 드네요. 보이지 않는 눈물이라는 게 있거든요."

내 말을 듣기 전의 그는 불안감을 감추지 못하는 얼굴이었다. 하지만 지금 내 이야기를 차근차근 들으면서 뭔가 시나브로 안정되는 듯, 알 듯 모를 듯한 미간의 찌푸림이 사라졌다. 승욱 씨는 내 말을 들으며 쉬고 있는 것 같았다. 그때 아주 작고 낮은 목소리가 들렸다. "선생님…." 하지만 그가 말을 잇지 못한다. 얼마나 흘렀을까. 나는 아주 느리게 노래하듯 잔잔히 말을 건넸다.

"감정은 우리를 아프게도 합니다. 아픈 감정이 당신 마음속에 있다고 말해주셔서 제가 당신을 조금 더 알 수 있게 됐어요. 어떤 것이건 감정에는 이유가 있어요. 느끼면 안 되는 감정은 없어요. 우리는 살아가면서 마음을 다칠 수밖에 없어요. 타인의 마음도 아프게 하고… 하지만 결국 아픔을 통해 우리는 역설적으로 타인에게 더 부드럽게 다가가는 법을 배우고 인간에 대해 더 잘 알게 된답니다. 감정을 억누르지 말고 부끄러워하지 말고 누군가와 그 감정에 대해 깊이 이야기 나눌 때 비로소 그 감정에서 해방될 수 있어요. 보이지 않는 눈물을 밖으로 끌어내 스스로를 슬픔의 눈물에서 해방시켜 보세요. 술로 당신을 마비시키지 말고 마음을 있는 그대로 느끼고 드러내 보세요. 차근차근. 생각보다 훨씬 더 괜찮아질 겁니다."

나를 바라보는 그의 눈에 아주 작은 눈물방울이 맺혔다. 한 방울의 눈물 같기도 했고 천 개의 방울 같기도 했다. 나의 마음속에도 눈물이 흘렀다.

친밀함이
빠져 있는 삶

이후에도 승욱 씨는 상담에 꾸준히
임했다. "얼마 전 아내에게 다시 사과했습니다. 미안하다, 잘못했다…
그런데 아내는 너무 늦었다고 하더군요. 순간 절망감이 들었어요. 그
래서 다시 생각해봤죠. 제 마음이 다 표현되지 않은 것 같아요."

그의 얼굴에는 고심의 흔적이 역력했다. 감정표현이 거의 없고 서툰
그이기에 아내 눈에는 허울뿐인 사과로 들렸을 소지도 있었을 것이다.
승욱 씨는 지금까지 수년간 사과하고 용서를 구하고 화해의 제스처를
취했다고 한다. 그럼에도 아내는 한결같이 싸늘했다고 한다. 그녀는
'용서거부자'가 되어버렸구나. 자신의 상처가 너무 깊은 나머지 상대

방의 어떤 용서, 화해의 시도도 거부하는구나.

　1년, 2년… 용서하지 못한 나날이 길어질수록 그 세월을 합리화하기 위해서라도 '용서'는 점점 더 어려워진다. '내가 용서할 수 없는 이유'에 집착하게 된다. 관계는 당연히 경직된다. 나는 부부상담을 하면서 용서거부자가 된 아내들을 수없이 만나고 있다. 내게 왔던 그녀들의 얼굴이 휘리릭 휘리릭 소리를 내며 지나간다. 그들이 내뿜던 분노와 원망, 깊은 한이 상담실 안을 스멀스멀 채우는 것 같았다. 그들의 눈빛이 타타타닥… 허공에 나타나 찍힌다. 그들은 지금 어떻게 지내고 있을까. 그때 승욱 씨가 나를 불렀다. 부부 사이가 이렇게 된 원인을 짚어보고 싶다 했다.

　"제가 부부생활의 성스러운 면들을 간과한 것 같습니다. 사랑, 신의… 아내와 서로 아끼고 사랑했는데… 상부상조하는 결혼생활이 안 되었어요."

　승욱 씨의 아내는 남편이 이런 생각을 한다는 걸 알까. 그가 이런 이야기를 한다면 아내는 뭐라고 말할까. 궁금함을 담은 의문부호들이 하나씩 얹히는 내 얼굴을 그는 물끄러미 바라본다. 그의 얼굴에는 말줄임표가 얹혀 있는 것 같다. "저는 일보다 가정을 앞세우는 사람들을 보면 '일이 더 중요하지 않나, 왜 저러지?'라고 생각했어요."

　"일이 더 중요하다… 그렇게 생각하게 된 이유가 있을 것 같은데요." 내 질문에 그는 마치 비밀 이야기를 들려줄 것처럼, 턱을 괴었던 왼손을 내리고 몸을 앞으로 기울이며 입을 움직였다. "음… 일을 할수록 존경받게 되거든요. 직함도 올라가고 보수도… 리턴^{return}이 확실합니다. 그래서 저는 일을 많이 합니다. 잘하고요."

일순간 그가 씩씩해 보였다. 치열한 경쟁사회에서 이기는 법을 터득한 장군 같았다. 일을 통해 자신감과 자기애가 한껏 충족되고 고양되는 맛을 단단히 아는 것 같았다. 그러나 이내 그는 다시 풀죽은 모습으로 침묵 속에 갇혔다. 얼굴과 어깨선에서 점차 침울함이 드러난다. 화선지에 먹물이 스미듯 서서히 하지만 순식간이었다. "하지만… 마음이 무겁습니다. 지금 제 상황을 아무에게도 말 못하고 있어요. 이중생활을 하는 거죠. 그러면서 이 긴장을 풀 수 없으니 자꾸 중독성으로 가고 있는 것 같아요. 자꾸 술집에 가게 되고 술을 마시게 되고… 사회에서도 고립감을 느껴요. 고립감, 소외감… 요즘 그런 기분이 듭니다. 상담을 온 이유도 고립되는 것 같다는 위기의식이 느껴져서입니다. 외롭다는 걸 인정할 수밖에 없어요." 그가 슬퍼 보였다. 상담 이후 가장 자연스럽게 슬픈 감정이 드러났다.

직업적으로 성공해 존경받고 의기양양해지더라도 정서적으로 잘 연결된 깊은 관계가 없으면 마음은 공허함에서 벗어날 수 없다. 인간이 인간답게 자유로이 살기 위해서는 연결 그리고 마음의 평화가 중요하다. 소중한 몇몇 사람과의 단단한 연결 그리고 내면의 담대한 평화만

이 진정으로 풍요로운 삶, 폭넓은 삶을 이루도록 도와주고 받쳐준다. 내면에 담대한 평화가 있으면 살아가며 벌어지는 크고 작은 위기와 난관들을 용광로처럼 크게 녹여낼 수 있다. 삶의 갖가지 문제들에 강건히 직면하고 헤쳐갈 용기가 발휘되는 것이다. 삶의 진정한 원동력이다. 그 평화는 사회적 성공 경험이 많이 채워진다고 얻어지는 것은 아니리라. 깊은 관계 속 교류와 교감을 통해 심리적 안정감이 차곡차곡 다져질 때 단단히 생겨난다.

승욱 씨는 진실로 고립됐다고 느끼고 있었다. 기댈 곳이 없다는 느낌. 주변과 끊겨 있다는 느낌. 모두와 멀어졌다는 느낌. 그건 '나는 결국 버려진 존재다'라는 느낌으로 아프게 수렴된다. 그 깊은 단절감. 그는 다시 한 번 되뇌듯 말한다. "지금의 내 생활을 터놓고 말할 수 있는 친구가 없습니다. 그러고 싶지도 않고요… 지금은 나 홀로…라는 느낌입니다." 무엇인가를 꾹꾹 누르며 말하는 것 같았다. 촤르르 튀어오를 수 있는 탄성을 가진 금빛 용수철이 무언가에 꾹 눌려 납작해져 있다는 느낌을 받았다.

"고립되어 있다고 느끼시는군요. 소외감… 누군가와, 어디로부터 멀어졌다는 느낌… 배우자와도 단절되어 있다… 주변을 둘러보니 마음 나눌 친구도 없고… 이 모두가 외로움이라는 단어와 연결되는 것 같군요. 아까 말씀하신 중독성… 중독과 고립감, 소외감 그리고 외로움은 대개 같이 붙어 다닙니다. 하지만 붙어 다니는 이 고리를 명확히 인지하는 사람이 그렇게 많은 건 아닙니다."

그는 내 얼굴을 빤히 쳐다본다. "선생님… 제가 '제지 없는 중독'으로 흐르는 성향이 있는 것 같아요. 제 자아가 힘이 센 것 같습니다. 일에 집중하고 술 마시고 또 일하고 또 술 마시고… 일주일에도 여러 번 술집을 갑니다. 그런데 꼭 혼자 갑니다. 술집에 가면 자극이 즐겁습니다…."

자극?

"술집에 가서 술을 마시면 '지하를 돌아다니는 느낌'이 들어요. 막후에서 벌어지는 어떤 일을 알고 있는 느낌이랄까… 아무도 모르게 들키지 않게 술 마시고 있다는 느낌… 내 세계죠…." 뭔가 스릴 넘쳐 보였다. 술을 마시며 그는 생동감을 느끼는 듯했다. 치열한 현실세계와 유리된, '나이스하게' 행동해야 하는 혹은 끊임없이 머리 굴려야 하는 냉정한 사회와 동떨어진 혼자만의 지하세계. 현실세계를 마음껏 하지만 드러내지 않고 비웃을 수 있는 공간. 나는 말했다. "그렇군요. 술집에서 뭔가 흥미진진한 느낌, 즐거움, 생동감을 느끼시는 것 같네요. 지금 말씀하신 이유 외에 술을 마시면 누릴 수 있는 다른 '득'이 또 있나요?"

그는 멍하니 나를 쳐다본다. 침묵이 흐른다. 어떤 의미일까. 나는 그의 침묵에 조용히 참여해본다. 무덤덤한 내 표정을 두드리듯 그가 입을 연다. "술 마시는 것에 대해 비난받지 않고 질문을 받는 게 처음입니다. 이상합니다. 더군다나 이렇게 중립적인 관심… 관심을 갖고 물

첫 번째 포옹

어보는 사람은 지금껏 없었습니다…."

 "그러셨군요… 제 물음이 당신에게 낯선 질문들이었나 봅니다. 낯선 관심 말이죠… 저는 당신에게 술이 어떤 의미인지, 마심으로써 얻게 되는 '그것'이 무엇인지 알고 싶습니다. 당신의 음주를 비난했던 이들이 있었다면 그들 또한 그럴 수밖에 없었던 나름의 이유가 있었을 겁니다. 비난이나 비판이 마음을 표현하는 좋은 방법은 아니지만… 대개 당신에게 어떤 정서적 기대가 있었던 사람들, 가까운 관계의 사람들이 그랬을 거예요."

 "아…." 그는 외마디 신음소리를 내더니 의자 등받이에 털썩 소리 날 정도로 몸을 부린다. 그의 얼굴이 크게 이완되는 것이 보였다. 봄날의 기지개처럼 풀어진 그에게서 어떤 이야기가 나올까… 나는 기다렸다.

 "술을 마시면… 잠을 잘 수 있고 번뇌를 잊을 수 있어요. 아내와의 관계를 개선하기 위한 고민을 잊을 수 있어요. 도피로 보이겠지만… 모든 걸 잊을 수 있는 장시간의 효과가 있어요…." 그는 나를 물끄러미 쳐다본다. '아… 그러셨군요…'라고 말하려다 말았다. 굳이 그럴 필요가 없었다. 그는 자신의 내면으로 한 계단씩 내려가고 있었다. 그는 마음의 방을 둘러보며, 그곳에 걸려 있는 그림들도 내게 하나씩 보여주고 있다.

 그에게 술은 마음의 친구였다. 고립감과 소외감을 지우고 생동감을 주는, 마음속 깊은 외로움을 메워주는, 일상의 번뇌에서 일시적으로 벗어나게 해주는 그리고 잠을 잘 수 있게 해주는 대상. 고통스런 감정을 무디게 해주는 힘을 지닌 대상. 그에게 술은 부모와도 같았을 것이다. 승욱 씨의 지치고 혼란스런 내면을 달래주고 위로해주는 대상. 그는 술에 기댔다. 술과 술집은 그에게 '하나'였다. 피난처이자 안식처였고 충전소였다. 아내와 가까운 이들에게 그는 그저 알코올의존증에 감정표현 없는 무뚝뚝한 사람, 의심하게 되는 사람, 무정한 사람으로 비칠 것이다. 그에게 그들은 비난과 비판의 시선을 날릴 것이다. 승욱 씨의 책임도 무시할 수는 없다. 하지만 '모든 것'이 그의 책임은 아닐 터.

그의 아내가 얼마 전 이렇게 말했다 한다. "당신, 자유롭게 사니 좋아 보이네." 그는 그때 아내의 말투와 눈빛을 잊을 수 없다고 한다. 너무나 서늘해서. 시니컬한 그녀의 목소리가 내게도 들리는 듯하다. 그녀는 자신의 박탈감과 슬픔을 있는 그대로 인정하고 드러내지 못하고 냉소로 포장하여 남편에게 던졌다. 승욱 씨는 그녀의 아픔을 있는 그대로 받을 수 없었다. 비아냥을 당했다는 것 외에 아무것도 느껴지지 않았다 한다. 그렇게 그와 아내는 멀리서 돌고 돈다. 속마음을 감추고서.

문득 그가 말한다. "선생님… 저는 왜 친구가 없을까요?… 누군가 나를 인정해주고 사랑해주고… 그런 게 필요한 것 같아요…." 중년의 성공한 남자에게도 인정과 사랑은 갈급했다. 그도 그저 인간일 뿐이다. 인정과 사랑은 친밀감의 또 다른 얼굴이기도 하다. 그는 자신의 삶에 친밀감이 빠져 있다는 사실에 직면하는 듯했다. 술을 마시지 않고 말이다. 그는 자신에게 무엇이 필요한지, 무엇을 원하는지, 무엇이 결핍되어 있는지 용감히 마주했다. 상담실을 떠나는 그의 등이 쓸쓸해 보이지만은 않았다. 그가 스스로에게 친구가 되어주기 시작한 건 아닐까. 그의 손에 술잔은 없었다.

외로움의
뿌리

"시간이 없어지는 느낌을 받습니다." 승욱 씨의 첫마디는 언제나 의미심장하다. "이러다가 인생이 다 가는 게 아닌가… 너무 바빠서 아침에 일어나는 게 불안합니다." 일에 쫓기는 현대인의 불안을 그가 여실히 보여준다. "저를 돌아보니 해놓은 게 없어요. 가정도 원만하지 않고… 인생이 이게 다인가… 인생이란 무엇일까… 회의가 듭니다."

사회적으로 많은 것을 이루고 자기 일에서 인정받고 승승장구하는 승욱 씨였다. 그런 그가 해놓은 게 없다니. 일상의 작은 기쁨 없이는 사회적 성공의 큰 기쁨은 허망한 것인가. 아내와의 냉담한 관계는 사

첫 번째 포옹

회적 성취와 노고도 무의미하게 만드는가.

"일에 치우친 불균형을 조정하는 게 참 어렵네요… 일중독인 것 같아요. 제 의지와는 별개로 큰 규모의 일이 막 시작되어서 시간이 없습니다. 충분히 일할 시간도, 정서적 생활을 할 시간도 없어요. 그래서인지 미래를 예측하기가 어렵습니다. 일에서 언제 헤어날 수 있을까. 일을 그만둘까도 생각했지만 용기가 나지 않더군요. 가정생활만 충실히 하겠다는 자신도 없고 불안해지고요… 내면적으로 살고 싶어요. 내 내면의 부족한 점을 되돌아보고 싶습니다. 그런데 쉽지 않네요… 고갱처럼 타히티로 떠날 용기가 생기면 좋겠는데…."

"말씀을 들으니 요즘 스트레스를 받고 계신 것 같군요. 불안과 압박감도 느끼시는 것 같고요. 긴 세월 동안 고정된 라이프스타일을 변경하는 것은 아주 어렵습니다. 특히 한쪽으로 치우쳐 있을 경우에 더 그렇죠. 스스로 저항에 부딪히게 됩니다. 길게 보셔야 할 것 같아요. 다만 한 가지 고무적인 것은, 지금 스스로에게 근원적인 질문들을 던지고 계시다는 겁니다. 명확한 답을 얻지 못하더라도 자신에게 근원적 질문을 던져보는 것은 그 자체로 아주 좋은 일입니다. 당신의 복잡한 마음 상태를 이렇게 풀어서 말할 수 있다는 것도 좋은 신호예요."

그는 숨을 한 번 크게 내쉬더니 이내 안심하는 얼굴이었다. 눈이 반달모양이 되었다. 누군가가 자신의 복잡한 마음을 있는 그대로 받아주고 담아준다는 느낌을 받은 걸까. 그에게 나는 질문을 던졌다. "지금 당신의 스트레스 상황과 의문점들을 아내에게 말씀해보셨나요?" 반달 모양의 눈이 제자리로 돌아왔다. 입에 힘이 들어간다.

"안 했어요. 아니, 못합니다. 아내가 이해해주지 않거든요… 제가 설명을 잘 못해서 그럴 수도 있어요… 아내는 제가 말하면 대부분 지적하고 지시합니다. '이렇게 해야지, 그것도 모르겠어?' 그러면 저는 무시당하는 것 같아요. 아내와 대화의 통로를 마련해야겠다는 생각이 문득 드네요… 그런데 아내도 아내지만 친한 친구와도 이야기를 못하니까… 여기 와서 얘기하고 가면 마음이 편해집니다." 그러더니 그가 갑자기 정색을 하며 말한다. "선생님, 제가 너무 많이 말하는 것 아닌가요? 쓸데없이…." 그가 불안해진 모양이다.

"그런 생각이 드세요?"

"네… 제가 말을 잘하고 있는 건가… 내 이야기를 너무 많이 하는 것은 아닌가… 아내 앞에서는 자꾸 지적을 받으니까 단어를 취사선택하려 애쓰게 되고 그러다 보면 머뭇거리게 되고 아예 말을 안 하게 되는데… 여기 와서 말을 너무 많이 하는가 해서요…."

"그런 느낌이 드시는군요. 평소와 달리 말을 너무 많이 하는 것 같고, 그런 당신의 모습이 낯설게 느껴지시나 보군요. 아내와의 불편했던 대화 장면도 떠오르고…."

"네… 집에서 제가 말이 없는 편인 데다 사회생활에서도 곧바로 말하지 않고 머릿속에서 한 번 돌려서 이야기하거든요. 실수하지 않고 합

첫 번째 포옹

리적으로 말함으로써 나도 보호하고 주변의 인정도 받고 싶은 건지…
더욱이 제 속 이야기를 털어놓는 것 자체가 처음이라서….”

승욱 씨에게 상담은 모험이기도 했다. 상대를 신뢰하고 의지해보는
것, 비판받지 않을 것이라 믿고 속마음을 여는 것, 내면을 나누어보는
것, 이 모두가 그에게는 도전이었다. 그는 용기를 내고 있는 것이다.
그 용기가 이제는 아내에게로 옮겨가야 할 터.

“선생님… 아내와 성관계를 회복하고 싶어요. 궁극적으로는 그게
필요할 것 같아요. 제가 원하는 사람은 다른 여자가 아닌 아내입니다.
하지만 지금으로서는 어떻게 믿음을 줘야 할지 암담합니다… 이런 생
각을 골똘히 하니 쓰지 않던 두뇌를 쓰는 느낌이 들어요. 어려운 수학
문제 앞에서 어떤 참고서를 봐야 하나… 그런 심정입니다. 제게는 시
련이에요.”

승욱 씨는 공을 이리저리 굴리듯 말을 이어갔다. “일 때문에 잃은 게
많다는 계산이 나오더라고요. 시간, 기회, 아이… 일에서는 성공했지
만 인간적으로 이룬 것은 없다는 허무감이 들어요. 우선순위를 잘못
둔 것 같아요. 그래서인지 요즘 우울과 불안의 주기가 오는 것 같습니
다. 제 스스로 ‘인간적인 발달’을 막는 행동패턴이 많은 것 같아요. 결
국 가족에게 피해를 입히고요… 얼마 전 어머니를 뵈었는데… 저 때문
에 더 늙으신 게 아닌가 싶어서 슬펐어요. 어머니는 인생의 말기이신
데… 아내와 새롭게 살려고 노력하는 와중에 여러 가지 생각이 듭니

다. 쓸쓸하기도 하고…."

우울과 불안, 허무함, 슬픔, 쓸쓸함… 그에게 미세한 변화가 일어나고 있다. 승욱 씨가 상담에서 진전을 보이고 있다는 표시이기도 하다. 그는 자신의 감정과 친밀감에 대한 갈망을 말하며 그 마음 자체를 주제로 하여 타인과 대화할 수 있게 됐다. 이렇게 자신을 표현하면 상대방이 그를 더 잘 알게 된다는 것, 그러면서 서로 돌보고 관심을 가질 확률이 높아진다는 것을 그가 알았으면 좋겠다고 생각했다.

하지만 지금의 승욱 씨는 제삼자 눈에는 이상하게 보일 수도 있다. 승욱 씨는 상담에 몰입하고 협력하며 미세하게나마 치료적 진전을 보이고 있지만, 동시에 상담 전보다 훨씬 심한 스트레스를 받고 괴로워하며 우울과 불안을 호소하고 있기 때문이다. 치료적 진전과 스트레스, 우울감 호소. 일견 앞뒤가 맞지 않아 보이지만, 나는 포괄적인 관점에서 이를 긍정적이고 발전적인 변화의 조짐이라 감히 말하고 싶다. 진짜 변화는 지금의 고통을 싹 없애는 것이 아니라 그것을 감내하며 그 안에 숨어 있는 열쇠를 건져 올림으로써, 고통을 풀어가고 줄여나가는 지혜와 인내심을 기르는 과정이기 때문이다. 우리가 이끌어내야 할 상담의 결과 중 하나가 궁극적으로 '기분이 나아지는 것'이기는 하지만, 그렇다고 상담과정 자체가 기분 좋은 것은 아니다. 오히려 힘겹고 고통스럽고 난해하다. '견딤'이 필요한 이유다. 내면을 들여다보는 일은 즐겁기보다는 의미 있는 일이다. 내가 나에게 책임을 다하는 것이다.

승욱 씨가 자신의 감정을 피하지 않고 인지하고 표현한다는 것은 매우 중요한 변화다. 감정을 회피하지 않고 다루기 시작했다는 뜻이다. 스스로 담아내고 있다는 의미다. 그가 상담과정에서 기존의 방어적 두려움을 걷어내고 우울과 괴로움이라는 '감정증상'을 기꺼이 발달시키는 바로 그때가 보다 더 깊은 변화, 진정한 깨달음이 발생하는 발화점이 된다. 이 감정을 꽉 붙잡고 아래로 아래로 하강하면 승욱 씨의 삶을 가로지르는 핵심적 테마에 접근할 수 있다고 난 믿었다. 독일의 정신분석가 볼프강 슈미트바우어 Wolfgang Schmidbauer 는 말했다. "만일 정신적 치유에서 가장 중요한 것이 무엇이냐고 묻는다면 나는 이렇게 말할 것이다. '슬픔이 그것을 가능케 한다'라고."

승욱 씨가 단호한 표정으로 입을 다문 채 나를 바라본다. 내가 뭔가 말해주길 바라는 것 같다. 그를 보며 옅은 미소를 지었다.

"일을 열심히 해서 사회적 성취를 이루고 능력을 발휘하는 것 자체는 아름다운 일이죠. 인생의 중요한 두 개의 축이 바로 일과 사랑이지요. 중요한 건 '균형'입니다. 불균형은 반드시 균열과 희생, 탈진을 낳아요. 불균형이 심해지면 내 안의 무엇인가 멍들고 중요한 걸 잃게 되고 주변의 누군가가 아프게 되지요. 그건 위험합니다. 내가 소중히 여기는 관계에서 무엇인가 잘못 돌아가고 있다면 그것을 돌아보고 삶의 우선순위를 점검해야겠죠. 모든 것이 변하듯이 인생에서 내가 매긴 가치의 순위도 변하기 마련이죠. 그것은 곧 내가 나이 들어가고 있다, 인생은 유한

하다는 진리를 받아들이는 것이기도 하고요."

난 가만히 숨을 고르며 그를 바라봤다. 그에게서 미동도 느껴지지 않았다. 나는 다시 말을 이었다. "일과 성취, 그 자체의 가치를 깎아내리고 싶지는 않아요. 더욱이… 전 당신이 그렇게 일, 사회적 성취에 매진할 수밖에 없었던 당신만의 고유한 이유와 배경이 있다고 생각합니다."

나의 말에 승욱 씨는 고개를 끄덕인다. 한참을 그러더니 자세를 고쳐 앉는다. 무엇인가 떠올라 말을 시작하려는데 긴장된다는 듯이.

"일에 몰입하면 경제적 풍요를 얻을 수 있죠. 어릴 때부터 공부도 열심히 하고 일도 열심히 했습니다. 그에 따라 제 지위도 상승했고 능력도 인정받았고… 그게 즐겁고 재미있었던 게 사실입니다." 이해되고도 남았다. 사회적 능력을 통해 인정받는 것, 치열하게 열심히 산 삶 자체는 참으로 멋지다. 하지만 삶의 목적, 목표, 의미는 그렇게 단일한 게 아닐 것이다. '지금의 그것'이 언제까지나 영원한 가치를 지니지는 않을 터. 인간은 사회적 동물이기도 하지만 내면적 존재이기도 하다.

"그렇군요… 열심히 산 시간들, 사회적 성취는 경제적 풍요도 가져다주었고 자부심이 커지는 데 큰 역할을 했을 겁니다. 하지만 돌아보니 해놓은 게 없다, 무언가 잃어버렸다는 느낌이 강렬하고 중독에 대한 염려, 단절감과 소외감도 느낀다… 이 모두를 있는 그대로 바라보되 조금 더 입체적으로 생각할 필요가 있겠네요. 사회적 성취, 성공에 올인할 수밖에 없었던 당신의 마음속 어떤 소리… 또는 이야기… 마음이라는 연못에 낚싯줄을 드리워보세요… 그리고 기다려보세요."

그의 표정은 내 말을 쌀밥 씹듯이, 한마디 한마디 꼭꼭 씹어 소화하는 것처럼 성실했다. 그러고는 낚싯대를 바라보듯 허공 아래쪽을 비스듬히 응시했다. 똑딱 똑딱. 얼마나 지났는지 가늠할 수 없는 시점이었다. 승욱 씨가 입을 여는 동시에 나를 바라보았다. "열심히 공부해 큰 인물이 되어 아버지에게 인정받고 싶었습니다."

"집안 분위기가 경쟁을 주입하는 면이 있었어요. 아버지가 제 삶의 방향을 제시해주셨죠. 중학교 때부터 미친 듯이 공부했습니다. 아버지의 일 때문에 부모님이 지방을 자주 다니셨는데… 그럴 땐 할머니가 와 계시긴 했지만 워낙 조용하신 분이라 저를 돌봐주는 스타일은 아니었어요. 늘 누워 계셨죠. 부모님 없이 혼자 집에 남으면 공부를 하긴 하는데, 24시간 공부만 할 수는 없잖아요. 그래서 친한 친구 집에 가서 밥도 먹고… 그중 한 친구 집에 가면 친구 부모님이 저를 극진히 대해주셨어요. 마음이 따뜻해졌습니다. 그런데 한편으로는 친구와 부모님의 따뜻한 관계를 보며 소외감을 크게 느꼈어요… 그 기억이 선명합니다."

이쯤에서 승욱 씨는 입을 닫았다. 기억의 필름을 돌리는 듯 숨만 조용히 내쉴 뿐이었다. "그분들의 자식 사랑이 질투가 날 정도였어요. '화기애애'란 이런 거구나… 부모와 친구가 동등하게 대화하고… 그러면서 나는, 아버지는, 우리 집은 왜 그러지 못하나… 고민도 많이 했던 것 같아요." 그의 소외감과 외로움의 뿌리가 조금씩 보인다. 부부관계 이전에 이미 그의 삶에서 친밀감, 다정함, 따뜻함이 빠져 있었던 것이다. 그는 그 공백을 공부와 성취로 메워나갔다.

"아버지를 떠올리면 차가운 모습뿐이에요. 제게도 어머니에게도 따뜻했던 적이 없었어요. 로봇 같다고 할까요. 아버지는 제가 아무리 좋은 성적을 받아도 칭찬해주신 적이 없어요. '더 잘해야 된다'는 말씀만 하셨죠. 차가운 얼굴로. 그러면 저는 생각했죠, '도대체 얼마나 잘해야 할까.' 중학교 때도 공부를 아주 잘했고 고등학교 때도 계속 1~2등이었어요. 졸업할 때 학생 대표로 교장 선생님께 상도 받았는데…." 그가 말을 멈췄다. 그의 얼굴에 눈에 띄게 그늘이 드리워졌다. 그늘 속에서 빚어내는 침묵도 그늘 빛처럼 어둡구나. 어두운 침묵과 하나가 되어버린 그에게 내 마음을 조용히 고정한다. 그런 나를 그는 맥없이 바라본다. 격한 공부에 지친 수험생 같기도 했다. 째깍째깍… 그의 입술이 미약하게 떨렸다. "부모님이 졸업식에 오시지 않았어요… 일 때문에 지방에 가셨어요. 뭐… 오셨어도 그다지…." 그의 말이 산산이 부서졌다. "고등학교를 1등으로 졸업했으니 대학 때 더 잘해야지, 스스로 다짐할 뿐이었지요… 대학 때 더 열심히 공부했어요. 높이뛰기 선수처럼 계속 바^{bar}가 올라가는 것 같았습니다…."

아이들에게 성공경험은 비타민이다. 성장기 동안 어떤 분야에서건 기분 좋게 성공해본 경험은 심리적 발달에 중요한 획을 긋는다. 또한 성공경험은 나와 사회가 교류한 결과이기도 하다. 아이들이 빚어낸 좋은 결과를 같이 기뻐하고 축복하며 의미를 부여해주는 부모의 역할은 그 무엇보다 중요하다. 어쩌면 성공 자체보다 더 중요할지도 모른다. 이는 '경험'과 '나'를 합치는 과정으로, 이 과정을 온가족이 충분히 기쁘게 누리면 되레 아이는 성공강박에서 자유로워지고 튼튼한 자기감을 형성할 수 있다. 위험을 감수하며 도전하는 데 필요한 자기확신과 용기, 즐거움의 감각이 발달하게 된다.

궁극적으로 볼 때 성공경험이든 실패경험이든 그것은 인생을 깊이 있게 해주는 '어떤 일'일 뿐이다. 인생은 결과보다는 과정이기에, 살면서 일어나는 일들을 사안에 맞게 충분히 소화하고 매듭지으며 나아가는 것은 아이들의 발달과정에 매우 중요하다. 그리고 아이가 성장하는 동안에는 부모가 이 과정을 도와야 한다. 그런데 어떤 이는 성공경험을 잘 소화해서 기쁘게 내면화하는 걸로 매듭짓지 않고 자기우월감의 연료로 써버린다. 부모가 과도한 칭찬으로 아이의 우월의식을 부추기는 것도 크게 한몫한다. 그 경험을 머리에 이고 다니는 것은 참으로 건강하지 못한 일이다. 평생 성공신화의 종살이만 할 뿐이다.

반면 내가 노력하고 인내하며 거둔 성공의 열매 앞에서 내가 받고 싶은 인정과 축복이 없을 때, 기쁨을 나누는 것이 불가능할 때, 우리는 혼자라는 느낌과 깊은 공허함에 젖게 된다. 성공의 열매를 앞에 두고 참으로 아이러니한 일이 아닐 수 없다.

우리가 진정 원하는 건, 우리에게 진실로 필요한 건 사회적 성공 자체가 아니다. 바로 가까운 관계, 내 삶에 긴밀히 연결된 소중한 사람과의 교감, 인정, 축복의 교류다. 기쁠 때나 슬플 때나 '함께함', 바로 그것일 테다. 성공도 결국 그것의 재료에 불과하다. 우리가 지향해야 할 삶은 성공하는 삶이라기보다는 '함께 기뻐하는 삶'일 것이다. 성공의 열매가 아름답게 완성되는 건 성공의 기쁨을 함께 나누며 충분히 축복받을 때, 기쁨과 축복을 전해주는 소중한 그들에게 내 고마움을 흠뻑 전할 때다. 다시 말해 '관계의 프레임, 축복과 감사의 프레임' 안에서 비로소 이루어지는 것이다. 우리는 이 프레임에서 벗어날 수 없다. 사회 안에서 이룬 모든 성공은 우리와 함께 살아가는 수많은 사람들의 도움과 격려, 희생이 받쳐주어야 가능하기에. 이 프레임에서 벗어난 성공은 탐욕일 뿐이며, 이 프레임을 가지지 못한 자의 성공은 허무하다.

승욱 씨는 최선을 다해 살았다. 능력만큼 노력해 좋은 성과를 거두며 많은 이들의 박수를 받았지만 막상 부모에게는 인정받지 못했고 영광의 순간에는 늘 혼자였다. "어머니도 따뜻한 분이 아니었어요… 어머니가 나를 따뜻하게… 그런 기억이 없어요. 대학에 다니면서도 학비를 스스로 대기 위해 아르바이트를 열심히 했습니다. 부모님께 기대면 안 되니까… 독립해야 한다는 생각에 열심히 일했어요. 땀 흘려 일하는 것을 미덕으로 삼으면서 말이죠. 신혼 때도 가난했어요. 부모님께 의존하지 말자… 허름한 전셋집에서 첫 2년은 라면과 분식만 먹었어요. 그때 아내와 저는 동지였지요. 빨리 부유해지자, 일해서 돈을 벌자, 아내를 편하게 해주자. 결국 금전적 보상을 받았죠. 저는 부모님께 용돈을 제대로 받은 적이 없어요. 부모님께 부담이 되고 싶지 않았어요. 특히 어머니에게는… 멋진 아들로 잘 사는 모습을 보여드리고 싶었죠. 관심과 애정표현이 거의 없는 어머니께 어떻게든 사랑을 받고 싶었어요… 이렇게 말하고 나니 어린 나이에 참 고생했다… 그런 생각이 드네요. 더욱이 그렇게 원한 부모님의 사랑이 내게 주어지지 않았구나… 그 사랑을 받고자 내가 무지막지하게 고군분투했구나….”

그가 고개를 숙인다. 하지만 슬픈 표정을 감추지 않았다. 그의 침울하고 힘없는 어깨 위에 놓인 그 짐을 이제 내려놓을 때가 되었지 싶었다.

그 누구도 부모를 선택할 수 없다. 부모는 주어진다. 내가 삶에 던져지는 순간 가장 먼저 만나서 최후까지 벗어날 수 없는 굴레와 같은 숙명이 바로 부모다. 결혼한다면 나 또한 자식에게 그런 부모가 되는 것이고. 성장기 동안 부모와의 친밀한 교류, 충분히 사랑받고 있다는 느낌이 없던 승욱 씨는 애정결핍감이라는 무겁고 고통스런 감정 상태를 나름대로 소화하기 위해 강력한 방어벽을 구축했다. 지적 성취, 사회적 성취는 그의 결핍감과 정서적 고통, 허기감을 단박에 날려주는 듯했다. '크게 성공해서 나타나면 부모님께 사랑과 인정을 받을지도 몰라'라는 간절한 바람, 희망은 밝은 미래를 약속해주는 듯했다.

그는 어떤 성취 앞에서도 꿈적하지 않았던 아버지를 어떻게든 흔들고 싶었을 것이다. 그러나 그렇게 되지 않았다. 그의 아버지는 그에게 한마디 인정과 칭찬의 말도 없이 돌아가셨다. '나를 드러내 보이고 싶었던 대상, 나를 봐주길 바랐던 대상'이 사라져버렸다. 승욱 씨는 더욱 술에 의존했다.

"아버지가 미웠지만, 나중에는 미움도 사람 사이의 여러 가지 관계 가운데 한 가지 방식이라는 것을 알게 되었다. 사랑이냐 미움이냐보다 더 중요한 것이 바로 그 관계라는 것을 나중에야 알게 되었다. 그리고 미움은 용서로, 사랑으로, 무관심으로 변할 수도 있지만 그 관계는 변할 수 없다는 것도 알게 되었다." 소설가 최인석의 문장이다. 승욱 씨를 보며 그리고 얼굴도 모르는 그의 아버지를 상상하며 내 머릿속에 소설《혼돈을 향하여 한걸음》어디엔가 무심히 적혀 있는 문장이 떠올랐다. 이제 그에게 남은 과제는 비교적 분명했다.

정서적으로 냉담한 부모는 아이에게 깊은 내상을 입힌다. 조용하지만 뚜렷하다. 커다란 쓸쓸함을 안겨준다. 평생 지고 가야 할 짐이 되기도 한다. 그는 부모와 접촉하지 못했다. 혼자였다. 그가 감정을 억누르는 것, 아내를 두려워하는 것, 아내에게 다가가지 못하는 것, 술집을 찾는 것, 술 마시는 것, 성취 뒤에 공허함을 느끼고 고립감과 외로움에 빠지는 것까지, 이 모두는 그가 자라면서 경험한 부모와의 정서경험들과 물밑으로 긴밀히 연결되어 있다. 앞으로 그에게 어떤 감정, 생각, 깨달음 그리고 변화가 일어날지 두고 볼 일이다.

그가
울었다

며칠 후 찾아온 승욱 씨는 의외로 편안해 보였다. 얼굴도 그렇고 자세도 이완돼 있었다. 처음의 로봇 같던 모습과 대비되었다. "지난 시간에 했던 제 성장과정에 대한 이야기… 뭔가 실마리가 잡히는 느낌입니다. 제가 상담 와서 성장기 이야기, 부모님 이야기를 할 거라고는 생각도 못했는데 그렇게 나오네요. 저도 놀랐습니다. 성장기 이야기… 처음 해보는 겁니다."

그의 표정은, 퍼즐조각을 이리저리 맞추다 신기하게 맞아떨어지는 순간의 얼굴 같았다. "제 자신을 돌아볼 시간 없이 지내온 것 같아요. 지난번에 얘기하면서 제가 부모님과 단절상태로 살아왔구나… 깨닫게 되었어요. 그런 생각은 해본 적 없는데… 내가 어떤 과정으로 성숙해 왔는지 느낄 수 있었어요. 힘겨웠고 외로웠지만 기특한 부분도 있구나 … 복합적인 감정이 들더군요."

이제 자연스럽게 감정표현을 하는구나.

"지금은 감정을 억압하고 단조로운 모습이 되어버렸지만 지난 상담 이후 곰곰이 생각해보니… 제가 사춘기 때 감수성이 예민했던 것 같아 요. 물론 아무도 몰랐을 거예요. 부모님도 제 마음이나 성격에는 관심 없었을 테고. 선생님, 저는 부모님의 애정을 갈망했습니다. 그걸 지난 상담 이후 절감했어요. 채워지지 않는 갈망이 제 안에 있었다는 걸 이제 는 인정할 수 있어요. 인정합니다. 비로소 알게 되었어요… 열심히 살 기만 한 제 자신이 너무나 슬펐습니다. 그래서 지난 상담 끝나고 주차 장에서 혼자 울었어요… 눈물이 나더군요… 실컷 운 것 같아요. 대체 몇 년 만의 눈물인지 기억도 나지 않았어요… 그게 슬픔의 눈물인지 원망의 눈물인지 아니면 드디어 뭔가 깨달아 오랜 상처에서 자유로워 질 수 있다는 기쁨의 눈물인지… 알 수는 없었어요. 혹은 이 모두의 뒤 범벅이겠죠… 그렇게 울고 나니 마음이 정화되는 느낌이 들었어요. 제 자신이 맑아지는 것 같았어요. 외부상황은 변한 게 하나도 없는데 말이 죠. 그러면서 술과 술집이 '도피'와 관련 있을 수 있다는 선생님의 말 씀이 떠오르더군요."

그가 울었다. 오랜 기간 굳어온 억압의 고삐가 풀려가는 과정, 과거와 현재의 연결, 부모라는 유의미한 대상과의 관계, 사랑받고 싶었으나 좌절되어 갈망으로 변질된 애정욕구, 깊은 외로움… 그는 그렇게 통합integration의 길에 발을 내디디고 있었다. 모든 경험과 기억의 파편들, 아픔들이 서로 연결되어 '깨달음' 앞에 대기하고 있었던 것이다. 통합은 머리로 하는 이해를 훨씬 뛰어넘는 진전을 가능케 한다. 승욱 씨의 굵직굵직한 여러 측면들이 합쳐지고 있었다. '감정을 느끼고 결핍을 인정하고 충분히 슬퍼함'이 '술 마시는 도피행동'을 대신하고 있었다.

□

출근하여 상담실에 들어섰다. 늘 같은 모습의 상담실이다. 변하지 않는 그 모습에 안정감을 느끼며 똑같이 내 자리로 가 앉는다. 어제처럼 책상 위에 놓인 우편물을 집어 든다. 편지가 하나 날아 들어와 있었다. 빨간색 봉투였다. 빳빳한 질감의 정사각형 봉투가 낯설면서도 참으로 예쁘구나 느껴졌다. 승욱 씨였다. 그의 상담이 종결되고 석 달 뒤였다.

"김 선생님께.

선생님, 안녕하세요. 어떻게 지내시는지요. 저는 잘 지내고 있습니다. 상담을 마무리한 지도 어느덧 석 달이 다 되어가네요. 저는 여전히 바쁘게 일하며 지냅니다. 하지만 예전보다 마음에 여유가 생겼고 그런 제게 주변 동료들도 좋은 피드백을 줍니다. 편안해 보인다고 말입니다. 나름대로 '일과 가정', '사회적 성공과 내면의 평화'의 균형을 찾으려 애쓰고 있는데 쉽지만은 않습니다. 선생님이 알려주신 '이퀼리브리엄 equilibrium'이라는 단어가 참 좋습니다. 스트레스 받을 때마다 그 단어를 천천히 적어보곤 합니다. 그럼에도 불구하고 일상 곳곳에서 저를 바라 보고 있는 듯한 난관을 만나게 됩니다. 하지만 갈등, 스트레스, 좌절 감, 우울, 공허… 이런 것들이 삶에 불가피하다는 것을 인정하고 나니 자유로워진 것 같습니다. '피할 수 없는, 피할 필요도 없는 감정에 직 면하고 이를 소화하면서 활용하자, 감정은 나침반이다'라는 선생님의 말씀이 제게 여전히 큰 힘이 됩니다.

......

얼마 전, 아내와 의류도매시장에 갔습니다. 재미있고 아기자기했어 요. 활기차기도 했고요. 아내가 동행하는 저를 고맙게 생각해주는 것 같았어요. 같이 영화도 보고 대화도 했습니다. 제가 여전히 서툴구나, 아내도 여전히 나를 조심스러워하는구나 느껴졌지만 그래도 만족스럽 습니다. 앞으로 갈 길이 멀지만 전에 비해 우리 부부는 변화하고 있습 니다. 그런 아내에게 기대감이 생기더군요. 물론 아내가 여전히 저에 대해 막연하게든 구체적으로든 걱정하고 있다는 걸 압니다. 저보고 '잘 나가다가 뒤통수친다'고 표현하더군요. 아내 입장에서는 뭔가 불 안한가 봅니다. 하지만 예전처럼 냉랭한 기운은 많이 줄었기에 아내의 그런 말이 상처가 되지는 않았습니다. 오히려 아내가 저에게 무엇을 원하는지, 무엇을 두려워하는지 가늠할 수 있었지요. 아내와 대화하고 아내의 불안들을 접하며 '아, 내가 작은 약속부터 잘 지켜야겠구나' 생각했어요. 그동안 감정을 억누르고 표현하지 못했던 것들도 있는 그대로 표현하기 위해 애쓰고 있습니다.

......

상담을 마치고 얼마 후에 아내와 대화다운 대화를 나누게 되었습니다. 제가 상담 받으며 선생님과 나눈 이야기들을 해줬습니다. 아내가 귀 기울여 듣더군요. 놀라기도 하고요. 더불어 상담 이야기와 함께 아내에 대한 제 마음도 표현해보았습니다. 너무나 어색했지만 말입니다. 그렇게 이야기를 하다가… 아내 앞에서 처음으로 펑펑 울었습니다. 아내도 울고… 지금도 이때 생각을 하니 가슴이 찡하네요. 그리고 그날부터 아내와 저는 한 방을 쓰게 되었어요.

......

아이와도 잘 지내기 위해 노력 중입니다. 아이가 저와 아내의 마찰 때문에 마음에 상처를 많이 받은 것 같더군요. 몰랐습니다. 얼마 전 저에게 '아빠, 어떻게 그러실 수 있어요?'라고 눈물을 글썽이며 말하더군요. 정말로 마음이 아팠습니다. 아내뿐 아니라 아이와도 신뢰회복을 위해 노력해야겠다, 많은 대화를 나누며 아이 마음의 상처를 보듬어주어야겠다 생각했습니다. 아이와 저 사이의 장벽 앞에서 다짐했습니다.

이제부터 시작이라고요. 아내도 제게 부탁하더군요. 아이와의 신뢰회복에 힘써달라고. 그렇게 말하는 아내가 고마웠습니다. 아내가 저를 보살핀다는 느낌을 받았거든요. 어제는 아이가 제가 너무 바빠서 아이의 졸업식에 가지 못했던 이야기를 꺼내더군요. 섭섭했다고. 그래서 아이에게 사과했습니다. 언젠가 선생님께 말씀드렸던 제 고교 졸업식 때가 떠오르면서 너무나 마음이 아팠습니다. 이런 게 대물림인가… 아이가 어렸을 때 책 읽어주던 기억, 한글 가르쳐주던 기억, 빵 구워주던 기억… 그런 것들이 생각납니다. 다시 그런 아빠가 되고 싶다… 아이가 너무 커버렸지만 지금 아이의 나이에 맞게 도와주는 아빠가 되고 싶습니다.

　　……

　가족 모두와 신뢰를 쌓아가는 데 생각보다 오래 걸리겠구나 느껴질 때가 많습니다. 제 자신도 쉽게 바뀔 수는 없겠지요. 아직까지는 먹구름이 완전히 걷힌 기분은 아닙니다. 하지만 현재 저는 충분히 기쁩니다. 마음에 어느 정도 안정감도 싹트고 있는 것 같습니다. 어떻게 방향을 잡고 가야 할지, 어렴풋하지만 확신이 생겼습니다. 문제를 피하지 말자… 아내의 눈을 바라보자… 나의 두려움을 아내에게 전하자… 이렇게 해나가다 보면 저와 아내, 저와 아이, 우리 가족이 연결되겠구나, 친밀감이 생겨나겠구나 희망을 가져봅니다. '포기하지 말아라, 버티고 견뎌내고 감당하라, 용기를 내라, 아픈 상처를 아름다운 별로 변모시키자'

는 선생님의 격려 기억합니다. 이제 진짜 시작입니다, 선생님….”

내 얼굴에 눈물이 흐르는 건지 미소가 번지는 건지 알 수 없었다. 승욱 씨와의 치열하고 깊었던 상담시간이 필름처럼 지나간다. 그때 벨이 울렸다. 딩동. 오늘도 변함없이 상담시간이 돌아왔다. 오늘도 우리 직원은 날렵한 미소를 지으며 시계를 본 후 사뿐히 벨을 눌렀겠지. 내담자가 문이 열리길 기다리겠구나. 나는 내 방 하얀색 문으로 눈길을 돌렸다. 오늘도 시작이다.

인간은 매달림의 존재, 얽매임의 존재다. 어딘가에 매달리고 무엇인가에 얽매여 있다. 애달프다. 욕구, 욕망, 욕심, 갈망, 집착에서 자유로운 인간은 없다. '중독의 굴레'에 빠질 가능성을 기본값으로 가지고 살아가는 것이다. 무엇인가로부터 벗어나겠다, 끊어버리겠다는 의지적 노력은 성공보다는 실패로 귀결되기 마련이고 그 반복적 귀결을 합리화하면서 우리 몸에는 부정적인 습관이 슬그머니 혹은 노골적으로 자리 잡는다. 그 습관의 끝에는 중독으로 가는 문이 입을 벌리고 있다.

중독은 '가짜'다. 중독은 욕구의 대체물이다. 무언가를 대신할 뿐이다. 중독이 중독자의 진짜 갈급한 욕구처럼 보일지 모르지만 결코 진정한 욕구가 아니다. 술에 중독된 사람이 오로지 술만 원하는 것 같은가? 그게 전부가 아니다. 술로 '그 무언가'를 메우고 있는 것이다. 일중독인 사람이 오로지 성공만 갈망하는 것 같지만 실상은 그게 아니다. 성공이 주는 쾌감으로 '내면의 그 무엇'인가를 처절히 덮는 것이다. 쇼핑중독인 아내가 원하는 건 오로지 물건이라 생각할지 몰라도, 결코 정답이 아니다. 그들은 자신의 진짜 욕구를 느끼는 것이 너무 고통스럽고 괴로워 그것을 무의식 영역으로 밀어내고 그 자리에 대체욕구를 들여앉힌 것이다. 그게 덜 힘겹고 덜 고통스럽기 때문이다. 대체욕구로 공백을 메울 뿐이다. 가짜 포만감은 짧게나마 그 고통스런 허기와 결핍을 마주하지 않게 해준다.

남편과의 문제가 심각해지면 쇼핑에 집착하는 아내, 성형에 중독된 여자, 술에 취해 늘 즐겁기만을 바라는 남자, 거듭되는 연애실패 후 분연히 돌아서 애견 키우기에 모든 것을 건 사람, 상사에게 혼날 때마다 폭식하는 여자, 주식에 빠진 남자, 도박에 목숨 건 남자, 실연 후 문란한 마구잡이 섹스에 빠지는 사람, 마약에 중독된 사람… 이들의 과도한 갈망은 모두 대체욕구다. 진정한 충만감이 아닌 가짜 포만감의 덫에 빠진 사람들. 그렇다면 이들의 진짜 욕구는 무엇일까.

첫 번째 포옹

진짜 욕구는 감정을 치유하고픈, 상처를 치유받고픈 욕구다. 과거의 시련과 고통을 넘어서고픈 갈망, 그 가능성을 향한 근원적인 치유욕구다. 그런데 그 욕구를 다른 욕구로 대체, 중독화한 것이다. 어린 시절, 혹은 과거 어느 시점에 경험한 심리적 고통, 아픔과 결핍을 치유하고픈 본원적인 마음. 하지만 어른이 되어버린 지금, 자신의 인성 안에 연약하게 숨어 있는 '결핍과 허기'를 있는 그대로 마주하지 못하고 고통스런 빈자리를 지우고 메워줄 모종의 중독행위와 맞바꿔버린다. 홀로 처절한 심리적 거래 끝에 '상처받은 유아적 세계'에 그대로 갇혀버린 것이다. 중독이라는 노래를 부르며. 하지만 대개의 중독자들은 정작 '감정치유 욕구'를 강하게 부인한다. 잘난 척 분석하지 말라고, 난 중독이 아니라고, 언제든 정리할 수 있다고 자신하며 말이다.

모든 것은 정도의 문제다. 그걸 얻기 위해 한곳을 향하는 몰입이 지나쳐 과잉으로 치닫는다면 대체욕구일 가능성이 높다. 적당한 쇼핑, 최소한의 외모 가꾸기, 지나치지 않은 음주, 상황에 맞는 적당한 섹스는 우리가 생기 있게 살아가고 재미나게 생활하게 하고 나아가 자신의 감정을 느끼고 드러내고 표현, 해소하는 데 도움을 준다. 마음을 이완시켜 열어주기 때문이다. 하지만 정도를 넘어선 탐닉적 활동, 중독적 행위는 그 무엇이든 감정의 해소, 치유과정을 훼방하기 마련이다. 오히려 모든 심적 에너지가 중독행위에 투여될 뿐이다. 스트레스 해소와 감정치유에 큰 도움이 되는 '상상력'도 고갈된다. 우리를 일으켜줄 수도 있는 다양한 감정들을 그저 억압하고 회피하면서 강박적 중독행동만 반복하는 한, 중독자에게 치유와 발전이란 있을 수 없다. 역기능과 퇴행이 가속화될 뿐이다.

많은 심리학 연구는 여자보다 남자가 중독에 빠질 가능성이 높다고 일관되게 밝히고 있다. 이유는 여러 가지다. 그중 하나는 비교적 '감정지향적'인 여자들에 비해 남자들은 더 '행동지향적'이라는 점이다. 남자들은 여자들에 비해 타인과 감정을 나누는 데 큰 가치를 두지 않는 데다 자신의 감정을 느끼고 인지해 드러내는 데 서툰 편이다. 이는 각종 연구결과를 제쳐두고라도 내가 임상장면에서 수없이 느끼는 현실이기도 하다. 과거보다 점점 나아지고 있기는 하지만 대개의 남자들은 내면의 감정, 느낌, 기분을 드러내고 표현하는 방법, 감정을 교류하며 깊이 대화하는 방법을 여자들만큼 알지 못하는 것 같다.

승욱 씨도 그런 모습을 여실히 보여주었다. 대개 남자들은 갈등 및 스트레스 상황에서 '싸우거나 도망가거나fight or flight 반응'을 행동으로 즉각 옮기는 강도가 여자들보다 강하다. 또한 그들은 생활 속, 관계 속에서 겪는 스트레스를 해소하기 위해 주로 혼자만의 시간을 확보하려 하거나 단독행동을 한다든지, 기껏해야 아내가 보기에 '하나 마나 한' 대화를 시도한다. 나름대로 신경 써서 시도하는 것이지만 국제정세, 경제, 정치, 스포츠 이야기라니, 아내 입장에선 시원치 않다. 그저 가족에게 무관심한 남편으로 보일 뿐이다. 스포츠중계 보며 감자칩을 씹다가 점수 날 때만 흥분하는 남편이 한심해 보인다.

대개의 남자들, 남편들이 이렇게 산다. 크게 이상한 것도 아니고 딱히 결격사유라 할 것도 없다. 문제는 관계에 위기가 오고 마음에 상처가 생기고 불만과 결핍감이 계속 차오를 때다. 깊은 대화가 필요한 시점, 서로를 보듬어주어야 벗어날 수 있는 위기의 순간이 닥쳤을 때 또는 사랑관계, 결혼관계가 종지부를 찍을 듯이 악화일로를 달릴 때 말이다. 회복과 치유가 필요한 시점, 좌절을 경험하고 깨진 마음을 어디에 두어야 할지 모를 때 인간은 취약해진다. 그런 상황에서 남자는, 아니 인간은 중독에 굴복해버릴 가능성이 급격히 높아진다. 슬픔과 좌절감을 있는 그대로 끌어안고 충분히 울지 못한 채, 가능한 자극적인 활동이나 즐겁고 새로운 행위에 불나방처럼 뛰어든다.

크게 보았을 때 남자 여자 모두 마찬가지다. 대체욕구를 만들어 거기에 숨어버리는 것이다. 내가 아프다, 다쳤다, 치유가 필요하다, 누가나 좀 도와달라는 감정의 외침을 뒤로 넘겨버리고 감정치유 욕구를 거짓된 욕구로 대체한다. 근원적인 허기감과 단절은 그렇게 거짓 욕망 이면에 방치된다. 늘 그래왔기에 익숙하다.

중독되어 있다는 건 '하지 못하는 말'이 있다는 뜻이다. 드러내지 못하는 상한 마음, 깨어진 마음이 그대로 방치되고 있다는 의미다. 홀리지 못한 눈물이 그득히 고여 있다는 뜻이다. 마음이 고립되어 가고 있다는 뜻이다. 이것이 중독자를 바라보는 치유의 프레임이다.

그래서 그들에게 끈기 있게 말을 건네고 손을 내밀어야 한다. 배우자가, 파트너가 어디엔가 중독되어 있다면, 내가 무언가에 과도히 탐닉하고 있다면 우리는 질문을 던져야 한다. 주의 깊게 관찰해야 한다. 어떤 감정을 치유받고 싶은지, 어떤 감정을 느끼고 드러내기 두려운지 말이다. 중독행동 자체를 공격하지 말고 그 이면에 감추어진 연약한 부분을 보듬는 마음가짐이 무엇보다 절실하다. 상대방의 연약함이 심각하다면 전문적인 치료로 이끌어주는 게 현명하다. '술 마시지 마, 안 마신다고 약속해, 술 마시면 끝이야, 한 번만 더 마시면 죽어버릴 거야…' 이런 말은 소용없다. 고난의 시기를 뚫고 나오려면, 의미 없는 교착상태에서 벗어나려면 내가 나를 돕는 건강한 자조self-help의 시선과 중독에 빠진 그를 돕겠다는 담대한 결단이 필요하다. 중독에 대한 치유 프레임 없이 비난만 난무한다면 그 관계에서 어떤 일이 벌어질지는 자명하다.

술 마시는 입보다 눈물 흘리는 눈이 더 아름답다. 술 마시는 입보다 감정을 고백하는 입이 우리에게 필요하다. 중독 이면에 감추어진 연약한 감정을 대면해 진정한 눈물을 흘릴 수 있다면 마음은 새로운 전기를 맞게 될 것이다. 삶을 바라보는 새로운 눈이 뜨인다. 거듭나는 것이다. 우리는 상황이 받쳐준다면, 누군가 진정으로 도와준다면 자신의 내면세계, 상한 감정, 상처와 허기, 결핍, 고통의 시절을 털어놓을 기회를 만들 수 있다. 도움이 필요하다. 우리 안에 이런 선한 능력이 이미 있다는 걸 나 자신이 먼저 굳게 믿고, 그 눈으로 파트너를 바라볼 일이다. 이 믿음을 파트너에게 심어줄 일이다. 이것만이 인간 내면에 깊이 새겨진 근원적 고통의 암호를 풀어줄 수 있다.

고통에서 벗어나고 도망치기 위해 가짜 포만감을 선택하는 연약한 마음에 진정한 위안을 주고 싶다면, 울지 못하는 그의 마음에 해소의 기회, 치유의 기회를 주고 싶다면, 무언가 움켜쥐고 있는 당신의 두 손을 활짝 펴라. 모두 내려놓자. 그렇게 빈손 되어 서로의 손을 맞잡을 일이다. 아름다운 상부상조만이 관계의 희망이다. 내 남자를 안아주자.

사랑의 실수

사랑의 실수는 인간인 이상 피해갈 수 없는 인생의 한 부분입니다.

관계의 딜레마는 누구나 겪을 수밖에 없는 인생의 일부분입니다.

사랑관계에서의 마찰과 갈등은 어쩔 수 없는 삶의 한 단면입니다.

나약하고 불완전한 존재에 지나지 않는 우리가 품는 사랑의 환상,

갈급한 마음을 지닌 우리가 만들어낸 파트너에 대한 기대는

여지없이 무너지게 돼 있고

이 또한 지극히 자연스러운 일입니다.

사람의 마음, 감정과 욕구는 매우 복잡 미묘하기에

사람과 사람이 만나 빚어내는 인생의 흐름은 감히 예측할 수 없습니다.

인생은 나를 즐겁게 해주기 위해 존재하는 드라마가 아닙니다.

삶은 그저 무심하고

우리는 그 속에서 깨달음과 성장을 이루어내며 갈 뿐입니다.

부딪침, 넘어짐, 깨어짐 속에 나를 찾아가는 긴 여정이지요.

시행착오 속에서 '경험'을 길어 올리는 것이기도 합니다.

그러하기에,

다 괜찮습니다.

하지만 '다 괜찮음'에도 조심해야 할 부분이 있어요.

귀한 관계 속 상대방에게 '고통'을 주는 건 멈추어야 합니다.

실수할 수 있고 마찰이 격화될 수도 있지만

지속적으로 고통을 주어서는 안 된답니다.

상대방도 초기에는 나를 받아줄 수 있지만

고통이 격심해지면 더 이상은 받아줄 수 없어요.

그는, 그녀는 신이 아닙니다.

그저 하루하루 자신을 극복하며 살아가는 보통의 인간일 뿐이니까요.

내가 바라는 걸 그도, 그녀도 똑같이 바라고 있답니다.

사랑의 실수가 관계고통으로 번져 고착화되지는 않았음 해요.

노력해야 할 부분입니다.

두 번째 포옹
남자의 상처는 오래간다

사랑한다는 것의 진정한 의미는 자기 자신을 넘어서는 것이다.

오스카 와일드

모든 상처에는
이유가 있다

　　　　　　　　마치 혈투에서 막 빠져나온 것처럼
지친 표정의 두 사람은 그래도 첫 대면이니 예의를 차려야 한다는 듯
약간은 부자연스런 미소를 지었다. 그러지 않아도 되는데. 그런 둘의
모습이 순수하고 순진하다는 느낌을 불러일으켰다. 젊구나.

　젊은 부부였다. 남자는 풍채 좋은 호인 스타일이었고 여자는 만화
속 여자주인공처럼 가녀렸다. 키가 꽤 큰 데다 야윈 몸매라 가을날 하
늘거리는 코스모스 같다고 느껴졌다. 풍성한 웨이브가 돋보이는 특이
한 커트머리는 가을하늘에 펼쳐진 꽃잎 같았다. 두 사람, 잘 어울려 보
였다. 하지만 상준 씨와 윤선 씨 사이에 얼핏 장벽도 있는 듯했다. 어

쨌든 분명한 건 둘 다 지쳐 보인다는 것이다. 필시 한 전쟁터에 같이 있었던 것 같다. 서로 적군으로. 그런데 지금은 같이 내 앞에. 그럼 지금은 적군일까, 아군일까. 휴전상태인 걸까? 언제든 다시 시작할 수 있는 전쟁? 아니면 종전? 화해? 이 젊은 부부는 내가 가만히 쳐다만 보고 있어서인지 덩달아 나를 가만히 쳐다보고만 있다. 서로 쳐다보고 있는 우리 세 사람. 이제 시작이다.

"너무 자주 싸워서요. 싸우면서 서로 상처를 많이 입어서… 얼마 전에는 싸우다 제가 이혼 얘기를 꺼내버렸어요. 충동적으로…." 말문을 연 건 상준 씨였다. 목소리가 부드럽구나. 차분하고. 하지만 아픔과 고뇌가 서려 있음을 뚜렷이 느낄 수 있었다. 커다란 덩치가 무거운 바위처럼 느껴졌다. 아무리 밀어도 밀리지 않을 것 같은 바위. 하지만 바위의 뒤편 또는 아래면 어디에선가 눈물이 흐르고 있을 것 같았다. 바위의 눈물.

바위 옆에서 윤선 씨는 고개를 숙인 채 가늘게 떨고 있었다. 아마 눈동자도 흔들리고 있겠지. 그녀의 흐트러진 머리칼이 참으로 서글픈 웨이브를 연출했다. 이 젊은 남자와 여자에게 감당하기 어려운 난관이 있었나 보다. 남자가 이혼 얘기를 꺼내기 이미 오래전부터 둘 사이의 균열은 심했을 테지. 아팠겠구나, 두 사람. 남자가 꺼낸 이혼 얘기는 관계통증이 극심해져 더 이상 견디기 어려운 지점에서 백기를 든 것 아니었을까. 흰 수건을 링에 던지는 것처럼. 계속 덧나는 마음의 생채기를 멈추게 하고 싶었겠지. 아프니까.

"아내는 제가 술 마시는 걸 너무 싫어합니다. 술 마시는 이슈 자체로 싸움이 벌어져요. 술자리에는 꼭 아내의 허락을 받고 나갑니다. 그러다 지난 주말의 일이었어요. 아내와 약속한 밤 10시를 넘겨 12시에 귀가했는데… 10시가 딱 되니 아내의 문자와 전화가 오기 시작했고… 문자에 온갖 험한 말들이 쓰여 있었어요. 술김에 화가 벌컥 나더군요. 그래서 술을 더 마셨고… 기분이 상했죠. 마음에 확 상처가 난 거죠. 이런 적이 한두 번이 아니었어요. 아내가 제 마음을 후벼 파는 것 같았어요."

짧은 침묵이 흐른다. 가늘게 떨고 있는 여자에게 나는 눈동자를 고정시켰다. "당신 이야기를 들어보고 싶어요." 내 말에 윤선 씨의 눈에 눈물이 맺혔다. 눈가와 코끝이 짙은 분홍빛이, 그다음에는 붉은색이 되어갔다. 점점 붉어지는 그녀의 얼굴을 보며 어린 시절 내 작은 손톱에 붉은 봉숭아물을 들이시던 엄마와 내 모습이 떠올랐다. 무척 젊은 엄마였고 참으로 어린 나였다. 엄마는 아름다웠고 나는 귀여웠다. 열 손가락마다 봉숭아꽃잎을 으깨어 올려주던 엄마. 손가락 하나하나 비닐로 곱게 싸고 실로 친친 동여매며 엄마는 말씀하셨다. "손가락이 빨간 색으로 예쁘게 물들 거야." 하늘에서 번져 내려오는 주문 같았다. 엄마가 건 주문 때문인지 나는 하늘을 날아갈 것만 같았다. 친친 동여맨 열 손가락을 쫙 벌린 채 하늘을 향해 함박웃음을 지으며 난 집 앞을 뛰어다녔다. 물들어라, 물들어라, 예쁘게 물들어라. 그렇게 노래를 부른 것 같았다. 내 손가락은, 아니 나는 그렇게 엄마의 사랑으로 붉게 물들어갔다. 그날 저녁, 나는 손가락을 아빠께 자랑했다. 엄마가 해줬어요. 예쁘죠, 아빠? 아빠는 예쁘다 하셨다. 그날 밤, 아빠가 잠든 사이 엄마는 아빠의 새끼손가락에 몰래 실을 동여맸다. 다음 날 아침, 아빠는 엄마에게 화를 내셨다. 이러고 어떻게 다니느냐고. 엄마는 뒤로 넘어가게 웃으셨다. 나도 자지러지게 웃으며 생각했다. 예쁜데 뭘, 전 열 개예요, 하하. 그렇게 아빠와 나는 젊고 아름다운 엄마 덕에 한 계절, 두 계절… 붉은 손톱을 나풀거리며 살았다. 수많은 세월이 흐른 지금. 엄마도 늙으셨고 나도 늙어가고 있다. 아빠의 손톱은 세월의 굴곡을 담은 채 더디게 자라는 노인의 손톱이 되었다. 봉숭아꽃잎에 물들었던 어린 내 손도 이제는 아픔을 어루만지고 문제를 헤쳐가며 함께 성장을 추구하는 상담가로서 부부의 상처와 관계아픔을 새하얀 상담종이에 적어 내려가는 현실적인 손이 되어 있다. 지금 나의 현실적 손놀림 뒤엔 엄마 아빠의 사랑이 숨 쉬고 있었다. 그리고 내 앞에는 젊은 여자가 앉아 있다. 그녀의 열 손가락이 아닌 눈물 맺힌 두 눈과 오똑한 코끝에 마음속 상처에서 흘러나온 붉은빛이 물들어가고 있었다.

"지난 주말이었어요. 남편 술자리가 있었는데… 남편이 일주일 내내 주말까지 가족과 함께하는 시간이 전혀 없어요…."

내 남자 안아주기

남자와는 사뭇 다른 이야기를 들려준다. 초점이 다르다. 관계가 많이 깨져 있는 부부에게서 흔히 보는 모습 중 하나가 서로 다른 초점에서 이야기를 시작한다는 것이다. 마치 다른 채널에서 방영되는 드라마를 보는 것 같다. 이렇게 따로 노는 퍼즐조각을 모두 모아 합쳐내는 것이 내 몫일 테지. 가능한 많은 퍼즐조각이 필요하다. 두 사람이 최대한 많이 찾아내 꺼내도록 독려해야겠지.

"평일에도 귀가시간이 11시, 12시예요. 작년 여름부터는 일이 많다며 새벽 2시에 귀가하는 때도 많아졌어요. 출근도 새벽에 하고…." 눈물이 주르륵 흘렀다. 남편의 부재를 선명히 보여주는 쓸쓸한 눈물이었다. 배경과 이유야 어쨌건 남편의 부재는 분명해 보였다. 두 사람 사이에 균열과 단절, 누수현상이 발생하고 있지 싶다.

"토요일이라도 남편과 함께 있고 싶어서 귀가시간을 정한 거고… 그런데 그날도 늦고 싸움이 벌어지고 결국 이혼 얘기가 나온 거예요."

윤선 씨는 남편이 제시간에 들어오지 않자 너무 마음이 상했고 섭섭했다고 한다. 남편에게 문자와 전화를 보내기 시작했고 급기야 술자리에 있던 남편 친구에게도 너무한 것 아니냐며 긴 문자를 보냈다. 귀가한 남편은 화가 나 있었고 남편을 보며 아내는 긴장했다고 한다. 내게 화가 났구나. 나를 노려보는구나. 아내에게 그 순간 남편은 관계를 고민하고 관계에서 상처받아 아파하는 사람이 아니라 화난 사람, 무서운 사람일 뿐이었다. 상준 씨는 그날 귀가해서 아내에게 '사는 게 너무 힘들다'고 말했는데, 그녀는 그 말에 '내가 싫어진 거구나'라며 서러웠다고 한다. "그날 마음에 너무 큰 상처를 받았어요. 남편이 이혼 얘기를 꺼낸 게 두 번째인데요, 정말 서럽네요…."

바위처럼 앉아 있던 상준 씨가 말을 이어간다. "지금 아내의 말에서 이해되는 부분도 분명히 있어요. 그런데 아내는 호불호가 너무 심합니다. 술 먹는 건 싫다고 딱 잘라 말합니다. 술을 죄악시해요. 술자리에 있는 제 친구들도 싫어해서 만나지도 못하게 해요. 그래서 술을 먹으면 당장 싸움이 나요. 그리고 저를 의심합니다. 불신당하는 것 진짜 상처 됩니다. 그러면서 저는 생각합니다. 아내가 나를 이해하지 못하는구나. 나는 이해받지 못하는 존재구나. 단지 술을 못 먹게 해서가 아니고요, 싸울 때의 아내 모습, 말들, 눈빛을 보면 아내가 과연 나를 좋아하고 존중하고 이해하려 하는지에 대해 근본적인 의문이 들거든요… 점점 힘들어져요…."

남편의 늦은 귀가, 가정에서의 부재, 아내의 술 혐오, 남편에 대한 의심과 공격. 이 모두는 부부불화의 원인이자 결과다. 무엇이 먼저인지 따지는 것은 무의미하다. 남편이 술을 마셔서 관계가 나빠졌는지, 아내가 하도 몰아붙이고 통제하거나 의심해서 남편이 술로 도망간 것인지, 남편이 집에 잘 들어오지 않아서 아내의 의심이 시작됐는지, 아내의 불신에 남편이 화나서 거리를 둠으로써 아내의 의구심을 부채질했는지. 남편과 아내는 돌고 돈다. 이 순환을 이해해야겠지. 직선적 인

과관계를 설정하는 게 아니라 순환, 즉 선순환과 악순환을 이해해야
하는 것이다. 하지만 이 두 사람은 각자 너무 고통스러워서 정신이 없
다. 그럴 수밖에 없는 상황이다. 두 사람 뒤에 무언가 커다란 배경적
역사가 있을 것이라 생각해본다. 상준 씨가 집을 멀리하게 된 속사정.
윤선 씨가 남편을 믿지 못하게 된 사연. 밑도 끝도 없이 이렇게 되지는
않았을 것이다. 모든 상처에는 이유가 있다.

"제가 일을 본격적으로 시작하면서 너무 힘들었어요. 그래서 아내에
게 말했죠. 앞으로 힘들어질 거고 시간 내기 어려울지 모른다, 내가 너
를 충분히 보살피지 못할지도 모른다… 아내에게 누누이 말했거든요.
그러면 아내가 이해해줄 줄 알았어요. 그러고는 일에 제 역량을 쏟아부
었습니다. 아시다시피 기업이 얼마나 치열합니까. 제 목숨이 제 것이 아
닙니다. 그런데 아내는 계속 왜 같이 있지 않느냐고 화내면서 우는 겁니
다. 아, 나를 이해해주지 못하는구나… 섭섭했어요. 하지만 아내가 힘
들어하니 저도 나름대로 가사일을 도왔어요. 자정에 귀가해서 설거지
하고, 기진맥진한 상태로 빨래도 돌리고, 아이 방도 정리하고… 아내
가 제가 할 리스트를 적어놓거든요. 아내는 이미 잠들어 있고요…."
  음… 비즈니스 장면 같구나. 지시하고 수행하는 관계 그리고 건조한
의사소통. 연결, 위로, 교류, 함께함보다는 지시, 요구, 의무와 노동만
이 남았구나. 그녀가 리스트를 적어놓고 잠들어버린 심정이 궁금했다.

이유가 있을 테다.

"하루 종일 저 혼자 아이보고 집안일 하는 게 힘들었어요. 외로웠고요. 피부병, 탈모, 위염도 생기고… 그래서 남편에게 집안일을 부탁한 거예요. 기계적으로 적어놓고 잔 이유는… 밤에 혼자 남편을 기다리는 게 괴로워서 먼저 자버리는 게 나았고요… 남편과 마주치기 두려워서 그랬어요. 남편 얼굴을 마주보는 게 두려워서 글로 적은 거였어요."

그녀가 흐느껴 울기 시작했다. "남편이 힘들어하는 걸 나중에 알았어요… 내가 남편에게 집착하나…라는 생각에 제 자신이 싫었어요. 그래서 남편에게 전화도 하지 않게 되고… 남편과 대화 없이 지낸 날들이 길어지고 있어요. 동네 아주머니들은 저보고 마음 비우라고…."

울음에 섞여 발음이 불분명했지만 난 정확히 알아들을 수 있었다. 마음의 귀로 들었기 때문이다. 윤선 씨는 언젠가부터 심하게 우울해졌다고 한다. 내가 보기에도 그녀에게 우울감이 들어차기 시작한 지 꽤 오래된 것 같았다. 우울해지니 기력도 없어지고 살림을 꾸려가는 것도 버겁기 그지없었다. 매사 짜증나고 남편에게도 예민하게 반응하게 되었다. 모든 게 비관적으로 보였다. 게다가 남편이 술을 마시면 종종 거친 말을 하며 공격도 하던 터여서 윤선 씨는 마음의 상처가 깊어질 대로 깊어진 상태였다. 그런 아내에게 '당신이 남편을 이해하라'고 누가 말할 수 있을까. 그녀의 고통과 상처도 이해받고 치유되어야 하는데.

"연애 때 제가 아내를 힘들게 한 적이 있긴 있어요. 오래전 일이죠…
연애 때 제가 여자동료와 문자를 주고받고 둘이서 식사를 한 적이 있었
어요. 딱 한 번이었는데, 아내가 알고는 저를 양다리 걸치는 놈이라며
무척 힘들어했던 적이 있었어요. 제 잘못이죠. 아내에게 사과했어요. 하
지만 아내가 생각하듯 그 동료와 사랑하거나 사귄 것은 결코 아니었는
데 아내가 심하게 바람피운 것으로 몰아가서 좀 답답하고 억울하긴 했
어요. 그 일 때문인지… 아내는 제가 연락이 안 되거나 술을 마시면 무
슨 거창한 외도를 하는 사람 취급을 해버립니다. 전 너무 억울하고…
얼마 전에 이혼 이야기를 꺼낸 것도 아내가 너무 막무가내여서… 저를
궁지에 모니까… 제가 이 관계에서 할 수 있는 게 없겠다는 생각이 들
었어요. 그러면서 이혼 얘기가 나와버린 겁니다…."

이야기를 듣던 윤선 씨는 뭔가 '아…' 하는 얼굴이었다. 그녀의 눈빛
에서 무엇인가 반짝 일어났고 어깻죽지가 부드러워졌다. "지금 기분이
어떠세요?" 나의 느릿한 질문에 그녀가 말했다. "…남편이 이렇게까지
힘든 줄은 몰랐어요. 저에게 이해받고 싶어 한다는 것도 새롭네요. 연애
때 그 일이 제게 충격이기는 했어요. 저는 그 일을 잊었다고 생각했는
데… 남편 말대로 그 일이 지금 영향을 미치고 있는 것 같아요… 오래
전 일인데… 솔직히 말씀드려서 가끔 떠오른 것 맞고요, 생생히… 그
럴 때마다 불안했어요…."

자신의 말이나 행동이 상대방에게 상처였다는 사실을 알게 되고, 상

대방이 나 때문에 마음이 상했다. 마음이 아팠다는 것을 직접 듣게 되면 상황은 점차 달라진다. 이때 중요한 것은 싸움으로 번지지 않을 안전한 환경에서 방어태세를 풀고 이야기하는 것이다. '나 힘들다, 너 때문에 이렇게 됐다, 나는 감정의 피해자다' 주장하며 상대방을 원망하고 공격하던 사람이 되레 자신이 상대에게 상처를 주기도 했다는 사실을 깨닫는 것. 결코 예상하지 못했던 상황이 벌어지면서 멍해지는 순간, 관계에 암울함을 드리웠던 구름이 걷힌다. '내가 모르는 나'와 직면하며 내가 몰랐던 관계의 진실 한 측면과 만나는 순간인 것이다. 자기로부터 초래된 상대의 아픔에 놀라면서, 자신의 상처가 여전함에도 그에 못지않게 상대 또한 나처럼 상처받았다는 동병상련의 감정이 생겨난다. 여기에는 건강한 죄책감도 작용한다. 성숙한 공감능력은 죄책감을 느낄 수 있는 사람, 죄책감을 잘 소화해 승화시킨 사람에게서 피어난다.

상준 씨는 말을 이어갔다. "제가 우울증인 것 같아서 치료를 받아볼까 생각도 해봤어요. 이 생각은 몇 달 된 것 같아요. 싸우면 너무 힘들어서 한 달 전부터 아내에게 부부상담 받자는 제안도 했죠. 살기 싫다, 너무 힘들다는 생각을 그냥 키우면 안 되겠다 싶었어요. 그런데 아내는 저의 제안을 대수롭지 않게 여기더라고요. 아내는 힘들지 않나? 나만 괴로운가 하는 생각에 쓸쓸했어요… 그래서 좀 늦게, 이제야 오게 된 겁니다."

상처를 주고받는 것은 아픈 일이다. 관계의 초기에는 상처 준 자, 상처받은 자를 어느 정도 구분할 수 있다. 하지만 이는 이내 무의미해진다. 두 사람 관계란 거울과도 같아서 일방적인 상처란 있을 수 없는 데다. 상처받은 사람은 그 아픔을 그대로 가지고 상대를 대하기에 어떤 식으로든 비슷한 고통을 되돌려줄 가능성이 높다. 인간은 상처를 받으면 재차 상대방이 '그 느낌'을 고스란히 느끼도록 만든다. 그래서 상처를 많이 입은 자가 나중에 보면 상처를 많이 주는 사람이 되어 있는 걸 보곤 한다. 즉 상처를 많이 주는 사람은 이미 상처를 많이 입은 사람이기도 하다는 뜻이다. (물론 타인에게 무조건 상처를 주는 성격적 문제를 지닌 사람은 예외다.)

이처럼 관계에서 자꾸 상처를 주는 사람도 알고 보면 본래 상처를 잘 입고, 심리적으로 섬세하거나 예민한 기질을 지녔을 가능성이 높기에 관계에서 죄책감과 무기력감을 느끼는 일도 허다하다. 자부심과 자신감도 떨어지니 관계에서 점점 회피적 태도를 취하게 되거나 수동적 모습을 보이는 경우도 흔하다. 누가 보아도 성격적 문제가 뚜렷한 사람이 아닌 다음에야 관계에서 상처를 주는 사람과 받는 사람 모두 괴롭기는 마찬가지인 것이다.

그 역할은 늘 뒤바뀐다. 이 괴로움이 해결되지 않고 점점 커지면 그들은 괴로움과 무기력감에 짓눌려, 관계에서 상처가 된 일을 짚고 넘어가며 관계발전을 꾀하기보다는 두루뭉술하게 대충 마무리하려 하거

두 번째 포옹

나 그냥 흐지부지 슥 덮어버린다. 나도 모르게 말이다. 이것이 점차 심해지면 아예 관계에서 이탈하거나 단절을 꾀할 수도 있다. 상대와 접촉과 연결을 끊어버리는 것이다. 관계는 그 지점에 고착되고 회복의 기회는 소리 없이 사라진다. 그러다 언제든 비슷한 자극에 다시 살아나 똑같은 통증을 겪는다. 과거와 현재는 그렇게 꽁꽁 묶인 채 굴레를 만들어낸다.

상처 속에는 교훈이 있지만, 그 교훈을 길어올리려면 나도 강해져야 한다. 나만 힘들다는 자기연민에 빠지면 안 되지 싶다. 관계상처를 방치하지 말고 그때그때 짚어 돌보겠다는 의지가 필요하다. 함께 말이다. 나만 상처 입은 게 아니다. 내 남자도 상처 입는다.

상처에도 불구하고
만들어가는 것

　　며칠 후, 상준 씨와 윤선 씨가 다시
찾아왔다. 반가운 마음에 두 사람을 번갈아 바라보는 나를 두 사람도
반짝거리며 바라보았다. 상담 후 마음이 한결 편해졌지만 좋지 않은
이야기를 꺼내는 것이 좀 불편하기도 하다는 말로 윤선 씨가 조심스레
입을 열었다. 오늘도 그녀의 큰 키는 휘청거린다. 그럴 수 있지. 상처
를 다시 돌아보는 것은 참으로 어려운 일이지. 아픔과 괴로움, 불편함
을 견뎌내기 위해서는 심리적 강건함이 필요하다. 그 아픔과 괴로움을
피하지 않고 마주할 때 비로소 아픈 감정의 해소, 상처로부터의 해방
이 시작되고 마음이 건강히 비워질 수 있음을 그녀도 점차 몸과 마음

으로 깨달아가겠지. 상준 씨가 말을 잇는다.

"지난번 상담으로 제가 정말 환기되었던 것 같아요. 상담 끝난 후 아내가 제게 상담시간 동안 괴로운 이야기하는 게 힘들다고 했는데, 그러면서도 일상을 편하게 지내는 게 눈에 띌 정도였어요." 남편의 말에 조용히 고개를 끄덕이는 윤선 씨가 마치 바람에 흔들거리는 코스모스 같아 보였다. 남편은 바람, 아내는 꽃. 하지만 그 꽃이 이내 슬퍼 보인 건 이어진 그녀의 말 때문이었다. "전 안 좋았던 일을 이야기하지 않는 편이에요. 친구들에게도 얘기 못해요. 결혼생활 이야기… 하지 않아요…."

그녀가 외로워 보였다. 마음속 아픔을 나누지 못한다는 것은 가혹한 2차 아픔이다. 그 아픔을 혼자 짊어지고 가면 어깨와 마음에 시퍼런 멍이 들 수밖에 없다. "음… 부모님께는요?" 나의 질문에 그녀가 화들짝 놀랐다. "부모님요?" "네." 내가 너무 무덤덤하게 물었나?

"부모님께 말씀드리지 않아요… 지금 제 결혼생활이 어떤지 전혀 모르세요…." 그녀, 남편, 나 모두 가만히 앉아 있었다. 상담실 시계의 초침도 우리와 함께 멈춘 듯했다. "만일 부모님께 제 결혼생활이 힘들다고 말씀드리면 모두 제 잘못이라고 하실 거예요. 늘 그러셨거든요. 네 잘못이다, 네가 모자라서 그런 것이다… 휴… 어릴 때부터 제 속 이야기, 힘겨운 점들을 엄마 아빠에게 털어놓지 못했어요. 말만 하면 늘 꾸중을 들어서… 좋은 말만 하자… 엄마 아빠가 기뻐할 말만 하자… 아니면 참자… 그게 제 성격이 된 것 같아요. 누구에게도 제 이야기를 안 하는 편이어서 남편과 둘이 이야기하는 것도 좀 불편해요. 상담시간 내내 남편과 함께 앉아 말하는 게 낯설기도 하고… 남편과 같이 있는 게 싫기도 해요."

"싫다고요?" 내 질문에 그녀가 이어 말했다. "남편이 제 속마음을 아는 게 싫어요. 남편이 제 마음을 다 알 필요가 있을까요? 제가 그간 남편에게 제 마음을 일일이 다 말한 게 문제 아니었나 싶기도 하거든요…."

그녀는 두려워 보였다. 남편과 같이 있는 게 싫은 게 아니라 두려운 거구나. 마음속 깊은 이야기를 함으로써 관계가 깊어지고 의미로워진다는 걸 경험하지 못하고 성장했나 보다. 마음 한 켠이 아려왔다. 겉으로 드러난 것보다 훨씬 외로운 삶을 살아온 여자일 수 있겠다 싶다. 이어 상준 씨가 담담히 말을 꺼냈다.

"선생님, 지금 아내가 말한 부분이요, 타고난 성격인지… 아내는 늘 선을 지키고 싶어 하는 것 같아요. 부끄러운 것도 보여주기 싫어하고 내가 아이처럼 행동하면 그것도 싫어하고… 어떨 때는 제가 다가가기 어렵기도 해요. 아내가 제게 거리를 두는 것 같기도 하고…." 그녀는 남편의 말을 조용히 듣더니 말을 이었다.

"그건 아닌데… 결혼 후 나름대로 남편에게 많이 이야기하자, 마음을 열자고 결심하고 이것저것 다 얘기했어요. 그런데… 남편이 별로 좋아하지 않는 것 같더라고요. 피곤하다면서 심드렁해하더라고요. 그래서 아, 내 이야기가 시시콜콜하구나. 안 하는 게 맞겠다… 마음을 보

두 번째 포옹

여주지 않는 게 잘 지내는 방법이겠구나 했어요."

　윤선 씨는 마음에 상처를 입은 것이다. 남편에게도 친구에게도 그리고 부모에게도 자신의 이야기를 하지 않는다. 마음을 나눌 사람이 없다. 심리적 단절. "인간이 피신할 수 있는 곳은 다른 인간들 가운데다"라고 카뮈가 말하지 않았던가. 인간, 결국 그러할진대. 관계에서 불가피하게 상처가 생긴 후, 그럼에도 상대에게 다시 다가가 아프다 표현하고 상대에게 말할 기회를 주고 깊은 대화를 나누며 서로 한 걸음씩 알아가는 '따뜻한 수습'이 아니라, 벌어진 상처를 그 채로 놔두고 마음의 창문을 닫아버리고는 홀로 내상을 쌓고 또 쌓는다. 입도 닫는다. '도 아니면 모'라는 이분법이 작동을 시작한다. 이야기를 한다, 안 한다. 마음을 보여준다, 보여주지 않는다.

　마음을 보여주지 않는다니. 마음을 보여주지 않고 살 수 있을까. 그것도 가장 가까운 부부관계에서. 어찌 보면 상준 씨가 말한 '아내가 거리를 두는 것 같다'는 느낌은 정확했다. 만일 아내의 자세가 그대로 유지되면 이는 정서적 이혼으로 가는 길이 될 것이다. 함께 살되 속 이야기를 나누지 않는다. 나를 보여주지 않는다. 그런 관계가 성장하고 깊어지기는 어렵다. 그녀가 관계에서 거리조절을 어려워하는구나. 아니해본 적도 별로 없을지 모르겠구나. 그래서인지 도 아니면 모, 혹 아니면 백이라고 생각하는구나. 상처받은 아내는 남편에게 또 상처를 주고 상처받은 남편은 아내를 어려워하게 되는 순환.

상준 씨가 말한다. "솔직히 말하면, 아내가 거의 매일 삐쳐 있는 것 같아요. 아내가 삐치는 게 불편하고 너무 어렵습니다. 어떻게 해야 할지 모르겠어요. 제가 뭘 잘못했는지도 모르겠고, 아무리 생각해도 그다지 잘못한 게 없는데 아내가 저를 그냥 못마땅해하는 것 같아요. 그럼 저는 솔직히 위축됩니다. 그렇게 위축되어 있는데 아내가 언성이라도 높이거나 의심의 눈초리를 보내면 진짜 마음에 상처가 납니다… 제 나름대로 그린 이상적인 가정의 그림이 있었는데, 왜 자꾸 벗어나는 건지…."

윤선 씨는 남편의 이야기가 흥미로운 듯 고개를 끄덕이며 귀를 쫑긋한다. 그러더니 입을 열었다. "상담이 아니었다면 이런 이야기를 못 들었을 것 같아요. 남편이 상처를 입었군요… 그것도 많이. 제가 생각했던 것보다 큰 것 같아요… 선생님, 남자들도 상처를 받나요? 아… 남편이 얼마 전 자신이 상처가 많아서 집에서 위로받고 싶다고 말한 적 있어요. '나 약한 사람이야'라면서… 솔직히 그 말을 들으면서 이해가 잘 안 됐어요… 아픈 건 나인데… 하지만 곰곰이 생각해보았어요. 내가 남편에게 너무 무리한 부탁을 했나? 남편이 운동하러 간다는 것을 말려서 스트레스를 받았나… 내 탓인가…."

꼭 자책만은 아니었다. 심연을 조심히 살피는 표정이었다. 그러다 문득 윤선 씨의 눈에 눈물이 맺혔다. "제가 그동안 남편에게 화를 많이 낸 것 같아요… 제 입장에서 너무 기대를 크게 한 것 같기도 하고…."

두 번째 포옹

아내의 이야기를 듣던 상준 씨는 차분하게 말했다. "저도 아내에게 상처 준 적 많은 것 같아요… 짜증도 내고… 이제 그런 것들을 풀면서 가고 싶어요. 제가 가장 힘들었던 건… 제가 어떤 말을 했는데 아내가 어떻게 그럴 수 있느냐며 저를 공격할 때였던 것 같아요. 저는 그냥 하고 싶은 이야기를 한 건데 아내의 눈에서 불이 나면 영문도 모르겠고… 아내에게 미안한 마음도 확 사라져버렸어요… 그러면서 더 일에 매달리고 집에 늦게 들어간 게 아닌가 싶네요. 하도 저를 가해자 취급해서 얼마 전에 이렇게 말했어요. 나 약한 사람이라고."

관계에는 붕괴라는 것이 일어난다. 관계는 건축물처럼 두 사람의 관계 청사진 그리고 애정의 토대 위에 차곡차곡 만들어나가는 것이기에 자칫하면 언제든 무너질 수 있다. 상준 씨의 말처럼 의도치 않게 여자에게 상처를 입혔을 때 여자가 '상처 입었다'며 공격적으로 감정적인 반응을 보이면 상처 준 자와 상처받은 자가 뒤섞이면서 붕괴가 일어난다. 특별한 의도 없이 행동했다가 얼결에 상대에게 상처를 준 사람은 상대를 위로하거나 정황을 부연설명하거나 사과할 기회도 없이 상대방의 분노세례를 감당해야 하고, 되레 자신이 가격당했다 여기며 쓰러진다. 쓰러진 남자는 여자에게 분노와 수치심을 느끼고, 그 대표적인 반응으로 관계에서 멀찌감치 떨어져 나간다. 일중독에 빠지기도 하고 술에 취하기도 한다.

여자는 남자가 상처만 주고 무책임하게 달아난다, 나를 돌보지 않는다, 애정과 관심이 식었다면서 괴로워한다. 남자가 '이 관계에서 마음대로 떠날 수 있는 힘을 가진 사람', '결국 나를 버릴 사람'으로 여겨지면서 분노와 슬픔이 커져간다. 남자가 어떤 상처를 받고 어떤 것에 괴로워하는지 헤아리지 못하게 될 만큼 여자의 분노와 슬픔은 무거워진다. 관계는 그렇게 붕괴가도를 달린다. 그러다 끊어진다.

관계를 돌본다는 건 내 상처와 네 상처를 동시에 돌보며 간다는 의미 아닐까. 남자의 상처에 귀 기울이는 것이 남자를 사랑하는 방법일 테다. 나도 아프고 힘겹고 눈물 흐르지만 그 채로 고개를 약간 돌려 남자를 바라보며 내가 먼저 귀를 조금 기울여보는 건 어떨까. 남자를 안아주면서. 접촉하고 또 접촉해보면 어떨까. 관계는 이처럼 상처에도 불구하고 만들어가는 것이니까.

내가 받고 싶은 사랑을 내가 먼저 건네보자. 어려운 일지만 그렇기에 '주는 사랑'이 더욱 값진 것일 테다. 그 모습을 보며 남자는 배울 것이다. 사랑받음으로써 고마움도 생겨날 것이고. 깊이 감사할 때 크게 움직이는 게 인간 아닌가. 사랑을 배운 남자는 여자에게 또 그렇게 해줄 것이다. 따뜻한 순환을 내가 먼저 시작해보는 것도 좋지 않을까.

"선배, 선배는 가슴 아픈 이별을 해
본 적 있어요? 이별… 이별이라는 말도 이제는 참 어색하네요. 우리 나
이가 이렇게 됐고 결혼도 했으니 현실적으로 말할게요. 이혼, 이혼이요."

늦은 오후였다. 겨울에서 봄으로 넘어가는 계절, 오후에서 저녁으로
넘어가는 시간. 그렇게 무심히 넘어가고 또 넘어가는 날이었다. 커피
잔을 내려놓으며 후배 지섭은 내게 묻는다. 헤어짐을 생각하는 그에게
내가 정성스레 내려준 이 커피는 유난히 더 쓸까.

남자가 아내와의 관계에서 겪는 상처 중 가장 강력한 것은 물론 이
혼일 테다. 오랜만에 만난 반가운 후배, 지섭도 그 충격에 휘청거리고

있었다. 띠리릭. 선배, 바쁘겠지만 클리닉에 커피 마시러 잠깐 들러도 되는지, 시간 되냐는 문자 알람이 울린 건 내가 상담을 마치고 기지개를 켠 순간이었다. 그의 문자메시지 글자와 글자 사이에 스며 있는 그 무엇인가를 가만히 바라보던 나는 이내 답문자를 보냈다. 당근. 그런 후 나는 지섭의 얼굴을 떠올려보았다. 그리고 이어서 마저 찍었다. 마침 시간이 돼. 너 타이밍 잘 맞춘다.

결혼 5년 차인 지섭은 아내와의 갈등이 심했다고 했다. 작은 다툼부터 큰 싸움까지 마음이 지쳐갔다고 했다. 그러던 중이었다. "한 달 전인가… 아내와 다투다 보니 싸움이 커졌어요… 서로 너무 화가 난 상황이었죠. 아내가 갑자기 그만 헤어지자, 이혼하자고 했어요. 더는 힘들어 못하겠다고…."

지섭은 의외로 담담했다. 그가 빚어내는 침묵은 담담하지만 무거웠다. 그 무게를 힘겹게 들어올리듯 그가 말을 이었다. "아내가 이혼 얘기를 꺼낸 건 이번이 두 번째인데… 솔직히 첫 번째보다는 충격이 덜했어요. 처음 들었을 때의 충격은 이루 말할 수 없었어요. 아내가 뭔가 무척 힘들고 고통스럽구나 하는 생각도 들었지만, 그보다 제 마음의 지진을 어찌해야 할지 모르겠더라고요. 얼어붙는 느낌이었죠. 속으로 화도 났던 게 사실이고요. 그러면서 나름대로 깊은 대화를 시도했고… 서로 조심하며 지냈어요. 그런데… 제가 알고 있던 것과 달리 아내 마

두 번째 포옹

음 안에 쌓인 게 어마어마하더라고요. 또다시 충격이었죠. 제가 실패자 같았어요. 우리 사이에 문제가 되는 이슈는 여러 가지예요. 현실적인 문제, 부모님 문제, 서로에 대한 배려, 애정… 둘 다 무척 예민해진 채 긴 시간을 지낸 것 같아요. 어떻게 풀어가나… 고민하면서 제 입장에선 조심하며 지냈죠. 그런데 또 튀어나온 이혼 요구….”

그가 한숨을 깊이 내쉰다. 통증 끝에 어렵사리 삐져나오는 소리 같기도 했다. 아내가 이혼 얘기를 꺼낸 한 달 전부터 지금까지 어떻게 지내고 있느냐는 내 물음에 “…냉담해요. 아내가… 차가워졌어요”라 짧게 대답했다. 냉담. 애착관계에서 냉담만큼 서러운 표현이 있을까. 사람을 옴짝달싹하지 못하게 동여매는 말이 있을까. “사랑의 비극은 죽음도 이별도 아니요, 그것은 냉담해지는 데 있다”고 서머싯 몸은 노래했지. 한때 뜨겁게 사랑했던 남자와 여자. 왜 냉담해지는 걸까. 무엇 때문에 냉담해지는가. 냉담하다는 건 사랑이 식었다는 뜻일까. 끝났다는 의미일까. 그런 게 아니라면 냉담함은 회복될 수 있을까.

애착관계의 정수는 온정성과 다정함이라고 생각한다. 그 특유의 따뜻함. 그것은 나약한 우리가 이 험하디험한 세상 풍파를 헤치고 나아갈 수 있는 근원적 에너지를 주며, 혼자서는 살 수 없는 이 세상에서 타인과 함께 살아가는 것이 얼마나 아름다운지 일깨워주는 원천이지. 그런데 냉담함이라니. 애착관계에서 냉담함이 차오를 때 우리는 끈이 ‘툭’ 하고 끊어지는 느낌을 받는다. 또는 마음의 문을 닫았다, 등을 돌렸다는 표현을 쓰곤 한다. 지금 지섭과 그의 아내는 정확히 어떤 단계, 어느 상태일까.

"두 번의 이혼 요구에 제가 너무 큰 상처를 받은 것 같아요. 제가 원래 상처받는 스타일은 아닌데 이런 게 바로 상처구나 싶어요… 아내가 정말로 이혼을 하고 싶은 건지 아니면 화가 나서 뱉은 말인지 잘 모르겠지만… 아내에게 아무런 말도 못했어요. 이젠 아내 앞에서 누워 있지도 못하겠어요…." 그의 눈가에 눈물이 맺힌다. 마음이 아프다는 건 이런 것일 테다. 그도 그의 아내도 아플 것이다. 그러다 이어지는 그의 말이 나를 놀라게 했다.

"선배… 아내가 두 번 이혼 이야기를 했을 때, 제가 마음속으로 이혼을 했나 봐요…."

마음속 이혼. 내 마음에서 쿵 소리가 났다. 나의 눈이 미세하게 커진 순간, 포근한 풀오버로 감싸인 내 뒷덜미 부분에 힘이 선명히 들어가는 걸 느꼈다. 난 잠시 그를 바라보았다. 쿵 소리가 가라앉길 바라며, 목이 어서 부드러워지길 바라며.

"마음속 이혼이라는 게 네 입장에서 정확히 어떤 건지… 궁금해." 내 말이 그의 마음에 가능한 조용히 가닿길 바랐다. 그는 떨궜던 고개를 조용히 들어 나를 쳐다본다. 눈동자가 떨리는 것일까. "주변에서 보면 그냥 좋은 부부예요… 그런데 둘이 싸울 때는 아내도 변하고 나도

두 번째 포옹

변하고… 아내는 이혼을 말하고… 저는 혼자 삭여요." 지섭은 나를 가만히 바라보다 다시 고개를 떨어뜨린다. 그의 부드러운 미소에 한몫하는 브라운 뿔테 안경도 오늘은 그저 무겁게 얹어져 있을 뿐이다.

혼자 삭인다. 내게 찾아오는 수많은 커플들에게서 듣는 말, '혼자 삭인다.' 삭이다 삭이다 마음에 멍이 들고 한이 맺힌 사람들. 차마 울지도 못하는 그들. 하고 싶은 말을 삭인다. 눈물을 삭이고 슬픔을 삭인다. 상대에게 무엇인가를 드러내고 표현하는 것이 두렵고 겁이 나기 때문일까. 관계에 흠집을 내고 싶지 않기에 차라리 삭이는 것을 택한 것일까. 어찌되었건 사랑하는 관계이기 때문에 내가 삭이는 것이다. 일단 혼자 감당해보겠다는 외로운 선택이다. 하지만 무언가 두렵고 온전히 자유롭지 못해서 억누르며 삭이는 것이기도 하기에, 관계에 지울 수 없는 부작용도 가져온다.

나와 타인이 맺는 관계의 생명력은 상대방을 침해하지 않는 적절한 선 안에서 온전히 나 자신을 표현하는 정도에 달려 있다 해도 과언이 아니다. 갈등이 유발되는 위험한 상황이라 하더라도 말이다. 나의 온전한 자기표현과 너의 온전한 자기표현, 그 어느 쪽도 희생당하지 않는 것, 그런 너와 내가 만나 빚어내는 깊이 있는 협력이 관계를 건강하고 아름답게 이끌어준다. 그러려면 상대가 자기 자신을 표현할 때 따뜻하게 담아주어야 하지 않을까. 일단 담아주어야 한다. 어떤 편견도 없이. 그것이 진정한 배려이자 인간적인 참사랑의 시작일 것이다.

"마음속으로 이혼한 나… 이런 마음을 아내에게 결코 드러내지 못하고 혼자 삭이고 있어요."

"…왜 그러는 것 같아?"

"…이걸 아내에게 말하면… 정말 이혼하게 될까 봐요…." 그의 눈에서 눈물 한 방울이 뚝 떨어졌다.

"잃어버린 경험이 없는 인간에게 잃어버린 것을 설명하는 것은 불가능하다"고 무라카미 하루키가 말했지. 그만큼 무언가를 상실하는 경험은 언어로 표현 가능한 수준을 훨씬 넘어서는 '그 무엇인가'가 커다랗게 우리를 뒤덮는 일이다. 그야말로 뼈아픈 체험, 살을 에는 통증. 특히 사랑하는 사람과의 이별, 결혼에서의 이혼, 배우자의 죽음과 같은 애착관계의 종결은 당사자 외에는 그 누구도 헤아릴 수 없는 깊은 아픔과 고통을 일으킨다. 잘하려고 잘해보려고 애쓰고 발버둥 쳤지만 이별의 통보를 피하지 못한 사람들. 연인이 사라져버린 사람들. 이혼을 요구받은 사람들. 그들에게 필요한 것은 무엇일까.

상처가 너무 깊어 손 쓸 수 없을 때 마지막 선택지가 이별인지도 모른다. 이제는 내가 살아야겠다는 심리적 절박감은 이별을 선택하도록 조용히, 하지만 강하게 추동한다. 벗어나야 한다. 그래야만 살 수 있을 것 같은 칠흑 속 절규. 그만큼 관계의 고통은 심리적 생존을 위협한다.

이혼은 관계의 죽음이다. 나는 그렇게 생각한다. 그렇기에 한없이 슬프고 서럽다. 내가 원한 이혼이라 해도 마찬가지다. 남겨진 자의 마음에 버려졌다는 느낌이 엄습하면서 떠난 자에 대한 분노와 원망이 솟아오른다. 이혼, 이별, 헤어짐에 깊은 애도가 필요한 이유이기도 하다. 이혼은 그 자체로 끝이 아니라 예상치 못한 '새 과제'가 어마어마한 난이도를 지닌 채 던져지는 또 다른 시작이다. 온전히 홀로인 시간에 말이다.

내게 찾아오는 수많은 부부들이 이혼을 말한다. 눈물과 분노, 두려움 그리고 회한이 상담실 공기를 휘젓는다. 어떤 이들은 이혼을 감행한다. 또는 이혼을 포기하기도 한다. 나는 이혼이 나답게 건강히 살기 위한 최적의 optimal 선택인 커플들도 종종 만난다. 이혼위기를 넘기고 파트너를 뜨겁게 끌어안는 이들에게서는 깊은 감동을 받는다. 이혼이라는 테마를 공전하는 얼굴에는 이미 어둠의 그늘이 한껏 드리워져 있다. 그늘이 더 짙어질지 점차 사라질지는 누구도 섣불리 예측할 수 없다. 지섭이 결국 이혼하게 될지 위기를 넘기고 아내와 함께 새로이 거듭나는 부부가 될지 아직은 알 수 없다. 더욱이 지섭의 아내가 이혼에 대해 어느 정도로 확고히 생각하고 있는지(이혼의사), 이혼을 위해 어떤 '실제 행동'을 행한 상태인지(이혼추진 행동) 지금으로선 명확히 알 수 없기에 부부의 미래를 예측하는 건 무의미하다.

현재 가장 중요한 것은 관계의 한 축인 아내가 이혼하자고 말했다는 지울 수 없는 '사실'이다. 관계에 한 획을 분명히 그었다는 것이다. 이 부부에게 분명한 건 '이혼위기'라는 것이다. 아내는 더 이상 예전의 아내가 아니고 관계의 종료를 요구하는 사람이다. 이혼을 원한다는 것은 마음의 일정 부분이 접혔다는 뜻이고 관계의 끈이 상당 부분 약해졌다는 의미이며 마음의 문을 닫았다는 것이기도 하다. 현실적으로는 이혼이지만 심리적으로는 철회, 단절이다. 어쩔 수 없이 우리는 이를 인정하고 그 위에서 문제를 바라보아야 한다. 이 현상 이면의 배경과 역사에 대해, 나의 마음과 상대 마음의 상처와 욕구불만에 대해 냉정히 짚어볼 필요가 있다. 얼마나 어긋나고 있었는지 지금이라도 하나하나 알아가야 한다. 그래야 개선 가능한 부분, 이해되어야 할 부분, 표출되어야 할 부분을 가늠할 수 있으며, 무의미한 노력이나 악화를 부채질하는 불필요한 집착을 줄일 수 있다. 관계의 생존 가능성을 명확하게 타진하려면 아픈 마음을 부여잡고 어렵지만 과학자의 눈을 떠야 한다. 그래야 헤쳐갈 수 있다. 두 사람 모두에게 시간이 필요할 것이다.

물론 객관적으로 상황을 점검한다고 해서 이혼 이야기를 들었을 때의 충격, 상처, 통증, 고통이 사라지거나 쉬이 가라앉는 것은 결코 아니다. 관계의 종말을 막을 수 있다는 보장도 없다. 마음에서 이미 끝난 관계라면 내 소망과 의지, 노력과 별개로 결국 끝날 것이다.

관계가 끝났다고 가정해보자. 그 사람은 내 곁에 없다. 그 사람과 나눌 수 있는 게 이제는 없다. 나 혼자다. 하지만 그렇게 관계가 끝나고 공유가 끝나고 눈에 보이지 않는다고 해서 감정도 끝나는 것은 아니다. 상처가 없어지는 것도 아니다. 여기에 내적 세계와 외부 현실의 괴리, 감정과 현실의 깊은 딜레마가 있다. 관계의 종말은, 의미 있는 상대에게 종말을 선언당하는 것은 우리의 내면에 깊디깊은 상처를 남긴다. 어쩌면 죽을 때까지 지워지지 않을 것이며 때때로 분연히 일어나 우리를 괴롭힐지 모른다. 겉으로 안 아프다, 나 괜찮다 말해도 소용없다. 사랑의 실패, 관계의 실패라는 회한이 우리를 괴롭게 뒤덮는데 그런 말이 무슨 소용일까. 내 내밀한 속내를 다 보여준 애착관계이기에 이별위기는 말 그대로 죽음 일보직전의 위기감을 불러일으킨다.

'버려짐'의 원고통은 이처럼 우리를 아프게 무너뜨린다. 내가 스스로를 생각하는 자기이미지에도 커다란 변형이 일어난다. 내가 부분적으로 달라지는 것이다. 그렇게 상처는 우리의 인성을 빚어낸다. 우리의 상처는 우리의 역사 그 자체다. 상처 입음과 상처를 녹여낸 시간이 맞물려 우리의 인성과 성품이 형성되는 것이다. 우리가 어떤 성향의 사람이고 어떤 마음과 가치관을 지닌 존재인가의 문제는 우리가 어떤 상처를 언제, 어떻게 입었는가와 깊이 연관돼 있다.

내가 바라기는 헤어짐으로 마음이 기울기 전에, 관계가 너무나 상하기 전에, 문제가 계속 발생하거나 마음에 상처가 생기면, 그때그때 상대방과 적극적으로 대화를 나누어 개선방안을 모색했으면 좋겠다는 것이다. 상대에게 내 마음의 현주소를 알게 해주는 것, 내 마음이 더 이상 상하지 않게 상대방에게 도움을 부탁하는 것은 관계를 건강하게 이끌기 위한 결정적 요소다. 많은 여자들이 남자에게 화가 나거나 섭섭할 때 건설적으로 표현하지 못하고 마음 안에 쌓아놓은 채 그저 나아지길 바라며 시간을 보내거나 무작정 참는 쪽을 택한다. 그러면서 남자가 내 마음을 알아주겠지, 내가 참는 걸 알겠지 하고 생각한다. 그렇게 문제상황을 어영부영 넘어가거나 속마음을 감추고 아무 일 없는 것처럼 지낸다. 기껏해야 남자에게 신경질을 낼 뿐이다.

이런 식으로는 기존의 문제상황과 스트레스, 섭섭함, 두 사람 사이의 긴장이 결코 사라지지 않는다. 되레 여자의 마음에 원망이 켜켜이 쌓이기 시작한다. '내가 이렇게까지 참고 있는데'라며. 참는 건 결코 공짜가 아니다. 차곡차곡 쌓인다. 생활 전반이 불만족스러워지는 건 시간문제다. 때때로 죄 없는 아이들을 잡는다. 자책감에 빠져든다. 그렇게 참다 참다 원망감이 폭발하면 남자에게 "내가 이렇게까지 참고 잘해줬는데, 내가 당신 이런 것도 봐줬는데"라며 퍼붓게 된다. 이혼 얘기가 튀어나올 가능성도 확 높아진다.

듣는 남자는 경악한다. 무슨 문제가 있길래, 내가 무엇을 잘못해서 이혼 얘기가 나오나. 어제까지 밥 잘 먹고 잘 지냈는데. 지난주에 함께 여행도 다녀왔는데. 이게 대부분 남자들의 반응이다. 여자 마음 안에 이렇게까지 쌓여 있는 줄 몰랐다는 것이다. 여자가 전혀 드러내지 않

두 번째 포옹

았다고 말한다. 그러다 난데없이 이혼 얘기를 듣는 남자들은 소위 '멘탈 붕괴' 상태가 된다. 마음에 깊은 상처가 새겨진 채.

여기에서 여자들은 목소리를 높여 한마디 한다. 남자들, 꼭 말해야 아느냐고. 내가 최선을 다해 배려하고 잘해주면 그걸 느끼고 알아서 보답해야 하는 것 아니냐고. 틀린 말 아니다. 여자가 굳이 말하지 않아도 남자가 척척 알아서 내 마음을 읽어주면 얼마나 좋을까. 하지만 그런 바람은 비현실적이고 유아기적인 소망일 뿐이다. 아무도 내 마음속 깊은 곳까지 저절로 알아주지 않는다. 오히려 말하지 않아도 속속들이 상대방의 마음을 아는 관계, 알고 있다고 자부하는 관계는 위험하다. 이는 넘겨짚기, 구속, 집착과 의심의 또 다른 얼굴일 뿐이기 때문이다. 내 마음은 내가 책임져야 한다. 내가 느끼고 내가 표현해야 한다.

남자에게 이혼이란 뭘까?

나는 부부상담을 하면서 남편들이 아내의 이혼통보, 이별통보에 매우 취약하다는 것을 절감했다. 아내 입에서 나온 이혼선언에 대해 남편이 겉으로 어떻게 반응하건 간에 내면에 아주 깊은 상처를 받는다는 것을 늘 경험한다. 여자들이 상상하는 것 이상이다. 물론 이별통보로 충격을 받는 데 남녀구분은 없을 것이다. 하지만 다음 두 가지 측면을 폭넓게 고려해보면 우리가 남자에 대해 좀 더 깊이 이해할 수 있지 않을까 싶다.

첫째, 마음에 상처를 입은 후 '상처대응 단계'에서 남자와 여자의 차이가 있는 것 같다. 남자들은 이혼요구를 받으면 어마어마하게 경직된다. 그대로 굳어버린다. 모든 감정반응을 원천 차단한다. 직장 일에 더 빠져들기도 하고, 상황을 축소시키기도 한다. 아내가 저러다 말 것이라고 애써 외면한다. 그들이 기껏 드러내는 감정은 안절부절못하는 정도다. 이마저도 겉으로 드러내지 않으려 안간힘을 쓴다. 그들에게 중요한 건 이 상황을 '해결'하는 것뿐이다. 그들이 생각하는 원점, 즉 이혼 이야기가 나오기 전 상태로 모든 걸 되돌리는 것. 즉 아내의 이혼의사를 접게 만드는 것. 그것도 어떻게든 혼자 해결해보려 한다. 오직 이혼을 막아야겠다는 생각에 희망적인 다짐과 약속도 남발하는 등, 무리수를 두기도 한다.

지섭도 아내 앞에서 이렇게 경직되기도 하고 안절부절못하는 모습을 내비치는 상태다. 그가 내 앞에 와서 보여준 눈물, 마음의 통증을 호소하는 모습은 물론 내면의 고뇌와 두려움도 아내는 거의 알지 못할 것이다. 여자들은 남편으로부터 이혼통보를 받으면 그 자리에서 눈물을 흘리며 감정을 쏟아내거나 두려움과 절박함을 직접적으로 드러내고 친구들에게 도움을 요청한다. 결코 혼자 해결하려 하지 않는다.

남녀관계에서의 위기는 대부분 감정의 문제이기에 감정을 다루면서 가지 않으면 해결되지 않는다. 감정이 관건이다. 그런 맥락에서 아내의 이혼요구는 감정치유를 원하는 절박한 마음, 상처투성이가 된 마음을 구해달라는 최후통첩인 경우가 많다. 그렇기에 남편은 표면적으로 이혼을 막기 위해 애쓸 것이 아니라 아내의 아픈 마음을 들여다볼 수 있어야 한다. 내가 긴 시간 동안 본의 아니게 아내의 마음에 어떤 상처를 주었을지도 모른다는 생각을 해야 한다. 말하자면 남편으로서 자기혁신을 꾀하는 절호의 기회로 삼아야 한다.

거꾸로 아내들은 남편이 이혼이라는 표현에 크게 상처와 충격을 받을 수 있음을 기억하면 좋지 않을까. 그리고 생활 속에서 남편에게 섭섭함이나 분노가 생기거나 갈등상황이 해결되지 않고 있다면, 참지만 말고 마음을 표현하면서 조금씩이라도 대화를 시도해 남편을 강하게 붙잡아보는 것은 어떨까. 나는 강한 붙잡음이야말로 상대를 건강하게 길들이는 사랑의 자세라 생각한다. 남편에게 사랑의 기회를 준다는 마음으로 다가가면 어떨까. 남편이 관계에서의 문제를 해결하고 나를 도와줄 수 있도록 아내가 열린 기회를 먼저 선사하는 것은 어떨까. 부부는 그 자체로 끊임없는 '사랑의 훈련'을 하는 관계다. 다시 한 번 말하지만, 이혼 이야기를 듣고도 남자가 가만히 있다고 하여 그가 마음에 상처를 입지 않았다거나 아무렇지 않은 것이라고 단언하지 말자. 그 누구보다 충격파에 시달리고 있을 것이다.

둘째, 아내의 입에서 이혼이라는 표현을 들은 남편이 의외로 깊은 상처를 입는 결정적 이유는, '남자로서의 자부심'에 큰 타격을 받기 때문이다. 내 여자가 불행하다는 걸 느낀 남자로서의 충격이 그들의 마음을 할퀸다. 상처받는다. 남자들에게만 있는 남성 특유의 자부심을 이루는 구성요건 중 하나가 '내 여자를 행복하게 해줄 수 있어야 한다'이기 때문이다. 남자들은 이것을 곧 남자의 능력이라 여긴다. 이런 자부심에 가격을 당하는 것이다. 그것도 아내에게서 직통으로 말이다. 아내의 이혼 이야기는 남자로서 여자를 행복하게 해주는 능력이 낙제 수준이라는 준엄한 심판인 것이다. 남자들 세계에서는 그렇다. 이혼을 말하는 아내의 고통이 얼마나 큰데, 남자의 자부심이 뭐 대수냐고 하는 사람도 있을지 모른다. 하지만 나는 감히 말한다. 내 상처만큼 남자의 상처도 클 수 있다고. 그도 무너질 만큼 아프다고.

마지막으로 셋째, 애증이 교차하는 애착대상, 배우자로부터 거절당하고 결국 버려질지 모른다는 '유기공포'는 남자와 여자를 가리지 않음을, 결국 우리 모두는 타인에게 받아들여지고 싶은 존재일 뿐임을, 이혼통보를 받고 내게 달려온 남편들을 만나며 느끼고 또 느낀다. 남자와 여자, 그 미묘한 차이 그리고 그 커다란 공통점에 대해.

상담실을 나서던 지섭의 서글픈 뒷모습이 뇌리에서 사라지지 않는다. 지섭과 아내에게 앞으로 어떤 일들이 벌어질까. 그의 아내도 무엇인가 마음에 켜켜이 쌓인 게 많을 것이고 남편과의 관계에서 상처 입고 지친 부분도 클 것이다. 이제 그 무엇도 의미 없다는 생각에 무기력할 수도 있다. 나름대로 이유가 있어 이혼 얘기를 꺼냈을 것이다. 하지만 지금이라도 지섭과 아내가 마음의 창문을 활짝 열고 세상 밖으로 나와 그들을 도울 수 있는 누군가의 손을 잡고 이 위기를 타파해갔으면 한다. 두 사람의 상한 마음을 위로받고 무너진 부분들을 점검하고 수선하여 관계를 새로이 돌아보았으면 한다. 이혼위기가 왔다는 것을 있는 그대로 인정하고 그 위에서 모든 것을 되돌아보면서 재정비하고, 재조합했으면 한다. 두 사람의 공존 가능성을 열린 마음으로 타진해보길 바란다.

우리네 인생을 '성장의 관점'에서 보았을 때 이혼위기를 비롯한 마음속 깊은 상처는 성장과 진화를 위한 커다란 터닝 포인트라는 걸 그들이 기억했으면 좋겠다. 터닝 포인트의 궁극적 지향점과 그 가속력은 두 사람이 함께 정하는 것이다. 여자들이 타고난 감성을 활용하여 남자들을 끌어안고 같이 나아가는 건 어떨까.

상처받은 내 남자 안아주기
—관계회복을 위하여

마음 털어놓기　　　　　　　상담은 마음을 털어놓는 과정이다.

고백이다. 나는 내담자의 이야기를 들으며 그의 모습과 마음에 고요히

집중한다. 내담자의 이야기는 점점 깊어진다. 그러면서 내담자의 방어

막이 풀리고 '있는 그대로' 심연의 이야기가 흘러나온다. 듣는 이에게

대답을 기대하는 것도 아니고, 대가를 바라는 것도 아니다. 그저 내면

을 이야기하는 것이다. 진지하게 들어주는, 나를 바라봐주는 상대방이

있기에 가능한 이야기들. 바로 고백이다.

　고백은 고백하는 자를 자유롭게 해준다. 고백은 듣는 자를 움직이게

한다. 고백하는 사람이 더없이 인간적인 모습이 되는 순간이다. 고백

은 치유의 힘이 있다.

고백하기 위해서는 '내가 상처를 입어 아프다'라는 걸 스스로 받아들일 수 있어야 한다. 내게 상처 준 상대방에 대한 미움과 원망이 어느 정도 가라앉아야 비로소 가능하다. '상처 준 너'보다는 '마음이 상한 나'를 바라보고 출발해야 할 수 있다. 이것은 상대방을 더 이상 조종하지 않고 놓아주는 것이기도 하다.

쉬운 일이 아니다. 우리 대부분은 상처를 입었건 상처를 주었건, 갈등 상황이 벌어지면 자기방어적으로 행동하기 마련이어서, 자기 틀 안에 갇혀 상대방을 나쁘게 바라보며 비난하는 마음이 생겨나기 쉽다. 당황스러움, 분노와 위기위식도 솟아오른다. 서로를 격하게 밀치는 감정의 소용돌이 안에서 다툼은 가속화된다. 불이 붙는다. 활활 타오르는 중에 거친 말을 던지며 서로 상처를 준다. 불에 계속 기름을 붓는 격이다. 불타는 동안에는 나의 상처와 감정의 실체를 객관적으로 바라보기 어렵다. 나의 아픈 상처와 감정을 외면한 채 상대에 대한 비난만 계속하는 한 내 마음속 아픔과 상처를 터놓고 말하는 것은 아예 불가능해진다. 나도 내 마음을 만날 수 없고, 따라서 명료히 알 수도 없다. 상대방도 당연히 내 마음의 실체를 알 수 없다. 상대에게 나는 그저 '분노의 화신'일 뿐이다. 표면에 드러난 싸움과 거친 모습만이 남게 된다. 상대방은 어느새 내게 '가해자'가 되어버린다. 때로는 나도 가해자가 된다. 가해자와 피해자의 빙빙 도는 론도. 사랑을 주고받던 사이였는데 말이다.

우리는 대부분 속마음을 말하는 것, 감정을 드러내는 것, 마음을 보여주는 것에 익숙하지 않다. 내 마음을 보여준다는 건 부끄럽기도 하고 위험하기도 하다. 거절당하면 어떡하지, 손가락질 받으면 어떡하지. 차라리 말하지 않음으로써 우리는 스스로를 안전하게 보호한다고 자위하곤 한다. 그러면서 상황이, 관계가 좋아질 것이라 막연하게 희망하곤 한다.

하지만 친밀한 관계에서 마음에 상처를 받았을 때야말로 관계에 쌓여 있는 무거운 장막을 거둘 수 있는 적기다. 얽히고설킨 서로의 실체와 실상, 즉 두 사람의 그저 인간적인 모습을 더 이상 부인하지 않고 있는 그대로 인정함으로써 지금보다 한 단계 위 진정한 교류와 교감으로 넘어갈 기회가 찾아온 것이다. 관계가 한층 깊어질 수 있는 결정적 계기다. 이때 우리는 성장한다. 상처를 내보이고 보듬어주면서 갈등상황을 해결해가는 과정은 친밀감을 발전시키는 필수 요소다.

여자들에 비해 남자들은 상대적으로 마음의 상처를 말하고 감정을 표현하는 것을 더 어려워한다. 상처 입었다고 인정하거나, 슬픔과 우울, 실망과 같은 부정적인 감정들을 느끼거나 드러내는 것을 나약함의 징표로 여기기 때문이다. '남자답지 못함'이라는 시선만큼 남자들을 옭아매는 편견도 없지 싶다. 잠재의식 안에 '남자답지 못할까 봐'라는 뾰족한 불안을 깊이 억누른 채 관계에서 횡포를 휘두르는 남자의 대표적인 모습이 바로 '가부장'이다. 가부장에게 아랫사람, 아내, 자녀가 지녀야 할 미덕은 철저한 복종이다. 복종하는 이에게 정서적 풍요로움은 애초에 거세된다. 가부장적 가정에서 성장한 남자들은 감정표현 자체가 안중에 없다. 이들은 아내가 아프다 호소하면 '나약하다, 징징댄다, 의존적이다, 참을성이 없다, 엄살 그만 떨라'며 지탄하고 비난하거나 자기방어적 논리를 쏟아낸다. 이런 커플에게서 감정의 해소, 마음과 마음의 화합은 먼 나라 이야기다.

깊은 관계로 가기 위해 우리에게 필요한 것이 무엇일까?

마음을 털어놓는다는 것은 인간으로서 스스로를 책임지는 일이며 실존에 대한 예의이자 친밀함의 조건임을 받아들이는 발상의 전환이다. 고백은 내 내면을 수면 위로 떠올려 상대에게 보여주는 더없이 인간적인 행위임을 깨닫는 것이다. 내가 왜 마음에 상처를 받았는지, 상대방의 어떤 말끝에 화가 솟구쳤는지, 내가 결핍을 느끼는 부분은 무엇인지, 내가 왜 이렇게 애달픈지 스스로 묻고 답을 찾아보는 과정. 그리고 그 탐색과정과 깨달음을 말로 표현하는 것은 내가 나에게 할 수 있는 진정한 배려이며 나를 굳건히 지키는 길이다.

이는 어른의 조건인 책임감을 얻는 과정에 다름 아니다. 진정한 어른은 자신의 감정에 스스로 책임지는 사람이다. 감정은 눌러야 하는 게 아니라 책임져야 하는 것이다. 자기 자신을 있는 그대로 그리고 분명하게 표현하는 태도야말로 내가 나를 진정으로 사랑하는 방법이다. 내가 나를 책임지고 명확히 드러내면 상대방은 그런 나를 존중하고 나에 대해 정확히 알게 된다. 나를 정확히 아는 상대방은 나에게 맞춰 자신의 행동도 잘 조절할 수 있게 된다. 상대방에게 나를 더 잘 사랑할 수 있는 기회를 주는 셈이다.

물론 모든 관계에서 고백이 쉬운 것은 아니다. 속마음과 상처, 아픔을 말로 표현하여 알리는 행위가 성공하기 위해서는 많은 전제조건이 필요하다. 그중 가장 중요한 것은 상대방에 대한 '믿음'이다. 상대방이 나를 존중한다는 믿음, 나를 인간적으로 좋아한다는 믿음, 나를 섣불리 평가하거나 비판하지 않을 것이라는 믿음, 굳이 부탁하지 않아도 비밀을 지켜줄 것이라는 믿음, 가르치려 들지 않을 것이라는 믿음. 이 믿음이 깔려 있어야 편안하게 나를 열 수 있다.

이런 전제조건, 어렵다. 그래서 우리는 아무에게나 상처받은 마음을 털어놓지 못하고, 그렇게 하고도 이내 후회하거나 더 상처받기도 한다. 믿음이 빈약한 관계, 믿음이 없는 관계, 믿음보다는 불신과 원망이 더 큰 관계에서는 상처에 대해 침묵하는 편이 나을 때가 많다. 진심을 다해 고백해도 역풍을 맞을 때가 있다.

상담실에서 나는 역풍을 맞아 외로운 사람들, 상처 위에 또 상처를 받은 사람들을 자주 만난다. 관계를 회복하기 위해, 화해하기 위해, 상대방의 마음을 달래기 위해 속마음을 어렵사리 털어놓지만 상대는 여전히 냉담하고 딴 곳만 쳐다본다. 고백한 내용을 꼬투리 잡아 또다시 나를 비난한다.

그런 이들이 상처투성이로 나를 찾아와 상담을 청할 때 나는 그들에게 안전한 확신을 줄 수 있어야 한다. 상담에서 이런 신뢰관계는 무엇보다 중요하다. 상담자에게는 어떤 이야기도 할 수 있다는 것, 어떤 평가나 비판도 받지 않을 거라는 것, 지금 모습 그대로 충분히 괜찮다는 것, 자기 자신을 믿어보면 참으로 좋다는 것을 내담자에게 여러 측면에서 일관되게 보여주어야 한다. 행동은 다소 미숙하거나 불찰에 가까울 수 있지만 마음과 의도는 그렇지 않았다는 것을 알아주는 상담자의 진심도 전하면서 말이다. 그런 믿음과 안정감을 보여주는 상담자 앞에서 내담자는 자유로워질 수 있다. 누군가 나를 비판 없이 받아준다는 것은 자아에 안전감과 생기를 불어넣어준다.

충분히 마음속 이야기를 토해낸 내담자는 비로소 타인의 객관적 이야기와 대안, 내담자가 놓친 부분에 대한 상담자의 이야기를 들을 상태가 된다. 내담자는 행동을 넘어 자신 그 자체가 이해받는다는 것이 무엇인지 체험하게 된다. 그러면서 표정과 자세가 달라진다. 감정의 무게도 말의 내용도 서서히 달라진다. 내담자는 상담자라는 필터를 통해 '내가 얼마나 깊이 상처받았는가, 내가 얼마나 슬프고 화가 났는가'를 비로소 담대히 마주하게 되고 자신의 다양한 감정과 내상을 있는 그대로 인식하게 된다. 그러면서 마음속 상처가 서서히 아물어간다. 이처럼 마음의 상처는 상처 준 자가 아니라 상처받은 내가 어루만지며 치유해가는 것이다. 마음의 주인인 내가 내 마음을 사랑해주는 것이다. 그 곁에 상담자가 있다.

인간은 받은 것을 줄 수 있다. 인간은 진정으로 이해받을 때 그 따뜻한 체험을 통해 타인을 이해할 수 있게 된다. 이 냉담한 세상이, 나와 무관한 저 사람이 나를 이해할 때, 이해하려 노력할 때 우리는 사랑받는다고 느낀다. 사랑을 받으면 그 사랑을 줄 수 있게 된다.

그러니 상처받은 이여, 그 마음에 파묻혀 자기를 비하하거나 무가치하다 여기는 깊은 자책감과 상처 준 자에 대한 화, 원망, 보복심에서 벗어나자. 그래야 상처와 감정이 정리되면서 자발적인 회복, 문제해결로 한 걸음씩 뗄 수 있다. 그 길 위에서 비로소 상대방도 새롭게 보이고 나를 아프게 한 상대의 행동들도 재해석될 것이다. 다른 의미가 보이는 것이다. 내 자신이 폭넓어졌기 때문이다. "네가 예민한 거야"라는 상대방의 말도 비난으로 들리지 않고 나에 대해 한 번쯤 되돌아볼 수 있는 재료가 된다. 그러면서 과잉반응도 조금씩 줄어든다.

이것이 바로 자발적으로 문제를 해결해가는 과정이다. 속마음을 털어놓고 고백하는 것에서 시작해 상처를 스스로 책임짐으로써 새로운 지평이 열리는 것이다. 그전에는 1부터 10까지만 보이던 것이 이제는 15까지 보인다. 15가 보이면 20도 보인다. 전체 맥락이 보이는 것이다. 이 세상은 생각보다 넓다.

고백을 회복으로 꽃피우려면 믿음 이외에 안전한 환경과 안정적인

두 번째 포옹

상황도 필요하다. 상처를 털어놓는 동안 방해받지 않을 거라는 안정감, 대화가 싸움으로 번지지 않게 도와줄 사람이나 장치가 있다는 안전감이 중요하다. 인간은 생각보다 환경의 영향을 많이 받는 존재이므로, 안정적 장치의 힘을 무시할 수 없다. 두 사람이 이야기하다 자꾸 싸움으로 흘러갈 때는 제삼자가 있는 것만으로도 안전한 환경이 조성된다. 두 사람이 맺고 있는 악순환의 고리를 끊어주면서 생산적이고 깊이 있게 대화를 터치해주는 상담자는 상처 입은 두 사람에게 안전장치가 되어줄 수 있다.

마음을 털어놓는다는 것은 관계를 살리는 아름다운 묘약이다. 감정을 말로 표현하고 몸짓으로 드러낼 때 두 마음은 깊이 만나게 된다. 직접적인 문제해결로 돌진하기 전에 마음을 털어놓는 시간을 가지자. 씨실과 날실이 서로 짜이듯 아름다운 천이 직조될 것이다.

접촉하기　　　　　　　　전화를 받지 않고 문자에 답도 하지 않는다. 이메일이 씹혔다. 집을 나와 별거에 들어가기도 한다. 상대에게 이별을 통보한다. 다시는 보지 말자고 시퍼렇게 날을 세워 뱉어내는 말들. 부부상담소에는 관계회복을 원하는 이들도 찾아오지만 관계를 끝내기 위해 오는 사람들도 많다. 그들에게 나는 묻는다. 절연을 감행하기 전에, 아니 관계가 끊어져버리기 전에 우리가 해볼 수 있는 다른 대안은 없을까? '마음 자르기' 말고 다른 마음가짐은 없을까?

헤어짐, 이별, 이혼은 관계의 죽음이다. 관계 맺기만큼 어려운 것이 '관계 끊기'다. 모든 관계는 끝나게 되어 있다. 끊어지게 되어 있다. 내가 끝내지 않아도 끝날 시점이 되면 관계는 알아서 끝난다. 인간의 죽음, 관계의 죽음은 늘 우리에게 저항할 수 없는 과제로 던져진다.

"인연이 그런 것이란다. 억지로는 안 되어. 아무리 애가 타도 앞당겨 끄집어 올 수 없고, 아무리 서둘러서 다른 데로 가려 해도 달아날 수 없고잉. 지금 너한테로도 누가 먼 길 오고 있을 것이다. 와서는, 다리 아프다고 주저앉겠지. 물 한 모금 달라고." 최명희는 《혼불》에서 이렇게 읊조렸다. 관계에 대한 그녀의 노래는 한없이 서럽지만 속시원하다. 그녀의 노래는 관계 맺기와 관계 끊기를 어떻게 바라보아야 할지 의미심장한 힌트를 던져준다.

상담을 하다 보면 관계가 끊어진 사람들을 많이 만난다. 그들이 풀어가는 내면의 이야기에 집중해 듣다 보면 어느 순간 '툭' 소리가 난다. 관계에 상처를 받아 마음의 통증이 선을 넘어 지속될 때 우리는 자신을 보호하기 위해 관계를 끊어버린다. '내가 관계를 끊는다'고 내게 선언함으로써 상처 준 상대방과 그 상황을 자신이 통제하고 있다고 느끼고 싶은 것이다. 선제공격을 날린다. 그게 덜 아프다. 절망의 끝자락에서 관계를 끊는 행위는 상한 관계 끝에 위태로이 서 있는 내가 마지막

두 번째 포옹

으로 자신을 보호하고자 절규하는 '절망적 자기위로'라고나 할까.

관계를 끊는 이들은 마음의 상처와 통증, 온갖 감정들이 사라질 거라 기대한다. 눈앞에 상대가 사라졌으니 다 좋아질 거라고 말이다. 하지만 결코 그렇지 않다. 관계를 끊은 사람들과 이야기를 나누다 보면 여전히 과거의 그 사람에게 묶여 있음을 알게 된다. '그 사람' 이야기만 한다. 되레 관계를 끊기 전보다 훨씬 더 그에게 집착하고 미움과 원망이 커져버린 것을 어렵지 않게 목격하게 된다.

관계를 끊으면 상처와 통증이 사라지는 게 아니라 상대방에 대한 나쁜 감정들이 더 생생히 자리 잡는다. 관계를 끊어버리면 상처는 영원히 극복할 수 없게 된다. 상대와 접촉할 수 없기 때문이다. 기회가 사라져버렸기 때문이다. 상처로 인한 분노, 원망, 슬픔 상태에 고착돼 버린다. 더불어 내가 관계를 끊었다는 행위를 정당화하기 위해 자기합리화가 늘어난다. 누군가를 미워하고 원망하는 데는 무의식적 죄책감이 따른다. 아무리 정당한 미움이라 하더라도 말이다. 죄책감은 우리가 생각하는 것보다 훨씬 감당하기 어려운 감정이다. 그 수렁에서 벗어나기 위해 편파적인 자기합리화는 점점 더 강력해진다.

그들은 녹을 기미가 보이지 않는 지루한 냉각기 그리고 상담이 진행되는 동안 다양한 경로를 통해 자신의 의사를 드러낸다. 마음의 상처와 상대에 대한 감정들을 드러낸다. 사람은 긍정적이든 부정적이든 호의적이든 악의적이든 미묘하든 분명하든 자신의 뜻을 드러내고 소통과 교감을 해야 살 수 있는 존재다. 그들은 집에서 서로 피해 다니기도 하고 방문을 쾅쾅 닫기도 한다. 일부러 늦게 귀가하거나 극존칭만 써서 상대방 심사를 긁어놓기도 한다. 또 상담실에서는 파트너를 쳐다보지 않거나 냉담한 표정을 짓는다든지 팔짱을 긴 채 짜증과 분노를 가까스로 참고 있는 표정을 짓기도 한다. 파트너가 말할 때 "쳇" 하며 코웃음을 치기도 한다. 상대방에 대해 비난을 늘어놓거나 자리에서 벌떡 일어나기도 한다. 이 모든 행동은 무엇인가를 표현하는 것이다. 그러나 상대방을 자극하고 무시하는 듯한 소통방식은 관계를 더욱 경직되게 하고 두 사람을 한층 예민하게 만들어 서로의 방어막만 강력하게 한다.

그럴 때 내가 필요하다. 나는 그들의 행동이 상대에게 어떤 영향을 미치고 있는지, 결국 어떤 메시지가 상대방에게 최종 전달되었는지, 그것이 내 속마음을 잘 반영하는지 아니면 변조되고 왜곡되었는지, 지금 이것이 최선인지, 날 선 행동 이면의 진짜 감정의 정체가 무엇인지, 상대에게 정말 하고 싶은 말에 초점을 맞춰 개입한다. '접촉'을 시도하는 것이다. 나와 너 두 사람 간의 접촉 그리고 나와 내 내면의 접촉을 시도한다. 두 사람 모두 마음을 다쳤기 때문에 발생하는 접촉단절의 현상. 이 현상을 그대로 방치하면 관계는 정말로 굳어져 끊어지고 만다. 두 사람 사이에 쑥쑥 자라나는 거부감이라는 잡초를 하나씩 뽑아내야 한다. 더 무성해지기 전에.

남자와 여자의 치열한 갈등, 그 현장에서 나는 마음의 상처를 극복

두 번째 포옹

하고 해결로 가기 위해서는 상대방과 생산적인 대화를 나눌 수 있는지 여부가 매우 중요하다는 것을 매번 느낀다. 삶의 질을 향상시키는 결정적인 요소는 관계에서 벌어진 마음의 상처를 그때그때 인지하고 시기적절하게 해결해나가려는 작은 시도들을 멈추지 않는 것, 그렇게 갈등을 풀어가고 상처를 치유해나가는 심리적 능력일 것이다.

거리 두기　　　　　　　　나는 관계에서 가장 중요한 것이 '거리'라 생각한다. 상황이 좋지 않을 때, 상대와 잠시 멀어지는 것. 나에게도 너에게도 공간을 주는 것. 그렇게 거리를 조절하는 것이 사랑이다. 가까워졌다 멀어졌다 하며 유연하게 조율하는 심리적 능력이야말로 관계의 질을 한껏 높여주는 고급스런 마음가짐이다. 특히 장기적인 관계, 애착관계에서 더 그렇다. 그래서 난 관계에서 어려움을 겪는 이들에게 거리조절, 거리두기의 심리처방을 유용하게 사용한다.

　거리 두기는 서로의 감정을 식히고 지혜로이 다룰 수 있는 강력한 대처방법이다. 거리를 둔다는 것은 관계를 완전히 끊는 게 아니라 일단 물러나는 것을 의미한다. 관계가 이런저런 상처로 얼룩져 툭 끊어지기 전에 거리 두는 행동을 성숙하게 함으로써, 관계가 끊어지지 않고 새로운 국면을 맞이할 수 있는 '여지'가 생긴다. 관계가 파국으로 흘러가기 전에 우리가 무엇을 할 수 있을까. 내 마음도 가라앉히고 관계에도 기회를 주는 것이다. 상대방과 이 관계를 앞으로 어떻게 끌고 나갈지, 내가 이 관계에서 앞으로 어떤 역할을 할 수 있을지, 이제 결단이 필요한 시점인지는 일단 거리를 두고 떨어져 나와 마음을 추스른 후에 생각해도 늦지 않다. 갈등과 서로의 상한 마음으로부터 일정한 거리를 두고 전체 그림을 관망하는 것, 거리 두기는 관계의 심호흡이자 산소호흡기다.

거리조절은 결코 쉽지 않다. 내 욕구와 감정을 어느 정도는 알고 상대방을 있는 그대로 관찰할 수 있어야 관계에서 거리를 가늠할 수 있기에, 가슴과 머리가 함께 움직여야 하는 아주 복잡한 심리전략이기도 하다. 나보다는 상대방을, 내 만족보다는 관계의 전체 흐름을 볼 수 있어야 가능하다.

마음을 추스르면서 내 마음에 어떤 감정이 올라오는지, 내 마음이 과연 어떻게 흘러가는지 바라보면서 한발씩 앞으로 나아가보자. 무엇이 가라앉고 무엇이 떠오르는가. 과거와 현재, 무엇이 달라졌는지 비교분석해야 한다. 위기상황일수록 앞날에 대한 예측은 지극히 조심스럽고 침착하게 이루어져야 한다. 섣부르게 앞질러가지 말자. 복잡한 감정에 휩싸여 상대방에게 불안하게 고착돼 있는 초점을 풀어 자신의 내면과 상황 전체로 관점을 돌리자. 그러면 내가 느낀 아픔, 슬픔, 분노를 있는 그대로 바라보고 인식하면서도 감정적으로 행동하지 않을 수 있게 된다. '나'와 '내 감정'을 분리하는 것이다. 그와 나를 객관적으

　　　두 번째 포옹

로 분리하는 것이기도 하다.

이렇게 거리를 두면서 나를 조절할 수 있다면 내 감정을 책임질 여지가 생기고 문제에 대한 나의 진짜 감정도 인지할 수 있다. 그러면 상대에게 내 마음을 효과적으로 전할 수 있게 된다. 갈등상황에서 거리를 둘 수 있다면 관계를 끊을 필요가 없어진다. 상대방에게 분노의 공격을 퍼부을 이유도, 상대방을 평가절하할 이유도, 뭔가 지속적으로 요구할 이유도 없어진다. 일이 꼬여가고 갈등이 심화될 때 감정을 절제하면서 거리를 두면 상대방과 상황에 대한 분노를 식힐 시간을 벌게 된다. 그러면 분노를 나 스스로 의젓하게 감당하면서 진정시키고 정화할 수 있게 된다. 정화된 에너지로 너와 나 사이의 경계를 확인하고 내가 할 수 있는 일을 생각해보는 건 어떨까. 이런 노력이 행해지는 관계는 결코 곪지 않을 것이다.

거리 두기는 타인에게 한 걸음 다가가기 위한 건강한 몸짓이다. 거리 두기를 할 수 있는 사람이 타인과 가깝게 지낼 수 있는 사람이다. 우리 인생은 깊이 있는 관계 속에서 완성된다. 결점이나 문제가 없는 완벽한 관계가 아니라, 갈등과 마찰을 함께 해결하며 뜨겁게 화해할 수 있는 관계, 마음에 상처를 준 고통의 근원은 내가 책임지면서도 상대방과 고통을 분담할 수 있는 관계, 부분적으로 부딪쳐도 전체 틀은 흔들림 없는 관계, '멀어졌다 다가갔다'의 유연한 흐름을 허용하는 관계, 이것이야말로 우리가 추구해야 할 깊이 있는 관계 아닐지.

다르게 보기　　　　　　　　　　"가장 가까운 사람들 사이에도 무수한 차이점이 있다는 사실을 깨닫는다면, 우리에게 훨씬 더 황홀한 삶이 펼쳐질 것이다. 만일 서로의 차이와 거리를 사랑할 수 있다면 당신은 상대방의 전부를 바라볼 수 있을 것이다."

릴케의 문장이다. 상대방의 전부를 바라보는 것이 가능할까? 어떻게 하면 상대방의 전부를 바라볼 수 있을까? 상대방의 전부라는 건 어떤 것일까? 릴케가 말한 '전부'는 100% 완벽한 전부가 아니라 내가 마음을 활짝 열고 볼 수 있는 인간적인 최대치일 것이다. 최선을 다해 상대방을 바라보려는 인간적인 노력 말이다.

부부클리닉에 오는 이들의 호소를 들으면, 관계 속 상처가 대개 '상대방이 내게 무관심하다', '나를 사랑하지 않는다' 그리고 '나를 무시한다'는 감정적 명제와 깊게 관련되어 있음을 늘 느낀다. 나를 사랑하지 않아서, 나를 무시하기 때문에 그렇게 말하고 행동하는 것이라는 해석이다. 분명 그렇게 해석할 수밖에 없는 이유가 있을 테다. 하지만 그 이유에 묶여 현실을 부정적으로만 받아들일 때 미래는 더욱 암울해질 뿐이다. 더욱이 '상대방이 나를 사랑하지 않는다, 나를 무시한다'는 말을 뒤집어보면 또 다른 테마가 흐르는데, 둘 사이에서 상대방을 '강자'로 바라본다는 것이다. 두 사람이 수평구도가 아닌 수직구도를 이룬 지 이미 오래됐다는 것이다. 둘 사이에 동등한 교류와 편안한 교감이 이루어지지 않고 있었음의 방증이기도 하다. 나의 마음은 상처를 받아

약해졌고 나의 존재는 쓰러진다. 마음에 깊은 상처를 입은 채 '거절당했다, 버려졌다, 짓밟혔다'라는 쓰라린 호소가 아프게 흘러나온다. 다친 자, 약자의 호소다.

호소를 듣는 상대방은 점점 짜증이 나고 억울하다. 너무 힘들고 심리적으로 고갈되고 뭔가 답답해서 거친 말이 튀어나와버린 것뿐인데 그걸 너그럽게 헤아려주지 못하다니. 벌써 사과도 여러 번 했는데. 그러나 마음에 상처 입은 사람에게는 그런 배려나 여유가 생겨날 틈이 없다. 그저 '그가 나를 더 이상 사랑하지 않아서, 내가 만만해서, 나를 무시하니까' 그렇다는 생각만 솟아오를 뿐. 다른 각도로 바라볼 마음의 여유가 없다. 어떻게 하면 좋을까.

자, 마음을 가라앉히고 조금만 초점을 옮겨보자. 마음의 틀을 약간만 옆으로 틀어보자. 상처를 피할 수는 없지만 '덜' 받을 여지는 있지 않을까? 실낱같지만 희망을 품어보는 것이다. 상처받는다는 건 어찌 보면 지극히 주관적인 경험이다. 고통의 여파를 줄이려면 내가 상대방의 말과 행동을 거부나 무시의 의미로 과잉해석하고 있지는 않은지 점검해보는 것이 중요하다. '피해자 해석'을 하게끔 발화시키는 내 감정 패턴을 인지하면 그만큼 상처받는 일도 줄어들고 회복도 빨라지지 않을까. '피해자 해석' 때문에 부정적 감정의 진폭이 더 요동칠 수 있다는 인식만으로도 상황은 다르게 보이기 시작한다.

관점을 크게 돌려 내 성장기를 포함해 지난 삶 동안 내게 중요했던 관계에서 벌어진 정서적 상처, 트라우마, 내 마음의 밑그림을 살펴보는 것은 매우 중요하다. 내 밑그림의 형상, 구도, 깨진 곳과 일그러진 부분을 발견해내는 것. 바로 '자기발견'의 여정을 과감히 시작해야 하는 것이다. 자기발견은 곧 심리적 성장의 토대다. 심리적 탐구를 멈추지 않을 때 '다르게 보기'가 가능해진다. 다른 관점, 다른 각도, 다른 방향으로 이 세상과 타인을 바라볼 수 있게 된다. 이 세상과 타인은 더 이상 내게 상처주기 위해 존재하는 대상이 아니다. 탐구의 장, 다른 생명체인 것이다.

다르게 바라본다는 것은 내 입장에서만 상황과 경험을 해석하는 게 아니라 내 자리에서 과감히 일어나 위치와 입장을 바꿔 생각해보는 것이다. 더불어 내가 모르는 무언가가 있다는 것을 선하게 믿는 것이다. 내가 다 알고 있다고 생각하지 않는 것. '상대방이 그럴 수밖에 없는 이유가 있다. 각자의 사정이 있다'라고 생각할 수 있게 되는 것이다. 관계가 많이 상해 있는 커플을 보면, 상대방이 갈등상황에 대해 말할 때 그 말을 있는 그대로 듣지 못하고 자기 입장에서 잣대를 들이대며 '아니다, 그건 변명이다, 합리화다, 거짓말이다'라고 단죄하곤 한다. '다르게 보기'가 불가능한 것이다. 내 입장과 다르면 다 틀린 것으로 판단해버리는 것이다. 상대방의 상황은 알고 싶지 않고 상대방에게 나쁜 의도가 있었다고 결정해버리는 것이다. 이는 마음의 화를 상대방에게 쏟아붓는 방식이기도 하다. 분노가 클수록 '다르게 보기'는 어려워진다.

분노는 우리를 '터널시야'에 갇히게 하고 상대방을 가해자로 만든다.

다른 관점으로 관계를 바라보고 상대방을 이해하려면 매우 적극적이고도 끊임없는 노력이 필요하다. 상대방이 내게 상처를 주었지만 '그래도 여전히 그가 좋다'는 신뢰가 깔려 있어야 한다. 그것이 무너지면 정말 어려워진다.

마음이 성숙해진다는 것은 폭넓은 관점이 가능하다는 것이다. 내 욕망과 욕구들을 인지하면서도 타인에게 감정이입하려는 마음가짐도 있다는 의미다. 어찌 보면 사람이 성숙해진다는 것은 내 상처에만 파묻히지 않는 것일 테다. 불필요한 자기연민에서 벗어나는 것. 나의 아픔만큼 타인의 아픔도 볼 수 있는 것은 대인관계를 깊이 있게 발전시키는 성숙함의 핵심일 것이다. 모두 같은 인간이니까.

이제 내 상처를 관계의 '결과'로 보고 아파하며 침울해하거나 분노에 빠지기보다는, 관계를 제대로 바라보고 수선하고 상대에게 가닿을 수 있는 하나의 '창구', '계기'로 삼아보자. 관계는 언제나 진행형인 것이다. "옻나무의 수액은 물건을 썩지 않게 하고, 아름다운 광택이 나게 한다. 그 수액은 반드시 상처를 통해 나온다"는 노자의 말을 기억하면서 말이다. 상처의 희망학이다.

세상에서 가장 건강한 사람, 가장 강인한 사람

이 세상에서 가장 건강한 사람, 가장 강한 사람은

'자신의 감정에 대처할 수 있는 사람'이라 생각해요.

특히 부정적인 감정, 위험한 감정, 받아들이고 싶지 않은 감정들에

대처할 수 있는 사람.

이를 담아낼 수 있는 그릇.

부인하거나^{deny} 억압하거나^{repress}

투사하거나^{project}

합리화하거나^{rationalize} 전치시키거나^{displace}

충동적 행동으로 터뜨려버리려는^{act-out}

자동화된 심리적 편법을 깨뜨리려는 값진 노력에 헌신하는 자.

그리하여

눈물 흘릴 수 있는 자.

건강하게 분노할 수 있는 자.

타인에게도, 자기 자신에게도 관대한 자.

'사유의 샘'을 길어 올리는 자.

이런 사람은 결코 깨지지 않아요.

대신 인간미가 흘러나옵니다.

제가 생각하는 가장 건강하고 강인한 사람은

이런 사람입니다.

세 번째 포옹
차마 화낼 수 없어서 거짓말한다

진실과 싸우지 말고 그것을 직시하라.

내가 원하는 것은 있는 그대로의 나를 받아들이는 것이다.

오마르 카얌

친하지
않은 부부

"아내에게 커플상담이 어땠는지 자세히 물어보고 싶었는데… 차마 못 하겠어요. 아내가 말도 잘 안 하고… 부끄럽다며 말을 안 하는 통에 저도 묻지 못하겠어요."

그렇게 말하는 그의 얼굴이 되레 부끄러워 보였다. 복숭아처럼 상기된 얼굴에 기도하듯 고이 모은 두 손을 테이블 끝자락에 조용히 얹은 정우 씨. 매우 날렵한 외모이지만 오늘은 흡사 귀여운 강아지 같다는 느낌마저 들었다. 아이러니하다.

그와는 구면이다. 몇 달 전 아내와 함께 부부상담을 받았다. 당시 부부가 외국에 가게 되어 상담을 종료했다. 정우 씨는 부부상담이 꼭 필

세 번째 포옹

요했고 결과도 만족스럽다고 했다. 아내에게 남편 역할을 제대로 한 것 같다고 웃는 그 옆에서 아내도 미소를 지었다. 그는 개인상담도 해보고 싶어 했다. "부부상담도 좋지만 개인상담을 착실히 진행하면서 저를 돌아보고 비워내면 부부관계에도 도움이 될 것 같아요." 뭔가 단단히 마음 먹은 것 같았다. 그의 어깨 위에 보수공사에 필요한 각종 장비가 이리저리 얹혀 있는 것 같다고 생각했다. 순식간에 쓱싹쓱싹 그림이 그려졌다. 안전모도 쓰고 안전조끼도 입고 있는 것 같았다. 상담 도중에 감정의 응어리와 과거의 기억들이 건물 잔해처럼 머리 위로 쏟아진다 해도 마다하지 않고 온몸으로 맞아보겠다, 헤쳐가보겠다, 그래서 보수공사를 마무리하겠다는 의지가 보였다. 그런 그가 오늘 내게 찾아왔다.

"상담을 받고 부부싸움이 확 줄었어요. 관계가 편안해진 거죠. 지금도 종종 부딪치긴 하지만 비교적 잘 지내고 있어요. 덜 싸우니 살 것 같아요. 하지만 선생님… 뭔가 계속 불편해요. 털어내야 할 게 남은 것처럼 말이죠… 아내가 제게 잘못하는 게 있는 것도 아니에요. 아내가 노력하는 것도 보이고요. 하지만 제 마음 안에 뭔가가 쌓여 있지 싶어요. 이런 부분을 허심탄회하게 아내에게 말하기 전에 선생님과 의논하고 싶었어요. 좀 시원하게 털어놓고 용기가 생기면 아내와 당당히 대화할 수 있을 것 같아서요."

정우 씨는 매우 진지했다. 부부상담을 통해 부부관계의 국면이 전환

되어 만족스러웠다고 한다. 그러나 얼마간의 시간이 지나면서 싸움이 줄어든 것만으로는 뭔가 부족하다는 생각이 들었다 한다. 과거에 비해 싸우지 않는 상태를 넘어 한층 더 발전하고 진화하고 싶다는 정우 씨. 정서적으로 접촉하고 연결되어 있는 관계를 만들고 싶구나. 그저 괜찮게 지내는 관계가 아니라 마음과 마음이 단단히 연결된 관계. 그래, 우리에게 필요한 건 단단히 연결된 관계이지. 그의 이야기를 어서 듣고 싶어 나는 허리를 곧추세웠다.

"아내와의 싸움이 줄어들면서 조용히 지내니까 저를 돌아보게 되고 아내를 관찰하게 되더군요. 그러면서 언제부터 아내와 힘들어지고 나도 힘들어지고 괴로움이 커졌을까… 무엇 때문에 문제가 복잡해진 걸까. 아내 눈에 과연 나라는 남자는 어떻게 비치는 걸까… 곰곰이 생각할 때가 많아졌어요. 부부상담 때 많은 이야기를 나눴지만 제겐 여전히 하고 싶은 이야기가 많은 것 같아요." 정우 씨의 어깨에 보따리들이 주렁주렁 매달려 있는 것 같았다. 여기에 내려놓으세요. 나는 그가 보따리를 잘 내려놓을 수 있게 거든다. 그러고는 보따리 옆에 함께 쪼그려 앉는다. "제 마음속을 가만히 들여다보면 마음의 시계가 예전을 가리킵니다." 허공 어디엔가 과거 어느 날의 장면이 상영되고 있다는 듯, 잠시 상담실 천장 쪽 허공을 휘휘 젓는 그의 눈빛을 나도 함께 따라간다.

"아내와 연애할 때부터 무엇인가 누적되어온 것 같아요. 제가 별 생

세 번째 포옹

각 없이 한 행동과 말에 아내가 상처를 받는구나… 그것에 너무 놀랐고요. 그런 아내를 보며 제 마음에도 상처가 생긴 것 같아요. 죄책감도 들고… 그러면서 제가 말을 가려서 하게 되더라고요."

그는 오래된 역사책을 천천히 읽어가는 듯한 얼굴이었다. 말의 속도도 그랬다. 그 속도에 맞춰 느린 춤을 추듯 정우 씨의 부부상담 장면들이 떠올랐다. 진중한 얼굴들, 마음의 통증, 억울함, 간절한 호소들. 폭포수처럼 쏟아져 나오는 이야기들이었다. 상대방의 이야기에서 몰랐던 것들을 새로이 알게 되면서 그들은 얼마나 많이 놀라고 눈물 흘리고 서로를 새롭게 이해하기 시작했던가. 격렬한 싸움 이면, 두 사람의 깊은 갈망들이 다시 떠올랐다. 불현듯 목이 말랐다. 그 순간 그의 말이 내 귀에 조용히 걸렸다. 벽에 액자를 걸듯 자연스러웠다.

"저는 아내를 좋아합니다. 아내와 많은 대화를 나누고 싶다… 그런 생각이 커요. 그래서 아내에게 터놓고 얘기하면 아내가 이렇게 말합니다. '역시 넌 그렇게 생각할 줄 알았어, 앞으로 나한테 그 얘기 꺼내지 마' 라고요." 그랬구나. 아내가 낙인을 찍어버렸구나.

'너 그럴 줄 알았다, 역시 넌 안 돼' 같은 표현은 관계위축, 단절을 부르는 대표적 멘트다. 상대의 말을 경청했다기보다 평가하며 들었을 때 나오는 말인 데다 '내 불안'을 투영하며 비꼬는 형태이기 때문이다. 더욱이 '나의 부정적인 예측, 비관적인 예견이 맞았다'는 식의 표현이기 때문에 관계에 부정적 암시 suggestion로 작용해 어두운 기운을 드리운다. 듣는 이의 마음에 상처를 입히는 것은 물론이다. 상대에게 무력감을 주고 자부심에 흠집을 낸다. 휙. 정말이지 정우 씨는 기운이 꺾인 것 같았다.

"저는 아내와 원만하게 지내고 싶었어요. 문제가 생기는 게 싫어요. 그래서 언제부턴가… 작은 거짓말들을 하게 되었어요. 다툼을 만들지 않으려고. 그런데 이게 문제가 되더군요…."

거짓말. 죽는 순간까지 '거짓말'이라는 주제에서 완전히 자유로운 사람이 있을까. 거짓말은 관계를 깨뜨리는 것일까, 관계를 부분적으로 보호하는 것일까. 적당한 거짓말이 나을까, 잔인한 진실이 나을까. 적당히 속아주는 게 현명한 것일까, 파헤쳐 짚고 넘어가는 것이 시원할까. 장기 마라톤 관계이자 생활공동체인 부부 사이에서 거짓말의 의미는 남다를 수 있다. 나는 내 눈을 그에게 고정시켰다. 정우 씨의 눈동자를 깊이 바라보았다. 그의 눈동자는 그의 심연을 향해 있는 듯했다.

가까운 남녀 사이의 거짓말은 관계불화의 원인이자 결과이기도 하다. 거짓말 때문에 관계가 상하기도 하지만 이미 상해 있는 관계에서 거짓말이 독버섯처럼 피어나기도 한다. 두 사람이 마음으로 멀리 있기 때문이고 두 사람 사이에 풀리지 않은 갈등의 싹이 많기 때문이다. 있는 그대로의 내 모습이나 속마음을 보여줘도 된다는 신뢰감과 안정감이 고갈된 관계에서는 불가피하게 거짓말이 싹튼다.

다투지 않기 위해 거짓말한다는 것은 배고프다고 상한 음식을 먹는 것과 같다. 그 순간 배는 부를지 몰라도 부작용은 매우 크다. 결국 원하는 것을 얻지 못한다. 내가 먼저 상한다. 속은 사람만 억울한 게 아니라 거짓말하는 당사자의 마음에도 그늘이 생긴다. 거짓의 그늘은 생각보다 짙다. 쉽게 걷히지 않는다. 거짓말의 대가는 의외로 클지 모른다.

"특히 술자리 때문에 거짓말을 하게 되더군요. 아내는 제가 술 마시는 걸 워낙 싫어하고 거기 가면 바람을 피울 거라 여기나 봐요. 더 힘겨웠던 건···."

정우 씨는 말을 멈추며 두 손으로 얼굴을 감싼다. 이런 이야기를 아내 앞에서는 못했나 보구나. 아니, 못하고 있구나. 아내가 어려운가 보다. 두 사람 사이에 장막이 드리워져 있구나. 그리고··· 아내와 친하지 않구나.

부부상담을 하면서 새삼 느낀 것이 결혼한 남자와 여자 혹은 연애 중인 남자와 여자가 그저 같이 있을 뿐 '친하지 않은' 커플이 의외로 많다는 것이었다. 그들의 이야기를 듣다가 내가 조용히 "두 분 친하지 않으신가 봐요"라고 말을 건네면 두 사람은 백발백중 크게 놀란다. "네? 아··· 친하지 않다··· 생각도 못 해봤는데, 아···." 결국 그 둘은 자신들이 연인이고 부부인데 친한 관계, 즐거운 관계, 함께 기뻐하는 관계, 심리적으로 잘 연결된 관계가 아니라는 사실 앞에서 경악한다. 그저 사랑한다, 안 한다, 관심이 있다, 없다 같은 이분법에 집중되어 있을 뿐. 그러다 내 말을 듣고는 고개를 번쩍 들며 조금씩 장막을 걷기 시작한다.

나는 남녀 간에 사랑도 중요하지만 얼마나 친한지가 매우 중요하다고 생각한다. 친밀감은 든든한 유대관계의 초석이고 커다란 기쁨이다. 친밀감에는 '함께'라는 개념이 들어 있다. '무엇이든 함께'가 아니라 '광범위하게 함께'다. 친밀감은 그저 결혼했다고, 같이 산다고 저절로 생겨나지 않는다. 서로의 감정과 욕구를 배려하며 수많은 시행착오 속에서 빚어내고 또 빚어낼 때 가능하다. 상대에게 편안히 다가가거나 바싹 붙기도 해야 하지만 시기적절하게 멀어질 수도 있어야 한다. 상대의 공간을 지켜줘야 한다. 심리적 독립이 친밀함의 필수요건인 이유이기도 하다. 너무 밀착되어 있어도 너무 소원해도 곤란하다. 너무 밀착되어 있는 것은 불안한 공생일 뿐이고, 너무 소원한 것은 겁에 질린 뒷걸음질 또는 간 보기(소극적 힘겨루기이자 자존심 싸움), 친밀공포에 따른 회피전략이다. 멀리서 눈치만 보기도 한다. 이 모두가 친밀관계에 대한 콤플렉스이자 방어다.

그는 한숨을 쉬더니 어렵사리 말을 이어간다. "제가 가장 힘겹고 화나는 건⋯ 아내가 제 술자리 친구들을 한 명도 인정하지 않는다는 겁니다. 적대적으로 대해요, 그 친구들을. 제 사회생활이 무너졌어요." 결혼 후 남편의 술자리에 알레르기반응을 보이는 아내들의 대표적 행

세 번째 포옹

동이 바로 남편의 술친구들을 부정하는 것이다. "심지어 말입니다, 아내가 그 친구들을 너무 싫어해서 언젠가는 제가 형님과 마신다고 거짓말을 했어요. 머리가 너무 복잡해서 그냥 거짓말을 해버렸죠. 그렇게 다툼 없이 넘어갔으면 좋겠다… 아내가 유일하게 믿는 사람이 저희 형, 아주버님이거든요. 그러다가 나중에 아내가 정말 아주버님이랑 마신 거냐고 추궁해서 제가 사실대로 말했거든요. 그 후로는 아내가 그 자리에 있던 친구들을 유독 적대적으로 대하기 시작했어요."

적대적? 흥미로우면서도 아주 강렬한 표현이다. 많은 감정의 켜가 응축돼 있다는 느낌이 들었다. 적대적으로 대했다는 게 어떤 거냐고 물었다. "그 친구들 이름만 나와도 화를 냅니다. 원천적으로 봉쇄한다고나 할까요. 그 후로는 친구들이 보자고 해도 계속 거절하니까 더 이상 연락이 없더라고요. 그런데 언제까지나 친구 없이 지낼 수는 없잖습니까. 그래서 아내에게 말해봤는데, 아내는 결코 풀리지 않는다고 하네요. 그런 아내를 보는 제 마음도 복잡해지더군요. 그래서 아예 거짓말을 철저히 해버려야겠다고 생각하게 됐죠. 그런데 말입니다… 이런 제 마음이 아내와 제 관계에 나쁜 영향을 미치는 것 같아요, 물밑으로 말이죠… 친구와의 통화내역도 다 지우게 됩니다…."

남자에게 친구란 어떤 의미일까? 아니, 인간에게 친구란 어떤 의미일까. 친구는 일정 부분 내 모습이다. 그들을 연인이나 배우자가 싫어하거나 부정할 때 우리는 마음에 커다란 상처를 받는다. 나를 싫어하는 것이고 나의 삶을 부정하는 것과 진배없기 때문이다. 나를 있는 그대로 받아주지 않고 재단하려는 시도라 여겨질 수도 있다. 연인이나 배우자의 친구, 지인들, 상대 가족들이 내 마음에 썩 들지 않을 수는 있다. 나름대로 이유가 있을 것이고, 충분히 있을 수 있는 자연스러운 일이다. 하지만 상대에게 내 감정을 강요하며 상대의 인간관계에 지속적으로 간섭하고 통제하려 든다면 문제가 있다. 더욱이 그러한 간섭과 통제에는 '네 가치관과 사람 보는 안목은 형편없다, 너는 지금까지 잘못 살아온 것이다'라는 비난과 무시가 담겨 있기에 당하는 사람은 깊은 상처를 받게 된다. 정우 씨는 무척 괴로워 보였다. 아내란 '감시하는 사람, 내 삶을 마음에 들어 하지 않는 사람. 그래서 자꾸 피하게 되는 사람'으로 내면에 새겨지고 있는 건 아닐까.

"전보다 나아지기는 했지만, 아내가 힘들어하니까 정말로 미안하면서도 한편으로는 너무 화가 나요. 두렵기도 하고… 어떻게 해야 할지 모르겠어요."

"아내에게 여러 가지 마음이 동시에 드는군요. 그럴 수 있어요. 그만큼 복잡한 관계가 부부죠. 지금까지 말씀하신 아내와의 관계패턴, 감정적 여파, 그 내용 자체가 풀어야 할 과제이지만 이런 얘기를 아내 앞에서 꺼낼 수 없다는 사실, 이 현실 자체가 더 커다란 문제가 아닐까 하는 생각도 드네요."

정우 씨는 고개를 끄덕인다. "맞아요, 선생님. 입에 테이프를 붙여놓은 것처럼 하고 싶은 말을 못 한다는 게 너무 괴롭네요. 이렇게 된 게 전부 아내 때문은 아니겠지요. 저도 뭔가 문제가 있겠지요."

정우 씨가 쌓아둔 아내에 대한 이야기를 충분히 편안하게 쏟아내도록 해야겠다고 느꼈다. 그 순간 그가 갑자기 질문을 던진다. "선생님, 제가 지금 혹시 아내를 너무 나쁘게 말하고 있나요? 아내 욕을 하는 것 같아 죄책감이 들어요···." 나는 잔잔한 미소를 지었다.

"그러셨군요···. 마음이 복잡하다 보니 그런 느낌도 들 수는 있겠지만··· 제게는 그렇게 들리지 않았어요. 중요한 건 '지금 이 이야기를 왜 하는가'이거든요. '이 이야기를 함으로써 무엇을 얻고자 하는가'를 살펴보면 됩니다. 당신의 이야기는 아내에 대한 험담이나 비난이 아니라, 당신이 겪은 마음의 통증, 관계의 어려움에 대한 것이에요. 당신이 궁극적으로 원하는 건 관계개선, 회복과 치유입니다. 그게 느껴져요. 우리는 그저 인간이기 때문에 상처를 입고 또 주기도 하고··· 어쩔 수 없이 품고 살아가지요. 상대도 마찬가지이고요. 당신의 마음, 상처의 역사를 제게 보여주신 거예요. 거기에서 아내가 중요 인물인 것이고요. 당신의 이야기는 두 분이 좋은 관계로 가기 위한 기초작업이라 할 수 있지요. 더욱이 설령 험담이라 하더라도 제겐 다 하셔도 괜찮습니다."

정우 씨의 눈가에 눈물이 맺혔다. 이해받았다고 느끼는 것일까. 그의 긴장이 풀려서일까. 평안한 고요가 상담실을 조용히 채웠다.

너무 엄격한
그녀

　　　　　　　며칠 후 정우 씨가 다시 내 방문을
노크했다. 오늘따라 그가 쿵쾅거리며 의자에 앉는다. 약간 씩씩거리는
것 같기도 하다.

"선생님, 아내와 살면서 당황스러운 게 있어요. 제가 남자형제만 있
어서 여자들에 대해 잘 모르기는 하겠지만… 아내가 너무 마음이 약한
게 아닌가 싶어요. 어제 아내와 좀 부딪쳤는데… 마무리는 잘됐는데,
예전 생각이 나는 거예요. 예전에 티격태격하다가 제가 소리를 한 번
질렀는데 그때 난리가 났어요. 기절 비슷하게 쓰러지더라고요. 결혼 초
였는데… 나중에 아내가 저를 어찌나 비난하던지… 눈물을 뚝뚝 흘리

며 자기에게 소리 질렀다고 저를 몰아세웠어요. 무슨 박해자 취급을 하더군요. 저도 소리를 지른 후 너무 놀라고 미안해서 진심으로 사과했거든요. 그래도 소용이 없었어요. 아내가 제 행동을 너무 세게 받아들여서 당황스러워요."

씩씩거리는 흥분은 사라졌다. 잔잔한 물결을 타듯 조용히 숨을 내쉬고 들이쉬며 그는 생각에 빠져드는 것 같았다. 그러다가 나를 휙 올려다본다. "저는 말입니다, 선생님. 싸울 때 싸우더라도 서로 부딪치고 배출도 하면서 서로에 대해 알아가는 게 차라리 좋은데… 아내는 제가 뭐라고 조금만 하면 상처받는다고 하니 아예 얘기를 하지 않고 속에 담아놓게 되더군요. 아예 싸움을 만들지 말자… 아… 답답합니다. 지내다 보면 마찰이 일어날 수도 있고 소리가 높아질 수도 있는 것 아닌가… 물론 가능한 한 부드럽게 말해야겠지만… 아내가 너무 엄격한 것 같아요… 그러면서 아내와 싸우지 않으려고 자꾸 거짓말을 만들어내는 내 모습을 보게 되었고… 아내에게 제가 거짓말하는 걸 지인들이 보는 것도 싫습니다. 그들이 아내를 나쁘게 볼 것 아닙니까. 그건 제가 원하는 게 아니에요."

정우 씨는 여전히 괴로워 보였다. 아내가 정우 씨를 단단히 벌한 듯했다. 대놓고 혼내는 것만이 벌이 아니다. 상대방에게 어떤 행동을 못하게 하는 것도 벌이다. 상대가 나의 마음에 들지 않는 행동을 하거나 내게 상처를 입혔을 때 상대방에게 위협을 가하거나 겁을 주는 것, 상대에게 죄책감을 불러일으키거나 더 크게 화를 내는 것, 상대 앞에서 되레 나를 자학하는 것도 모두 간접적인 처벌행동이다. 상대방을 억압하기 때문이다. 정우 씨는 행동의 자유가 제약당한다고 느끼는 듯했고, 아내가 격한 감정반응을 보일 때 어떻게 대해야 할지 몰라 당황하는 것 같았다.

"피곤한 상태로 집에 와도 아내 얼굴을 보면 반가워요. 그런데 이러저러하여 힘들다는 말도 하고 위안도 받고 격려도 받고 싶은데, 힘들다는 내색을 못하겠어요. 아내가 싫어하는 것 같거든요. 제가 어떤 말을 할 때 아내의 굳어지는 표정이나 단답형 대답을 보면, 아내가 이 이야기를 싫어한다는 게 느껴져요. 그러면 또 입을 닫게 되죠."

"아내 눈치를 보는 것 같네요."

"네, 선생님. 은근히 눈치를 봐요. 아내는 제가 자기 눈치를 보는 줄도 모를 거예요. 아, 의논드리고 싶은 게 있어요. 고민인데요…." 그는 잠시 입을 다물고 대신 눈에 힘을 주었다.

"선생님. 저는 아내와 다투고 나면 언제 풀지 무진장 신경 써요. 대부분 제가 먼저 화해를 시도하는 편이죠. 화해하고 해결하자는 입장이라서요. 그리고 어떤 싸움이건 내가 잘못한 부분이 있다고 생각해요. 그래서 비교적 사과를 잘하는 편입니다. 그런데 말입니다. 사과하면 이상한 일이 생겨요."

정우 씨의 눈동자가 짙어지는 것 같았다. 그와 눈이 정면으로 마주친 나는 가만히 기다렸다. 그는 마치 소설의 클라이맥스가 시작되는 시점에서 마구 두드리던 자판을 잠시 멈추고 머릿속 이미지에 심취해 있는 열의에 찬 소설가 지망생 같았다. 그가 침을 꼴깍 삼켰다. 나도 침을 삼키고 싶었다.

"저는 사과하기 전에 긴장을 많이 하거든요. 사과한 후 아내와 따뜻하게 화해의 포옹을 하는 상상도 하는데… 현실은 말입니다. 제가 사과하면 아내는 '거봐, 당신 잘못 때문에 우리 사이가 이렇게 되고 일이 이렇게 꼬인 거 인정하지?'라고 대응하더군요. 기가 차서 저는 그 자리에 털썩 주저앉았죠."

열의에 찬 소설가 지망생은 이미 사라지고 없었다. 멍한 얼굴의 그는 기껏 정성들여 작성한 원고파일이 일순간 날아갔을 때처럼 맥없이 앉아 있다. 당황스럽기도 하고 멍하기도 하다. 혼란스러워 보이기도 했고 슬퍼 보이기도 했다. 그가 낮은 목소리로 이어 말했다. "언젠가는 제가 사과했더니 진심이 아니라고 몰아세웠어요. 아, 하마터면 폭발할 뻔했습니다. 내가 잘못했다 치더라도 나를 너무 뭉갠다는 생각에 서글펐어요. 이런 기억들이 머릿속에 가득하네요…."

사과는 참으로 어렵다. 자신의 불찰을 깨닫고 인정하고 상대에게 미안함을 전하는 것은 결코 쉽지 않다. 연인이나 부부관계처럼 장기적인 애착관계에서는 잘못을 명확히 가를 수 없기에 누가 사과해야 한다는 판단을 하기가 매우 어렵다. 그런 관계에서 사과한다는 건 어찌 보면 관계를 귀하게 여기는 마음에서 나오는 애정의 발로이며 나보다 상대를 더 깊이 생각하기에 가능한 행동일 것이다. 특히 남자들은 여자들보다 사과를 훨씬 어려워하는 경향이 있다. 먼저 사과하는 것은 곧 패배이자 굴복이라고 간주하는 남자들만의 본능적 습성 때문이다. 그럼에도 사과했다면 그건 정말로 미안하다고 느끼는 것이며, 여자를 깊이 생각하는 것이라 할 수 있다.

관계에서 마찰이나 다툼을 완벽히 제거할 방법은 어디에도 없고 꼭 그럴 필요도 없다. 마찰을 통해 서로 조율하고 화해하는 법을 배울 수 있다면 그건 아주 소중한 학습의 기회 아닐까. 상대방이 관계에서 다소 서툴거나 감정적으로 욱해서 행동할 때 그에 바로 맞대응하며 즉각적으로 반응하는 대신 한 발짝 물러나서 상황을 조금이라도 차분히 보는 건 어떨까. 상대가 소리 지르고 화내는 것이 나를 공격하는 것이기보다는 아픔과 어려움을 호소하는 것이라고 여겨보면 어떨까. 물론 반복적으로 언성을 높이며 상대방을 위협한다면 교정되어야 하겠지만 말이다. 상대가 사과하면 우선은 받아주는 것은 어떨까. 마음이 복잡할 텐데 먼저 사과해주어 고맙다고 표현하며 남은 이야기는 그다음에 해도 되지 않을까. 다투느라 함께 지친 우리의 영혼을 좀 쉬게 해주는 것, 그것이야말로 정말 아름다운 사랑일 것이다. 너그러움이 사랑일 것이다.

그녀가 나를
공격할 때

"제가 먼저 상담 받자고 했습니다."

봄이 찾아든 어느 날이었다. 도대체 오지 않을 것 같은 봄이었다. 지
난겨울은 온통 하드코어적인 추위와 눈이었더랬다. 잔인한 이 겨울을
뚫고 과연 봄이 올 수 있을까. 난 혼자 염려했다. 완연한 봄이 너무 그
리웠다. 봄에는 '완연하다'는 표현이 참으로 안성맞춤이지. 심지어 정오
가 좀 넘어간 즈음 클리닉 창문 틈으로 완연한 봄이 쏟아지는 바람에
나는 봄과 어울리지 않는 표현이지만 이렇게 말할 수밖에 없었다. 파
죽지세로 봄이 밀고 들어오는구나.

이 두 사람도 분명 온몸에 봄을 묻히고 상담실에 들어섰을 것이다.

하지만 창민 씨와 혜영 씨는 봄 따위엔 관심 없는 것 같았다. 창민 씨의 어두운 옷차림이나 혜영 씨의 무거워 보이는 단발머리 때문만은 아니었다. 아내에게 부부상담을 먼저 제안했다고 말하는 창민 씨의 목소리는 완연한 봄과는 어울리지 않게 낮게 깔렸다. 혜영 씨도 카펫 위에 낮게 깔리는 남편의 목소리를 무심히 듣고 있는 듯했다. 아름다운 얼굴을 가진 여인이라 느껴졌다. 하지만 파죽지세로 다가온 봄도, 그녀의 아름다운 얼굴도 남편의 낮은 목소리에 일순간 빛을 잃은 채 지지직거리는 흑백영상처럼 멈춰버린 듯했다. 이야기를 들어봐야겠다.

창민 씨가 말을 이었다. 덤덤한 건지 날카로운 건지 가늠할 수 없는 오묘한 말투였다. "자꾸 갈등이 생깁니다. 이제 막 결혼 2년 차인데, 나름대로 신혼인데… 휴… 해결하고 싶어요. 대화도 잘하고 싶고… 두 달 후 이사를 할 거고 제 직장도 옮기게 됐어요. 나름대로 큰 변화죠. 큰 거 두 개가 겹쳐버렸지만 꼼꼼히 잘 준비하고 있습니다. 그런데 생각보다 신경 쓸 일이 너무 많은 것도 사실입니다. 그러면서 제가 좀 불안정해지는 것 같아요… 며칠 전에도 둘이 다퉜어요. 아내가 혼자 처가에 갔다가 올라오는 길이었어요. 제가 픽업하러 나가겠다고 했는데, 그걸 깜빡 잊었어요. 그런데 아내가 집에 오기 전날 전화로 '내일 나 데리러 나온다 했지? 올 거야?'라고 묻길래… 깜빡했다, 내일 중요한 저녁미팅이 있다, 저녁 먹고 들어갈 테니 혼자 와라, 저녁에 집에서 보자 했다가 크게 다퉜어요."

창민 씨는 조각난 말들을 이어 붙이듯 어렵사리 말을 이어갔다. 지쳐 보였다. 우드블라인드 사이를 기어이 비집고 들어온 봄햇살을 받는 머리칼이 엉클어져 있는 것쯤이야 아무 상관없다는 표정이다. 그가 잠시 숨을 고른다. 남편의 들숨날숨 타이밍이 아내와 교묘히 엇갈리고 있었다. 그 엇갈림은 나를 일순간 과거로 가는 타임머신에 실어버렸다. 내 딸아이가 갓난아기이던 시절로. 딸아이의 들숨날숨에 귀를 기울이며 내 숨고르기의 운율을 맞추던 기억이 솟아올랐다. 딸아이를 피부로 느끼고 눈동자로 바라보면서 둘이 동시에 들이쉬고 함께 내쉰 수많은 숨결들. 더없이 행복했지. 나와 딸아이만의 세상. 그 어떤 표현으로도 대체할 수 없는 둘만의 교감. 융합. 나의 진정한 화양연화花樣年華였지. 나는 그 시절 그 눈빛을 고스란히 끌어당겨 혜영 씨를 바라본다. 그녀가 내 눈길을 조용히 받는다. 그러고는 입을 움직인다. 입술에 힘이 들어가 있는 것 같았다.

"남편과 싸우긴 하죠… 얼마 전에도 다퉜고. 그런데 저는 싸움을 크게 생각하지 않았어요. 부부 사이에 싸움은 당연한 것 아닌가요? 그런데 남편은 아니었나 봐요." 의외로 난해한 과학 단원평가를 맞닥뜨린 여학생처럼 긴장감을 감출 수 없다는 입 매무새였다. "제가 말을 딱 부러지게 하는 스타일이에요. 남편에게는 호전적으로 보일 수 있어요. 저는 솔직히 왜 상담까지 받아야 하나… 회의적이었던 게 사실이에요."

그러고는 나를 바라본다. 하지만 지금 그녀의 얼굴 어디에도 상담에 대한 회의는 찾아볼 수 없었다. 되레 무엇인가 적극적으로 말하려는 듯 자세를 바로잡으면서 등을 쭉 폈다.

"아까 남편이 얘기한 날도 너무 화가 나는 게요. 남편이 워낙 잘 챙겨주고 자상한 사람이란 걸 알기 때문이에요. 그리고 솔직히… 더 화가 난 이유는… 휴… 마음에 걸리는 사건이 있어서예요."

혜영 씨의 미간에 주름이 진다. 침을 한 번 꿀꺽 삼켰지만 주름은 펴질 기색이 없었다.

"남편이 아주 가까이 지내는 여자후배가 있어요… 남편이 그 후배의 부탁은 다 들어주거든요. 어디 간다 하면 모두 데려다주고… 그걸 제가 다 아는데 저에게는 역으로 마중하러 나가겠다 해놓고 까먹었다고 하고 저녁미팅까지 있다고 하니… 그 여자후배의 남편과도 다들 친하게 지내는 건 저도 알지만… 저희가 집에서 TV 보며 모처럼 쉬고 있을 때 후배에게서 전화가 오면 신경 쓰여요. 결혼 전에 한 번은 남편이 일 때문에 제주도에 오래 가 있었어요. 자주 못 보니까 아쉬운 마음에 제가 공항에 배웅을 나갔죠. 그런데 남편은 계속 바쁘다며 업무전화만 하고 저를 봐도 별로 반가워하지도 않고… 그런데 그때 그 후배에게 문자가 왔어요. 남편이 그 문자에 아주 여유 있게 답을 하더라고요. 문자하면서 표정도 밝아졌고… 순간 화가 나서 남편 전화기를 뺏어서 주고받은 문자를 보았어요. 내용을 보니 그 후배가 지금이라도 공항으로

오겠다, 남편은 계속 올 것 없다, 이제 떠난다 그러고… 후배는 지금 통화 되냐… 그러는 거예요. 제 입장에서는 화도 나고 의심이 생기잖아요… 그때 일이 지금 떠오르네요… 아… 이런 옛날 일까지 얘기하게 될 줄은 몰랐어요. 제게 여전히 앙금이 남아 있나 봐요….″

잠깐의 침묵 후 혜영 씨는 한 음계 높은 톤으로 말한다. ″제가 그때 남편에게 '후배에게 여자친구가 좋아하지 않으니 연락하지 말라고 하라'고 했어요. 그런데 남편은 어물쩍 그냥 넘어갔어요.″ 혜영 씨가 터뜨리듯 말했다. 그런 후 뭔가 제자리를 찾은 듯 그녀는 고요해졌다. 이야기 전에 쭉 폈던 등도 흐물거리듯 내려앉은 자세였다.

부부상담 때 제삼자가 등장해 관계를 혼란스럽게 만들어 한쪽이 고통을 겪는 일은 비일비재하다. 남녀관계에서 벌어지는 대표적인 누수 현상exit이다. 이때 상담자는 제삼자가 직접적인 '문제의 씨앗'이라기보다는 커플 간 애정의 기초에 어떤 본질적인 문제가 있었을 가능성을 열어놓아야 한다. 삼각관계는 그 틈바구니에서 자라나는 '더부살이'일지도 모른다. 진정 해결해야 할 것은 제삼자라는 표면적 장막에 가려져 있는 '다른 어떤 부분'일 경우가 압도적으로 많다. 해결해야 할 다른 어젠다가 숨어 있다는 것이다. 배우자에 대한 숨겨진 다른 원망은 없는지, 배우자에게 진정 하고픈 말을 못하고 있는 건 아닌지, 배우자와의 결합 때문에 나의 어떤 부분을 억지로 포기하게 되어 화가 난 건 아닌지 혹은 결혼생활에 예상보다 버거운 점이 있는지, 타인과의 깊은 정서적 결합관계(대표적인 것이 바로 결혼)에 대한 잠재적 두려움이 억압돼 있는 건 아닌지, 그 근원적 공포가 해결되지 못한 것은 아닌지, 배우자와의 갈등이나 심리적 통증을 계기로 과거의 트라우마가 자극된 건 아닌지 등 말이다. 두 사람의 애정의 기초, 개인의 두려움, 상대에게 제대로 표현하지 못한 불만이나 좌절의 포인트는 무엇인지 깊이 탐색해볼 일이다. 연애든 결혼이든 제삼자가 두 사람의 관계에 악성코드로 작용해 문제를 부채질할 수는 있지만, 그렇다 하여 그 사람 자체가 문제해결의 핵심은 아니라는 것이다. 악성코드 제거하듯 그 사람만 제거하면 만사 OK냐, 그것은 아니다.

나는 창민 씨에게 "당신의 얘기가 듣고 싶어요"라고 말했다. 그래, 나는 얘기를 듣고 싶어. '심정'을 듣고 싶어. 이유와 배경을 듣고 싶어. 그럴 수밖에 없는 네 이유 말이야. 그러면서 나는 가만히 생각해본다. 내가 가장 듣고 싶은 말도 "네 이야기를 듣고 싶어, 네 마음을 들려줘"거든. 눈을 맞추고 이런 말을 들으면 난 부끄러워지고 수줍음에 물드는게 사실이지만 그렇게 말하는 상대방의 진정한 마음을 접하면 마음이 따뜻하게 열려. "네 이야기를 듣고 싶어. 네 심정을 알고 싶어. 말해볼 수 있겠니." 기다려주면서 '듣고 싶다' 말하는 깊은 호기심. '내가 모르는 어떤 이야기, 너만의 이야기가 있을 거야'라는 열린 마음. 타인이라는 신세계에 대한 진정한 존중만이 '이해'라는 커다란 산등성이를 조금이

세 번째 포옹

라도 더듬어 오를 수 있게 우리를 도와줄 거야. 사람과 사람 간의 이해라는 건 어쩌면 영원히 불가능한 신기루일지도 몰라. 단지 이해라는 커다란 산을 오르고 싶다 소망하면서 애써볼 뿐이지. 그게 인간이 인간에게 보여줄 수 있는 가장 진솔하고 겸손한 사랑일 거야. 깊은 관심이 사랑인 이유가 바로 이것이지.

"아내를 사귀기 훨씬 이전부터 친하게 지내던 부부였어요. 제게는 그 여자후배든 후배의 남편이든 데리러 가거나 함께 식사하는 게 자연스러워요. 그 부부는 아내를 좋아합니다. 그런데 아내가 너무 싫어하더군요. 아내가 연애 때나 결혼 후나 이 일로 상처를 많이 받은 것 같아요. 저는 너무 곤란합니다. 그 부부는 제게 아주 소중한 사람들입니다. 아내도 걔네들과 친하게 지냈으면 하는데… 하지만 아내가 예전부터 그 부부와 관계를 끊으라고 해서 안 본 지 석 달째입니다. 간간이 전화 오면 받는 정도…." 창민 씨는 혼란스러워 보였다. 아내의 마음도 알겠고, 본의 아니게 상처를 준 것 같아 미안하기도 하고, 소중한 친구들과 억지로 떨어져서 속상하고 당황스러운 심정. 아주 복합적이었다.

결혼은 기존 생활양상의 많은 부분을 조정하도록 압박하는 대표적 사건이다. 그 압박이 견딜 만하다면 그리고 비교적 자발적으로 조정한다면 큰 문제는 없다. 그러나 그 압박이 너무 커서 내가 타의에 의해 눌린다 여겨지면 관계에 적신호가 켜진다. 서서히 금이 가기 시작한다. 이 둘의 관계에 더 이상 균열이 진행되지 않도록 어떻게 무엇부터 시작해야 할까. 두 사람, 해결을 위해 함께 가되 각자의 할 일과 스스로 감당해야 할 몫 또한 따로 있다. 창민 씨와 혜영 씨 모두 각자의 자리에서 자신을 우선 돌아볼 필요가 있다.

"저는 부드럽게 대화하는 방법을 알고 싶어요. 솔직히 말씀드리면… 아내의 말투가 너무 공격적이에요. 매번 상처를 받았어요. 해결되었으면 좋겠습니다." 창민 씨의 눈동자가 이상스레 투명하게 빛났다. 혜영 씨가 약간 누그러든 목소리로 남편의 말을 받는다. "저도 솔직히 말씀드리면… 남편이 제가 친정 갔다가 올라올 때 데리러 나오기로 했다가 잊어버렸다 했을 때… 남편이 제게 사과할 줄 알았거든요. 그런데 방어적으로 '섭섭해하지 않았으면 좋겠어'라고 딱딱한 말투로 말하는 것을 듣고 남편이 내 감정을 지시하는구나 여겨졌어요. 그래서 화가 나고 싸우게 된 거죠. '약속을 지키지 못해 미안하다'라고 하는 게 맞는 것 같은데… 남편의 반응이 맘에 들지 않은 거죠. 그러면서 나도 피치를 올려서 '네가 내게 섭섭해하지 말라고 할 일이 아니다'라고 쏘아붙이기 시작한 거죠… 선생님… 저 지금 좀 괴롭네요. 남편이 저보고 공격적이라고 하는 말이 솔직히 제게 상처가 돼요…."

혜영 씨의 코끝이 찡해지는 걸 고개를 숙이는 바람에 못 볼 뻔했다. 창민 씨의 고개가 그녀 쪽을 향한다. 부드러운 움직임이었다. "얼마 전에는 남편이 먼저 채팅방에서 나가버린 일이 있었어요. 저를 기분 나

세 번째 포옹

쁘게 해버리고 그냥 나가버린 거죠. 저도 화가 나서 '바쁘면 그만둬. 나도 더 이상 말하지 않을 거야'라고 문자를 보내버렸어요. 그러고 나서 혼자 생각에 빠졌어요. '남편이 이제는 내게 배려가 없고 나에게 관심이 없구나…' 서글펐어요. 남편은 제게 공격적이라고 말하지만, 물론 공격적인 문자를 보낸 건 맞지만… 전 속으로 이렇게 서글퍼하고 있어요….' 혜영 씨가 남편에게 공격적으로 대하는 마음 이면을 말하고 있다. 사랑받고 싶은 마음. 그러나 실제 마음과 표현방식의 괴리는 무척 멀고 멀다.

이렇게 있는 그대로 하나하나 이야기를 풀어가는 것, 내 속 얘기를 해보는 것, 상대방의 이야기를 끝까지 들어보는 것, 상대방의 이야기 때문에 내가 마음이 아프다는 것을 적절한 톤의 말로 표현하는 것은 참으로 중요하다. 감췄던, 숨겨온 퍼즐조각을 테이블 위에 꺼내놓는 것은 무척 중요하다. 관계의 터닝포인트가 될 수 있다. 관계의 갈등적 모습, 불편할 수 있는 이야기를 있는 그대로 관조하고 받아들이면서, 그리고 버거운 감정들을 조절하면서 내 마음을 드러내는 일은 신뢰와 낙관적 세계관이 바탕이 된 관계에서만 가능하다. 상대방이 화낼까 봐, 싸움이 일어날까 봐, 상대방이 떠날까 봐 하고 싶은 말을 하지 못하는 것은 관계를 부식시키는 첩경이 돼버리고 만다. 나도 모르는 사이에 말이다.

창민 씨가 그 여자후배를 놓지 못하는 이유가, 혜영 씨가 공격적이고 호전적인 자세를 견지할 수밖에 없는 이유가 분명 있을 것이다. 그것을 탐색하고 충분히 이해하면서 갈 필요가 있겠지. 전체적으로 보았을 때, 남편이 이렇게 상처받았다 호소하며 외부의 도움을 요청한 이상, 두 사람의 상호작용 패턴을 명확히 분석하는 동시에 혜영 씨도 이번 기회를 강건히 붙잡고 자기 자신을 의미 있게 돌아보면 좋을 것 같았다. 자신과 자신의 삶을 돌아보며 보이는 마음의 풍경을 내게 그리고 남편에게 들려주었으면 싶었다. 지금 이 난관을, 남편에게 호전적이고 공격적으로 비춰지는 모습 뒤에 깊이 눌려 있는 그녀만의 부드러움을 펼쳐 보이는 기회로 삼으면 좋지 않을까. 창민 씨도 남자이기 이전에 그저 한 인간이고 그녀처럼 상처 입고 아파하는 보통의 존재일 뿐이니까. 남편의 이야기를 비판이 아니라 관계의 방향을 전환하기 위한 브레이크로 여기면 어떨까. 더군다나 상담을 통해 적극적인 도움을 받아 '좋은 관계'로 거듭나고 싶음을 이렇게 선명히 보여주고 있으니 말이다.

공격당하기 싫다, 마음 상하기 싫다, 다치고 싶지 않다는 마음이 간절할수록 우리는 경계심을 늦출 수 없고, 타인을 '잠재적 공격자'로 보게 된다. 그러면 긴장할 수밖에 없다. 자기 자신을 과잉보호하고 방어하게 되며 선제공격도 날리게 된다. 너와 나 사이에 금이 그어진다. 그 금 근처에 선 우리는 딱딱한 갑옷을 입은 채 나도 모르는 사이에 소중

세 번째 포옹

한 상대방을 공격하고 상처 입힌다. 그렇게 상처라는 주제는 두 사람 사이를 역동적으로 공전한다. 남녀를 구분하지 않는다. 궁극적으로 우리는 거기에서 살아남아야 할 것이다. '함께' 말이다.

"상처는 '우리'라는 거대한 대륙에 놓인 작은 늪이나 웅덩이 같은 것일 뿐이다. 거기에 빠져 허우적거릴 때는 상처이지만, 높고 푸른 하늘 위에서 자유로운 새처럼 내려다보면, 경이롭고 아름다운 세상의 한 풍경일 수도 있다."

소설가 이응준의 문장이다. 상처는 삶의 일부이며 깊은 관계를 위한 전제조건이리라. 상처를 극복하며 이어지는 끊임없는 내면의 성장만이 삶과 관계의 유일한 목표라고, 나는 상담실 문을 열고 또 다시 세상을 향해 나아가는 창민 씨와 혜영 씨의 등을 바라보며 조용히 되뇐다.

며칠 후 우리 셋은 다시 마주앉았
다. 창민 씨는 은근히 오늘을 기다렸다고 한다. 그러자 혜영 씨는 "선
생님, 저는 대놓고 기다렸어요"라며 웃는다. "양쪽의 얘기를 모두 들어
서 좋았어요. 객관적 입장에서 상황을 바라본 것 같아 도움도 됐고요.
그리고… 나도 너무 힘드니까 남편이 힘든 것도 당연하다고 냉정하게
생각했던 것 같아요. 각자 알아서 하는 거다… 마음속으로 남편을 원
하고 있고 나도 힘겹다 말하고 싶고 기대고 싶다는 걸 남편에게 말하
지 않았어요. 그리고 남편이 이렇게 힘든 줄 몰랐고요…."

늘 예민하게 다투느라 자신의 속마음, 서로의 속마음을 전할 시간이

세 번째 포옹

없었다고 한다. 그러면서 서로 섭섭함이 쌓여간 것 같다는 혜영 씨. 그녀를 바라보며 아내를 닮은 미소를 만들어낸 창민 씨는 결혼생활에 대한 자신의 생각들, 그간 발생했던 크고 작은 갈등을 침착하게 설명했다. 그러던 중 지난번에 나누었던 대화의 끝을 붙잡아왔다. 이야기를 마저 끝맺고 싶은 것 같았다.

"제가 이사자금 준비도 그렇고 이직문제도 그렇고 너무나 힘든데… 그걸 아내도 다 알고 있다고 생각합니다. 저를 이해해주길 바라는 마음이 컸던 같아요. 그런데 이해해주지 않고 부어 있는 얼굴로 계속 이것저것 요구하니까… 제가 연애초반 때처럼 한결같이 자상할 수는 없는데…."

서로의 바람과 좌절이 서서히 드러나고 있었다. "선생님. 남편이 지금 제가 자기 힘든 걸 다 알고 있다고 했는데요… 남편이 자기 생각과 느낌을 공유해주지 않아요. 명쾌하게 말하는 편이 아니고, 말수도 별로 없어요. 남편의 마음을 알 길이 없어요. 그래서 저는 답답한데, 자꾸 저보고 싸움꾼 같다고 하고… 남편은 저와 말하다가 어느 순간 차가워지고 입을 딱 닫아요. 그런 모습이 제게 상처예요. 제게는 남편의 이 모습이 공격으로 느껴져요…."

혜영 씨의 말 속에 무엇인가 절절한 것이 흐르고 있었다. 관계의 실체적인 부분들이 장막을 거두고 드러나기 시작했다. 혜영 씨의 말을 들으며 눈을 깜빡이던 창민 씨가 말했다. 깊이 숨을 들이쉰 후였다. 공기가 잔뜩 들어간 그의 상체가 단호해 보였다.

"제 입장에서는 아내에게 한 방 먹었는데 선택할 수 있는 행동이 별반 없습니다. 두 가지예요. 하나는 참는 것, 즉 말하지 않는 겁니다. 아내에게는 무성의해 보일 수 있겠죠. 두 번째는 나도 같이 화내는 것. 이건 가능한 한 하지 않으려 애쓰고 있어요. 싸우게 되니까요. 그리고 회복에 너무 큰 에너지가 듭니다. 그런데… 솔직히 너무 힘들어요, 답답하고. 언젠가 아내에게 크게 화낸 적도 한 번 있어요."

이야기를 듣던 혜영 씨의 입이 벌어져 있었다. 뭔가 놀란 것 같았다. 멍해 보이기도 했다. '한 방 먹었다'는 남편의 표현에 되레 혜영 씨가 한 방 먹은 것 같았다. 그녀가 약간 더듬거리며 말한다. "남편이 이렇게까지 생각하는 줄 몰랐어요…."

음… 두 사람은 각자 침묵을 만들어낸다. 침묵의 씨실과 날실이 춤추듯 직조되면서 주단을 만들고 있었다. 얼마의 시간이 흘렀을까. 무심한 초침은 어쩜 이리도 철저히 자기 몫을 해내는지. 초침소리가 배경음악이라도 되는 듯 예의 침묵주단이 유유히 출렁이고 있었다. 나는 창민 씨에게 조용히 물었다. "지금까지 살면서 당신 주변에… 화를 조절하지 못하고 분출해버리는 사람이 있었나요? 나는 저렇게 화내지 말아야지 다짐하게 했던…?"

'화를 참는다, 낸다'의 이분법이 작동하고 있는 그의 이야기 구조와 내용을 접하며 그가 분노, 갈등에 대해 막연히 불안해한다는 생각이

세 번째 포옹

들었다. 화내는 게 곧 싸우는 것이라 여기고 있는 그. 화내고 다툰 후 회복에 너무 큰 에너지가 든다고 말하는 그. 그래서 아예 화내지 않기를 선택한 그. 그에게 화는 '나쁜 것'이자 '피해야 할 감정'이다. 상대방에게 상처를 입히는 '위험한' 감정이다. 화를 자유롭게 내는 아내는 싸움꾼 같다. 겁이 난다.

'화'란 무언가 잘못 돌아가고 있다는 것을 알려주는 자기보호 차원의 감정적 신호이기도 하다는 것, 화가 났다고 말하는 것은 화를 내는 것과 다르다는 것, 화와 분노를 잘 소화함으로써 건강한 자기 권리를 찾을 수 있는 근원이 마련된다는 것, 화를 조절해서 드러내면 관계갈등이 긍정적으로 해결될 수 있다는 것을 그는 잘 모르고 있었다. 아니, 그런 체험을 하지 못한 것 같았다. 화에 대한 이분법은 어디에서 체득된 것일까. 그가 어렵사리 입술을 움직였다.

"예전에… 중고등학교 때… 부모님의 부부싸움이 아주 심했어요." 잠시 말을 멈춘 그는 눈길을 돌려 나를 바라본다. 사람이 필요한 시점이구나. "두 분 모두 너무 화를 내셨어요. 아주 오랫동안… 격하게 화를 쏟아내며 싸우시는 부모님을 보면서… 전 엄마든 아빠든 누구든 좀 참지…."

그는 여기에서 말을 멈추었다. 나도 더 이상 묻지 않았다. 창민 씨의 두 눈에 눈물이 조용히 차올랐다. 혜영 씨는 그 곁에 고요히 앉아 있을 뿐이다.

사랑하는 남녀관계가 잘 풀리지 않을 때, 관계가 턱턱 막힐 때 우리는 나 자신과 삶을 총체적으로 돌아보게 된다. 나 자신을 돌아보고 삶을 점검하게 하는 강력한 계기 중 대표적인 것이 바로 애정관계의 어려움이다. 나는 이를 '과도기의 축복'이라 감히 말한다. 삶의 목표는 성장이기 때문이다. 사랑하는 남자와 여자는 서로의 가장 내밀한 부분을 보여주게 되고, 그러다 내 안의 부조리한 부분, 비합리적인 갈망, 나약함, 해묵은 상처, 수치스러움, 탐욕까지 만나게 된다. 난감하다. 이런 나의 깊은 부분을 인정하는 것보다 나에게 이런 것들을 느끼도록 자극하는 파트너를 탓하는 것이 훨씬 쉽다. 너와의 관계에서 일어난 감정들이고 너 때문에 느끼게 된 갈등이니까. 너만 아니면 난 괜찮아. 네가 문제야. 그렇게 한쪽 눈을 가리고 발버둥 치며 내가 옳다고 정당화하고 싶어진다. 실제로 그렇게 하기도 한다. 관계는 점차 꼬여가고 두 마음은 시나브로 상해간다. 상처는 더욱 깊어간다.

사랑관계가 얽히고설킬 때 우리는 각자의 마음속 심연 어딘가로 인도되곤 한다. 나도 모르는 모종의 힘에 이끌리듯이 말이다. 그 심연에는 사람과의 관계에서 가장 큰 문제가 되는 '상처' 그리고 '과거 기억'이 자리해 있다. '우리'라는 나무에서 피어나는 고통스런 심리적 문제, 관계갈등, 섭섭함의 꽃들. 이 나무의 뿌리를 찾아 들어가면 그 끝에는 언제나 상처라는 테마와 과거 기억의 잔재가 연결되어 있음을 발견하

세 번째 포옹

게 된다. 여지없다. 오래전 그 어느 날, 어린 시절, 엄마 아빠에게, 형제자매에게, 선생님에게, 친구에게, 애인에게서 입은 마음의 상처, 통증, 그 기억들이 미해결상태 즉 '응어리'로 똬리를 틀고 있다가 어른이 된 미래의 어느 날 타인과의 관계에서 불쑥 튀어올라 자신의 존재를 알린다. 그러고는… 질기게 내게 영향을 미친다. 굴레처럼.

학파를 불문하고 수많은 심리치료 이론들은 대개의 심리적 문제들, 관계에서의 문제들이 과거의 해결되지 않은 욕구와 감정, 결핍, 좌절 즉 상처 입은 경험과 관련돼 있다는 데 이견이 없다. 내게 중요했던 관계 속에서 겪은 경험이 내 마음의 밑그림이 되어 이후의 삶에 영향을 미친다고 보는 것이다.

우리는 일정 부분 과거의 포로일 수밖에 없다. 내상을 입은 포로 말이다. 하지만 그렇다고 하여 우리가 과거의 그림자에 뒤덮여 한 발짝도 벗어날 수 없다는 건 아니다. 과거는 부정해야 할 대상이 아니라 자양분으로 삼아야 할 내 역사이자 나self의 생생한 스토리 그 자체다. 과거의 관계경험, 상처, 아픔들을 섬세하고 진지하게 탐색해 부분적으로라도 해결하면서 정서적 해방을 얻는 것, 과거의 상처에도 불구하고 내가 살고 있는 '지금 그리고 여기에서 here and now' 충분히 의미 있게 살아내는 것, 그것이 건강한 적응이고 성숙이며 우리가 이룩해야 할 위대한 운명destiny이자 실존에 대한 의젓한 책임이다. 과거의 상처는 그저 아픔으로 끝나는 게 아니다. 그 속에 개인만이 깨달을 수 있는 교훈과 성장의 열쇠가 숨겨져 있다.

상처를 기꺼이 끌어안을 때 우리는 성장하고 관계는 깊어진다. 그렇게 되면 상대에게 이해해달라고 요구하기 전에 스스로를 너그러이 이해하게 되고, 나아가 상대의 내면 깊은 곳을 먼저 이해하고 헤아리게 된다. 이것이 곧 깊은 관계 속에서 꽃피는 진정한 이심전심, 성숙한 사랑의 모습 아닐까.

마음의 불균형 인정하기   상처받은 마음을 그대로 품고 지낸다는 건 무척 힘겨운 일이다. 상처받은 마음은 해소되고 해결되거나 보상받기를 원한다. 마음에 상처를 입으면 복잡미묘한 감정의 소용돌이에 빠져든다. 가슴이 쿵쿵 뛰고 화도 나고 슬픔과 무력감이 들기도 한다. 상대방에게 아무런 대꾸도 못하고 얼어붙기도 한다.

그러다 이대로는 안 되겠다는 생각에 이르면 어떤 액션을 취한다. 아니, 취해야 한다는 강박에 시달린다. 도저히 참을 수 없다는 마음이 불쑥 올라온다. 상대방에게 따지거나 아무 말이나 마구 뱉거나 싸우기도 한다. 맞붙어본다.

그러나 그렇지 않은 사람들도 있다. 속으로 꾹꾹 눌러 참고 넘어가거나 홀로 울며 서러움에 빠진다. 속으로 이런저런 불평을 하거나 합리화하며 유야무야 지나가기도 한다. 그러고는 몸이 아파온다. 나보다 약해 보이는 사람에게 짜증도 부리고 분풀이도 해본다. 보통 때라면 그냥 넘어갔을 식당종업원의 무신경한 태도에 날카롭게 항의도 해본다. 그렇게 누르고 삭이다 어느 날 상대방의 작은 행동, 말 하나에 확 터져버린다. 상대방은 놀란다. 당황한 상대방은 내게 '또 시작이냐, 감정기복이 심하다, 예민하다, 네 성격이 문제다'라고 화내며 비판한다. 관계는 점점 꼬여간다.

마음에 상처를 깊이 입은 커플들이 첫 번째 상담 때 공통적으로 드러내는 어법이 있다. '상대방은 가해자, 나는 피해자'라는 인식에서 나오는 흑백논리가 그것이다. 그들은 '절대, 단 한 번도, 결코, 언제나, 늘, 항상' 등의 표현을 쓰면서 상대방에 대한 온갖 이야기들을 뱉어낸다. 절박하다. 자신이 얼마나 깊은 상처가 있는지, 얼마나 힘든지 설명하려는 시도이겠지만 흑백논리인 탓에 비난조가 될 수밖에 없다. 상대방은 오해받고 비난받는 느낌이 든다. 말하는 이는 자신의 상처와 분노를 좀 더 세게 표현하려 하고, 분노는 더욱 공고해지고 듣는 이의 억울함도 가일층 팽배해진다. 두 사람은 서로를 더욱 적대시하고 증오심마저 싹트게 된다. 둘 사이의 연결고리가 툭 끊어진다. 마음과 마음이 '접촉'할 수 없다.

세 번째 포옹

여기에 더해 또 다른 마음의 짐이 있다. 내가 피해자라고 외치지만 그 이면에는 나도 상대에게 상처를 주었으리라는 조심스런 인식, 감정적으로 짓눌린 혹은 거칠게 폭발하는 내 모습에 대한 실망 또는 혐오, 그리고 내가 망가진 관계의 한 축이라는 처참한 자기인식이 깔린다. 상대에게 지울 수 없는 상처를 준 나에 대한 수치심과 실망, 죄책감이 잠재의식 깊은 곳에서 꿈틀거리다가 조금씩 하지만 분명하게 의식의 문을 노크하기 시작한다. 똑…똑… 혹은 우당탕탕. 상대에 대한 실망에 나에 대한 실망이 복잡하게 뒤엉킨다. 내가 이 정도밖에 안 되는 사람이구나… 어쩌다 이런 괴물이 되었을까… 커다란 '이중불쾌감'이 두 사람을 뒤덮는다. 이럴 때 과연 어떻게 해야 하는가. 많은 이들이 이 지점에서 내게 찾아온다.

상처받은 마음을 직시하고 이를 소화하는 데는 각자 나름의 방식과 방법이 있기 마련이다. 개개인의 성격양상과 감정의 성숙도에 따라 큰 차이가 난다. 상처의 내용, 깊이, 반복 여부에 따라 상처를 소화하고 치유의 터널을 뚫고 나오는 데 걸리는 시간도 달라진다.

상처를 받으면 우선 마음의 균형 즉 '이퀼리브리엄equilibrium'이 깨지는데, 이 균형을 되살리려면 개인적 노력을 넘어서 폭넓은 지혜와 감정 절제력, 인내심 그리고 낙관적 세계관이 필요하다. 오랫동안 상담을 하면서 수많은 사람들과 대화한 결과, 마음의 상처를 소화하고 회복의 길로 들어서는 데 남자와 여자의 대응이 약간 다르다는 것을 느낀다. 결론적으로 남자는 여자의 방법을, 여자는 남자의 방법을 부분적으로 차용할 때 매우 만족스런 회복이 일어나는 걸 보곤 한다. 이성집단이 사용하는 대표적 방법을 차용해보는 것 자체가 상대에 대한 깊은 관심과 이해이기에, 그 과정을 거치면 내 상처도 회복되고 상대에 대한 이해도도 한층 깊어진다. 남자와 여자, 남편과 아내들의 대응은 어떻게 다를까? 남자와 여자를 마치 다른 종족처럼 대하는 건 바람직하지 않지만, 남녀의 미묘한 차이를 한 번쯤 폭넓게 생각해보는 건 상대방을 이해하는 데 도움을 줄 것이다.

남자들의 경우, 연인이나 아내에게 상처를 받으면 그 사실을 인정하기도 전에 더 이상 얘기하고 싶지 않고 혼자 있으려는 행동을 하게 된다고 공통적으로 보고한다. 남자들은 '그 상황 그리고 파트너에게 거리를 두어야 싸움으로 번지는 걸 막을 수 있다'고 말한다. 그렇게 함으로써 갈등상황을 종료시킬 수 있다고 믿고, 마음의 균형도 되찾을 수 있다고 생각한다. 다른 방으로 건너가 문을 딱 닫는다든지, 베란다로 가서 담배 한 대 피운다든지, 집 밖으로 나가 산책이나 운동을 한다든지, 하다못해 사우나라도 하러 가야 마음의 평정을 되찾을 수 있다는 것이다. 혼자만의 심호흡 시간이 필요하다는 것이다.

그런데 이 모습을 본 여자의 마음은 어떤가? '어떻게 나를 내버려두고 나갈 수 있지? 왜 내 말을 들으려 하지 않지? 어떻게 저러고 나가서 즐겁게 운동할 수 있지?'라며 또 다시 분노한다. 자신을 사랑하지 않기 때문이라고 비관적이고 단정적으로 생각하게 된다. 거부당했다고 느끼는 것이다. 여자에게는 많은 것들을, 아니 모든 것들을 '애*'로 연결시켜 생각하는 본능이 있기 때문이다. 그러면서 상처받고 또 싸운다.

여자들은 마음에 상처를 받았더라도 대개 더 알아보고, 물어보고, 드러내고 싶어진다고 보고한다. 즉 첨예하게 맞서고 있을 때도 상대에게 더 다가가거나, 친정식구나 친구 등 다른 사람에게 마음을 표현한다. 하다못해 인터넷 자유게시판에라도 글을 적는다. 얼굴 모르는 이들의 댓글이라도 좋다.

이처럼 남자는 벗어나려 하고 여자는 붙잡으려 하는 양상을 나는 늘 접한다. 다툼은 해결점 없이 점점 지루하게 늘어지거나 격심해진다. 또는 남자가 사과했는데도 계속 말을 시키고 물어보고 급기야 거칠게 따지거나 추궁하는 형국이 된다. 그러면 남자는 '그만하라'거나 '나가겠다'고 한다. 남자가 자리를 떠나고 혼자 남은 여자는 친구에게 하소연하는 등 사람을 붙잡고 무언가 하려고 한다. 혼자 있는 것이 너무 싫다. 불안이 엄습한다. 버려진 느낌을 지울 수 있다면 무엇이든 하고 싶다.

여자의 이런 성향이 증폭돼 파트너를 추궁하거나 감정반응이 격해질 때 남자는 코너에 몰리는 느낌을 받고 '무섭다'고 말하게 된다. 혹은 무의미한 충돌을 자꾸 반복하는 것 같아 짜증난다고 호소한다. '그래서 어쩌라고'라는 말이 나오는 것이다. 이럴 때 남자들은 여자가 '징징댄다'고 말한다(여자들이 가장 듣기 싫어하는 말이 '징징댄다' 아닌가). 즉 비생산적이라는 것이다. 하도 몰아붙이니 '숨이 막힌다'고 표현하는 남편들도 많다. 친구들도 괴롭다. 똑같은 하소연을 몇 번이나 듣다 보니, 처음에는 귀기울여 들어주던 친구도 점점 지루해하거나 대화를 기피하게 된다. 또는 듣기 불편한 충고조로 딱딱하게 말하는 지경이 된다. 여자는 또 한 번 상처받는다. 사람에게 위안을 얻지 못하는 여자들은 충동적으로 쇼핑을 하거나 청소에 목을 매거나 자녀에게 분풀이하는 경우도 흔하다.

이처럼 남자와 여자는 대응방식이 다르다. 그러나 분명한 건 두 사람 모두 감정적 불균형 상태이며 마음을 다쳤다는 사실이다. 이것을 먼저 자각하고 인정할 수 있어야 하지 않을까. 마음의 균형과 평형이 깨졌을 때는 일단 아무런 행동도 하지 말고 숨을 고르며 가만히 있는 것이 좋다. 마음이 깨진 채 상대에게 다가가도 득보다 실이 훨씬 많다. 마음이 깨졌을 때는 말도 행동도 삼가는 특단의 지혜가 필요하다. 구체적으로 어떻게 해야 할까?

자리에서 일어나서 일단 떠나기　　　두 사람 모두 잠시 멈추고 그 상황에서 일단 떠나는 것이 가장 중요하다. 잠시 스위치를 끄자. 일단 휴식을 취하는 것이 핵심이다. '영원히, 계속'이 아니라 '잠시, 일단' 떠나는 것이다. 감정이란 가속화되기 마련이고 다툼이 벌어지면 점점 더 내 입장에만 빠져들어 상대방을 적대시하게 되기 때문이다. 마음에 금이 가기 시작할 때 마음을 더 흔들면 안 된다. 마음에 상처가 난 불균형 상태에서는 의미 있는 대화가 불가능하다. 통증에 휩싸여 상대방을 바라보면 상대는 '나쁜 대상, 미운 대상'에 불과하다. 건강한 휴전을 할 줄 알아야 한다. 담대히 일어나 일단 걸어 나와라.

상대방이 아닌 나 자신과 대화하기　상황에서 일단 떨어져 나온 후 무엇을 해야 할까? 아무것도 하지 말라. 모든 판단을 내려놓고 가만히 있는 것이 중요하다. 특히 괴로움을 잊기 위한 섣부른 행동, 쾌락추구적 행동은 금물이다. 그럴 때가 아니다. 중요한 것은 지금의 갈등과 고통을 지워버리는 게 아니라 마음이 더 이상 깨지지 않도록 심적 에너지를 보존하면서 갈등의 배경을 짚고 '너와 나'에 대해 숙고하면서 관계를 보호하는 것이다. 진정국면으로 들어가야 한다. 지금 어떤 일이 벌어지고 있는가, 나는 어떤 감정을 느끼고 있는가, 어디에서 다툼이 시작되었는가, 나는 상대에게 무엇을 말하고 싶었는가, 나는 무엇을 상상하고 있었는가, 내 마음 안에 무엇이 누적되어 있는가, 내가 무엇을 오해하고 있는가, 나의 과잉반응은 없었는가….

　나 그리고 관계의 심리적 실상에 대해 차분하고도 깊이 있게 자문하는 시간이 필요하다. 정신분석의 창시자 프로이트는 말했다. "환자는 언제나 옳다." 개인이 어떤 상황에서 특정 방어기제를 사용해 어떤 증상을 보이든 당사자로서는 그렇게 할 수밖에 없는 이유가 있다는 것, 그 사람은 자기가 할 수 있는 최선을 다했다는 것이 치유의 대전제다. 환자가 보이는 증상이면 그럴 수밖에 없는 이유가 있으며, 그만의 억압된 갈등의 산물이 표면적으로 그런 증상을 만들어낸 것이므로 증상을 통해 당사자의 내면을 들여다볼 필요가 있다는 것이다. 의식 수준에서는 지극히 감정적이고 비합리적이어서 제거해야 할 말이나 행동으로 보일지 모르지만 무의식 수준, 잠재의식 수준에서는 그 말과 행동이 무의식 속 핵심욕구를 비추는 중요한 이정표가 된다.

　이런 시선을 자신에게 너그럽게 건네는 건 어떨까. 무조건 자신을 허용하고 모두 괜찮다고 말하라는 게 아니다. 내 내면에 가혹한 잣대를 휘두르지 말고 우선 있는 그대로 들여다보라는 것이다. 내가 나를 광범위하고 너그럽게 탐구하고 이해하는 것이 무엇보다 먼저 선행되어야 한다. 더불어 이런 시선을 파트너에게도 건넬 일이다. 그렇게 충분한 시간을 보낸 다음에 파트너와 대화를 시작해보고 하나하나 매듭을 풀어가는 것이 바람직하다. 이런 자문 없이 상대방만 붙잡고 늘어지거나 나만의 시간 속으로 숨어드는 한 개선과 회복은 요원해진다. 나 자신에 대해 깊이 있게 자문하면서 이어서 상대방에 대해 열린 마음으로 생각하고 관찰해보는 것.

이런 맥락에서, 나는 말만 하면 싸우며 상처를 주고받는 커플들에게는 '대화하지 않기, 각자 조용하고 단순하게 지내기, 하지만 한 공간에 있는 시간은 폭넓게 늘리기'라는 처방을 내리곤 한다. 효과가 정말 좋다.

"선생님께서 남편과 굳이 대화를 시도하지 말고 각자 조용하고 침착히 지내면서 나를 돌아보고 자신과 대화하라던 말씀이 정말 큰 도움이 되었어요. '마음의 연못을 들여다보는 것이 먼저다'라는 선생님의 말씀을 마음에 새겼어요. 지금까지 그런 시간 없이 그저 배우자에게 달려들고 요구하기만 했던 것 같아요. 정작 내가 어떤 사람인지, 내가 무엇을 원하는지, 상황이 어떻게 악화되고 있는지 돌아보지 못했어요. 그저 남편 원망만 하며 그를 아프게 했네요…."

아내 호정 씨의 고백이다. 서로 상처의 아픔이 가라앉지 않은 상태에서는 아무리 좋은 의도로 대화를 시작해도 싸우던 예전의 관성이 튀어나오게 돼 있다. 그러면 불필요한 절망감만 가중된다. 마음의 균형이 살아날 수 있는 시간과 여유를 스스로에게 선사하는 것이 무척 중요하다. 더불어 파트너에게도 그런 시간을 선사하면 어떨까. 시간을 선물하는 것이 사랑이다.

좋은 관계를 만들려면 먼저 내가 좋은 사람이 되어야 한다. 파트너가 좋은 관계를 만드는 게 아니라 내가 좋은 관계를 만드는 것이다. 그러기 위해서는 '홀로 있을 수 있는지'가 관건이다. 홀로 있는 시간에 성장이 찾아온다. 영국의 위대한 정신분석가이자 소아과 의사인 도널드 위니캇^{Donald Winnicott}은 '홀로 있을 수 있는 능력'이라는 개념을 강조하고 또 강조한다. 그는 홀로 있을 수 있는 능력이야말로 정서적 안정감의 지표라 말한다. 관계에서 발생한 상처가 아물고 회복의 길로 들어서려면 홀로 있을 수 있는 힘이 전제되어야 한다. 홀로 있지 못하는 불안정함이 내재된 사람에게서 상처 회복이 더딘 이유이기도 하다.

상처는 상처로 끝나지 않을 수 있다. 상처 속에는 갖가지 교훈이 잠자고 있다. 나에 대해 상대에 대해 그리고 좋은 관계, 깊은 관계에 대해 다시 한 번 진화할 수 있는 기회가 담겨 있다. 그 교훈을 일깨워라. 인생 그리고 관계란 '수습의 예술'이다. '벌어진 후'가 중요하다. 상처를 돌보고 관계를 돌보자. 상처를 품어낸 아름다운 수습은 참사랑으로 가는 길 위에 내딛은 첫걸음이다.

자녀에게 필요한 것, 우리에게 필요한 것

이번엔 부모자녀 관계에 대해 이야기하고 싶어요.

"부모, 특히 어머니는 많은 해를 끼치는 사람이다."

현대정신분석이론, 애착이론의 대가 존 볼비^{J. Bowlby}가 81세에,

죽기 2년 전에 한 말이에요.

의미심장하죠.

자녀에게 무엇을 더 잘해줄까, 무엇을 더 해줄 수 있을까…

이처럼 '완벽함'을 향해 나아가기보다는

자녀에게 '해를 덜 끼치는' 부모,

다시 말해

자녀에게 '결정적인 심적 상처를 가능한 주지 않으려 애쓰는' 부모.

그런 부모가 되기 위한 일상 속 숙고와 노력,

자세가 중요하다 생각해요.

서서히 물러나는 것, 점차 사라져주는 것,

멀지 않은 거리에서 지켜봐주는 것,

그리고 내 인생이 적당히 행복하고 의미 있는 것.

그런 부모가, 그럼 엄마가 필요하지 싶어요.

물론 쉽지 않은 일이죠. 하지만 필요해요, 이런 자세.

자녀에게는 '공감 없는 헌신'이 아닌 '깊은 관심'이 필요해요.

진정한 공감.

자기심리학의 창시자 하인츠 코헛 [H. Kohut] 이

'심리적 산소 [psychological oxygen]'라 일컬은 바로 그 공감 말이죠.

심리적 산소가 풍부한 삶과 관계.

깊은 관심 속 든든한 애정.

그것이 필요해요.

우리 아이들에게… 그것이 필요해요.

그리고

우리에게도.

네 번째 포옹
그는 단지 피곤할 뿐이다

다정한 무관심 benign indifference

알베르 카뮈

혼자 있으려는 남자,
함께 있으려는 여자

"아내와 크게 싸웠습니다. 제 신경
이 너무 날카로워져 있습니다. 쌓였던 스트레스가 터진 것 같습니다."

라일락꽃잎이 떨어진 어느 날이었다. 언제 그다지도 아스라이 아름
다운 꽃내음을 풍겼냐는 듯 라일락꽃잎은 무심히 낙하해 있었다. 오밀
조밀한 꽃잎들이 모이고 모여 라일락군집을 이룬 꽃나무. 그 아름다운
뭉텅이들이 큰 키의 나뭇가지를 모두 덮어버렸다. 나뭇가지는 보이지
않는다. 꽃 뭉텅이만 보인다. 눈을 조금 가늘게 뜨고 바라보면 라일락
뭉텅이들은 마치 허공에 둥둥 떠 있는 구름 같기도 하다. 나는 눈을 실
처럼 뜨고 정신이 혼미해질 정도의 향을 뿜어내고 있는 라일락구름을

처다보고 있었다. 아… 이 아름다운 생명력에 할 말을 잃은 나는 키 큰 나무 아래 그저 서 있을 뿐이었다.

"아줌마, 뭐 하세요?"

내 옆에 어느새 12층 아이가 다가와 서 있었다. 아이 또한 나처럼 고개를 꺾고 나무를 올려다본다. 왼팔에 테디 베어가 목이 꽉 눌린 채 둥글게 안겨 있었다. 비록 목은 눌려 있지만 곰은 행복한 표정이었다. 테디 베어의 순진한 눈은 아이의 오른손에 잡힌 오색빛 훌라후프 테두리를 향해 있었다. "응~ 꽃구경." "꽃구경이요? 이 꽃이요? 나무가 되게 크다… 이 꽃 이름이 뭐예요?" "라일락. 이렇게 보라색도 있고 저기에 흰색도 있어. 향기 좋지 않아?" "킁킁…킁… 향기 좋다… 에…에…에취! 아줌마 이 꽃 좋아하세요?"

아이에게 알레르기가 있는 모양이다. 내 딸내미처럼 말이다. 그러고 보니 꽃가루가 휘날리고 있었다. 난 들고 있던 책들을 바닥에 내려놓고 가방에서 물티슈를 주섬주섬 찾아 꺼내면서 대답도 주섬주섬 시작한다. "응… 아줌마가… 아주 좋아하는… 꽃이야. 정말… 예쁘지 않니?… 휴지가… 어딨지…." 행동이 주섬주섬이니 말도 주섬주섬이구나. 찾았다. 꺼냈다. "여기 물티슈." 아이는 어느새 훌라후프를 돌리고 있었다. 얘는 남자아이인데 특이하게 훌라후프를 좋아한다. 늘 훌라후프다. 문득 떠오르는 사람이 있다. 훌라후프를 아주 잘 돌리시는 시어머니. 지금 뭐하시려나. 어머님이 계신 곳에도 라일락이 피었겠지? 졌

나? 그때 한참 잘 돌아가던 훌라후프가 뱅뱅 원을 그리며 탄력 있게 떨어졌다. 아이는 훌라후프를 주워 올리고 테디 베어를 잡아 왼팔로 감는다. 여지없이 테디 베어의 목은 또다시 눌렸다. "아줌마, 라일락 꽃이름 가르쳐주셔서 고마워요. 아줌마는 저한테 참 친절하신 것 같아요. 저 갈게요. 아, 그리고 누나한테 안녕이라고 좀 전해주세요. 요즘 한 번도 못 만났어요."

훌라후프를 굴렁쇠처럼 굴리며 걸어가는 아이의 뒷모습에서 휘파람 소리가 나는 것 같았다. 쟤도 어느덧 초등학생이 되었네. 그러고 며칠 후, 라일락꽃잎이 다 떨어져 있었다. 현우 씨가 온 바로 그날이었다.

"정말 피곤합니다… 늘 긴장상태로 사는 게 참 힘드네요. 요즘 들어 부부싸움이 점점 심해지는데… 아무것도 아닌 사소한 일들에서 시작되기도 하고요, 가사분담과 아이 돌보는 일 같은 것 말입니다. 돈문제 같은 굵직한 일들도 문제고요. 두 달 전에는 싸움이 커지면서 서로 할 말 못할 말 다 했습니다. 그때부터 각방을 쓰게 됐어요. 냉전이 시작된 거죠. 이대로는 안 되겠다 싶어 부부상담을 제안했는데 아내가 거부했어요. 그래서 오늘은 일단 저 혼자 왔습니다."

현우 씨의 얼굴은 흙빛이었다. 최신기술로 가공되었을 그의 날렵한 티타늄테 안경도 한없이 무거워 보였다. 피곤한 현우 씨는 결혼 4년 차에 접어드는 남편이다. 연애기간 1년 동안 별 문제나 마찰 없이 달

네 번째 포옹

콤한 연애를 했다 한다. "연애할 때 제가 정말 잘해줬습니다. 저의 연애능력을 200% 풀가동했다고나 할까요. 그렇다고 억지로 한 것도 아니고 자연스럽게 그렇게 했습니다. 이 여자와 결혼해야겠다… 아내가 참 좋았어요. 그러다가 결혼하면서 제가 좀 풀어진 건 사실입니다. 솔직히 쉬고 싶었어요. 그렇다고 아내에게 잘못하거나 집안일을 소홀히 한 것도 아니고요."

그가 긴 한숨을 내쉰다. 휴우. 메도 메도 끝이 없는 드넓은 밭에 주저앉은 농부 같았다. 그에게 숨 고를 시간을 충분히 줄 필요가 있겠다 싶었다. 나도 같이 밭에 주저앉았다. 태양이 뜨겁다.

"아내는 저를 그저 '뭘 해주는 사람, 시키면 곧바로 이행하는 사람'으로만 보는 건지, 제가 퇴근하고 집에 오면 이것저것 해달라는 게 너무 많습니다. 휴… 저는 묵묵히 다 해줍니다. 아내도 하루 종일 아이보고 살림 챙기느라 고생했을 테니까요. 그런데 제 마음, 퇴근 후 피곤한데도 살림을 돌보는 저를 인정해주고 기뻐해주기는커녕 설거지가 더럽다는 둥, 세탁기는 왜 안 돌렸냐는 둥 지적을 일삼죠. 그러고는 돈문제라든가 시댁문제 등 다른 문제까지 꺼내며 신경질을 내거나 저를 공격합니다. 가사일, 육아 그게 아내만의 몫이 아니라 부부 공동의 일이라는 건 저도 알지만…." 현우 씨는 도대체 뭐가 뭔지 알 수 없다는 표정이었다.

"고민이 또 있어요. 제가 '욱'하는 성질이 있어요. 분노가 있는 것 같아요. 그래서 아내와 싸우다가 혹여나 분노가 나올까 봐 말도 가능한 줄이고 꾹꾹 참습니다. 그래도 싸움이 끝나지 않으면 그 상황에서 피해버립니다. 물론 그 전에 나를 내버려두라고 아내에게 말하죠. 안 그러면 제가 더 화를 낼까 봐… 더 화내다 거칠어져서 혹시라도 거친 행동을 할까 봐… 그래서 나름대로 자제하려고 피하는 건데, 아내가 거기서 멈춰주지 않아요. 제가 자리를 피하려고 하면 아내는 '어딜 도망가려고 해? 얼렁뚱땅 넘어가면 다인 줄 알아? 이렇게 화나게 해놓고, 나를 두고 나간다고? 어쩜 그럴 수 있어?'라며 저를 붙잡습니다. 그러면 싸움은 더 과격해지죠…."

그의 생생한 중계 때문인지 그들이 싸우는 장면이 머릿속에 그려졌다. 꾹꾹 눌러 참다가 벌떡 일어나 나가려는 남자 그리고 처절하게 붙잡는 여자. 남자의 늘어진 옷자락과 여자의 떨리는 손. 혼자 있으려는 남자와 함께 있으려는 여자. 그 간극. 여자가 남자를 붙잡은 후 함께 있게 되었을 때 과연 어떤 장면이 벌어지겠는가.

여자들에 비해 남자들은 갈등상황에 직면하면 '해결'에 온정신이 집중된다. 어쩔 수 없는 현실이다. 수많은 커플을 만나본 후 인정할 수밖에 없는 현실이다. 반면 여자들은 아무래도 남자들에 비해 자신의 상한 마음과 감정을 상대방이 알아주고 달래주기 바라는 '감정치유'에 무게

네 번째 포옹

중심을 둔다. 무 자르는 듯한 이분법은 아니지만 남자와 여자, 상대적으로 보았을 때 그렇다. 이 차이는 극복할 수 없는 남녀 간의 차이가 아니라, 서로를 이해하는 데 결정적 도움이 되는 '중요한 힌트'라 생각한다. 남녀관계에서 내가 너를, 네가 나를 조금이라도 더 이해하는 데 실질적 도움이 되는 정보임을 부인할 수 없다.

남자들이 보기에 갈등상황에서 당장 해야 할 과제는 '갈등상황 종료'다. 일단 종료가 중요하다. 더욱이 여자의 화, 논쟁, 공격성은 남자를 생각보다 훨씬 당황스럽게 하고 남자의 감정 시스템을 통째로 뒤흔든다. 여자의 화와 공격에 당황하여 어찌할 바 모르고 흔들리는 적나라한 심정을 남자들은 상담실에서 수없이 고백한다. 남자들은 그 자리에서는 자신이 얼마나 당황하고 감정적으로 상처받는지를 결코 드러내지 않는다. 이미 마음 깊은 곳에서부터 당황하고 수치스러운데, 그 감정을 현장에서 여자에게 드러내는 것은 이중으로 부끄러운 일이라 여기기 때문이다. 그럴수록 그들은 굳어진 얼굴을 더욱 굳히며 훼손된 마음이 드러나지 않도록 숨기거나(이는 무의식적 반사작용이다), 되레 언성을 높이는 등 흔들리는 자부심을 보상하려 '강한 모습'을 만들어낸다. 여자들의 눈에는 그런 '외형적 모습'만 보일 뿐이다.

나아가 남자들은 그 상황에서 빠져나오고 상황을 종료시킴으로써, 일시적으로 흔들렸던 관계의 통제권과 손상된 자부심을 되찾으려 한다. 상황에서 벗어남으로써 문제가 부분적으로 해결되었다 생각하기도 한다. 무엇보다 잊지 말아야 할 것은, 남자들은 그렇게 하는 것이 여자 혹은 아내와의 관계를 '보호하는 길'이라고 굳게 믿고 있다는 사실이다.

그러나 여자 입장에서 생각해보라. 남자의 빠져나오기 행동을 좋게 봐주는 여자는 존재하지 않는다. '문제상황에서 도망간다, 나를 버린다, 나에게 무관심하니 저렇게 일어설 수 있는 것'이라고 생각한다. 그래서 이중으로 분노하고 상처를 받는다. 여자들은 '어려울 때일수록 함께 붙어 있는 문화'를 선호한다. 그럴진대 남자가 저렇게 훅 나가버리니 비참해질 수밖에 없다. '돌아오기 위해 떠난다'는 남자의 마음을 도대체 믿을 수가 없는 것이다.

"선생님, 진짜 좀 쉬고 싶습니다. 가사분담에 대한 아내의 집착이 지나쳐요. 아내는 제가 집안일을 다 해주길 바라나 봐요. 하루 종일 회사에서 시달리다 집에 오면 아내가 밀린 집안일을 시킵니다. 제가 바깥에서 어떤 하루를 보냈는지는 관심 없어 보여요. 제가 아직 젊어서이기도 하겠지만 직장생활하면서 참아야 할 게 너무 많습니다. 온갖 스트레스와 화, 짜증을 다 참습니다. 얼마 전에는 제가 아내에게 소리 질렀습니다. '밖에서 이렇게까지 내가 수모를 당하는데 집에서 너까지 이렇게 힘들게 하냐! 나 좀 쉬면 안 되는 거니!' 그랬더니 아내가 같이 소리를 지르더군요. '나는 안 힘든 줄 알아?' 꼭 자기가 더 힘들다고 난리입니다. 제 마음을 속시원히 말할 곳이 없습니다….”

고통 배틀^{battle}이 일어나고 있구나. 남자와 여자, 친밀한 두 사람이 깊은 관계로 진화하기 위해 이루어가야 할 관계 레퍼토리 중 매우 중요한 하나가 바로 고통분담과 고통공유가 원활히 이루어지는 ‘심리적 시스템’을 만들어가는 것이다. 이것이 잘 구축되지 않으면 역기능적 시스템이 대신 자리하게 된다. 갈등상황에서 누가 더 힘든지 다투고 너보다 내가 더 힘들다고 주장하는 고통 배틀 시스템이 그것이다. ‘내가 더 힘들다’는 걸 입증하기 위해 계속 강한 카드를 내밀며 힘겨운 심리게임을 한다. 이런 커플을 나는 참으로 많이 만났다. 정작 그들은 고통견주기 게임을 하고 있는 줄 전혀 모른다. 나를 통해 게임의 실체를 알게 되면 그들은 한결같이 매우 놀란다. 그리고 크게 이완된다. 이때 매우 의미 있는 변화가 일어남을 수없이 목격했다. 터닝포인트다.

“퇴근 후에도 저는 최선을 다해 집안일을 돕습니다. 아내도 그건 인정할 겁니다. 아내가 하라는 건 다 하고 잡니다. 녹초가 되죠. 그래서 주말에라도 쉬고 싶은데, 아내는 주중에 내내 아이를 혼자 보았으니, 주말에 저보고 아이를 보라는 겁니다. 주말에 아이보는 게 제 몫이에요… 아내는 그걸 너무나 당연시합니다. 직장에서도 집에서도 쉴 곳이 없습니다. 여기도 전쟁, 저기도 전쟁….”

현우 씨는 여기저기 찢긴 군복을 걸친 패잔병 같은 눈빛으로 나를 바라본다. 인간의 어깨가 저렇게까지 내려갈 수 있구나. 한없이 처진 그의 어깻죽지에 피곤함의 덩어리들이 얹혀 있는 것 같았다.

우리 모두는 짐을 지고 살아간다. 보이는 짐도 있고 그렇지 않은 짐도 있다. 남자와 여자, 깊고 친밀한 관계일수록 보이지 않는 짐이 더 중요하다. 두 사람은 보이지 않는 그것을 섬세히 알아차리고 서로 돌보아야 한다. 내 어깨를 넘어 네 어깨를 염려하는 깊은 마음. 내 남자 어깨에 올라앉은 커다란 사회적 짐, 치열한 경쟁의 잔재 그리고 일상의 자잘한 의무들, 일들, 책임들. 이런 것들은 관계의 낭만적 감정을 여지없이 무너뜨린다. 서로에게 일치감을 선사했던, 무엇이건 다 이겨낼 수 있을 것 같았던 낭만적 감정이 서서히 부식될 때 우리는 어떻게 해야 할까. 낭만적 사랑이 사라지면 그걸로 끝일까.

결코 그렇지 않다. 낭만성이 부식되는 데 적응하는 동시에 거듭나는 지혜가 필요하다. '다음 단계'가 있는 것이다. 낭만적 사랑의 단계에서 상대를 진정으로 돌보는 참사랑의 단계로 도약할 때가 온 것이다. 탈바꿈의 때. 마치 진공포장처럼 순진한 낭만성에 휩싸여 있던 내 안의 기대와 강박관념들, 내 위주의 욕망들을 내려놓고 상대를 있는 그대로 바라보고 놓아주는 것, 상대를 진정으로 돌보는 것, 그 폭넓은 지혜와 참사랑의 단계로 업그레이드해야 한다.

수많은 사람들과 이야기를 나누면서 나는 인간이라면 누구나 그들만의 사랑하는 방식, 살아가는 방법이 있다는 걸 깨닫는다. 누구의 것이 더 좋다 말할 수 없다. 여자와 남자는 같은 인간이지만, 그중에서도 아내와 남편은 특별히 더 가깝고 깊은 관계이지만, 그럼에도 건널 수 없는 강이 있음을 늘 느낀다. 사랑이란 그가 그의 속도와 그만의 영법으로 강을 건너올 때까지 기다려주는 것임을 절감한다. 내 남자는 내 남자이기도 하지만 분명 타인이다. 내 남자는 내 남자가 될 수 없다. 그 남자가 그저 내 곁의 남자라는 사실에 감사할 뿐이다. 우리 모두는 그저 각자의 자리에서 고군분투하며 살아가는 연약한 존재다. 이리저리 부대끼고 치이다 집에 돌아와 쉬고 싶어 하는 지친 존재. 그의 곁에 서 있는 나. 인간일 뿐인 너와 나.

나 또한 내 남자를 바라보며 그와 함께하고픈, 무엇인가를 나누고픈, 이것저것 달라고 조르고픈 욕구를 지닌 보통 인간이기에 그를 널리 이해하고 받아주기가 그리 쉽지는 않다. 관계는 이처럼 어렵다. 그렇기에 관계가 어렵다는 걸 인정하며 겸허히 걸어갈 필요가 있지 않나 싶다. 어렵기에 자신에게도 그리고 상대에게도 너그러울 필요가 있다. 불일치와 어긋남을 편안하게 관조할 필요가 있다. 지금 나와 그의 이 거리가 최적의optimal 거리일지도 모른다. 그렇게 함께하는 이 순간. 느슨하게 잡은 두 손을 저 멀리 놔버리지만 않는다면 지금 이 거리가 참으로 적절한 것일 수 있다.

"제가 장밋빛만 상상한 건 아니지만, 애초에 생각했던 결혼보다 더 힘든 건 사실입니다. 일상의 고단함을 피할 수는 없겠지만 제 책임을 다하면서도 아내와 친구처럼 두런두런 이야기도 나누고 인생의 정취를 즐기고 싶었는데… 쉴 땐 쉬고…. 아내는 제가 가만히 누워 있는 걸 못 봅니다. 집안일을 할 때는 꼭 함께 해야 해요. 좀 쉬려고 소파에 앉아 신문이라도 펼치면 바로 저를 부릅니다. 한 번은 제가 설거지를 마치고 컴퓨터 앞에 앉았는데 10분이나 지났을까… 아내가 오더니 모니터를 확 꺼버렸어요. 아이와 놀아주라고… 집에 와서 대체 쉴 수가 없습니다. 아내 눈치가 보여서요."

"저는 한 번에 한 가지 일에만 집중할 수 있습니다. 특히 직장에서 그런 것 같아요. 이것도 아내가 하도 뭐라고 잔소리를 해서 제 자신에 대해 곰곰이 생각한 끝에 느낀 겁니다. 한 번에 한 가지. 일에 빠지면 솔직히 집 생각이 나지 않아요. 집에 관심이 없다거나 아내를 무시하는 게 아니라, 그저 일에 빠져 있는 것뿐입니다. 그런데 아내는 낮에 자기에게 전화 안 했다고 사랑이 식었다는 둥, 변했다는 둥… 제가 일하느라 정신 없었다고 설명해도 이해를 못하는 것 같아요. 얼마 전에는 여자 있냐고 막 따지는데 기가 차서… 그때 충격도 받았고 아내에게 처음으로 실망했습니다. 나를 믿지 못하는구나…."

상징적으로 그리고 좀 극단적으로 표현하면 남자는 스위치가 한 개다. 이에 비해 여자들은, 특히 아내들은 한꺼번에 여러 가지를 신경 쓰는 능력이 상대적으로 뛰어난 것 같다. 이런 경향성은 부부상담 때도

네 번째 포옹

여실히 드러나는데, 남편들이 한 가지 에피소드, 한 가지 이슈를 말할 때 아내들은 이 이슈에 얽힌 저 이슈, 이 일과 관련된 과거 그 일, 저 일까지 한꺼번에 이야기한다. 남편이 싫으면 남편을 불러내는 남편의 친구들도 다 싫고, 시댁식구들도 다 싫다. 친구들을 못 만나게 제약하거나 배우자 가족과 인연을 끊겠다고 말하는 쪽은 대부분 아내들이다. 모든 것이 동시에 수면 위에 떠오르는 것 같다. 아내의 그런 융단폭격 같은 이야기를 들으면 남편들은 숨 막혀하거나 입을 다문다. 남편들, 이미 정신이 나간 것이다.

여자들 대다수는 남자가 자신에게 관심을 집중하지 않는 게 내게 애정이 없어서가 아니라 다른 곳에 관심이 쏠려 있기 때문이라는 걸 받아들이기 어려워한다. 모든 상황에서 '애愛'를 중심에 놓고 바라보기 때문이다. '지금 내게 관심을 보이지 않는 것', '내가 원하는 것을 지금 채워주지 않는 것'을 '나를 사랑하지 않는 것'이라 여겨버린다. 여자의 본능적 피해의식이다. 사랑하는 남자에 대해 자연스럽게 일어날 수밖에 없는 여자의 불안 한 조각이다.

하지만 본능은 조절되어야 하지 않을까. 본능을 지우거나 없애려 하지 말고 올라올 때 딱 잡고 조절하여 정돈하는 것이 중요하다. 그렇게 할 때 관계의 질quality이 올라간다. 우아해진다. 관계의 품위란 여자가 먼저 만들어가는 것이지 싶다.

사랑에 대한 확신이 빈약하고 여자로서의 자신감이 떨어진 여자, 과거에 사랑의 상처를 크게 받은 후 제대로 회복되지 않은 여자, 부모와의 관계에서 감정적 상처를 많이 받은 딸들에게서 이러한 '본능적 피해의식' 현상은 더욱 두드러진다. 그렇기에 사랑에 대한 안정감이 빈약해 남녀관계에서 계속 삐걱거리는 여자라면 상대 남자를 잡을 일이 아니라 자신을 점검하고 내면을 탐색하면서 폭넓게 자기를 알아가고 개선하는 '자기혁신'을 꾀해야 한다. 이것이 바로 관계를 통해 성장하는 것이다.

물론 남자가 더 이상 여자를 사랑하지 않기 때문에 드러나는 무관심의 행동, 관계의 빈약함을 보여주는 행동, 마음의 문을 닫았음을 방증해주는 행동들이 분명 있다. 그럴 때는 반드시 관계의 문제, 서로의 마음을 짚고 넘어가야 한다. 하지만 부부처럼 심리적 친밀감을 넘어 일상의 자질구레한 일들까지 끊임없이 함께 꾸려가야 하는 장거리 마라톤 관계에서 모든 걸 '관심 대 무관심'의 프레임으로 들여다보기 시작하면 둘 사이에 욕구불만과 박탈감, 집착만 싹트게 된다. 어느덧 잡초밭처럼 우거질지도 모른다. 배우자가 내가 원하는 그때 내가 원하는 그 행동을 해주길 바라는 마음을 성숙하게 조절하지 않는 한 결혼생활은 가파르게 무너질 수밖에 없다. 관계의 품격은 소리 없이 손상된다. 상대방은 나를 충족시켜주기 위해 존재하는 사람이 아니다. 그저 나와 함께 살아가는, 독립된 존재다.

"특히 저는 스트레스 받을 때 더 그렇습니다. 일하면서 스트레스를

네 번째 포옹

받으면 다른 건 생각나지 않습니다. 스트레스가 심할수록 더 그렇습니다. 그런 상태로 집에 와도 솔직히 직장 스트레스가 사라지지 않아요. 그렇다고 무슨 일이 있었는지 아내에게 일일이 설명하자니 제가 무능해 보이기도 하고 짜증나고 비참합니다. 아내에게 제 잘하는 모습만 보여주고 싶어요. 아내가 걱정하는 것도 미안하고, 아내는 제가 힘든 걸 몰랐으면 하는 마음도 있고요. 그래서인지 가능한 한 바깥일에서 받는 스트레스를 집에서 티 내지 않으려 애쓰게 되고… 아무도 나를 흔들지 말아줬으면 하는 심경이랄까요? 그래서인지 집에서는 멍하고 무뚝뚝해집니다. 처음에는 잘 몰랐는데 아내와 싸우면서 알게 되었죠. 그런 제 모습을 보고 아내는 자기에게 무관심하다는 둥, 왜 그러냐는 둥, 하루 종일 당신 오기만 기다렸는데 왜 그런 얼굴이냐는 둥… 안달하며 묻습니다. 아내에게 미안한 표현이지만 징징댄다고 할까요. 이것저것 막말을 하고 일도 시키고요… 그러면 저는 더 멍해집니다. 그럴 때는 저를 좀 가만히 뒀으면 좋겠는데… 자꾸 신경질적으로 말을 시키니까 저도 모르게 폭발할 때도 있어요. 제가 밖에서 얼마나 스트레스를 받는지, 바깥 스트레스를 집으로 끌고 오지 않으려 얼마나 노력하고 있는지를 아내가 전혀 모르는 것 같아요. 조금만이라도 제가 쉴 수 있도록 기다려주면 될 텐데….”

부부클리닉을 찾는 남편들에게서 “쉴 곳이 없습니다”라는 말을 자주 듣는다. 남자들에게 '쉰다'는 의미는 무엇일까. 그들이 여자에게, 아내에게 바라는 것은 무엇일까. 아마도 '너무 멀리 가지는 말고 지켜봐주고 기다려주는 것, 그리고 남자가 숨을 고르고 여자에게 다가왔을 때 기쁘게 받아주고 안아주는 것', 그런 아름다운 품어줌 아닐까. 둘만의 관계 속에서 은은하지만 깊고 편안하게 울려퍼지는 자장가와도 같은 사랑. 상대방을 쉴 수 있게 해주는 것이 참사랑일 것이다. 상대에게 뭔가 좋은 것을 적극적으로 해주는 것이 사랑의 한 방법이듯, 상대방을 가만히 놓아주는 것도 사랑의 한 모습일 테다.

혹여 아내가 지켜봐주고 기다려주길 바라는 남자, 자신이 다가왔을 때 받아주길 바라는 남자가 이기적으로 느껴지는가? 그렇다면 시선을 크게 한 번 돌려 상대방 입장에 감정을 이입해 느껴보면 어떨까. 남녀 사이의 공평함, 밀고 당기기, 자존심이라는 흔한 관념들을 떠올리며 논쟁할 일이 아니다. 남자라는 '객관'에 집중할 필요가 있다. 남자의 본능적, 태생적 특성을 인정해야 한다는 말이다. 내가 '먼저' 주면 선순환이 일어날 가능성이 높아진다. 관계에서 '먼저'를 주저하지 말 일이다. 무턱대고 들이대거나 매달리라는 게 아니다. 부드럽게 머물며 공전하다가 적절한 타이밍에 바짝 다가가라.

남자는 '쉼'의 욕구를 알아주는 여자를 사랑한다. 남자의 전투모드를 해제해주는 여자를 사랑한다. 남자가 집에 돌아왔을 때, 그가 나와 눈이 마주쳤을 때 이완을 선사하는 여자. 지치고 오염된 심신을 디톡

스해줄 것만 같은 여자. 남자와 여자 사이의 마음 설렘과 짜릿함도 좋지만, 결국 남자를 머무르게 하는 건 평안함과 휴식을 안겨주는 여자이지 않을까. 삶을 제대로 영위해나가기 위해 진정으로 필요한 건 휴식이다. 나이가 들어갈수록 휴식, 쉼의 가치는 그 무엇으로도 대체할 수 없다. 여자의 사랑은 남자가 혼자 있도록 놔줄 수 있는지 여부와 깊게 관련돼 있다고 나는 생각한다. 장기적인 관계일수록 더욱 그러하다.

　남자를 놓아주기 위해서는 진정으로 독립적인 여자여야 하지 않을까. '타인이 필요 없다, 혼자 살 수 있다'와 같이 배타적인 개념이 결코 아니다. 심리적 독립이란 좋은 관계를 꾸려나가기 위한 전제조건이다. 진정한 심리적 독립이란 '타인에게 적절히 기대고 의지하면서 함께 기뻐하되, 내 삶은 내가 꾸려간다는 주인의식을 잃지 않는 것, 타인과 하나 될 수는 없지만 타인 없이 살아갈 수도 없다는 사실을 받아들이는 것, 상대에게 나를 충분히 내어주되 나를 잃지 않는 것, 친밀한 상대방과 깊은 감정을 교류하되 내 감정의 앞뒤는 내가 책임지는 것, 타인을 붙잡을 때와 놓아줄 때를 분별할 수 있는 것, 상대방의 세계로 들어가되 침해하지 않는 것'일 테다. 그런 '느슨한 결합'이야말로 참으로 아름다운 관계의 정취다. 내 남자를 쉬게 해주자. 그의 스위치를 잠시 꺼주자. 그리고 그가 스스로 스위치를 켜고 내게 다가오면 그때 안아주자. 미소를 띠며 말이다. 반가운 사랑, 기쁘지 아니한가.

받는 사랑에만
익숙한 여자

받고 또 받고   "아내가 제발 정상으로 돌아왔으면 좋겠어요. 제가 너무 힘듭니다." 로맨스그레이라고도 하지. 저런 희끗희끗한 머리. 민석 씨는 로맨스그레이였다. 자연스런 웨이브가 조용히 출렁이는 듯했다. "흰머리 없어? 좀 찾아봐 줄래요? 있을 거야." 나는 남편에게 머리를 들이밀며 조용히 기다린다. 나의 풍성하고 긴 머리칼들이 남편 쪽으로 우르르 쏟아졌다. 남편은 조용히 내 머리카락을 이리 뒤적 저리 뒤적인다. "너 진짜 머리숱 많다⋯ 어쩜 줄지도 않냐⋯ 없어. 젊다, 젊어." 그러고는 밝게 웃는다. "정말 없어? 있는데 그러지?" "아냐, 없다니까⋯ 진짜야. 너 백이십 살까지 살 거 같아⋯ 일본 할머니들처럼. 있잖아, 일본 장수마을에 백 살 넘었는데 건강하고 귀여우신 할머니들… 우동 먹고 메밀국수 먹고… 너 그렇게 될 것 같아. 그래서 너를 위해 연금 열심히 들고 있어."

남편의 이야기가 웃기면서도 슬펐다. 지금은 같이 있지만 '언젠가는 이별'이라는 피할 수 없는 실존의 미래 한 자락이 남편과 나를 조용히 스친다. 희극과 비극 그리고 일상의 평범함이 방안을 공전하며 휘휘 소리 내는 것 같았다. 늙어간다는 것. 함께 늙어간다는 것. 예뻐 보이려 애쓰던 스무 살 연애시절을 지나 흰머리를 뽑아달라며 머리를 들이미는 관계가 되어버린 부부. 어느새 나도 흰머리 걱정을 하는 나이가 되어버렸다.

"선희야, 흰머리 좀 뽑아봐." 엄마는 나를 불러앉히고 누우신다. 초등학생 때였던 것 같다. 나는 엄마의 머릿속을 원숭이가 털 고르듯 열심히 파헤쳤다. 엄마는 머리숱이 정말 많다. 머리숱이 많았어도 먹물빛의 유독 짙은 엄마의 머리채에서 흰머리를 찾는 건 그다지 어렵지 않았다. 하나, 둘, 셋… 하나씩 뽑기 시작했다. 어린 나는 하나씩 뽑을 때마다 "아! 찾았다" 하며 '찾는 기쁨'에 재미가 났다. 많이 뽑을수록 더 신이 났다. 엄마가 늙어가는 징표를 보면서도 찾는 기쁨에 신난 어린 딸. 하지만 어찌 보면 엄마의 늙음과는 별개인 세상에서 살아가는, '흰머리의 깊은 의미'를 알지 못하는 어린 나를 엄마는 더 편하게 생각하셨을지도 모르겠다. 엄마의 늙어감과 딸아이의 천진함이 공존하는 시간. 노화의 길에 올라선 엄마와 쑥쑥 성장하는 딸아이가 공존했던 그 시절. 그게 바로 그 시절의 자연스러움이었겠지.

지금 우리 엄마는 칠순 할머니다. 엄마는 거울을 보며 날렵한 손놀림으로 셀프염색을 하신 지 오래다. 지금 만일 엄마의 흰머리를 뽑기 위해 머리를 뒤적인다면 어떨까. 솔직히 엄마의 머리 자체를 못 만질 것 같다. 만지면, 뭔지 모를 감정덩어리가 안에서 밖으로 우르르 쏟아져 나올 것 같다. 아니, 그게 무엇인지 나는 이미 안다. 사랑…이겠지. 슬프고도 기쁜 사랑. 늙으신 칠순 어머니와 중년 딸자식의 사랑. 이 모든 것이 내 감정의 과잉일까. 그러나 어쩔 수 없는 내 감정의 현주소임을 고백한다. 모녀관계의 현주소. 민석 씨의 로맨스그레이는 이렇게 나를 타임머신에 태워 스윽 여행을 시켜주었다. 엄마에게 전화나 한번 넣어봐야겠다는 생각으로 타임머신에서 내리며 그를 바라봤다. 그의 로맨스그레이는 여전히 조용히 출렁이고 있었다.

민석 씨의 개인상담은 여러 차례의 부부상담과 아내 혜진 씨의 개인 상담 후에 이루어졌다. 혜진 씨는 1년 전 혼자 개인상담을 왔는데 머뭇머뭇 부부 이야기를 꺼내다 말았고, 지속적 상담이 필요하다는 내 권유에도 불구하고 더 이상 상담을 오지 않았던 터였다. 혜진 씨와 나는 구면 아닌 구면이었던 것이다. 혜진 씨는 내가 반갑지만 반가워할 수 없다고 했다. 충분히 이해되는 말이었다.

네 번째 포옹

그들은 동갑내기 부부로 결혼 20년 차에 접어든다. 굴지의 의류회사에 다니는 민석 씨와 초등학교 음악교사인 혜진 씨. 영업하느라 정신없는 민석 씨와 규칙적인 생활을 하는 혜진 씨. 거친 어른들을 대하느라 지친 민석 씨, 아이들과 음악에 파묻혀 지내는 혜진 씨. 그들에게 어떤 일이 일어난 것일까. 아기처럼 훌쩍거리며 손등으로 눈물을 닦는 혜진 씨의 모습은 과연 그녀 마음속 지형 어떤 능선을 보여주는 것일까.

부부상담 첫 회. 결혼생활 내내 불행한 적이 없다는 혜진 씨. 그동안 남편이 너무 잘해줬다는 혜진 씨. 그녀는 이 말을 소리 높여 반복하고 또 반복했다. 후렴구가 강렬한 노래 같다고 생각했다. 하지만 그녀의 노래가 내겐 공허하게 들렸다. 불행하지 않았고 남편이 잘해준 것은 부분적으로 사실이겠지. 하지만 나는 행복을 확신하고 행복하다고 주장하고, 파트너가 내게 잘해준다고 역설하는 내담자들에게서 더욱 도드라지는 불행의 서글픈 아우라, 부서지기 쉬운 취약함을 맞닥뜨리곤 한다. 감춰지지 않고 감출 수도 없다.

내 귀엔 어느새 스팅의 '프래자일fragile'이 들려온다. 허공에 무심히 던져지는 기타 선율이 참으로 쓸쓸하지. 하지만 평화롭지. 여기에 한층 더 쓸쓸하고 처연히 아름다운 고든 매튜 섬너의 목소리가 겹쳐진다. 절묘하다. '… 모든 것은 저 성난 별 아래 태어났기에/우리는 얼마나 깨어지기 쉬운 존재인지 잊지 않기를…/별이 떨어뜨리는 눈물처럼 계속해서 비는 내리지/우리가 얼마나 연약한 존재인지 잊지 않기를… /우리는 얼마나 부서지기 쉬운 존재인지…'. 쓸쓸한 슬픔과 고요한 위안을 함께 전해주는 음악이다. 그들이 부부상담을 오게 된 직접적 계기는 민석 씨의 휴대폰을 뒤지던 혜진 씨가 남편과 어떤 여자가 주고받은 문자메시지를 보면서부터였다.

민석 씨에게 애인이 있었던 것이다. 혜진 씨는 남편을 거칠게 추궁한 끝에 그녀가 민석 씨의 회사동료이며 이미 3년이나 된 관계라는 걸 알게 되었다. 혜진 씨는 극심한 분노와 적대감, 의심에 휩싸이고 심한 혼란감에 빠지게 되었다. 남편에 대한 공격이 매일같이 이어졌다. 그러다 더 이상 안 되겠다 싶을 정도로 마음에 병이 들어 나를 찾아왔던 것이다.

신혼 초부터 남편이 일 때문에 술을 많이 마시고 귀가가 늦는 일이 다반사였지만 혜진 씨는 자신의 일도 힘들고 아이들 키우느라 피곤해 쓰러져 자기 일쑤였다. 하지만 마음 한 켠에 남편에 대해 의구심이 있어서 남편의 휴대폰을 뒤지는 것이 습관이 되었다고 했다. 그러다 조금이라도 미심쩍은 내용이 나오면 싸움판이 벌어진 것은 물론이다. 신혼 초부터 간간이 술집여자 문제가 있었는데, 혜진 씨가 어물쩍 넘어갈 때도 있고 남편에게 심하게 따져 부부싸움을 벌인 적도 있다고 한다. 그때마다 남편이 싹싹 빌고 워낙 잘해주어 다시 넘어갔지만, 혜진 씨의 마음 깊은 곳에서 불안과 의심은 사라지지 않아서 남편이 자신과 붙어 있어야 마음이 놓이고 기분이 좋아졌다고 한다. 그런데 같이 있어도 그들의 관계

네 번째 포옹

가 회복되거나 친밀도와 애정이 깊어지는 건 아니었다. 오히려 혜진 씨의 불신, 간섭과 통제만 점점 심해졌다. 그러다 일이 터진 것이다.

　혜진 씨는 남편의 외도로 상처받은 배우자이자 감정적 피해자다. 그녀는 동등한 친밀관계, 자발적 함께함이 아니라 불안과 불신을 보상하기 위한 밀착관계, 압박적 관계, 굴복의 관계를 자신도 모르게 만들어왔다. 그녀는 상처받고 피해 입은 마음에서 분출된 분노와 적대감에 휩싸여 남편에게 온갖 공격과 원망을 쏟아내며 남편을 짓누르기 시작했다. 남편이 명백히 잘못했으니 내가 이렇게 하는 건 당연했고 남편은 응당 죗값을 받아야 한다고 주장했다. 그러면서 어느덧 그녀가 '감정적 가해자'로 역전돼 남편을 몰아붙이고 공격하면서 상처를 주는 형국이 되어버렸다.

　내가 상처받았다고 해서 상처 준 자에게 똑같이 되갚아주는 행위가 정당화되는 것은 아니다. 이는 감정적 보복, 복수일 뿐이다. 관계가 '가해-피해' 구도를 맴도는 한 회복은 요원하다. 한 사람이 다른 사람의 노예가 될 뿐이다. 두 사람 모두 부정적인 감정의 늪에 더욱 깊게 빠져들 뿐이다. 우선 늪에서 나와야 한다.

　얼마 전 혜진 씨가 처음 상담을 왔을 때 그녀의 심리상태는 매우 불안정했고 감정의 기복에 따른 충동행동이 극심했다. 이런 상태로 학교에서 많은 아이들과 지내야 하니 더 죽을 맛이었다. 그녀에게 집중적이고 강력한 심리적 개입이 필요했다. 나로서는 그녀부터 강하게 붙잡아야 했다. 혜진 씨는 잘못은 남편이 했는데 왜 자신이 상담받아야 하냐며 울부짖었다. 자신이 패배자가 된 것 같다며 눈물을 쏟았다. 그녀의 마음이 절절히 내게 와닿았다.

우리는 손을 맞잡고 하나하나 짚어가기 시작했다. 수차례의 개인상담 끝에 혜진 씨는 자기 결혼생활의 실체와 마주하게 되었다. 의도했든 의도치 않았든 한쪽 눈을 감은 채 마주하거나 바라보려 하지 않았던 부분들을 비로소 보기 시작한 것이다. 신혼 초부터 이미 금이 가 있었다는 것도 뒤늦게 깨달았다. 물론 남편이 상처를 주고 신뢰를 무참히 깼지만, 이것을 잘잘못의 문제로 바라보는 한 관계회복이 어렵다는 걸 어렴풋이 느끼기 시작했다.

"아직도 마음이 너무 혼란스럽고 남편을 못 믿겠어요. 남편이 앞으로는 외도를 하지 않을지 의구심을 떨칠 수 없고, 누군가 답을 해주었으면 좋겠어요. 너무 괴로울 때는 차라리 남편이 죽어버렸으면 좋겠다는 생각도 들어요. 그러면 제가 남편을 의심하지 않을 테니까요…."

그녀의 마음은 망가졌다. 하지만 선택의 여지가 없었다. 부부관계의 실체 그리고 관계의 한 축인 자기 자신을 돌아보는 감정작업을 통해 살아날 방법을 찾을 수밖에 없었다. 그녀는 여전히 힘겹고 억울하지만 그 길에 과감히 발을 내디뎠다. "마음에 상처를 입고 고통스러운 과정 중에 상대방을 원망하기보다 거기서 한발 빠져나와 나 자신과 관계 전체를 돌아보는 것, 결코 쉬운 일 아닙니다." 그녀는 내 말에 눈물을 쏟았다.

"네, 정말 쉽지 않지만… 저를 돌아보지 않으면 탈출구가 없는 것 같아요… 남편만 원망하고 미워하며 지낸 시간 동안 저만 더 퍼렇게 멍이 들었어요. 여전히 남편은 밉고 보기 싫지만, 거기에만 계속 빠져들면 안 될 것 같아요. 저는 그동안 받는 것에만 익숙했던 것 같아요… 남편에게 이해받기만 바란 거죠… 남편이 아무리 잘해줘도 계속해서 더 달라고, 사랑을 더 달라고, 나만 바라보라고 아우성쳤어요. 남편이 내게 주는 것들을 고마워하기보다 당연한 거라 여겼고 조금만 미심쩍거나 서운해도 또 아우성을 쳤어요. 상담을 받으면서 제 생각이 아주 조금씩 바뀌는 것을 느껴요… 상담을 오기 전에는 감정조절이 안 되어 폭발을 거듭했는데 이제는 조금씩 진정되고 있어요. 물론 완벽하지는 않아요. 하루에도 열두 번씩 마음이 요동을 치지만…."

"솔직히 저는 제가 하고 싶은 대로 다 하고 살았어요. '눈 가리고 아웅'이었을 수도 있지만 저는 불행하다 생각해본 적이 없어요. 남편도 내 마음대로 해서 주변에서 부러워하는 그런 여자였어요. 하지만 선생님과 상담을 받으면서 제가 남편 말고는 관심사가 없구나, 친구도 없구나, 모임에 나가도 나는 껍데기뿐이구나, 자존심 때문에 가식적으로 웃기만 하는구나 하고 깨닫게 됐어요. 친구가 없어 허전하다는 생각을 해본 적이 없어요. 그저 남편에게 달려갔죠. 그러면서 나는 너무 잘 살고 있다고 착각하며 살아온 것 같아요. 아… 이런 이야기 처음 해봐요…
친정엄마에게도 안 해봤는데…."

"되짚어보면 남편이 그 여자를 만나기 시작한 즈음부터 우리 결혼생
활이 드러나게 내리막길이었던 것 같아요. 하지만 저는 부인했죠. 나
는 행복하다, 남편만 내가 잘 붙잡고 있으면 된다… 그러면서 남편을
옥죄었죠. 선생님께서 지난번에 말씀하신 거요, 타인의 깊은 마음을 헤
아리고 느껴보는 마음, 타인의 아픔에 공명되는 울림… '공감'이요, 그
것에 대해 이리저리 생각해보았어요. 그러면서 제가 공감능력이 떨어
지는구나… 느꼈어요…."

이렇게 말하는 그녀는 무척 슬퍼 보였다. 하지만 그 안에 일정한 편
안함 그리고 새싹 같은 호기심이 들어차 있는 것 같았다. "공감능력이
떨어진다는 게 어떤 의미인가요? 그리고 왜 당신이 공감능력이 떨어
진다 느끼셨나요?" "제가 다른 사람에게 별로 관심이 없는 것 같아서
요… 남편의 마음도 별로 궁금하지 않더라고요. 오로지 남편이 나를
사랑하는가 아닌가에만 초점을 맞추는 것 같아요. 그러니까 늘 불안한
건가? 예전에 친하게 지내던 직장동료가 한 번은 남편과 문제가 있다
는 말을 흘렸는데, 그때도 저는 '그래?' 하고 화제를 돌려버렸어요. 이
야기를 들어주고 도울 수도 있었을 텐데… 타인이 얼마만큼 아픈지 관
심도 없고 모르고 살아온 것 같아요…."

"남편이 제게 온실 속 화초라고 말할 때가 있어요. 동료 교사들은 저

보고 공주라고… 그나마 착한 공주라 다행이라고… 저도 일정 부분 인정해요. 주변에서 다들 저를 챙겨줬고요, 별다른 어려움이 없었어요. 남편의 파라솔 밑에 있으면서 모든 갈등을 피했던 것 같아요. 되돌아보니 제가 진정한 용기는 없었네요. 내가 원하는데 안 될 것 같거나 아쉬운 부탁을 해야 할 것 같으면 바라는 마음 자체를 딱 버렸어요. 나는 바라지 않는다… 스스로에게 주문을 걸었어요. 그런데… 생각해보면 내가 무엇을 진정으로 원했는지도 모르겠네요. 원하는 게 없어요. 오로지 남편….”

“그러시군요. 도전이나 모험을 해본 적 없다… 그런 말씀이신가요?”

“네! 도전, 모험… 정말 생소한 단어예요. 그런 것 해본 적 없어요. 그냥 제 의자에 가만히 앉아 있는 느낌? 그게 행복인 줄 알았어요….”

이제 민석 씨의 이야기를 들어볼 차례다.

주고 또 주고

“상담을 오면서 내 문제로 상담을 받아야 하나… 고민이 되었습니다.”

민석 씨는 상담을 달가워하지 않았다. 아내의 소망만 아니었다면 내 얼굴을 볼 이유가 없다는 껄끄러운 표정이었다. 하지만 그와 동시에 사각의 링 위에서 상대방이 날린 강편치에 KO 당해 쓰러진 선수의 헐떡이는 얼굴 위, 슬로 모션으로 날아드는 하얀 수건을 바라보듯 ‘이제 다

끝났구나'라는 뭔지 모를 해방감과 안도도 얹어져 있는 표정이었다.

"아내가 그 여자에 대해 자꾸 캐묻습니다. 만나지 않고 있다고 누차 말해도 믿지 않고요… 물론 시간이 걸리기는 하겠죠. 그녀와 끊어야 하는데… 하면서 계속 이어져 오긴 했습니다. 끝내는 것이 맞는데 이리저리 끌고 오게 되었네요…."

그가 그 인연을 이렇게 길게 끌고 온 데는 분명 복잡다단한 이유가 있을 것이다. 설명할 수 있는 이유와 설명할 수 없는 이유가 뒤섞여 있을 것이다. 나는 그 복잡다단한 것들이 알고 싶었다. 이유와 배경, 그의 숨겨진 욕구, 거기에 열쇠가 있기 때문이다. 민석 씨의 자기발견의 열쇠, 이 부부의 관계회복의 열쇠. 외도에 대한 통상적인 시선을 비껴갈 필요가 있어 보였다.

"아내에게 결벽증이 있습니다."

나는 가만히 민석 씨를 바라보았다. 결벽증. 아내의 어떤 면이 남편으로 하여금 '진단'을 내리게 했을까.

"아내는 제가 음식점 종업원에게 말 시키는 것도 싫어합니다. 제가 종업원에게 말을 시키면 그때부터 말도 안 하고 밥을 먹습니다. 그러고는 집에 가서 왜 말을 시켰냐고 따지죠. 제가 한 말이라봐야 뭐 좀 갖다 주세요, 고마워요, 정도입니다. 그걸 왜 여자종업원에게 시키냐, 남자종업원에게 시키지, 아니면 자기에게 말하라는 겁니다. 아내는 자기 세계를 딱 지키고 싶어 하죠. 그런데 그 정도가 지나치니까 저도 짜증이 납니다. 제 일이 늦게 끝나는 편인데, 아내는 제가 밖에서 저녁 먹는 걸 너무 불안해해요. 9시가 넘어가면 전화를 시작하는데 부재중 전화가 50통 넘게 와 있는 겁니다. 통제 불능이에요. 부랴부랴 아내와 통화하고 집에 가면 그때부터 추궁이 시작됩니다. 누구랑 어디에 있었냐… 솔직히 말해 여자 나오는 술집을 가게 되기도 하는데, 그럴 때는 본의 아니게 거짓말을 합니다. 갔다고 사실대로 말할 때도 있고요. 그런 제 자신이 비참해집니다. 이렇게까지 하고 살아야 하나… 아내는 제가 그냥 친구를 만나는 것도 너무 싫어합니다. 자기 옆에만 붙어 있길 바라는 것 같아요. 제가 아내 옆에서 해달라는 대로 해줄 때는 아무런 문제가 없어요."

혼자 있지 못하는 아내. 매달리는 어른이 되어버린 아내. 상대가 내 눈에 보이지 않으면 불안이 급증하는 여자. 모든 여자가 경쟁상대인 여자. 그녀들은 상대가 자기 뜻대로 움직일 때까지 안달복달하며 상대를 볶는다. 자기 자신이 볶이는 것은 물론이다. 혜진 씨가 이렇게 된 데는 남편이 그간 보인 행동에서 아내를 자극할 만한 문제가 분명 있었기 때문일 것이다. 민석 씨도 인정했듯 종종 술집여자들과 어울리는 것도 불신을 조장하는 문젯거리로 작용했다. 이 세상에 남편이 술집 다니는 것을 반기는 아내가 어디 있을까.

하지만 그렇다고 해서 '술집 갈 때의 남편' 대 '술집에 가지 않을 때의 남편'으로 나누고 남편을 단죄하며 감정적 처벌을 쏟아내는 것은 나의 심리적 불안정, 기본적인 신뢰의 결여, 불안을 보여주는 것뿐이다. 지금 혜진 씨가 보이는 행동은 결코 건강한 대응행동이라 할 수 없다. 오히려 두 사람의 관계의 질을 급격히 떨어뜨리는 데 일조할 뿐이다. 계속해서 이렇게 행동할 경우 혜진 씨도 남편으로부터 진정 원하는 사랑과 존중을 얻을 수 없게 되고, 민석 씨도 추궁당하고 스트레스만 가중되는 악순환이 공고해질 뿐이다. 남편의 외도가 현재의 불화를 일으킨 원인의 전부는 아니다. 가장 중요한 것은 눈에 보이지 않고 잘 드러나지 않는다. 그것을 볼 수 있어야 한다.

혜진 씨는 애정대상이 눈앞에 보이지 않으면 불안해지는, 다시 말해 대상항상성object constancy이 결핍된 전형적인 상태다. 마치 분리불안separation anxiety이 있는 아이와 같다. 애착대상에게 유난히 집착하고 그 대상을 잃을까 봐 불안이 급증하는 것. 분리불안을 잘 극복하지 못하면 대상항상성이 형성되지 않는다.

대상항상성이란 아동의 대상관계가 어떻게 발달해가는지를 설명하기 위해 대상관계 이론가이자 자아심리학자인 하트먼H. Hartmann이 도입한 개념으로, '애정대상의 이미지가 내 욕구상태와는 독립적으로, 즉 내 욕구상태가 어떻든지 간에 안정적이고 영구적인 것으로 내 정신 안에 자리 잡는 것'을 뜻한다. '대상이 없을 때에도' 대상의 정신적 표상,

네 번째 포옹

긍정적 이미지가 지속적으로 내 안에 살아 있는 상태를 말한다. 물체가 어떤 것에 가려져 보이지 않아도 그 물체가 사라지지 않고 존재한다는 것을 아는 능력인 대상영속성object permanence과도 일맥상통하는 개념이다. 터널 안에 들어간 기차를 떠올려보라. 기차가 터널 안에 들어가 밖에서 보이지 않는다고 기차가 없어진 건 아니다. 조금만 기다리면 기차는 나타난다. 어린아이들이 이를 깨닫는 것은 하나의 심리적 도전 과제다. 지적 능력이 점차 발달해가는 성장기에 대상영속성을 획득함으로써 아이는 사물이 자신과 독립적으로 존재한다는 것을 깨닫고, 자신 역시 독립적인 개체로 존재한다는 것을 인식하게 된다. 이러한 관점에서 대상영속성은 성장기의 일정 시점에 획득해야 하는 결정적 심리적 과업이다.

대상항상성은 눈에 보이는 대상의 영속성을 넘어 '눈에 보이지 않는 그의 사랑'과 같은 마음의 지속성에도 해당된다. 가령 지금 엄마가 나를 야단치고 있지만 그래도 마음으로는 나를 언제나 사랑하고 있다는 믿음이 그것이다. 분리불안과 대상항상성은 아기 때 엄마와의 경험과 밀접한 관련이 있다. 아이가 분리불안을 극복하고 대상항상성을 습득하는 것은 이후 아동기, 청소년기, 성인기의 삶에 큰 영향을 미치며, 사랑관계 안에서 성숙하게 머물기 위해 반드시 성취해야 할 심리적 과제다. 그가 잠시 연락이 없더라도, 그녀와 나의 생각이 다르더라도 그 존재가 여전히 내 곁에 있고 나를 사랑하고 있음을 믿는 것. 그가 나와의 약속을 잠시 미루고 일을 하고 있다 하더라도 사랑이 식어서가 아니라는 것을 진심으로 아는 것. 모든 애착관계의 기본 토대라 할 것이다.

대상항상성이 온전히 형성되지 못한 사람은 애정대상을 '내 욕구를 곧바로 채워주는 대상'으로밖에 인식하지 못한다. 상대가 내 욕구를 완전히 채워주면 '좋은 대상all-good'이고, 조금이라도 좌절시키면 '나쁜 대상all-bad'이 된다. 술집을 가면 '나쁜 대상'이고 가지 않으면 '좋은 대상'이 되는 이분법이 횡행한다. 내 눈앞에 보이면 '안심'이고 보이지 않으면 '불안'이다. 그러다 보니 상대를 내 곁에 묶어놓으려고만 하는 여자, 상대에게서 무엇인가 계속 확인받으려는 여자가 될 수밖에 없다. 내가 너무 다급하니 이 다급함을 지워달라고 상대에게 매달릴 수밖에 없게 된다. 그럴수록 남자는 도망간다.

이 부부가 지금의 악순환을 끊기 위해서는 민석 씨도 나름대로 여러 가지 측면을 점검해야겠지만 혜진 씨 또한 불안의 배경이나 남편에 대한 지나친 통제욕구에 대해 깊이 있게 검토해봐야 한다. 가장 중요한 것은 '내 불안의 주인은 나'임을 자각하는 것이다. 상대방은 내 불안을 자극하는 외부요인일 수는 있지만 불안의 주인이 될 수는 없다. 내 감정은 내가 책임지고 다듬어간다는 주인의식이 필요하다. 결코 쉽지만은 않은 길이다. 그러나 어렵다고 가지 않으면, 다른 방법은 없다.

관계에서 참으로 건강한 것은 애정대상이 눈앞에 없거나 혹은 내가 화가 났을 때에도 그에 대한 나의 사랑과 애정, 좋은 이미지가 유지될 수 있도록 그에 대한 변치 않는 긍정적 이미지와 의미를 획득하는 것이다. 애정대상에게 일어나는 복합적인 감정을 전체적으로 아우르는 힘. 상대방이 나를 안심시켜야 하는 게 아니라 내가 나를 다스리는 것이 더 근본적인 안정감임을 기억하면 어떨까. 혜진 씨에게 마침내 이 과제가 주어졌다. 남편의 외도라는 뼈아픈 계기를 통해서 말이다.

"결혼 초반에 제가 처음으로 충격받은 일이 있었습니다. 제가 연애할 때나 신혼 때까지는 아내에게 정말 잘했습니다. 아내도 그건 인정합니다. 그런데 문제는 아내와 본가, 즉 시댁과의 관계에서 발생했어요."

그가 침을 한 번 꿀꺽 삼킨다. 윗입술과 아랫입술을 굳게 붙여 일자를 만든다. 그 옛날의 긴장이 고스란히 떠오르는 모양이다. 감정이 실린 기억 또는 기억이 불러일으키는 감정은 얼마나 질긴지. 세월이 지나도 사라지지 않으니 말이다. 아픈 기억, 힘겨웠던 기억, 잊고 싶은 기억들. 내면에 새겨진 역사적 흔적. 마음의 지하실에 봉인해둔 기억들도 수두룩하다. 마음의 지하실에 갇혀 있는, 볕을 보지 못한 기억이 많으면 많을수록 우리는 자유로운 존재, 해방된 존재가 되기 어렵다. 인간이 자신의 '아픈 기억'에 대해 발휘할 수 있는 치유적 역량의 최대치는 아마도 이 기억들이 조금이라도 옅어지게 하는 것일 테다. 없애는 것이 아니라 옅어지는 것, 그것만으로도 충분하다.

하지만 아픈 기억이 옅어지는 것, 결코 쉽지 않다. 내 뒷덜미를 여전히 붙잡고 있는 생생하고 아픈 기억을 옅게 만들기 위해서는 시간의 도움도 받아야 하지만 내가 주도적으로 기억 속으로 뛰어들어 기억의 디테일들을 만나고 소화하면서 묵은 감정을 해소하고, 그 기억이 전해 주는 궁극의 의미와 교훈을 끌어내는 정리작업을 해야 하기 때문이다. 기억 속 감정을 만나 오래된 그와 그녀를 대면하고 부분적으로라도 용서해야 하기 때문이리라. 흘려보내기 위해 만나야 한다. 상당한 고통과 껄끄러움을 넘어서 나의 의식적인 노력이 들어가야 하는 일이다. 기억을 재구성하고 기억의 잔재를 털어버리고 정리하기. 그래야 비로소 기억에서 자유로워질 수 있다. 어찌 보면 우리는 죽을 때까지 자신의 기억과 싸우다 생을 마감하는 존재인지도 모르겠다.

"시댁에 가면 아내는 '자기 혼자'라고 느끼나 봐요. 제가 본가 식구들에 섞여 들어가서 그런지… 명절 때나 부모님 생신 때 본가에 가면 아무래도 집안 청소, 일 등이 많죠. 어머니, 제수씨, 여동생들, 작은집 식구들까지 모두 일하잖아요. 결혼 초에 어머님 생신잔치를 하고 집으로 돌아오는 길에 아내가 폭발했습니다. 그런데 그게 선을 넘었죠. 제게 막말을 하기 시작하더군요. 차에 두 딸아이도 타고 있었는데… 저는 차를 세우고 숨을 고르며 참았습니다. 아내가 쏟아내는 분노와 막말을 그냥 다 들었습니다. 그런데도 멈추지 않고 계속하더군요. 도대체 아내가 왜 그러는지 알 수 없었어요. 처음에는 제가 무조건 사과했습니

네 번째 포옹

다. 그래도 아내는 막무가내였죠. 제가 차에서 내리겠다고 해도 소용 없고⋯ 두 딸아이는 뒷좌석에서 공포에 질린 얼굴로 얼어 있고⋯ 지금 생각해도 그때 아내의 모습은 광기라고까지 느껴졌어요.

이게 결혼 후 아내에게 처음으로 충격받은 일입니다. 그 후에 확실히 제 마음이 좀 굳어진 것 같아요. 아내가 두렵기도 했고⋯ 부부싸움도 잦아졌고요. 일반적으로 며느리들이 시댁을 좋아하지 않는 건 알지만, 저희 부모님이 워낙 말씀이 없으셔서 며느리들에게 심하게 대하거나 그런 것 같지도 않았는데⋯."

며느리들에게 시댁이 어렵고 꺼려지는 이유는 반드시 시댁이 구박 해서만은 아니다. 시댁은 누가 뭐라 해도 결국 '평가와 의무'가 중요하 게 작용하는 관계이기 때문이다. 시어른과 며느리 사이에 아무리 사랑 이 넘쳐도 평가와 의무의 색채를 완전히 지울 수는 없다. 시댁은 어쩔 수 없이 며느리를 평가하게 되고 며느리는 시어른들에게 해야 하는 의 무목록이 있다. 그래서 시댁이 힘든 것이다. 그렇기에 온실 속 화초 같 은 여자, 부모로부터 과도한 사랑을 받고 자라면서 궂은일들을 면제받 은 여성들, 즉 특권의식이 내재된 여자, 받는 사랑 위주의 여자들에게 시댁은 그야말로 지옥 같을 수 있다. 거꾸로 시부모에게 과도하게 잘 보이려는 여자, 시부모에게 사랑인증을 받으려는 여자, 관계에서 오로 지 헌신과 희생으로 무장하고 탈진 직전까지 스스로를 내모는 여자들 에게도 시댁은 고역이다. 결국 마음속에 깊은 상처가 남고 사랑받지 못하고 인정받지 못했다는 응어리가 생기는 건 시간문제다.

혜진 씨가 왜 이런 분노폭발을 일으켰는지 정확한 정황은 그녀에게 들어봐야겠지만, 이유가 무엇이든 그녀의 폭발행동은 분명 배우자에게 깊은 상처를 남겼고 자녀들에게도 공포를 불러일으켰다. 그런 면에서 그녀의 폭발행동은 점검할 필요가 있었다. 어른이 된 이상 타인에게 사랑받기 위해, 타인과 사랑관계를 유지하기 위해서는 내가 먼저 사랑스러운 존재가 되어야 한다는 진리에서 벗어날 수 없다. 어른은 그런 것이다.

공감능력에 결격사유가 있지 않는 한 여자가, 아내가 자신을 사랑하기 때문에 무언가 인내하고 감수하는 것을 가슴으로 느끼지 못할 남자는 없다. 여자에게 감사와 깊은 애정을 느끼는 건 당연하다. 결혼 안에서 남자와 여자의 사랑이 깊어진다는 건 지루하고 구질구질하기까지 한 갖가지 일들, 가능한 피하고 싶은 생활 속 의무들에 묵묵히 대처해가는 일상의 지혜로운 모습에서가 아닐까. 결국 결혼생활 속의 사랑은 일상의 틀을 벗어나기 어렵다는 걸 매번 느낀다. 그걸 느낄 때 실망스럽기도 하지만 편안해지는 것도 사실이다. 누구나 비슷하다. 비슷하게 괴롭고 비슷하게 힘겹다. 비슷하게 하기 싫고 비슷하게 도망가고 싶다. 비슷하게 기쁘고 비슷하게 즐겁다. 비슷하게 아쉽고 비슷하게 애틋하다. 그렇기에 나와 너는 우리가 되어 교류하고 교감할 수 있다. 우리 모두 '보편성 universality'이라는 토대 위에 서 있는 보편적인 인간인 것이다. 그걸 깨닫는 게 인생이지 싶다.

"아내가 너무 몰아붙이니까… 정말 숨이 막히고 너무 힙듭니다. 그
래서 집에도 못 들어가겠어요. 집에 갈 생각을 하면 한두 시간 전부터
가슴이 쿵쾅거립니다. 그러면 또 그 여자와 술을 마시게 되고… 만취한
채 집에 늦게 들어가고… 악순환입니다. 아내야 이 얘기를 들으면 '외
도를 합리화하네, 핑계네…' 하며 또 추궁하고 몰아세우겠지만, 정말
있는 그대로의 제 심경입니다. 지금 와서 제가 합리화해봐야 무엇 하
겠습니까… 아내가 선을 넘어 저를 몰아세우면 머릿속이 하얘지는 것
같습니다."

여자에게 추궁당하는 남자의 머리가 얼마나 하얘지는지 여자들은
정확히 알까? 남자들이 하얘진 속을 보여주지 않으니 잘 모를 것이다.
상대방에 대한 지나친 간섭과 침입은 방치, 유기와 동일한 외상을 남
길 수 있다. 인간은 지나친 간섭과 통제를 받게 되면 어떻게든 방어벽
을 구축하고 타인과 분리된 '자기만의 세계'를 만들면서(자기-껴안기) 간
섭하는 자와 거리를 두게 된다. 그렇게 하지 않으면 자유가 박탈되기
때문이다. 살기 위한 근원적 행동이다. 간섭과 통제는 결국 구속으로
이어지는데 남자와 여자 간의 구속은 대개 비난, 원망, 감시, 추궁의
형태를 띠게 된다. 관계가 멍드는 건 시간문제 아닐까. 서로가 서로를
정도 이상으로 구속할 때 그 관계 안에서 느끼고 체험할 수 있는 다양

한 자유와 행복감, 성장의 가능성은 소리 없이 사라지게 된다. 정체와 교착, 퇴행이 남을 뿐이다. 둘 중 한쪽이 자유와 자기표현, 교감을 찾아 일탈행동을 하는 걸 목격하기란 어려운 일이 아니다.

"그때의 아내는 정말 충격이었어요. 제가 아내에게 얼마나 잘해줬는데요… 제가 그렇게 오직 아내에게만 잘해줬는데… 그런 게 다 소용없었나 봅니다."

인간은 상대에게 공격받거나 마음에 깊은 상처를 입으면 관계의 원점으로 일순간 회귀하게 된다. 공격과 상처를 받으면 아픔과 동시에 혼란이 생기고, 혼란의 원인을 찾고 싶어지기 때문이다. 우선 내가 상대에게 해줬던 것들, 내 행동들, 상대가 그간 내게 해줬던 것들을 순식간에 헤아려본다. 관계에서 갈등이 발생하면 대부분의 인간은 먼저 '내가 뭘 잘못했나?' 하고 반사적으로 물으며 자신의 마음과 행동을 조사하기 시작한다. 물론 이 반사적 내성introspection의 메커니즘이 잘 작동하지 않는, 심리적으로 병든 사람들도 있기는 하지만, 대개는 자신부터 돌아보기 마련이다. 관계의 균형이 깨지는 갈등상황이 발생하면 인간은 자동적으로 내 마음을 조사하고 살피다가, 뒤이어 관계에 대한 저울질로 흘러가게 된다. 이건 결코 계산적인 것도, 이기적인 것도 아니다. 그저 어떤 관계에서 상처를 크게 받거나 마음에 가격을 당했을 때 발생하는 후유증이자 스스로 개최하는 '생존전략 대책회의'일 뿐.

관계에 내가 어떤 부정적인 영향을 행사했는지 순간적으로 되짚어

네 번째 포옹

보는 것, 또 상처받은 나를 보호하기 위해 관계의 저울을 가늠해서 준 것과 받은 것 즉 '관계의 기쁨과 슬픔'을 헤아리는 본능. 이렇게 감정적으로 아픔을 겪고 상처가 깊어지는 관계라면, 지속적 손해를 치러야 하는 즉 심리적 매몰비용이 큰 관계라면 다시 한 번 고려하고 마음을 재정비하라는 생존의 목소리라고나 할까.

"그렇다고 제가 대가를 바라고 아내에게 잘해준 건 아닙니다. 그냥 잘해줬어요. 좋은 남편이 되고 싶었어요. 왜냐면… 아버지가 어머니에게 그러지 못하셨거든요. 아버지는 술도 많이 드셨고 어머니와 대화가 거의 없으셨어요. 술을 드시면 어머니에게 소리를 지르고 간혹 폭력을 쓰셨어요… 물건도 부수고… 어릴 때부터 그런 장면을 많이 보며 자랐죠. 지금 생각해보면 참 심각했던 것 같아요. 어머니는 당하기만 하셨어요. 그래서 제게는 어머니에 대한 말 못할 연민이 있어요… 아버지와 전 교류가 거의 없었어요. 어쨌든 저는 절대 그런 남편이 되고 싶지 않았거든요… 그래서 나름대로 많이 노력했어요. 아내 친구들도 처가도 인정할 정도로 잘해줬어요. 아내는 제가 잘해주는 걸 친구들이 부러워한다고 매우 뿌듯해했죠… 휴…."

민석 씨의 상처 입은 역사가 드러났다. 그는 내상 입은 아들이었다. 부부갈등, 부부불화 이면에는 여지없이 '부모의 그림자와 상처 입은 어린 나'가 있구나. 분노조절에 어려움을 겪는 아버지와 힘없고 불행한 어머니, 가해하는 아버지 그리고 피해를 입는 어머니. 그들에게 가정은 휴식의 장소가 될 수 없다. 전쟁터 그 자체다. 가정 안에서 좋은 관계를 안정적으로 체험하지 못하고 자란 자녀는 무의식적으로 집 밖에서 피난처를 찾는 습성이 배게 된다. 사춘기 때는 친구에게 과도하게 집착하거나 또래집단에서 빠져나오지 못하곤 한다. 일찌감치 이성교제에 탐닉하기도 한다. 집안에 안락함이 없기 때문이다. 돌아갈 곳이 마땅치 않기 때문이다. 그러면서 '가족은 고통이다, 가까운 관계는 위험하다, 친밀해지면 아픈 일이 생긴다, 나는 타인에게 사랑받을 가치가 없는 사람이다…'라는 부정적 관계도식schema이 자리하게 된다. 이 관계도식은 세상과 관계를 바라보는, 내 경험을 해석하는 '틀'로 작용한다. 우리를 암암리에 지배한다.

민석 씨는 아버지와는 다른 남편이 되고 싶었다. 아내에게 잘해주는 다정한 남편, 아내가 원하는 대로 다 해주는 남편. 그래서 아내와의 관계에 정성을 들였던 그. 그렇게 하면 '행복한 가정, 행복한 부부'가 될 것이라 믿었다. 그런데 어느 날 분노를 쏟아내는 아내를 접하게 된다. 민석 씨가 크게 잘못하지 않았는데도 말이다. 아내와 내가 사랑으로 연결된 관계 맞나? 아버지에게 영문 모른 채 공격과 폭력을 당한 어머니처럼, 그는 어느 날 아내에게 예측할 수 없었던 분노폭발을 당했다.

민석 씨의 외도 이면에는, 아니 민석 씨와 혜진 씨의 부부불화 이면에는 민석 씨의 성장기 트라우마가 조용히 눈물 흘리고 있었다. 뚝,

뚝. 다른 사람의 눈에 보이지도 않고 들리지도 않는 눈물 소리. 잠시 후 여기에 얹어진 민석 씨의 한마디가 나를 더 아프게 했다. "아내는 이런 걸 하나도 모릅니다. 이 이야기… 선생님께 처음 해보는 겁니다."

지금, 현재 나를 치고 들어오는 관계 속 아픔, 위기 그리고 깨짐은 오래전 '그 아픔과 상처'에도 다시 한 번 기회를 선사하는구나. 비로소 드러날 기회. 햇빛을 보게 해주는구나. 지금 우리가 겪는 깨어짐은 과거의 미해결과제가 감추어져 있는 마음의 지하실, 그 문까지 열어주는구나. 인생은 이토록 입체적이고 역사적이다.

좋은 관계란 눈에 보이지 않는, 명확히 계산할 수 없는 '그 무엇'인가를 적당히, 균형 있게 그리고 지속적으로 주고받는 관계다. 잘 주고받고 있다는 '느낌'이 든다. 하지만 관계에서 주고받은 것을 자꾸 저울질하거나, 내가 상대에게 준 것에 생색내기 시작하거나, 상대에게 일방적인 요구가 많아진다면 그건 이미 뭔가 잘못되고 있고 관계의 불균형이 생기고 있다는 뜻이다. 또한 해결되지 못한 상처가 번지고 있다는 메시지이기도 하다. 수선이 필요한 것이다.

"아내와 대화할 때 늘 뭔가 빠져 있는 느낌을 받습니다… 어디에서부터 문제가 생겨난 걸까요…." 민석 씨의 눈이 허공을 헤매었다.

평화로워야 쉴 수 있다　　　　　"아내가 이번주에는 아침을 챙겨
주더군요."

　오늘도 민석 씨의 로맨스그레이는 반짝였다. 부부간에 '밥'을 차려
준다는 건 참으로 일상적인 일이면서도 의미가 남다르지. 특히 남자들
에게 '밥'은 '사랑과 돌봄'에 다름 아니다. 부부 사이에 문제가 발생하
면 어떤 식으로든 '밥'에 변화가 일어난다. 함께 식탁에 앉지 않거나 밥
을 아예 주지 않을 수도 있고 메뉴와 맛이 달라지기도 한다. 아무렇게
나 놓인 수저, 밥그릇을 탁 소리 나게 내려놓는 손길에서도 부부간의
긴장은 고스란히 드러난다. 부부싸움 후에 화해할 때도 '밥'이 달라진
다. 수저도 새색시마냥 수줍게 놓여 있다. '밥'을 통한 의사소통. 불현
듯 남편이 떠오른다. 남편은 내게 밥을 잘 차려준다. 남편이 차려준 밥
상 앞에서 나는 아이처럼 헤벌쭉 웃는다. 맛나게 먹으며 온갖 수다를
늘어놓는다. 힘들었던 일들도 의논하고 신문에 난 놀라운 뉴스에 대해
서도 열변을 토한다. 남편은 내게 엄마 같기도 하다. 그 순간 남편은
남자도 여자도 아니다. 그 모든 것을 넘어선 '한 인간'이다. 그런 남편에
게 나는 무엇을 주고 있을까.

　"지난 상담 후 아내와 이야기를 나눴습니다. 내 마음 이면에 뭔가를
당신에게 다 열어놓지 못했다고 했습니다. 우리 관계가 무너질 것 같
으니 내가 모든 걸 내려놓고 당신 손을 잡겠다 했습니다. 선생님께도
다 말했다고 했어요. 제가 아내에게 속 얘기를 함으로써 새로 시작할

수 있겠다 싶더군요. 제 마음이 좀 편안해졌습니다. 마음 한쪽에 무언가 숨기고 있었는데… 숨긴다기보다… 아내와 관계가 어려우니까 말하기 어려웠던 게 있었죠."

"아내에게 제 답답함도 말했습니다. '어떻게 모든 걸 네 눈으로만 보려 하느냐, 모든 걸 왜 재단하려 하느냐, 그런 것은 안 좋지 않느냐…' 조심스레 말했습니다. 아내가 여전히 많이 불안하고 힘들어하니까 가능한 한 아내 곁에 있으려 노력합니다. 아내가 부부상담을 온 것이 그래도 저와 다시 시작해보려는 마음 아닐까… 그런 아내가 고마워서 감사하다고 말했습니다. 이제부터 제가 어떤 모습을 보여주는지가 중요하겠죠. 새로 시작할 수 있는 뭔가가 있을 것 같습니다."

민석 씨의 마지막 말에 내 귀의 오디오가 켜진다. 스위치 온. 쳇 베이커의 '실버라이닝을 찾으세요Look for the silver lining'가 흐르기 시작한다. 쳇 베이커의 비오는 날 같은 회색빛 암울함과 이 노래의 경쾌함이 오묘하게 믹스된다. 구름의 흰 가장자리, 즉 밝은 희망을 의미하는 실버라이닝. 민석 씨와 혜진 씨 사이에 실버라이닝이 있을까. 네덜란드 암스테르담 어느 호텔에서 의문의 추락사로 생을 마감한 쳇 베이커의 이 노래는 내게 뭔지 모를 아이러니를 선사한다. 내가 쳇 베이커를 그토록 좋아하는 건 이런 아이러니 때문일지도 모른다. 민석 씨에게도 이 음악이 들리는 걸까. 나를 쳐다보는 민석 씨를 바라보며, 아무리 암울한 상황에서도 한 가지 긍정적인 측면은 반드시 있음을 담담히 표현해주는 문장, "모든 구름에는 실버라이닝이 있어요 Every cloud has a silver lining"를 이렇게 바꾸어본다. 'Every couple has a silver lining.' 모든 커플에게는 실버라이닝, 밝은 희망이 있답니다. 아무리 아픈 커플이라도 말이죠.

"저는 외향적이고 행동이 많은 편입니다. 가만있지 못하고 막 움직여야 합니다. 동선이 큰 편이죠. 집에서도 청소를 많이 하고 가구도 자주 옮깁니다. 넓은 정원도 근사하게 가꾸고 있어요. 일에서도 사회생활의 목표가 잘 이루어진 편입니다. 그런데 언젠가부터 무엇인가를 해야겠다, 성취하겠다는 욕구 자체가 낮아진 것 같아요."

"변화를 느끼시는군요. 지금 말씀하신 그 변화의 계기가 있었나요? 배경이 떠오르시는지요?"

"음… 3~4년 전이었죠. 그때 회사에서 험한 일에 휘말리게 되었어요. 일, 사람 모두 관련된 송사였어요. 제 경력에 타격이 될 만한 일이었죠. 평판도 떨어지고, 업무성과도 떨어지고… 이때가 변곡점이었던 것 같아요. 방향이 확 바뀌었죠. 그러다가 그녀와 가까워지게 되었어요. 회사동료니까 제 상황을 모두 알고 있었고 제 억울한 부분들을 이해해주더군요.

그 송사를 계기로 제가 좀 변했지요. 세상을 바라보는 눈이 달라졌어요. 욕구불만이 생긴 것 같습니다. 인간에 대한, 가까운 사람에 대한 신뢰감도 사라졌고요. 사람들을 의심하게 되었죠. 여러 가지 일이 복

네 번째 포옹

합적으로 터진 겁니다. 그럴 때 그녀가 옆에서 제 이야기를 들어주었고, 관계가 계속 이어져 온 거죠… 휴… 그때 아내는 제 사정을 잘 몰랐습니다. 저도 아내와 사이가 좋지 않으니 집에 그런 이야기를 하고 싶지도 않았고. 아내와 부딪치고 다투다가 밖에 나오면 또 잊어버리고, 집에 들어가면 아내와 또 다투고… 계속 반복되니까 이제는 아내도 저도 면역력이 없어진 것 같습니다."

정황은 이러했던 것이다. 사람 사는 게 이런 거구나 싶었다. 터질 대로 터져버린 문제 덩어리. 남편도 아내도 이제 더 이상 싸울 힘도 견딜 힘도 없어진 것 같았다. 민석 씨에게 외도는 본질이 아닌 현상이었다. 가격당해 쓰러지는 자신을 세우기 위한 실낱같은 자구책이었다. 아내 입장에서는 외도가 본질이라 하겠지만 민석 씨에게 본질은 사회적 성취욕구의 좌절, 사회적 자아에 가해진 가격, 자부심의 손상, 삶의 어려움 그리고 아내와의 단절이었던 것이다.

"말씀을 들으면서 궁금해진 게 있어요. 어려운 시기에 아내에게 기대지 못한 이유가 있었나요?"

나는 이 포인트가 가장 중요하다 생각했다. 왜 아내에게 기대지 못했을까. 남편과 아내가 빚어낸 이 미묘하지만 분명한 '관계공백'을 알아차리고 접촉단절을 인정함으로써 새로운 접촉을 시도해보는 전기를 마련하는 것, 중요하고 또 필요한 과정이다. 그는 의외의 질문을 받았다는 표정이었다. 그의 동공이 커지는 것 같았다. 한참을 고심하더니 이렇게 말했다.

"어릴 때부터 모든 것을 혼자 결정하고 판단해 버릇한 게 성격으로 굳어진 것 같아요. 이게 쌓인 것 같습니다. 혼자 해결할 수 있다고 스스로에게 외치며 살아온 거죠. 고민을 혼자 끌어안고 있었던 겁니다. 고민이 쌓이면 혼자 술 마시고… 잊어버리고… 아내에게 토로할까 생각도 했지만 아내가 저를 다독여줄 거란 기대를 할 수가 없더군요. 아내로부터는 다독임을 받지 못했던 것 같았습니다. 맨정신으로는 제 어려움을 말할 수가 없었어요. 그러면 여지없이 5분 안에 싸우게 되니까요."

마침내 민석 씨는 누군가에게 한껏 기대어본 적이 없는 자기 자신에 그리고 아내와의 관계 실체에 가닿았다. 그는 '의지해보는 것, 두려움 없이 털어놓는 것, 달려가 안기는 것'을 해본 적이 없다. 더군다나 아내가 내가 원하는 것을 줄 것이라는 믿음도 매우 빈약했다. 민석 씨에게 아내는 정서적으로 가용한emotionally available 존재가 아니었다.

"아내는 가장 가까운 사람을 코너로 모는 것 같아요… 아내는 '당신이 삐끗해서 내 행복한 삶을 다 망가뜨렸다'고 소리를 지릅니다. 그럴 때마다 아내의 아픈 마음을 이해하면서도 제게만 100% 짐을 씌우니까 답답해집니다… 그러면서 아내는 말합니다. '내가 당신에게 사랑을 못 받고 살아온 것 같다'고. 그 이야기를 듣고 기가 막혔습니다. 제가 그

네 번째 포옹

간 아내에게 쏟은 정성은 다 어디로 간 것인지… 제가 아내에게 준 사랑은 둘째 치고, 전 아내가 저나 남자에 대해 그리고 사랑이라는 것에 대해 잘 모른다는 생각이 들어요."

"그러시군요. 그렇게 말하는 아내에게 무어라 말씀하셨나요?"

"차분하게 답했습니다. '사랑에는 종류가 많은데, 그걸 자기 기준에서 사랑받았다, 못 받았다 이분법으로 말할 수 있느냐… 사랑의 형태는 여러 가지이고 종류도 많아서 모두 의미와 색채가 조금씩 다른 거다…' 라고 말했습니다."

이 말을 듣는 순간 내 마음속에 60와트짜리 투명한 백열전구가 켜졌다. 흥미진진했다. 혹자는 현학적 말장난으로 일관한 얄팍한 변명 아니냐고 할 수도 있겠지만, 내겐 그렇게 들리지 않았다. 이야기의 흐름과 그의 어투, 전체 모습에서 자신의 행동을 그럴싸하게 포장해 덮어버리려는 방어 메커니즘이 느껴지지 않았기 때문이다. 그는 차분하고 진솔했다. 얼굴표정과 어깨에 힘이 빠져 있었다. 오히려 아내에게 자신의 마음을 이해시키고 싶은 욕구가 느껴졌다. 여전히 큰 숙제를 안겨주는 관계의 어려움, 아내와 함께한 세월에 대한 만감이 교차하는 것 또한 느낄 수 있었다. 그의 관심사는 아내였다.

"여자들은 자기만 바라보고 자기만 완벽하게 사랑하길 바라겠죠. 자기가 원하는 방식의 사랑만 사랑이라 여기죠. 다른 방식은 사랑이 아니라는 듯이 말입니다. 사랑의 방식은 다양한데… 휴… 이 나이에 어찌 보면 사랑은 사치입니다. '생활'이 더 중요하죠. 그런데 아내는 소녀나 공주처럼 사랑타령이지요. 아침에 출근하면서 저를 배웅할 때 꼭 안아달라고 해요. 자기 예쁘냐고 묻고. 저는 전쟁터로 나가는데… 솔직히 말해서 좀 부담스럽습니다. 이 나이에… 출근 때 안지 않아도 서로를 어떻게 생각하는지 다 느끼고 있는데… 전쟁터로 나가는 제게 수고하라는 말은 한마디도 없고 안아줘, 일찍 들어와… 요구만 합니다. 이런 게 제가 말하는 여자와 남자의 차이입니다. 아내와 제가 생각의 차이가 있는 것 같아요…."

"주말에는 아내와 하루종일 함께 있어야 합니다. 다른 약속을 전혀할 수 없어요. 저도 주중에 일하느라 힘들었으니 주말에 집에 있는 건 좋습니다. 그런데 편하게 있을 수가 없으니까… 주말에 아내 혼자 집에 있게 되면 부담스러워요. 아내의 표정이 딱 어두워지거든요. 제가 등산을 참 좋아하는데 가끔 산에 갔다 오면 이미 아내의 얼굴은 엉망이 되어 있어요."

"전 물 흐르듯 자연스럽게 흘러가는 편을 좋아합니다. 그런데 아내는 확실한 신호를 보내고 확인행동을 꼭 하고 딱 붙어 있고 뭔가를 확 표현하고… 그런 걸 원해요. 그 정도가 좀… 제게 부담이 됩니다. 무엇보다 제게 너무 의존합니다. 곰곰이 생각해봤죠. 제가 신혼 때부터 아내를 잘못 길들였나 보다… 너무 잘해줬나 보다… 아내가 원하는 대로 무조건 다 해줘서 아내가 이렇게 됐나 보다… 자책도 했습니다. 휴…

여하튼 저는 평생 아내에게 열심히 했는데 아내는 정작 사랑을 못 받았다고 하니… 생각에도 온도의 차이가 있는 것 같아요."

아무리 많은 것을 주어도 아내는 만족할 줄 모르는 사람이라는 생각이 들면서 민석 씨는 아내에게 거리를 두게 되었다고 한다. 아내는 남편에게 고맙다고 인정해주지 않았다. 늘 부족하다면서 더 요구했다. 그런 아내를 보며 민석 씨는 절망스러웠다. 그러던 중 직장에서 일이 터졌고 결국 오갈 데 없는 마음을 부여잡고 다른 곳을 쳐다보게 되었다. 쉴 수 있는 곳. 비를 피해 몸 누일 곳을 찾는 나그네처럼.

받는 사랑에 몰입한 여자는 '완벽한 사랑', 즉 사랑으로 완벽히 둘러싸여 불안 한 점 없는 상태에 대한 환상을 가지고 있다. 완벽한 사랑, 최고의 사랑을 줄기차게 받아야 한다는 자기애적 환상이다. 타인과 완벽하게 하나가 되는, 일말의 빈틈도 없는 밀착관계가 그들이 원하는 완벽한 사랑이다. 이들은 타인의 눈에 완벽하게 사랑받는 여자로 보이길 갈망한다. 자신이 타인에게 어떻게 보이는지가 매우 중요하기 때문이다. 이 갈망이 채워지지 않으면, 그들은 자신에게 끊임없이 사랑을 줘야 마땅한 파트너를 지탄한다. 이 자기애적 사랑이 과연 채워질 수 있을까.

"억울하기도 하고요… 얼마큼 더 잘해야 아내의 불만과 불안, 의심에서 벗어날 수 있을까… 집에 들어오면 쉴 수가 없습니다. 얼마 전 아내와 또 싸웠는데… 아내는 '뚜껑이 열리면' 아무것도 안 보입니다. 물불 안 가리고 막말을 합니다. 집안 분위기는 싸늘해지고요. 그런 다음 날에는 아이들도 집에 늦게 들어옵니다. 들어오기 겁나는지 화가 난 건지… 아내에 대한 공포심만 늘어나는 것 같아요. 아내에 대한 제 열정… 사랑… 모든 게 재가 되어버린 것 같아요…." 그 순간 은은히 반짝이던 그의 로맨스그레이는 빛을 잃었다.

나는 민석 씨의 이야기를 충분히 들어주었다. 그가 느끼는 관계의 어려움은 생각보다 훨씬 컸다. 겉으로 제대로 드러내지 못한 마음의 상처도 아주 깊었다. 그러면서 자신의 누수행동 때문에 아내가 받은 상처를 어떻게 돌봐줘야 할지 염려하곤 했다. 관계회복을 위해 어디서부터 시작해야 할지 고민이라고 했다. 나는 조용히 입을 열었다.

"관계위기를 헤쳐가기 위해서는 두 사람이 각자 바라보고 잡고 가야 할 '자신의 몫'이 있어요. 두 사람이 함께 잡고 가야 하는 부분도 있지만 각자의 몫도 있다는 거죠. 각자가 자기 몫을 찾아 차분히 한 걸음씩 옮기다 보면 어느덧 위기상황을 조금씩 헤쳐가는 나 자신 그리고 우리를 발견하게 됩니다. 만일 도저히 어떻게 해볼 수 없는 난관이라면 그 불가능성을 깨닫는 중요한 시간이 될 수도 있겠고요."

그는 조용히 내 말을 경청한다. 그런 그에게 나는 더 조용히 말을 건넸다. 창문 밖에는 조용히 비가 내리고 있었다. "이번 일을 계기로 당신 자신에 대해 느낀 점이 있으신가요?"

"제가 마음속 감정과 하고픈 이야기를 참 표현하지 못하는구나… 억눌린 감정을 드러내기를 두려워하고 잘 못하는구나… 말로 상대에게 내 마음을 전하는 것을 어려워하는구나… 새삼 느껴지네요."

그의 몸에 힘이 쭉 빠지는 것 같았다. "그녀의 일에 대해서는 아내에게 말 못할 상처를 준 것 같습니다. 그녀를 만나면서도 이러면 안 되는데… 안 되는데… 계속 아내 생각을 했던 것 같아요. 열정적 사랑은 불붙었다가 꺼지면 되는데 그녀와는 회사생활도 함께 하면서 오래 지속되다 보니 '생활'이 되어버린 부분이 있어서 관계정리가 더 어려웠어요. 일이 이렇게 되고 제가 상담을 받으면서 아내와 대화도 하고 가슴속 밑바닥의 죄책감과 괴로움이 점점 줄어드니까 제가 아내를 좀 더 편하게 대할 수 있는 것 같아요… 아내에게도 그게 느껴지겠죠."

부부애란 남편과 아내 서로가 서로에게 필요한 것을 채워주는 사랑이다. 일상의 것들을 채워줄 수도 있고 미지의 것들을 채워줄 수도 있다. 서로를 적절히 채워주고 함께 흘러가는 관계. 일상적 교류, 정신적 교감, 정서적 상부상조라고나 할까. 어찌 보면 고루하기 짝이 없는 생각이지만 사랑을 주고받는다는 것의 잔잔하고 아름다운 실체는 아마도 이런 것이 아닐까.

남자와 여자의 장기적인 애정관계에서 우리는 넘지 못할 것 같은 높은 산도 만나고 빠지면 도저히 헤어나지 못할 것 같은 깊은 계곡과도 마주치게 된다. 부부란, 남자와 여자의 깊은 관계란 이 높은 산을 함께 넘고 이 깊은 계곡을 함께 건너는 관계 아닐까. 서로가 서로를 채워주면서 말이다. 네가 필요로 하는 것을 내가 주고 내가 필요로 하는 것을 네가 채워주는 것, 이것이 바로 성숙한 사랑의 모습일 테다. 서로 함께한다, 사랑의 마음으로 주고받는다는 공동체 의식은 이처럼 서로가 비슷하게 주고받으며 비슷하게 만족할 때 굳건히 지켜지는 것 아닐까.

건강한 주고받음을 위해　　　　남자와 여자가 성숙하게 사랑하고 건강하게 사랑을 주고받기 위해서는 두 사람 모두 정신적으로 건강해야 한다는 전제가 있음은 물론이다. 정신적으로 건강한 내가 건강한 관계를 빚어내는 것이다. 상대방 탓할 일이 아니다. 상대방에게 변화하라, 바뀌어라 압박할 것이 아니라 내 앞가림부터 챙길 일이다.

　그렇다면 내가 맺고 있는 관계가 건강하게 주고받는 것임을 어떻게 가늠할 수 있을까. 이를 궁금해하는 커플들에게 나는 5가지 측면을 함께 생각해보자 제안하곤 한다.

　첫째, 건강한 관계, 사랑으로 연결되어 있는 관계에서는 내가 너에게 무엇인가를 주고 있고 그에 상응하여 무언가 좋은 것이 되돌아온다고 실제로 느끼고 있다. 내가 건네준 것에 상응하여 어떤 식으로든 되돌아오는 응답, 수혜, 적절히 만족스런 혜택이 있다는 것이다. 주고받는 것은 눈에 보이는 실질적 도움일 수도 있고 눈에 보이지 않는 심리적인 것일 수도 있다. 주는 것과 받는 것, 건네주고 되돌아오는 것, 도움을 주고 도움을 받는 것. 이처럼 가는 것과 오는 것이 분명히 순환하지만 하나하나 저울질하면서 셈하거나 따지지 않는다. 그럴 필요도 없다. 전체적으로 둥글게 공평하다. 두 사람 모두 너그럽기 때문이다.

둘째, 건강하게 주고받는 남녀 사이에는 이심전심이 자리 잡는다. 이는 실제 경험을 토대로 한 감각인데, 긴 굴곡의 세월 속에서 만들어진 만큼 비교적 정확하다. 섣부른 추측, 내 이기적인 욕구를 채우기 위해 상대방을 넘겨짚는 것 혹은 문제를 무시하고 부인하는 무모한 낙관주의와는 다른 메커니즘이다. 이심전심이 자리 잡기 위해서는 두 사람 중 누군가가 감정적으로 피해를 봤다든지 손해 입은 느낌이 거의 없어야 한다. 심리적으로 공평하다는 느낌은 사랑을 더욱 굳건히 키워준다. 반대 감정은 원망감과 한이다. 남은 게 없다는 공허함도 포함해서. 이것이 더 깊어지면 적대감과 피해의식으로 변질된다.

셋째, 건강하게 주고받는 관계에서는 서로에게 궁금한 것을 자유로이 묻는다. 내가 원하는 만큼 질문할 수 있고, 상대방이 내가 원하는 답 또는 질문에 상응하는 답변을 줄 것이라고 믿는다. 만일 상대방이 답을 하지 못한다면 그 이유를 설명해줄 것이라는 신뢰가 있다. 상대방을 이해하기 위해 건강한 이심전심도 작동하지만, 그때그때 상황과 사안에 따라 충분히 물어볼 수 있다는 편안함과 신뢰가 있다. 이때 상대에게 열린 질문, 서로를 정확히 이해하는 데 도움이 되는 질문을 해야 한다는 사실을 안다. 반대로 내 불안과 짜증, 의심을 기반으로 한 압박질문, 답을 미리 정해놓고 확인하며 몰아가는 추궁은 위험하다는 걸 인지하고 있다.

넷째, 건강하게 주고받는 관계에서는 자신이 상대에게 무언가 줄 수 있다는 것에 기뻐하고, 상대방도 그것을 받고 기뻐하리라는 것을 안다. 서로 웃는다. 기뻐한다. 더불어 선물에 고마워하고, 그 마음을 표현하는 데 적극적이다.

다섯째, 건강하게 주고받는 관계에서는 서로 단단히 연결되어 있지만, 너와 내가 타인임을 편안하게 인정한다. 그렇기에 이들은 상대에게 과도한 기대를 하지 않으며 혹여 실망하더라도 그게 상대방의 잘못이 아님을 안다. 갈등이 찾아오더라도 선을 지키며 서로를 비난하거나 공격하지 않는다. 대신 생산적으로 문제를 풀어가기 위한 자세를 취한다. 내 감정만큼 상대방의 감정도 중요하기에 이를 결코 무시하지 않는다. 마찬가지로 내 관점만큼 상대방의 관점도 타당할 수 있다는 것을 잊지 않는다.

건강하게 주고받는다는 건 함께 평화로이 지낸다는 의미에 다름 아니다. 사랑이 깊어지면 평화가 깃들기 마련이다. 평화로울 때 비로소 진정한 쉼도 허락된다. '사랑과 평화'로 채워진 관계 안에서 내 남자를 편히 쉬게 하는 것, 여자에게 달려 있다. 당신도 할 수 있다.

쉬고 싶은 내 남자 안아주기
—안착과 휴식을 위하여

놓아주기　　　　　　　　거울을 봤다. 오늘따라 아침에 일
어나 화장실로 가서 거울을 바라보는 게 일상이 아닌 엄숙한 의례처럼
느껴졌다. 반복을 오랫동안 깊이 있게 하다 보면 그 안에서 '엄숙함'을
발견하게 된다. 일상 속 깨달음이라고나 할까. 매일같이 반복되는 일
상적 행위를 마치 일생에 한 번 있을까 말까 한 의식을 치르듯 정중히
임하게 되는 날이 있다. 오늘이 그날인가. 거울 속 내 얼굴은 익숙하면
서도 낯설다. 어제의 얼굴이면서도 어제의 그 얼굴이 아니다. 내일의
얼굴은 어떨까. 내 얼굴인데 마치 이방인 같다. 늘 접하는 똑같은 배경
에 둘러싸여 있는 나임에도 불구하고 말이다. 어젯밤 이리저리 뒤적이

며 펼쳐지는 대로 규칙 없이 읽어 내려간 소설 《이방인》 때문인지.

카뮈에게 가장 중요한 관심사는 단연 '죽음'이었다. 그런 맥락에서 나의 가장 중요한 관심사는 단연 '관계의 죽음'이다. 더 나아가 관계의 기쁨과 슬픔, 관계의 죽음과 재생, 그것이다.

"마치 그 커다란 분노가 나의 고뇌를 씻어주고 희망을 없애준 것처럼 이 징후와 별들이 가득한 그 밤을 앞에 두고, 나는 처음으로 세계의 다정한 무관심에 마음을 열었다. 그처럼 세계가 나와 비슷하고 형제 같음을 깨달으며 나는 전에도 행복했고 지금도 행복하다는 것을 느낀다."

알베르 카뮈가 《이방인》 마지막에 적은 문장이다. 뫼르소가 자신의 피할 길 없는 죽음 앞에서 들려주는 이야기다.

나는 뫼르소가 말한 '다정한 무관심'에 대해 깊이 생각하고 또 생각한다. 그리고 가만히 떠올려본다. 다정한 무관심… 뫼르소가 들려준, 별처럼 아름다운 이 말을 처음 만났던 그때. 그 얼마나 내 마음을 떨리게 했던 표현인지. 이 얼마나 내 마음에 평안을 가져다주는 말인지. 내가 찾던 작은 열쇠 중 하나가 바로 다정한 무관심일지도 모르겠다고, 나는 떨리는 마음으로 이 말을 끌어안는다. 다정하고도 무관심하게….

뫼르소처럼 우리 모두는 단지 이방인일 뿐이지 싶다. 단출하다. 외롭다. 홀로 떠돈다. 타인과 그저 스쳐 지나갈 뿐이다. 그러던 어느 날 이방인인 나와 이방인인 네가 만난다. 함께 떠돈다. 하지만 여전히 낯설다. 그렇게 시간이 흐르고 흐르다 어느 순간 피할 길 없는 죽음이 우리 앞에 덜컥 다가와 버렸음을 알게 된다. 뫼르소도 그랬다. 죽음이 다가왔을 때 비로소 우리는 그것을 피하기 위해 할 수 있는 일이 아무것도 없음을 깨닫는다. 무상하고 공허하다. 하지만 뫼르소는 달랐다. 그는 공허함, 무력감 그리고 슬픔을 넘어 결국 '해방감'을 느낀다. 죽음이 다가오자 비로소 모든 것을 다시 살아볼 마음이 움텄던 것이다. 그의 엄마처럼 말이다.

죽음과 대면함으로써 비로소 삶의 가치를 깨닫는 뫼르소. 기실 죽음 앞에서 세계가 보여준 다정한 무관심에 마음을 열었던 것이다. 그는 죽음 앞에서 형제애와 행복을 느낀다. 진정한 자유 아닌가. 죽음이 있기에 삶의 진가가 돋보이는 것이며, 그렇기에 한정된 삶을 더 치열하고 값지게 살아야 한다는 걸 뫼르소는 우리에게 말하고 싶었던 것 아닐까. 생생한 '실존의 체험'을 통해 말이다. 그런 의미에서 카뮈는 삶을 아름답게 노래한 사람 아닐까 싶다. '삶의 찬가' 말이다. 놓아버림으로써, 해방됨으로써 부를 수 있는 노래. 그래서인지 카뮈는 언젠가 미국에 갔을 때 자신의 철학이 '무망감의 철학philosophy of hopelessness' 류로 받아들여지고 있다는 사실에 매우 충격을 받았다고 한다. 내 생각에 카뮈가 《이방인》을 통해 진정 말하고 싶었던 것은 부조리하고 공허하고 무상한 삶이지만, 그 속에 내재되어 있는 삶의 의미, 조용히 숨 쉬고 있는 삶의 아름다움, 다시 말해 삶의 찬가 아니었을지 감히 읊조려본다. 세계가 보여주는 다정한 무관심에 마음을 열며 부르는 노래 말이다.

카뮈의 '다정한 무관심'은 관계 속 우리에게 궁극적으로 '그것을, 그를, 그 갈망을 놓아주어라, 괜찮다'라고 저 멀리서 조용히 말해주는 것 같다. 나만의 어설픈 느낌일지도 모르겠지만 말이다. 무엇인가 붙잡고 애달파하느라 미처 인지하고 있지 못했던 커다란 사랑, 이 세계의 사랑이 나를 언제나 감싸고 있었고 지금도 변함없다는 걸 비로소 느끼게 해주었다는. 이미 나는 커다랗게 이해받고 있었던 것이다. 나는 '인생이란 그렇게 붙잡기와 놓아주기가 교차하는 가운데 시나브로 성장하는 것이겠지…'라고 낮게 중얼거려본다. 붙잡는 것보다 중요한 건 놓아주는 것일 테지. 어떻게 하면 다정하고도 품위 있게 놓아줄 수 있을까. 그것을 고민하고 실천하는 하루하루가 곧 인생이겠지. 그중에서 가장 어려운 것은 아마도 사랑하는 사람을 놓아주는 것 아닐까. 애인, 배우자, 자녀… 애착관계로 묶인 타인을 놓아준다는 것. 누군가를 놓아준다는 것은 과연 어떤 의미일까. 그리고 왜 놓아주어야 하는 걸까.

놓아준다는 건 상대방이 자신의 참모습, 본래의 면모 그대로 존재하게 해준다는 의미다. 상대의 참자기true-self를 허락하는 것이다. 상대가 자신의 모습 그대로 그냥 거기에 있도록 해준다는 의미다. 뒤집어보면, 내 의意를 놓아버린다는 의미 아닐까. 그럼으로써 내 마음이 타인을 향해, 세상을 향해 그리고 우주를 향해 비로소 활짝 열리지 않을까. 상대방을 꽉 붙잡거나 얽어매지 않는 것, 상대방에게 집착하지 않는 것, 판단하고 정죄하지 않는 것, 간섭하고 지배하고 통제하지 않는 것, 내 뜻대로 그를 조종하고픈 마음을 정리하는 것, 내 요구대로 그를 움직이겠다는 아집을 버리는 것, 이 모든 것이 놓아주기의 모습이다. '느슨한 결합' 안에 의젓하게 머무는 것 말이다.

놓아주기의 모습 이면에는 자기중심적인 환상, 잘못된 기대를 과감히 포기한다는 의미가 내포되어 있다. 보다 현실적으로 되어간다는 뜻이다. 내 의(意)도 중요하지만 타인의 입장, 세상의 규칙 또한 그에 버금가게 중요하다는 걸 깨닫고 외부에 충분한 관심을 기울이는 마음가짐이다. 내 입장에서 상대를 판단하고 내가 원하는 조건을 내걸고, 내 시선으로 상대를 평가하면서 내가 위에 서는 협상을 만들어내고 그렇게 함으로써 상대방을 소유하려는 탐욕을 줄이겠다는 결단을 포함한다. 상대방의 팔다리를 묶고 감옥에 가둬버릴 때 두 사람의 삶은 결코 풍요로워질수가 없다. 기형화될 뿐이다. 두 사람은 결국 고립된다. 사슬에 묶인 채.

놓아주기란 결코 쉽지 않은 과제다. 수많은 시행착오와 상처를 불러일으키는 난제이고 우리가 죽을 때까지 끊임없이 도전하여 습득해야 할 심리적 과제다. 아프고 슬픈 과정이기도 하다. 하지만 '놓아주기'를 통해 내 '허상'과 '에고'를 성숙하게 떠나보내면 그 빈자리에 '다음 단계' 가 선물처럼 찾아온다. 바로 '성숙한 리얼리즘'이 도래하는 것이다. 시간은 흐르고 세월도 흐르고 나도 늙어가고 너도 변한다. 껍질을 깨고 또 깨고 진화해갈 수밖에 없다. '다음 단계'로 나아가야 하는 것이다. 인간은 성장의 테마를 거부할 수 없다. 진화하지 않겠다는 건 '낡은 나'를 붙잡고 살겠다는 것에 다름 아니다. 솜사탕을 붙들고 놀이동산에서 나오지 않겠다는 아이와 같다. 인생이란 어쩔 수 없다. 미봉책이 아닌 진짜 문제해결책만이 나와 내 삶을 구원한다.

삶은 차분한 인내와 지속적인 노력으로 이루어지는 변화와 성장의 드라마다. 그 안에는 관계라는 커다란 강도 흐른다. 삶과 관계를 성숙하게 일구기 위해 우리가 갖춰야 할 가장 근본적인 마음가짐은 '놓아주기'라고 나는 생각한다. 움켜쥔 것을 과감히 놓아줌으로써, 붙잡고 있는 것을 의젓하게 풀어주고 떠나보냄으로써 빈손이 되고 두 팔을 벌려야 우리는 비로소 진정 소중한 것, 변하지 않는 가치, 나의 경계 안에 여전히 속해 있는 것을 볼 수 있다. 더불어 과거 삶이 내게 남긴 것, 현재 삶에서 내가 바라보아야 할 것, 미래 삶이 내게 보여주고 선사할 것들을 향해 마음을 열고, 그것들과 만날 수 있다. 이것이 놓아줌으로써 새로운 가능성을 여는 길, 놓아줌으로써 새로운 모습으로 거듭나는 리인벤팅reinventing이리라. 관계에 대한 헛된 기대, 상대방에 대한 잘못된 희망, 자기중심적이고 유아적인 환상, 조급증을 과감히 거두고 상대를 풀어주고 놓아주어라. 나무가 가지를 쭉쭉 뻗으며 성장하여 본연의 모습을 드러내기 위해서는 나무와 나무 사이에 간격이 있어야 함을 기억하면서.

놓아주는 방법으로는 다음과 같은 것들이 있다.

- 관찰하기
- 그 입장에서는 나와 다르게 느끼고 생각하고 행동할 수 있다는 것을 인정하기
- 그를 이해하기 어려울 때 그 지점에 멈추어 서서 그저 '잘 이해가 가지 않는구나, 그렇구나'라고 자기 자신에게 말하며 보류의 자세 취하기
- 그를 다 안다고 생각하지 말기
- 애매모호한 상황에서 그의 마음과 의도를 가능한 한 낙관적이고 긍정적으로 해석하기
- 뒤로 잠시 물러나기
- 참아주기
- 기다려주기
- 혼자 있을 수 있는 능력 키우기, 혼자만의 시간을 충분히 즐기기

받아들이기   '받아들인다'는 말에는 슬픔이 내포돼 있다. 받아들이고 싶지 않은, 받아들일 수 없는 것들을 받아들여야 하기 때문이다. 무엇인가를 받아들인다는 건 내 기대와 환상이 산

산허 부서진다는 의미이기도 하다. 하지만 그렇다고 하여 마음에 깊은 상처를 받는 것은 아니다. 되레 고요해진다. 평안이 찾아온다. 받아들이기 때문이다. 받아들인다는 것이 도대체 어떤 것이기에 그럴까. 받아들인다는 것은 무엇을 어떻게 한다는 것일까.

받아들인다는 것은 피할 수 없는 일들, 상황들과의 싸움을 그만둔다는 것이다. 더 이상 무의미한 게임을 하지 않겠다는 결단이다. 그렇기에 받아들이게 되면 너와 나 사이에 끊임없이 발생했던 수많은 갈등, 마찰과 상처를 멈추게 할 수 있다. 받아들이는 순간 상처의 통증은 사라지고 치유의 길이 시작되지만 받아들이지 않으면 상처는 더 복잡해지고 깊어지고 합병증까지 겹치며 곪고 또 곪는다.

받아들인다는 것은 변화시킬 수 없는 것을 변화시키려는 강박과 집착을 접는다는 의미다. 변화시킬 수 없는 부분에 대해 더 이상 걱정하지 않는다는 뜻이다. 그것을 더 이상 문제시하지 않겠다는 결단이다. 섭섭하지만 집착하지 않는다. 아쉽지만 후회하지 않는다. 이렇게 받아들이면 내적 평안이 찾아온다. 고요함이 깃든다. 상황은 변한 게 없는데 내 마음에 변화가 찾아온 것이다. 받아들이지 못했던 것들을 받아들이면 상처들이 하나씩 아물게 되고 새로운 길이 열림을 나는 늘 목격한다.

받아들이는 데도 방법이 있을까? 있다. 다음과 같이 해보자.

- 받아들이는 것은 어려운 일임을 받아들이기
- 받아들이고 싶지 않은 마음을 충분히 인정하고 이를 편안하게 드러내기
- 받아들이고 싶지 않은 마음을 달래고 다독이기
- 충분히 슬퍼하기
- 받아들이는 과정에서 발생하는 상실감을 견뎌내는 데는 시간이 걸린다는 것을 이해하기
- 받아들인 후 일정 시간이 지나면 내가 예전에는 생각하지 못한 '좋은 것, 새로운 것'이 다가올 것이라는 믿음 가지기
- 세상을 향해 마음 열기

기대를 내려놓고 소망하기　　　　놓아주고 받아들이면 인간은 너그러워진다. 고집, 아집, 기대와 환상에서 놓여나기 때문이다. 있는 그대로의 현실, 인간의 한계, 나의 한계를 받아들이기 때문이다. 진정 자유로워진다.

고집, 아집, 기대 안에는 내 뜻이 이루어져야 한다, 상대가 내 기대에 따라야 한다는 요구가 암암리에 들어 있기에 욕심과 조급증이 생겨나게 된다. 기대가 좌절되면 분노와 실망이 따르게 되고 상대에 대해 비난의 마음이 생겨난다. 자녀에게 기대수준이 높은 엄마를 한번 떠올

려보라. 관계 자체가 감옥이 된다. 기대수준이 높은 사람은 너그러울 수 없다. 상대에게 내 만족, 내 채워짐을 강요하게 되기 때문이다.

그렇다면 우리는 어떻게 해야 할까. 기대 없는 관계가 가능한가. 기대 없는 관계가 건강한 관계라는 말인가. 그렇지 않다. 대신 기대를 소망으로 승화시키는 방법이 있다.

내 기대를 상대에게 강요하는 게 아니라 '내가 무엇을 원한다'라고 부드럽게 말로 표현하는 것, 이어 '그게 이루어지고 채워졌으면 좋겠다'는 바람을 말로 표현하는 것까지. 거기까지 하고 멈추는 것을 훈련하자. 그리고 기다리는 것이다. 이게 바로 소망하는 모습이다. 내가 내 소망을 외부에 표현해보는 것, 알리는 것까지가 내 몫이다. 거기까지가 '나'다.

내가 내 마음을 말로 표현하는 것은 내가 나에게 해줄 수 있는 가장 중요한 심리적 서비스다. 내가 나를 사랑한다는 건 내가 나에게 말할 기회를 주는 것이기 때문이다. 거기까지 하면 나는 최선을 다한 것이다.

관계에서 내가 무엇인가를 원할 때 상대방이 그것을 즉각, 100% 가득 채워주길 바라는 자기애적 환상을 버리고 적당히 채워지는 것에 만족하는 것, 내가 원하는 것을 상대가 주기 위해 노력한다는 것을 아는 것, 내가 진정 원한다면 지금 당장은 아니더라도 언젠가 꼭 채워질 거라는 믿음, 꼭 '그걸'로 채워지지 않아도 다른 좋은 것도 많다는 것을 아는 낙관적 여유. 이것이 바로 기대하기보다 소망함으로써 얻어지는 관대함이리라. 나에 대한 기대치, 상대에 대한 기대치, 사랑에 대한 열망, 화합에 대한 갈망, 이 모든 것을 성숙하게 내려놓는 것, 그게 바로 성숙한 관계의 정점인 관대함과 너그러움이다.

　너그러운 사랑이란 상대방에게 내가 전부가 아니어도 괜찮은 것, 인간은 결코 누군가의 전부가 될 수 없다는 것을 받아들이는 것, 하지만 서로에게 가장 소중한 사람, 필요한 사람, 기댈 수 있는 사람이 될 수 있다는 것, 내가 상대에게 그런 존재라는 안정적 믿음을 내포한다. 완벽히 일치하는 사랑이 아니라 서로의 곁에 오래도록 머물며 서로를 소중히 여기고 돌보는 사랑. 강렬한 일치적 사랑이 아니라 따뜻하고 부드러운 사랑. 느슨한 결합 속에서 피어나는 안정적인 사랑.

　"우리는 사랑에 빠져 있을 때 약해진다. 사랑하는 사람과 밀고 당기느라 약해지는 것이 아니라, 그동안 전쟁 같은 삶을 버텨왔던 힘이 휴식을 취하기 때문이다." 시인 심보선의 문장이다. 함께하되 상대를 숨 쉬게 해주는 사랑, 휴식 같은 사랑, 너그러운 참된 사랑에 나를 고요히 싣고 싶어지는 날이다.

굴러가는 관계, 굴러가지 않는 관계

저는 '관계가 굴러간다'는 표현을 자주 사용합니다.

부부상담을 하다 보면 굴러간다, 굴러가지 않는다는

'부부현상에 대한 느낌'을 비교적 선명히,

자연스럽게 받게 되죠.

굴러간다는 건 '생명력'과 관계된 것으로,

잘 굴러가는 부부가 생명력 있는 좋은 부부이지요.

의외로 간단히 말입니다,

관계는 굴러가는 관계, 굴러가지 않는 관계로 나뉩니다.

크게 보아 둘 중 하나라는 거죠.

충분히 행복한^{happy enough} 커플들을 보면 웬만큼 충분히 굴러갑니다.

참 잘 굴러갈 때도 많아요.

굴러간다는 의미는 인생 도처에 산재해 있는

'문제'와 연결된 개념이죠.

잘 굴러간다는 건

문제가 없다는 의미가 아니라

'문제를 풀어간다, 적절히 헤쳐간다,

지혜롭게 넘어간다, 때론 돌아간다'는 의미입니다.

긴 세월을 상부상조하며 함께하는 커플들을 보면

문제가 발생했을 때 결코 회피하지 않으며

문제를 해결하고 풀어가는 방법을 모색하는 데

두려움이 적어요.

서로에게 기댈 줄도 알기에 협조도 잘되지요.

이견이 있어도 크게 부딪치지 않죠.

그리고 감정을 적절히 처리합니다.

자신의 감정은 자신이 책임지지요.

굴러가지 않는다는 건

문제가 발생했을 때 이를 인정하지 않는다든지

갈등상황을 회피해버리거나

신경전이나 싸움판을 벌이면서

소모적으로 시간을 흘려보내는 등,

문제상황에서 관계의 정체와 퇴행이 장기간,

강하게 나타난다는 의미입니다.

그렇게 될 경우, 불만상황은 '비참한 상황'으로

변형되어 버리죠.

여러분이 속한 관계, 의미 있는 관계, 소중한 관계,

잘 굴러가고 있습니까?

한번 관찰해보세요.

다섯 번째 포옹
인정받는 남자는 떠나지 않는다

부드럽게 요구할 줄 아는 사람에게는 항상 좋은 일이 생긴다.

아나이스 닌

주인공이
되어본 적 없는 남자

　　　　　"아내의 잔소리가 싫어서 거짓말을
　　　　하게 됩니다."

　부드러운 말투임에도 석재 씨가 긴장해 있다는 걸 붉어진 얼굴과 직각의 어깨선이 고스란히 드러내고 있었다. 언뜻 지친 기색도 묻어나온다. 그야말로 복잡다단한 석재 씨다. 내가 그의 복잡다단함을 아는 건 부부상담 때문이다. 지난주까지 다섯 차례의 부부상담을 치르고 오늘 개인상담을 온 그는 마치 축구경기 전반전을 가까스로 버티고 땀에 젖은 몸을 잔디에 누인 채 숨을 헐떡이는 주전선수 같았다.

　"부부상담 후 아내가 좀 편해진 것 같습니다. 저를 괴롭히듯 추궁하거나 신경질적으로 잔소리하는 것도 줄었고 표정도 그렇고요. 저도 아내를 조금은 더 알게 된 것 같아요. 다시 한 번 사과도 했고요… 아직 갈 길이 멀지만, 일단 불은 좀 꺼진 것 같습니다. 선생님께 감사드려요, 도와주셔서. 저 혼자 감당하기 너무 힘들었거든요."

그의 마음이 있는 그대로 내게 와 닿았다. 석재 씨 부부는 별거를 시작한 지 열흘째 되던 날 상담실 문을 두드렸다. 팽팽했던 두 사람. 석재 씨, 아내 모두 힘겨워했지. 부부상담 동안 수많은 이야기가 오고갔더랬지. 석재 씨 아내의 감정은 마치 롤러코스터 같았다. 그래, 일단 급한 불은 껐구나. 물론 화근은 여전하니 언제든 다시 불이 날 가능성은 있지만 말이다. 상담자는 이렇게 소방수 역할을 하기도 한다. 심리학에서 이를 '소방차fire-engine 지원 모델'이라 한다. 처음 만난 낯선 상담가가 부부의 위기를 해결해주기 위해, 즉 '불을 끄기 위해' 신속히 달려와 알맞은 조치를 취하는 것. 부부갈등이 위급한 지경으로 악화돼 통증이 심해질 때 이런 소방차 지원, 즉 전문가의 지원이 필수적으로 요구될 때가 있다.

"부부상담 때 누차 나온 얘기지만 저희 부부싸움이 아주 빈번합니다. 얼렁뚱땅 넘어가려는 제 성격도 있겠지만… 아내의 잔소리가 너무 심하다… 그런 생각이 들면서 점점 멀어진 것 같아요. 아내의 잔소리를 듣고 싶지 않아 미리 사소한 거짓말을 하게 되었죠."

석재 씨 부부가 별거에 돌입하고 부부상담을 오게 된 직접적 계기는 별거 한 달 전에 터진 석재 씨의 여자문제였다. 석재 씨가 대학동창인 그녀와 친밀하게 지내는 것을 아내가 알게 되었고 한바탕 소동이 벌어 졌다. 이혼 얘기가 오가고 결국 별거에 들어간 부부.

그런데 그간의 상황을 펼쳐보니 문제는 그 일만이 아니었다. 찬찬히 거슬러 올라가 보니 석재 씨와 아내는 신혼 때부터 이미 이리저리 금 이 많이 가 있는 부부였다. 결혼 초반부터 부부싸움도 심했고 싸움 후 화해가 제대로 이루어진 적도 없었다. 격전의 연속이었다. 각방을 쓴 지도 오래되었다. 남편의 거짓말, 아내의 추궁도 하루가 멀다 하고 이 어졌다. 석재 씨 아내가 어린이집을 운영하는 데다 남자쌍둥이까지 있 다 보니 매일매일 밀려드는 업무피로감에 양육 스트레스까지 겹치면 서 부부간에 다툼이 끊이지 않았다. 감정의 골이 깊어졌고 애정과 신 뢰도 이미 많이 사라진 상태였다. 전체적으로 상해 있는 부부관계와 곪 아 있는 문제상황을 방치하고 지내오다 얼마 전 팽창을 더 이상 견디 지 못한 풍선이 빵 터지듯 모든 것이 터져버린 것이다.

"그녀와는 대학 때부터 좋은 친구였습니다. 하지만 동창회에서 친구 들과 어울려 만나고 가끔 문자하고 전화하며 지내는 게 다였어요. 그 러다가 가까워지게 되었습니다… 그 무렵, 직장에서 어려운 일이 터져 서 힘들었는데… 제가 감정적으로 의지할 수 있는 여자가 그녀뿐이었 어요. 제 모습을, 제 마음을 있는 그대로 인정해주고 조용히 위로해주는 사람이 없었어요…."

다섯 번째 포옹

부부간 신의를 망가뜨리고 사랑을 식게 만드는 요인과 배경은 수만 가지일 것이다. 그중 현재의 결혼제도가 존속하는 한 피할 수 없는 그림자가 두 개 있는데 하나가 이혼, 나머지 하나가 바로 외도다. 외도는 돈문제와 함께 부부간에 '배신감'이라는 고통스런 감정을 유발하는 대표적 이슈다. 외도를 과연 어떤 시각으로 바라보아야 할까. 외도는 왜, 어떤 경우에, 어떤 조건에서 발생할까. 만일 인간세계에서 외도라는 걸 어떻게든 원천봉쇄해 발생하지 못하게 만든다면 부부들은 어떤 경험을 하게 될까. 부부화합도가 높아질까, 부부는 이상적으로 행복할까. 만일 우리 부부에게 외도 위기가 찾아들면 그때는 어떻게 해야 하는가. 쉽게 풀리지 않는 난제다. 답이 있는 것도 아니다. 숙고에 숙고를 거듭할 수밖에 없다. 모순투성이인 현실 안에서 말이다.

우리는 '외도' 하면 반사적으로, 가장 먼저 도덕적 잣대를 떠올린다. 그 잣대로 보았을 때 외도는 부도덕한 행위다. 많은 이들이 그 이유로 외도는 지탄받아 마땅하다 말한다. 도덕, 약속, 신의를 지키지 않고 파트너를 속이고 기만했고 파트너의 마음을 너무나 아프게 한 행위이기 때문이다. 그러나 외도에 대한 도덕적 정죄, 법의 심판 즉 '외도는 양심을 거스르는 잘못된 행동이다, 외도는 위법행위다, 외도는 죄다'라고만 반복적으로 외치는 것은 현실적으로 순진한 발상에 지나지 않는다. 도덕의 잣대로 단죄함으로써 외도가 일어난 전체적인 심리적 상황을 바라보고, 외도에 내포된 개인적이고 관계적인 의미를 탐구하고, 아픔 속에서 교훈을 도출할 가능성을 단칼에 차단해버리기 때문이다. 단편적이고 단순한 발상, 경직된 단칼은 결과적으로 부부 누구에게도 도움이 되지 않는다. 간수와 죄수, 한 쌍이 탄생될 뿐이다.

간수는 죄수를 가두고 통제할 수 있다. 하지만 간수와 죄수로 관계 맺는 한, 두 사람은 서로 '접촉'할 수 없다. 가슴으로 끌어안을 수 없다. 각자의 첨예한 몫이 있을 뿐이다. 징벌관계이기 때문이다. 간수와 죄수 관계가 장기화된 부부의 말로를 나는 수없이 목격한다. 참으로 가슴 아픈 일이다.

더욱이 외도는 개인의 성적인 태도, 성적 만족도(성적 욕구불만 정도)와 깊게 관련돼 있기에 도덕적 잣대라는 시선만으로는 현상의 본질을 온전히 그리고 충분하게 설명할 수 없다. 우리의 성욕구, 성적인 태도는 사회적 통념, 일반론, 도덕적 가치관의 영향을 받기도 하지만 그보다는 당사자조차 헤아릴 수 없는 복잡다단한 충동, 환상, 심리적 억압, 내상으로 조각조각 짜맞추어진 불분명한 모자이크, '알 수 없는 퍼즐'에 더 가깝다.

외도는 이미 상해 있는 결혼, 틈이 벌어진 부부관계에 슬그머니 혹은 갑작스레 찾아든다. 외도가 부부관계를 더 망가뜨리기도 하지만 그보다는 이미 금이 가 있는 부부관계, 정서적 연결고리에 문제가 있는 관계에서 나도 모르게 외도가 벌어진다고 보는 게 현실적으로나 치료적으로나 더 타당하다. 이미 멀어진 부부관계, 사랑이 식어 냉담해진 결혼을 시사해주는 결과론적 증상인 것이다. 남편과 아내의 사랑, 애정에 이미 중요한 문제가 발생한 상태라는 것을 방증하는 지표 중 하나다. 이 지울 수 없는 진실을 받아들일 때 비로소 해결의 실마리를 찾을 수 있게 되며 치유의 길에 들어설 가능성이 높아진다.

때로 외도는 더 이상 복구 불가능한 부부관계라면 더 늦기 전에 결단을 내려야 함을 암시해주는 신호일 수도 있다. 이때는 부부의 '생존 가능성'을 객관적으로 타진해보는 것이 중요하다. 은밀한 사랑으로 깊이 상처 입은 부부관계가 재건될 수 있을지, 아니면 상처가 더 심해져 부부의 연이 끊어질지는 두고봐야 알 수 있다.

어찌됐든 외도의 후폭풍, 그 여파는 우리가 상상하는 것 이상으로 크다. 부부라는 항해선이 좌초될 만큼. 따라서 중요한 건 '외도 그 후'다. 부부가 이 난관을 헤쳐가기 위해서는, 남편과 아내가 다시 연합하고 성장하고 서로를 보듬기 위해서는 그런 현상이 나타날 수밖에 없었던 '그 마음'에 집중할 필요가 있다. 뼈아프지만 말이다. 드러난 현상 이면에 감추어진, 하지 못한 말이 있다는 것을 인지해야 한다.

"그녀가 제게 의지가 되었고 큰 힘을 주었다 하더라도 아내보다 바깥사람에게 더 신경 썼다는 건 제 불찰이라 생각합니다. 아내에게 거짓말한 것도 잘못이고요. 선생님, 저는 이런 부분들을 좀 더 진지하게 이야기해보고 싶습니다. 우리 부부가 왜 이렇게 되었는지 말입니다.

제 개인적인 부분들을 상담받고 싶습니다. 음… 부부상담 때도 나왔던 이야기지만… 특히 저의 거짓말 부분 말입니다… 그 부분을 말하고 싶습니다."

그는 절박해 보였다. 무언가 할 이야기가 많은 것 같았다. 외도한 사람들 중에서 심리상담을 받는 이들은 일부에 불과하다. 이들의 특징은 외도행위에 대한 심적 갈등이 많다는 것, 외도를 하면서도 배우자가 마음속에 크게 자리 잡고 있다는 것이다. 즉 양가감정^{ambivalence}, 죄책감이 심하다는 것이다. 또는 자신의 외도 때문에 배우자가 심리적으로 급격히 무너져 공포스럽거나 그것이 감당할 수 없는 지경일 때, 그리고 자각하든 아니든 자신에게 우울증이 있을 때 상담실을 찾는 특징이 있다.

아이러니하게도 그들은 의식적이든 무의식적이든 외도행위를 통해 연인이 아니라 바로 자신에게 그리고 배우자에게 무언가 표현하고 말하고 싶어 한다. 심리적 항의. 나는 그들 대부분이 아주 오랜 기간 동안, 때로는 어린 시절부터 이어져 온 긴 세월 동안 드러내 말하지 못한 '험난한 애착역사^{difficult attachment history}'가 있는 사람들임을 여지없이 목격한다. 애착유대의 뼈아픈 좌절이 마음 어딘가에 기록돼 있다. 어른이 된 그들은 뒤늦었지만 해묵은 과제를 조금이라도 해결하길 원한다. 의식적으로든 무의식적으로든. 부분적으로라도 해결하여 벗어나고 싶은 것이다. 그러기 위해서는 '어떤 대상'이 필요하다. 배우자 그리고 때로는 연인… 그리고 치열한 사랑 혹은 갈등구조. 내 내면의 아낌없는 투사.

부부건 연인이건, 현재의 애착관계는 내 내면의 '오래된 그 무언가'
를 아낌없이 투사할 넓은 스크린인 셈이다. 기실 '재방영'된다. 그런 면
에서 나는 그들을 심적 상처를 지닌 심리적인 사람들이라 생각한다. 애
착관계라는 깊은 차원에서 바라볼 때 말이다. 물론 어떤 선을 심각하게
넘어가버린 반복적 외도, 과격한 외도, 폭력적 외도(악성 외도)는 병리성
을 띠기에 또 다른 시각에서 살펴야 하지만 말이다.

"그러시군요. 자신에 대해 알아가고 싶다는 마음이 생기는 건 좋은
신호입니다. 그녀의 일도 그렇고 말씀하신 거짓말 부분에 대해 뭔가 떠
오르는 생각, 하고 싶은 이야기가 있으신가 보군요. 들어보고 싶네요."

거짓말이라는 건 수만 개의 겹과 결을 가지고 있다고 생각한다. 그
겹과 결을 섬세하게 헤아리기 전까지는 거짓말을 거짓말이라 단언하
며 정죄하는 건 참으로 단순하고 설부른지도. 더군다나 연인관계, 남
녀관계, 부부관계에서의 거짓말은 판도라의 상자이기도 하고 마음속
비밀의 문을 열어주는 열쇠이기도 하다. 그런 거짓말에 대해 석재 씨
가 이야기하고 싶어 한다.

자, 거짓말을 밥먹듯 하는 사람이 있다고 치자. 우리 대부분은 거짓
말하는 사람보다 속는 사람이 큰 손해라고 여긴다. 틀린 말은 아니다.
그러나 나는 장기적으로 보았을 때 거짓말하는 당사자가 속는 자보다

훨씬 더 큰, 헤아릴 수 없는 짐을 지게 된다고 생각한다. 당장 눈에 보이지 않을 뿐이다. 거짓말하는 사람은 '나는 믿지 못할 사람'이라는 것을 스스로에게 천명하고 입증하는 것이다. 불안과 죄책감이 마음에 한 방울도 없는 사람이 아닌 이상 끝없는 자기기만, 자기모순, 죄책감에서 벗어날 수는 없다. 눌리게 된다. 타인은 다 속여도 자신을 속일 수는 없다. 거짓말의 가장 큰 업보는 바로 이것이다. 거짓말을 함으로써 스스로를 신뢰하거나 사랑할 수 없게 된다는 것이다. 피상적으로 자신을 사랑한다고 말할 수는 있겠지. 하지만 그 또한 또 다른 자기기만일 뿐이다. 거짓말은 번식력이 강해 계속 새끼를 친다. '들키지 않기 위해' 방어막을 칠 수밖에 없다. 그렇게 쌓이고 쌓인 거짓말더미는 어느새 내 인성의 한 부분이 되어버린다. 자기신뢰가 빈약할 때 자신감, 자존감, 자기확신 같은 자기감각^{sense of self} 자체가 골다공증에 시달리는 뼈대처럼 구멍이 숭숭 뚫릴 수밖에 없다. 대인관계는 두말할 것도 없다. 자기혐오로 옮겨갈 수 있고 애꿏게 타인에 대한 과민성과 의심, 불신도 상승한다.

석재 씨는 자신의 거짓말 행동을 더 이상 견디기 어려웠던 것 같다. 더불어 그 행동을 할 수밖에 없었던 이유와 심정을 토해내고 싶었던 것 같다. 비난하지 않을 사람에게 말이다. 이제 때가 된 걸까. 그가 껍질을 벗을 시기 말이다.

석재 씨의 부부상담 동안 거짓말 이슈가 나올 때마다 아내는 '거짓말은 나쁜 것이고 거짓말하는 남편은 죄인'이라는 태도로 일관하며, 남편이 얼마나 거짓말쟁이인지 고발하듯 그간의 사건들을 나열하는 데 상담시간의 상당 부분을 할애했다. 남편의 외도에 너무 큰 상처를 받은 상황이었기에 아내의 목소리에는 분노와 배신감 그리고 아픔이 뒤섞여 있었다. 아내에게 석재 씨는 거짓말을 일삼고 외도를 행한 파렴치한, 전적으로 나쁜all-bad 사람일 뿐이었다. 그녀의 단죄하는 목소리, 통증의 외침이 다시금 상담실 안을 가득 채우는 것 같았다. 아내 옆에서 죄지은 아이처럼 입을 닫고 앉아 있는 석재 씨의 영상이 허공에 서글프게 그려졌다.

석재 씨 아내처럼 상대방의 거짓말 행동 자체를 표적 삼아 잘했다 못했다 지적하는 건 별반 소용이 없음을 나는 늘 느낀다. 결코 내가 원하는 변화를 가져오지 못한다. 가장 중요한 것은 거짓말이 그다지 필요하지 않은 관계가 되는 것, 두 사람 사이에 신뢰의 숲이 우거지게 만드는 것, 그런 관계가 될 수 있도록 하루하루 나를, 상대의 마음을, 관계라는 텃밭을 가꾸어 나가는 것이다. 관계 안에서 거짓말이 횡행한다 싶으면 거짓말 자체에만 초점을 맞출 게 아니라 관계 전체를 포괄적으로 그리고 깊이 있게 점검, 해부할 필요가 있음을 깨닫는 게 중요하다. 더 늦기 전에 말이다. 그때였다. 석재 씨가 뭔가 다짐한 듯 자세를 고쳐 앉으며 입을 열었다.

"제가 거짓말을 하게 된 건 고등학교 때부터였습니다. 어머니가 우울증이셨어요. 오랫동안."

뿌리 깊은 부부갈등 이면에는 언제나 여지없이 부모와의 문제가 오래된 화석처럼 자리해 있다. 애착관계에서 입은 상처의 대물림이라고나 할까. 가족이라는 건 참으로 질긴 것이지 싶다. 부부불화가 불거지는 것은 나와 가정 전체를 뒤흔들 만큼 견디기 힘든 고통이지만, 재생과 성장이라는 관점에서 바라보면 분명한 희망이자 기회이기도 하다. 우리는 부부문제를 들여다보고 해결하는 과정에서 필연적으로 부모와의 관계에서 입었던 상처, 좌절, 박탈, 그 아픈 부분들을 다시 만나게 된다. 현재와 과거가 커다랗게 중첩된다. 화석처럼 굳어버린 하지만 분명히 무언가 보여주고 있는, 역사 속의 묻혀 있던 감정, 하고 싶었던 말들을 다시 만나게 된다. '현재의 나'와 '과거의 나'가 심리적으로 재회하면서 과거와 현재가 뭉뚱그려진 복잡한 실타래와 마주하게 된다. 예상보다 훨씬 커다란 감정덩어리를 만나 당황하기도 한다. 조금씩이라도 풀어나갈 수 있을까. 고개가 갸우뚱 기운다.

피 묻은 상처에 눌러붙어 함께 굳어버린 낡은 붕대를 떼어내듯, 분리와 환기가 필요하다. 아프지만 불가피하다. 뭉뚱그려져 있는 덩어리를 크게 혹은 세세히 분리하고 그렇게 분리된 부분들을 통합적으로 다시 아우르고 재조합하는 일련의 과정을 거쳐 치유와 재생에 다다르게

다섯 번째 포옹

된다. 그 길 위에서 펼쳐지는 용기 있는 여정은 나만의 스토리이자 드라마가 된다.

"제가 초등학교 5학년 때, 고등학생이던 형이 교통사고로 갑자기 죽었습니다." 뉴스를 말하는 앵커 같다고 느껴졌다. 지루한 뉴스를 리포트하듯 무미건조했다. "형은 멋진 남자였어요. 공부도 늘 1, 2등을 다퉜고 운동도 잘했고… 따라다니는 누나들도 많았죠. 팔방미인이었어요. 제 우상이기도 했고요…."

나를 카메라처럼 똑똑히 응시하는 그의 눈빛도 여지없이 앵커 같았다. 부부상담을 하다 보면 가족의 죽음이라는 테마를 자주 접하게 된다. 자연사, 사고사, 병사, 자살… 각기 다른 죽음의 형태가 있다. 그들의 죽음은 남아 있는 가족에게 어마어마한 과제를 던진다. 충격적이지만 받아들이고 적응해야만 하는 현실 앞에서 남은 자들은 아프게 헤맨다. 가족의 죽음은 남은 가족의 인격과 가치관에 그리고 감정선에 커다란 획을 긋는다.

형의 죽음을 이야기하는 석재 씨의 감정은 강렬한 무엇인가가 '억압'되어 있는 것 같았다. 그것도 아주 크게, 깊게.

"아버지는 형의 교통사고를 법적으로 해결하는 것 외에는 그 어떤 말도, 눈물도, 슬픔의 표현도 없었습니다. 아버지는 워낙 해외출장을 많이 다니셔서 그 후로도 대부분 집을 비우셨고… 하지만 어머니는 달랐습니다. 어머니는 몸져누우셨고 우울증에 걸리셨어요. 오랫동안 운영하던 가게도 접으셨어요. 모든 것을 놔버린 사람 같았어요. 그나마 병원에 다니며 약물치료를 받으신 게 다행이지요….

그런 극과 극의 감정표현을 보이는 아버지와 어머니 사이에서 저는 형을 잃은 슬픔을 어떻게 느끼고 드러내야 할지 혼란스러웠어요. 아버지를 보면 감정을 드러내서는 안 될 것 같았고, 어머니는 또 너무 고통스러워하시니까 나까지 슬퍼해서 어머니를 힘들게 하거나 슬픔을 배가시키면 안 되겠다 싶었고… 지금 생각해보면 참 자연스럽지 못했죠. 그러다 제가 대학에 가서 술을 많이 마셨어요. 술을 마시고 만취해서 들어오거나 모르는 사람과 싸우거나 물건을 잃어버리고 들어오면 어머니는 잔소리를 하셨죠. 어머니가 제게 감정적인 반응을 보이며 뭔가 막말을 하시는 건 제가 술을 먹었을 때, 그때가 유일했어요… 그럴 때마다 저는 술에 취해 뻗은 채 생각했죠. 술 먹고 엄마의 잔소리를 들을 때만 나는 엄마의 '진짜 둘째아들'이구나… 못마땅한 한심한 아들… 반은 웃고 반은 우는 얼굴로… 기가 차면서도 많이 슬프고 엄청 화가 났던 것 같아요. 엄마의 잔소리는 정말 듣기 싫었지만 그나마 엄마의 감정적인 잔소리만이 엄마가 저를, 형이 아닌 저를 바라본다는 느낌을 주었달까요… 참으로 이중적이죠….”

“술을 많이 먹는 저를 보며 아내가 잔소리를 퍼붓는데 그럴 때 아내는 어머니와 똑같습니다. 저를 못마땅해하며 잘못만 지적합니다. 저를 이해하거나 그간 제가 노력한 부분은 인정해주지 않고 모두 무시해버립니다. 그저 넌 왜 이러니, 네가 잘못했다, 아이들이 보고 배운다… 화를 내죠. 자신감이 점점 떨어집니다, 남자로서, 한 인간으로서….″

그가 여기까지 말하고 입을 닫았다. 지금의 석재 씨는 더 이상 뉴스 앵커 같지 않았다. 매우 무기력해 보였다. 침울해 보이기도 했다. 잔뜩 시들어 축 처진 시금치 같기도 했고 누군가 밟고 지나간 들풀 같기도 했다. 그가 빚어내는 이 분위기, 이 감정이 그의 마음속을 오래도록 지배해온 '무기력한 느낌, 슬픔, 박탈감' 그 자체겠지. 주인공이 되어본 적이 없는 사람의 비애.

그는 나에게 자신의 감정상태를 고스란히 전하고 있었다. 나는 그의 이 오래된 상처와 감정을 있는 그대로 받아들이고 한 걸음 더 나아가 그를 보듬어야겠지. 큰 그릇에 담고 담기듯. 그랬구나, 그런 일이 있었구나, 그런 감정을 느꼈구나, 그런 괴로움이 마음에 쌓여 있구나, 그래, 알지… 넘어져 무릎이 까지면 정말 아프지… 길을 잘못 들어 혼자 헤매게 되면 정말 겁이 나지… '보듬어주는 말들'이 그에게 필요한 순간이겠구나. 나는 그를 보듬듯 바라보았다. 그런 내가 소리 없는 되뇌임 끝에 입을 열려는 순간이었다. 석재 씨가 갑자기 날렵한 콧날을 한 번 움직거리더니 말을 시작했다.

″선생님, 어머니는 저를 잃어버린 장남으로 여기며 대리만족하셨어

요. 제가 만일 어머니를 대리만족시켜 드리지 못했다면 어머니의 우울
증은 더 심해졌을 겁니다. 저는 죽은 형을 대신해서 착한 아들로 살아
갈 수밖에 없었어요. 석재라는 제 존재는 필요 없어요. 최근까지도 어
머니의 우울증이 들쑥날쑥합니다. 아버지는 어머니의 우울증에 신경
쓰지 않으세요. 해외로, 해외로 도망만 다니세요. 저로서는 감당하기
어려워요. 그럴 때마다 우리 집은 왜 이러나… 뛰쳐나가고 싶어요. 나
하고 싶은 대로 비뚤어지면 어머니는 완전히… 잘못될 수도 있어요.
가급적 어머니를 편하게 해드리자… 그러면서 얼렁뚱땅 둘러대게 되
고 거짓말을 해서라도 어머니를 안심시켜 드리자… 그러면서 거짓말
이 습관처럼 자리 잡은 것 같아요."

석재 씨는 상처 입은 아들이었다. 형을 갑자기 떠나보낸 이별의 상
처에 더해 그 무엇보다 부모와의 관계, 어머니와의 관계에 커다란 결
핍과 박탈감이 자리 잡고 있었다. 그는 자신으로서 존재하지 못했고
인정받지 못했다. 어머니는 죽은 형의 대리자로서 그를 대했다. 석재
씨도 그걸 알고 있었지만 어머니의 고통을 덜어드리고 슬픔을 지워주
고픈 마음이 컸다. 그 시절, 어린 석재 씨는 어머니를 사랑했다. 다른
아이들처럼 어머니에게 사랑받고 싶었고 인정받고 싶었다. 어린 석재
씨는 사랑하는 어머니가 슬퍼하는 모습을 견디기 어려웠을 것이다. 어
머니는 아버지에게도 위로받지 못했다. 어머니가 불행해 보였다. 어린
아들인 석재 씨가 어머니를 사랑하는 방법은 유일했다. 또한 석재 씨

다섯 번째 포옹

입장에서 어머니에게 사랑받는 방법도 유일했다. 선택의 여지가 없었다. 바로 형의 빈자리를, 몫을 채우는 것이다.

석재 씨가 마치 형인 듯 열심히 살며 형의 몫을 채우면 어머니는 기뻐하셨고 우울증이 일시적이지만 나아졌다. 그는 거짓자기false-self를 만들어갈 수밖에 없었다. 진정한 자기를 드러내고 확인받고 함께 즐기지 못했다. 자신 고유의 모습을 있는 그대로 인정받고 격려받고 충분히 사랑받음으로써 빛을 발하는 참자기true-self의 기쁜 경험을 그는 누릴 수 없었다. 그렇게 성장하여 어른이 된 석재 씨에게 술과 거짓말, 여자는 버릴 수 없는 방패막이였다. 어머니에 대한 애증love and hate이 엉겅퀴처럼 석재 씨 마음의 벽을 샅샅이 뒤덮어갔다. 그런 와중에 잔소리하고 추궁하는 아내, 불만을 토로하며 지적을 일삼는 아내까지… 아내와 부딪치고 부부갈등이 터질 때 아내의 화난 모습 위에 어머니의 영상이 겹쳐지면서 감정이 걷잡을 수 없이 뒤엉켰다. 석재 씨는 아내에게 거리를 두게 되었고, 서로 따로 돌아가는 수레바퀴를 돌리게 되었다. 그렇게 뚝 떨어져 따로 돌아가는 아내 뒤에는 언제나 어머니의 모습이 후광처럼 번쩍이고 있었다.

방패막이로 둘러싸인 석재 씨의 삶. 아내와 진정으로 깊이 있게 연결될 수 없었기에 그는 한없이 외로웠다. 허기 속에 지쳐갔다. 하지만 어쩔 도리가 없다는 마음만 커졌다. 벗어나고 싶었다. 내게 따뜻한 시선을 보내주고 관심을 기울이며 다가오는 여자, 지금의 내 모습을 그대로 인정해주며 보살펴주는 사람이라면 내 모두를 걸고 싶을 정도였다. '이 상적인 여자'에 대한 환상이 날로 커져만 갔다. 어딘가에 분명히 있을 거야. 그러다 그녀와 가까워지는 일이 벌어졌겠지. 석재 씨는 난관에 대한 출구전략으로 '다른 여자'를 택했다. 그 전략이 부분적으로는 성 공했을 수도 있었지만 결국 실패로 끝났다.

"제가 죽은 형을 대신해 어머니를 대리만족시켜 드리면서 '내가 형 의 대타구나' 하는 생각이 저를 사로잡았습니다. 학창시절 내내 어머니 는 심한 우울증으로 누워계시거나 멍하니 앉아계실 뿐이었어요. 학부 모 면담이 있어도 가지 않으셨어요. 그러다 마음 상하는 일이 생기면 소리 지르며 우셨죠. 그런 어머니에게 저는 제 생활이 어떻다… 도저히 말씀드릴 수 없었어요. 아버지는 지금 생각해보면 일중독인 데다 집안 일에 대해서는 결국 회피만 하신 것 같고… 어머니의 우울증이 잠시 호 전될 때도 있긴 했지만, 제가 고등학교 가서 내가 형의 대타라는 마음 에 방황하면서 성적이 막 떨어졌어요. 결국 목표한 대학에 낙방했는데 그때 어머니의 실망감이 엄청 컸고요, 우울증도 심각해졌어요. 어머니 의 우울증이 나 때문이라는 괴로운 생각을 떨칠 수가 없었어요. 대학 에 떨어진 건 정작 나인데 그 슬픔을 느낄 겨를도 없었어요. 전 어머니 의 기대에 미치지 못한 아들인 거죠… 재수시절은 완전히 암흑이었어 요… 그 후에 이 모든 걸 만회하기 위해 고시에도 도전했지만 떨어졌

다섯 번째 포옹

죠. 어머니에게 '대타'가 유명무실해져 버린 거죠."

"대타…"라고 천천히 되뇌는 나를 바라보며 그가 무심히 말을 잇는다.

"대타, 대체물이라고나 할까요… 어머니는 석재라는 살아 있는 아들보다 죽은 형의 옷, 물품, 사진을 더 가까이에 두고 오랜 시간 매만지고 바라보며 사신 분이에요… 그런 어머니가 한없이 밉기도 했지만, 기쁘게 해드리고 싶었던 마음도 컸어요. 뜻대로 잘 안 됐지만… 학창시절에 방황하면서도 마음 한편으로는 '어떻게 하면 이 상황에서 올바르게 살 수 있을까, 독자적으로 살 수 있을까…' 고민했던 것 같아요. 물론 어머니께 계속 거짓말을 했지만 말입니다…."

창밖의 햇살이 투명한 유리를 뚫고 우드블라인드의 틈을 넘어 무심히 우리에게 내리쬐고 있었다. 햇살이 따가웠다. 미세하게 찌푸려진 내 미간을 그가 보았을까. 석재 씨를 쳐다봤다. 그는 무심하지만 따가운 햇살이 아닌, 흰색 천장 내가 정해준 자리에 몇 년째 꾹 박혀 있는 할로겐 등에서 방사된 둥그런 빛을 물끄러미 바라보고 있었다.

"아내는 어린이집 일 때문에 늘 바쁘고 피곤해 보입니다. 지쳐 있고요. 몸도 여기저기 자주 아프곤 해요. 완벽주의자여서 살림을 다른 사람에게 맡기지도 못해요. 나름대로 열심히 사는 아내를 이해해요. 하지만 내가 힘들게 하면 안 된다는 마음에 아내 눈치를 보며 뱅뱅 도는 세월이 너무 길어졌어요… 대화도 없어지고… 간혹 아내에게 어머니 이야기를 꺼내면 '당신이 어머니에게 사랑을 충분히 받지 못했다… 하지만 지금 와서 어쩌겠어' 이렇게 남 일처럼 말합니다. 그때의 아내 표정을 보면 지루해한다는 게 확 느껴져요. 하품을 하거나 머리를 막 긁기도 하고… 그러고는 자기가 얼마나 바쁘고 힘든지, 아이들 키우느라 제게 신경 쓸 겨를이 없다든지, 어머님이 자기에게 말도 안 되는 행동을 하셨다든지, 이제 그만하라든지… 그런 이야기를 늘어놓습니다. 그러면 저는 더 깊은 이야기를 할 수가 없어요. 아내가 짜증 낼 때도 있어요. 저로서는 절망스러워요. 말로는 저를 이해한다고 하지만 그걸 제가 느끼기 어려워요. 아내가 저를 정서적으로 채워주지는 못합니다. 물론 저 또한 아내에게 충분한 사랑을 주는 남편은 못 되는 것 같지만 말입니다…."

인간은 목마른 존재다. 몸이 물과 산소를 원하듯 마음은 사랑과 인정을 원한다. 나는 상담받기 위해 찾아온 사람들 마음 깊은 곳에 감춰진 오래된 갈망, 사랑에 대한 소망, 인정받고 싶은 열망을 느낄 수 있다. 그들은 누군가에게, 특히 부모에게 사랑받고 인정받으며 조금 더 온전한 인간이 되길 원했고, 그러기 위해 마음을 다해 헌신하는 애달픈 시절을 거쳤다. 사랑받기 위해 외적으로 열렬히 분투하고 내적으로 끊임없이 투쟁하는 힘겨운 존재, 그것이 바로 우리의 모습이다. 그럼에도 원하는 만큼의 사랑과 인정을 충분히 받지 못할 때 우리의 마음자리에는 슬픔과 분노, 억울함과 원망 같은 감정이 서서히 하지만 뚜렷하게 자리 잡게 된다. 원하는 게 간절했던 만큼 원망도 커져간다. 그러면서 불만족스런 애착관계는 계속 악화된다. 나와 상대방이 진정으로 마음 깊이 연결될 수 없다. 공허한 관계가 지속될 뿐이다. '험난한 애착역사'는 개선될 기미가 보이지 않는다.

부모로부터 사랑과 인정을 충분히 받아 기분 좋은 충족감을 느끼고 갈급함 없이 홀홀 털고 '졸업'할 수 있다면 얼마나 좋을까. 그러나 인간 욕망에서 완전한 충족이란 있을 수 없다. 이 세상에 '나'를 위해 온전히 존재하는 사람은 단 한 명도 없다. 우리 모두 각자의 숙명을 짊어지고 각자의 자리에서 타인에게 그저 손을 뻗으며 살아갈 뿐이다. 심지어 우리에게 사랑과 인정을 전해주는 부모 또한 그들의 부모로부터 내상을 입고 좌절을 겪은 불완전한 인간, 상처받은 인간일 뿐이다. 그런 상처받은 인간, 사랑과 인정에 대한 갈급함, 굶주림을 품고 살아가는 너와 내가 만나 결혼하고 아이를 낳는다. 그 아이가 바로 나 자신이고 내가 어느새 부모가 되어버린다.

좋은 부모란 자신의 심리적 굶주림과 허기를 자녀를 통해 보상받거나 채우려 하지 않는 부모, 굶주림의 불안정한 상태가 자녀에게 그대로 퍼져나가거나 대물림되지 않도록 그 고리를 끊으려 노력하는 부모 아닐까. 나의 굶주림과 갈급함이 어느 정도인지 가늠하려 애쓰면서, 두려움을 거두고 굶주림 속으로 헤엄쳐 들어가 충분히 슬퍼하고 홀홀 털고 일어날 때 인간은 진정으로 자유로워지는 것 아닐까. 내 어둠의 터널 여기저기 산재한 '내 역사 속 사건'을 하나하나 발굴하고 사건의 의미를 재탐색하면서 가져가야 할 부분은 가져가고 지금이라도 보상해야 할 부분은 보상하되 체념할 것들을 지혜롭게 체념하는 것. 그럴 때 우리는 비로소 건강하게 바로 서는 어른이 될 것이다. 의젓한 어른이 가장 좋은 부모일 것이다.

인생이란 머릿속의 지도를 내가 걷고 있는 땅에 맞게 그려가는 과정이라고 정신과 의사 고든 리빙스턴 Gordon Livingston 은 말한다. 지금이라도 늦지 않았다. 내 내면으로 눈길을 돌려 허기지고 굶주린 나를 내가 안아주자. 얼마나 배고팠냐고. 허기져 흘린 눈물이 얼마나 서러웠냐고. 그것이 바로 진정으로 애정 어린 인정이자 스스로 나의 엄마가 되어주는 것이다. 지금부터 내 역사를 다시 써보자. 가능하다. 내가 나를 안아준다면.

다섯 번째 포옹

꺾인 날개, 손상된 자존심,
하지만 믿어주는 여자

"결혼 초부터 아내에게 쌓인 게 많
았습니다. 이번에 그 일로 한꺼번에 터진 거죠. 아내와는 대화가 안 되
고… 잘 맞지 않는다는 느낌을 종종 받아요."

노타이 화이트 셔츠의 옷깃을 매만지며 석재 씨가 말을 시작한다. 아
주 단정하고 깔끔한 셔츠다. 옷깃을 섬세히 매만지던 손으로 이내 머리
를 한번 쓸어 올리는 석재 씨를 나는 물끄러미 바라봤다. 어느덧 석재
씨의 손은 정수리를 거쳐 머리 뒤로 넘어갔고 화이트 옷깃에 감싸인 뒷
목을 꽉 쥐는 형태가 됐다. 그의 이 모습은 상담을 시작할 때마다 똑같
이 반복된다. 그 나름대로 긴장을 푸는 '위안의 몸짓' 같았다. 그에게

도움이 되고 있는 것 같았다.

우리 모두는 각자 긴장을 푸는 위안의 몸짓이 있기 마련이다. "엄마, 이제부터 손톱을 뜯지 않기로 했어요. 그럴 수 있을 것 같아요!" 며칠 전 자기 방에 누운 채 거실을 향해 소리치던 딸내미가 생각났다. "오, 그래? 그렇구나. 그럼 한번 해보자! 손톱 모양이 지금하고 좀 달라지겠다!" 나도 거실 소파에 비스듬히 누운 채 읽고 있던 책에서 잠시 눈을 떼 딸내미의 방을 향해 경쾌하게 외쳤다. "네, 엄마, 그럴 것 같아요." 우리는 경쾌했다. 서로 보이지 않았지만 연결되어 있었다. 서로 각자의 자리에 누워 뒹굴었다. 서로가 서로에게 지금 어떤 눈빛을 보내고 있는지 알고 있었다. 편안했다. 딸내미의 손톱은 지금쯤 어떻게 되었을까. 과연 성공하고 있을까? 내가 눈을 깜빡이며 딸아이의 새로운 손톱 모양을 허공에 그리고 있을 때였다. 그가 '음… 음…' 하며 목소리를 가다듬는다. 언제나처럼.

"문제가 생겨 아내와 대화할 때 제 입장에선 충분히 설명한 후 '이 정도면 이해하겠지, 문제없겠지'라고 생각하고 넘어가는데, 아내 입장에선 그게 불충분했나 봅니다. 정말 길게 자세히 설명했는데… 그런 불일치와 부족함들이 퇴적된 것 같습니다."

퇴적. 정말 오랜만에 들어보는 표현이다. 부부관계라는 특수한 관계, 마라톤 관계의 단면을 여실히 보여주는 기가 막힌 표현이다. 퇴적. 혹

다섯 번째 포옹

은 누적. 그 긴 세월. 남자와 여자의 관계에서 무엇이 퇴적되고 또 누적되는가. 감정일 것이다. 관계 안에서 제대로 표현되고 해소되지 못한 감정, 특히 부정적 감정은 쌓이고 쌓인다. 겹쳐지고 덮인다. 굳어버린다. 좋은 감정과 기억은 우리를 활기 있게 만들고 긍정적으로 충전시키지만 부정적인 감정은 알맞게 소화, 해소되지 않으면 그대로 퇴적돼 마음 한 켠에 지울 수 없이 버거운 무게감을 더한다.

그렇다고 관계에서 모든 감정을 매번, 일일이, 끝까지 다 드러내야 한다는 의미는 아니다. 각자 책임질 감정은 책임지되 표현되고 해소돼야 할 감정은 언어적, 비언어적 통로를 통해 충분히 소화되고 배출되어야 한다. 그렇지 않으면 감정은 켜켜이 쌓여 곪아가면서 엄청난 누적효과를 발휘, 시한폭탄으로 변한다. 언제 펑 터질지 모른다. 그 야말로 감정에 눌린 질식 직전의 인간이 되어버리는 것이다. 그러면 작은 일에도 과잉반응하게 되고 예민해진 채 일상을 살아가게 된다. 마음 안에 상대에 대한 원망도 날로 커진다. 상대에게 모종의 보상을 바라는 마음이 나도 모르게 생긴다. 이렇게까지 참고 살아줬는데. 퇴적암으로 뒤덮인 산에 싱싱한 나무가 자랄 수 있을까. 퇴적암 더미를 상상하는 나를 보며 석재 씨는 말을 이어간다.

"아내와 맞지 않는 것 같아요… 차이가 납니다."

"음… 맞지 않는다… 그게 무슨 의미인가요?"

"아내는 자로 잰 듯 선을 딱 긋습니다. 그 선을 넘어가면 안 됩니다…

아내가 정한 틀을 지켜야 하고 아내가 원하는 행동을 해야 하고. 집안에서도 해야 하는 행동, 하지 말아야 하는 행동이 딱 정해져 있어요…더불어 가면 안 되는 곳, 만나면 안 되는 친구…." 석재 씨는 주변 어디에 금이 혹시 그어져 있나 찾아보는 듯 긴장된 눈빛으로 자신의 허리쪽 허공을 둥글게 하지만 꼼꼼히 살핀다. 선이 있다면 넘지 않겠다고 다짐하듯.

부부 사이에서 토로되는 '우린 맞지 않아요, 성격차이예요'라는 표현은 알고 보면 '내가 관계 안에서 좌절했다, 네가 나를 힘들게 한다'는 의미인 경우가 의외로 많다. 배우자와의 관계가 어렵다든지 내가 다가갔는데 상대방이 밀어냈다든지, 내 제안을 배우자가 거절했다든지, 배우자에게 화가 많이 났을 때, 그런 일이 켜켜이 쌓여 잔뜩 누적되었을 때 우리는 '성격이 맞지 않는다'는 방어적 표현을 끌어다 쓴다. '내가 너를 원한다, 내가 너와의 화합을 원한다, 네가 나를 밀어내 슬프다'라고는 차마 말하지 못한다. 석재 씨의 말 이면에도 결국 아내에게 다가가려다 거절당한 경험, 아내의 지적과 평가에 상처받은 마음이 이리저리 얼버무려져 있었다. 정체불명의 비빔밥처럼 어지러웠다.

"결혼 후에도 제 사소한 거짓말이 계속됐는데… 제 성장기와 관련이 깊은 것 같아요. 성장기 동안 부모님께 사실대로 말씀드리면 제지를 당했거든요. 제가 하고 싶은 것, 제가 가고 싶은 곳, 제가 원하는 것,

감정을 사실대로 말하면 대화가 이어지는 게 아니라 '안 돼'라는 말 한 마디 날아오는 게 전부였어요. '엄마, 저 나가서 농구 좀 하고 오면 안 돼요? 안 돼… 엄마, 저 학교에서 억울한 일이 있었는데 너무 답답해서 소리 지르고 싶었어요. 그러면 안 돼… 어머니, 저 유학가고 싶은데요. 안 돼… 배낭여행 좀 다녀오면 안 될까요? 가지 마… 그런데 아내가 어머니와 비슷한 거예요. 물론 제가 고쳐야 할 부분들도 많아요. 제 행동에 대해 남 탓만 할 수는 없죠…."

그는 침울한 고등학생 같았다. 어둑한 공원 벤치에 홀로 앉아 있는 외로운 남학생 같기도 했다. 뭔가 재단당했다, 꺾였다는 느낌이 뿌리 깊은 것 같았다. 이렇게 권위자, 양육자에게 번번이 제지당해 손발이 묶인 사람은 스스로에 대해 잘 알지 못한다. 자신의 디테일한 부분들, 큰 틀, 가능성에 대해 말이다. 세상에 온몸을 던져 도전하고 자신의 역량을 실험할 기회 자체를 박탈당했기 때문이다.

자신에 대해 정확히 알기 위해서는 평생 한 번 있을까 말까 한 큰 경험뿐 아니라 일상의 작은 경험들, 지루하리만치 반복되는 경험들을 통한 체험과 깨달음이 실질적으로 받쳐주어야 한다. 크든 작든, 특별하든 일상적이든 도전, 실험, 경험에서 도출된 교훈은 참으로 소중하다. 세상을 향한 모험은 우리의 용기를 끌어올려주고 세상과 나 자신에 대해 알게 해준다. 나는 이런 사람이구나, 내게 이런 점이 있구나, 내가 이것은 잘하지만 저것은 어려워하는구나, 내 아킬레스건은 이거구나,

세상은 이런 곳이구나, 세상이 나를 받아주는구나, 세상은 생각보다 험난하구나, 내가 원하는 것을 얻지는 못했지만 뜻밖에 다른 대안이 저기에 있구나, 이 세상에는 내게 잘 맞는 일도 있지만 그렇지 않은 일도 많구나, 이 사람은 나와 잘 맞지만 저 사람과는 맞지 않는구나, 부탁해야 할 때도 있지만 거절해야 할 때도 있구나, 대인관계에서 내가 이런 문제에 반복적으로 부딪히는구나, 타인과 갈등도 있지만 화해하는 방법도 있구나….

이런 '실전감각'은 크고 작은 다양한 체험을 통해 터득되고, 그것이야말로 진정한 '내 것'이다. 내 것들이 차곡차곡 쌓일 때 진짜 '자기성장'이 가능하다. 먹여주는 밥이 아니라 스스로 챙겨먹는 밥이 성장을 가져다준다. 스스로 챙겨먹으며 성장한 사람만이 탄탄한 자부심을 갖게 된다. 부모의 공이 많이 들어간 스펙만으로 치장한 사람의 자부심은 깨져도, 자신의 진짜 체험으로 차곡차곡 성장한 사람의 자부심은 깨지지 않는다. 잠시 흔들릴 뿐이다. 이 흔들림 또한 새로운 성장의 기회가 왔다는 전조일 뿐이다.

"저는 사람 사귀고 어울리고 밥 사주고 한턱 쏘고… 그런 걸 좋아합니다. 그런데 아내는 제 그런 성향을 아주 못마땅해합니다. 월급 전부를 아내에게 주는데, 정작 아내는 제 용돈으로 월급의 5%밖에 안 줘요. 그러고는 일일이 체크합니다. 밥값을 너무 많이 썼네, 술값을 얼마

썼네… 얼마 전에는 몰래 모아온 비자금을 아내에게 들켜서 모두 압수당했습니다."

남자에게 돈이란 뭘까. 아마… 날개일 것이다. 남편이 그 날개를 달고 어디로 날아가느냐, 이것은 믿음의 문제이기도 하다. 아내들의 '본능적 피해의식'이 개입되는. 이 피해의식을 다스릴 수 있는 '그 무엇'이 여자에게 있어야 한다. 여자로서의 내공, 심리적 안정감과 우아함, 불안을 잡아줄 건강한 대안… 이것들은 여자 개인의 정신건강에 상당 부분 좌우된다. 그리고 두 사람의 역사 속에서, 애정의 토대 위에서 서서히 만들어지는 것이기도 하다. 공짜로 저절로 얻어지는 것이 아니다.

'그 무엇' 없이 돈으로 상대방을 바로 제약하는 행위는 또 다른 문제를 야기한다. 돈은 힘의 상징이기도 하기에, 힘으로 상대방을 휘두르고 억누르는 강압적 권력남용이 되어버린다. 애정은 서서히 식는다. 운신의 폭을 정하는 지렛대인 돈의 막강한 힘. 석재 씨의 그 힘을 부분적으로 아내가 꺾고 있는 모양새다. 아내가 그러는 데는 나름의 명분, 심리적 이유, 두 사람의 역사적 배경이 있겠지만, 결과적으로는 두 사람의 정서관계에 지극히 나쁜 영향을 미치는 것 같았다. 요컨대 두 사람 사이에 이미 '억압'이 발생하고 있었다.

이 경우 억압당하는 자가 이상한 곳으로 튈 확률이 높아진다. 외부적 사건이 벌어지거나(누수현상, 행동화) 내면에 골병이 든다(울화병). 부부 사이에 재정운용에서 일말의 불만도 없는 상태는 있을 수 없다. 서로 유연하게 협조하지 않으면 안 된다. 부부는 경제공동체이기에 구성원 모두가 적절히 만족스러워야 하고 언제든 불편하거나 필요할 때 협상할 수 있다는 믿음이 있어야 한다. 돈문제, 경제문제가 우리의 인생에, 부부관계에 가장 중요한 이슈는 아니지만, 그럼에도 돈에는 관계를 망가뜨리는 막강한 힘이 있음을 부인할 수 없다. 부부관계의 현실적인 측면이기도 하다. 석재 씨의 아내처럼 의도했든 아니든 간에 돈을 수단으로 상대방을 억압하거나 재단하려 한다면 정서적 부분까지 크게 경직될 수 있다.

"한 석 달 전인가… 아내가 제 공인인증서로 카드내역을 컴퓨터에 다 띄워놓고는 하나하나 추궁하는데, 정말 미칠 것 같았습니다. 제 잘못으로 아내가 신뢰를 잃은 것은 인정하지만 이건 해도 너무한다는 생각이 들었어요. 수치스러웠습니다. 그래서 아내의 추궁을 듣다가 소리쳤어요. '내가 어떻게 하면서 돈 벌어오는 줄 알아? 얼마나 힘든지 당신이 뭘 알아! 한 푼이라도 더 벌려고 쏟아지는 눈물을 삼킬 때가 얼마나 많은지 알아? 당신이 버는 돈도 당신 거, 내 돈도 당신 거, 나한테 왜 이래!' 다 쏟아냈어요. 아내가 더 이상 말을 못하게 하고 싶었어요."

어린이집을 운영하는 완벽주의자 아내는 그에게 똑 부러지고 검소한 파트너가 아니라 인색한 사감 선생님 또는 깐깐한 경리과장 같았다. 자신의 처지가 어린이집 아이들만도 못한 것 같았다. 그가 절망스러워 보였다. 힘겨워 보였다. 그가 한숨을 푸욱 내쉬더니 긴 침묵을 빚어낸다.

나는 그 긴 침묵의 끝에 헐거운 매듭을 짓듯 조용히 질문을 던졌다.

"지금 무엇이 떠오르나요?"

약간 가라앉은 내 목소리를 듣지 못했구나 싶을 만큼 그는 멍한 표정이었다. 그저 아래쪽 허공을 오래도록 응시하고 있었다. 그러다 천천히 고개를 들더니 이마에 미세한 주름을 지으며 내게 묻는다.

"음… 아내와의 이런 관계… 반복되는 불화가 제가 그녀를 가까이하게 된 것과 어떤 관련이 있을까요? 지금… 그녀가 떠올라서요…."

석재 씨의 눈은 나를 보고 있었지만 내적으로 뭔가 고심하고 있는 게 역력히 느껴졌다.

"그런 생각이 들었군요. 중요한 의문입니다. 의미 있는 생각의 흐름이고요. 내면의 흐름이 중요합니다. 흐름에 따라 생각의 조각들을 하나하나 건져 올리는 건 중요한 작업입니다. 지금 그녀가 떠올랐다면, 언급하신 대로, 관련돼 있다, 연결고리가 존재한다고 보는 게 타당합니다."

나는 아주 느린 속도로 차분히 하지만 분명하게 말했다. 석재 씨는 "아…" 하더니 입을 1인치쯤 벌린 채 고개를 천천히 끄덕였다. 그의 느린 고갯짓에서 이름 모를 탄력이 느껴졌다. 팅…팅… 얼마가 흘렀을까. 아무 말 없는 그에게 나는 가만히 물었다. "그녀에게서 특별히 충족되었던 부분이 있었나요?"

"그녀와 친밀하게 지내면서 이래저래 위로가 많이 되었던 것 같아요. '친밀함'이라는 게 이런 거구나… 직장에서 힘든 일, 사회생활에서 힘겨운 일들을 털어놓을 수 있었고, 그녀는 조용히 이해해주었어요. 그게 정말 힘이 되었습니다." 석재 씨는 충전기를 잃어버린, 방전된 스마트폰 같았다. "집에서는 직장에서 힘든 일을 이야기하지 않는 편입니다. 신혼 때 한 번 말한 적 있는데, 그때 아내가 거의 공황상태를 보여 깜짝 놀랐습니다. 조금만 걱정스런 얘기를 하면 아내는 너무 불안해하고 마치 제가 당장 어떻게라도 될 것처럼 야단이에요. 그 뒤로는 '이 얘기를 털어놓으면 아내가 이해할까?'라는 의구심이 들기 시작했고, 결국 입을 닫게 되더군요. 그게 계속되었죠."

남편들이 사회생활의 고충을 아내에게 토로할 때, 그들은 뭘 원하는 것일까? 위로? 해결? 편들어주기? 내 생각엔 그들의 흔들리는 자부심을 담대히 붙잡아주는 hold on 부드럽지만 힘 있는 눈빛, 손길, 두 팔 아닐까. 그의 이야기를 충분히 경청함으로써 그가 마음을 터놓는 시간을 방해하지 않는 것, 얘기하고 싶은 만큼만 하도록 그가 정한 선을 허용하는 것, 예민해진 그의 자존심을 보호하면서 섣불리 건드리지 않는 것, 스트레스는 함께 나눔으로써 배출할 수 있다는 경험을 선사하는 것, 어려움을 잘 견뎌내고 있고 잘 해결할 것이라는 따뜻한 격려, 혹여 더 나빠지더라도 그의 능력 문제라기보다 복잡한 상황 때문일 수 있음을 폭넓게 이해하는 모습, 어떤 일이 생겨도 우리가 함께 감당할 수 있으리라는 상호신뢰를 보여주는 여자… 믿어주는 여자 말이다.

다섯 번째 포옹

남자의 자부심은 여자에게 달려 있다. 내가 불안하고 화난다고 내 남자의 날개를 꺾지 않는 것, 멀리 날아가지 못하게 날개의 깃털을 뽑지 않는 것, 내 곁에 선 그의 지쳐 꺾인 날개를 어루만져 펴주는 것, 그의 흔들리는 자부심을 붙잡아주는 것, 그의 훼손된 자부심을 함께 아파하며 회복의 시간을 주는 것. 여자의 진정 어린 눈물과 사랑, 보살핌이 그의 날개에 가닿는다면 남자의 자부심은 서서히 되살아날 것이다. 이것이 내가 생각하는 '내 남자 안아주기'다.

고개 숙인 내 남자 안아주기
— 남자의 심장, 자부심 살리기

남자들의 심장은 자부심이라고…
난 늘 생생히 느낀다. 남자들의 자부심은 의외로 연약하여 수시로 힘
을 불어넣어줘야 한다는 것 또한 늘 느낀다. 바로 여자에게 인정받는
데서 자부심의 근원적 탄력감이 솟아난다는 사실을 느끼고 또 느낀다.
밖에서 타격받아 찌그러든 자부심도 내 여자가 숨을 불어넣어주면 탄
력적으로 원상회복됨을 나는 오랜 기간 수많은 남편들을 만나면서 체
험했다. 희로애락, 오욕칠정으로 찬란히 무늬 진 인생사에서 내 남자
의 자부심을 지켜주는 여자의 지혜는 어떤 것이 있을까.

다섯 번째 포옹

자격지심 자극하지 말기　　　　　　남자들이 갈망하는 '인정받는다'

는 감각의 핵심요소는 '내 여자를 행복하게 해주고 있다'는 자기확신

과 자신감이다. 세상을 구하는 영웅도 내 여자의 인정 안에 있을 때 비

로소 진정한 자부심을 만끽할 수 있다. 애정 어린 확인과 '함께 기뻐

함'은 애착의 뿌리를 강화시킨다. 내 책임 하에 내 여자가, 내 아이들

이 행복감과 기쁨을 느낄 때 남자의 자부심은 기쁘게 솟아오른다. 남

자들에게는 외부로부터 가정을 보호하는 울타리, 즉 안과 밖의 경계를

책임지는 것이 곧 사랑이기 때문이다. '울타리 경계'는 울타리 안의 이

것저것을 가꿈으로써 사랑을 키워가는 성향이 강한 여자들보다는 남

자들에게 상대적으로 더 중요하다. 내가 만든 울타리 안에서 내 여자

를 자신 있게 보호하고 내 여자를 마음껏 사랑하는 것, 그리고 내 여자

가 그 안에서 행복하다 확신할 때 남자의 자부심은 만족스럽게 충족된

다. 이 충족감이 남자들 사랑의 전제조건이다.

　그만큼 이 자부심이 무너지면 여자를 사랑하는 마음도 함께 푹 꺾인

다. 그 자리에 자부심의 반대급부인 '자격지심'이 득세한다. 자격지심에

지배되는 남자는 여자를 사랑하기 어렵다. '나는 못난 놈이다, 무능하다,

열등하고 찌질하다, 내 여자를 책임지지 못한다'고 느끼며 급격히 위

축된다.

　자격지심이란 '열등감'에 '방어'까지 더해진 마음상태다. 자부심이

하락한 남자는 위축된 마음뿐 아니라 딱딱한 방어적 행동으로 스스로

를 무장시킨다. 자신도 모르게 그렇게 된다. '못난 나'를 들키고 싶지 않기 때문이다. 그러면서 여자에게서 스스로 멀어진다. 자격지심을 감출 수 있는 '안전거리'를 설정한다. 눈물겹다.

남자들이 유달리 자격지심을 느끼기 쉬운 세 부분이 있다. 바로 돈, 능력 그리고 부모다. 학력, 직업, 사회적 능력, 승진, 연봉 그리고 시댁 문제에 관한 한 남자들은 본능적으로 방어태세일 수밖에 없다는 것이다. 그러니 이에 대해 말하고 싶을 때는, 한 번 더 숨을 고르고 사용할 단어를 선별해서 섬세히 말하는 지혜가 필요하다. 비교는 금물이다. 남자들은 경쟁의 치열함이 뼛속까지 배어 있는 존재이자 자신의 뿌리를 지키려는 본능을 지니고 태어난 존재다. 얼마나 힘겹겠는가.

여자들, 나도 모르는 새 내 남자의 자부심을 이리저리 찌그러뜨리고 있는 건 아닐까. 그의 자격지심을 부채질한 건 아닐까. 늦었다 생각 말고 지금 한 번 되돌아보자. 자격지심을 자극하지 않으려는 그 마음이 사랑이다.

지적하지 않기, 비난하지 않기 "부부싸움을 할 때는 아내가 욕을 하기도 해요. 모멸감을 줍니다… 아내가 저를 사정없이 지적하고 몰아붙이면 저는 한없이 작아지는 것 같아요… 얼마 전에 제 동생이 결혼했는데, 아내가 너무 스트레스를 받았습니다. 손아랫동서를 맞이하는 입장이니… 특히 혼수를 주고받는 과정에서 제수씨를 너무 시샘하고 부러워하고 자기가 받은 혼수와 비교하면서 제게 소리 지르고 화를 쏟는 아내는 거예요. 그러면서 제 직업이며 월급까지 들먹이며 저를 하잘것 없는 사람처럼 말하더라고요… 화가 머리끝까지 치밀었지만 참고 또 참았습니다. 그러다 결국 폭발해버렸어요. 처음으로 아내에게 소리를 질렀습니다. '그만해! 다 집어치워!'라고요. 그러면서 휴지통을 침대 위로 던졌습니다. 저의 첫 폭력이었어요. 아… 저도 너무… 놀랐습니다. 하지만 그 자리에서는 내색하지 않았어요. 아내가 처참히 밟아버린 제 자존심을 저라도 붙잡고 싶었다고나 할까요… 되돌아보면 결혼생활 내내 아내는 저와 대화를 한다기보다는 지적하고 비난하는 데 급급했어요. 그럴 때마다 솔직히 정말 위축되더군요… 자존심도 상하고. 그래도 내게 시집온 여자인데 내가 이해해야지… 하며 먼저 사과도 하고 그랬는데… 아내에게 비난에 욕설까지 계속 들으니 제가 정말 못난 놈 같습니다….” 남편 성균 씨는 고통스럽게 호소한다.

“인간 본성에서 가장 근본적인 원리는 인정받으려는 갈망이다.”

철학자이자 심리학자인 윌리엄 제임스^{William James}의 말이다. 이 갈망을 무참히 무너뜨리는 것이 바로 비난이다. 비난만큼 관계를 상하게 하는 게 있을까. 나는 부부상담을 하면서 비난이 남녀의 애정관계를 얼마나 멍들게 하는지, 비난으로 멍든 마음에 얼마나 깊은 통증이 새겨져 있는지 목격하고 또 목격한다. 비난은 아무리 의도가 좋았더라도 결국 공격적 분풀이에 지나지 않기에, 듣는 자의 마음에 상처가 생기고 분노와 억울함을 넘어 고통이 유발된다. 무시당한다는 느낌을 지울 수 없게 된다. 지속적으로 가해지는 비난은 듣는 이의 마음에 뾰족한 가시로 박혀 마음을 가시덤불로 만들어버린다. 애착관계에서 지속적인 비난은 마치 '세뇌'처럼 주입되는 힘이 있기에 마음과 인성을 척박하게 변형시키고 굴절시킨다.

"좋고 나쁜 것은 아무것도 없다. 생각이 그것을 만들어낼 뿐이다."

대문호 셰익스피어의 문장이다. 마음에 새길 가치, 충분하다. 내 편견, 내 고정관념, 내 기대, 내 환상 그리고 내 분노와 적대감이 비난을 만들어내는 것이다. 그러니 비난하지 말라. 아무것도 변하지 않는다. 깊은 상흔만 남길 뿐이다.

웃는 얼굴 보여주기　　　　　　　"저는 집에 오면 문간에서 아내 표정부터 살핍니다. 아내가 찡그리고 있거나 입을 굳게 다물고 있으면 저도 모르게 긴장하죠. 무슨 일이지… 내가 뭘 잘못했나… 순간적으로 바짝 긴장되면서 수만 가지 생각이 지나가요. 아내의 표정이 저기압이면 아무 말도 못 하겠어요. 그래서 입을 다물어버립니다… 어찌해야 될지 모르겠어요. 너무 불편합니다. 그래서… 차라리 퇴근 후 바로 귀가하지 않고 밖에서 약속을 만들어 놀다가 늦게 들어갑니다." 남편 인성 씨는 아내의 찡그린 표정을 그대로 보여주고 싶다는 듯, 자신도 그러한 표정을 만들어내며 잔뜩 긴장이 묻어나는 목소리로 말했다.

남편이 가장 두려워하는 것은 아내의 불행한 얼굴이다. 찌푸린 얼굴, 그림자가 드리워진 얼굴. 부부상담을 하다 보면 남편들이 예상외로 아내들의 '눈치'를 많이 본다는 것을 실감하게 된다. 상담실을 안정적이고 신뢰할 만한 환경이라고 지각해서인지 그들은 자신의 '눈치 보는' 속내를 가감 없이 털어놓는다. 남자들에게 내 여자의 어두운 얼굴, 찡그린 표정, 불행한 얼굴은 '내 여자를 책임지지 못하고 있다, 남자로서 나는 무능력하다'는 표식으로 받아들여진다. 그들에게 조건반사적으로 드는 생각이다. 남자의 자부심에 금이 간다. 물론 그들은 결코 '금 간 자부심'을 겉으로 드러내지 않는다. 감추고 덮어 눈에 띄지 않게 한다. 그게 그들의 마지막 자존심이다.

그럼 아내들은 말한다. 나도 인간인데 표정이 어두울 수도 있는 것 아니냐고. 심지어 내 얼굴이 이런 건 바로 남편 때문이라고 말이다. 맞는 말이다. 이유 있는 항변이다. "저도 인간인데 스트레스를 받죠. 365일 얼굴이 밝을 수는 없잖아요. 그런데 남편은 제가 조금만 찡그리고 있어도 제게 예민하다며 짜증을 내요. 위로 같은 건 해주지도 않으면서. 그러면 저는 생각하죠. 남편이 이제 나를 사랑하지 않는구나… 나를 예민한 여자 취급하는구나… 위로는 못할망정… 그러면 너무 화가 나서 남편과 싸우게 돼요. 내가 이제 싫어졌냐고 언성을 높이게 돼요, 저도 모르게….”

아내 효정 씨는 어두운 얼굴로 말을 쏟아낸 후 나를 쳐다본다. 슬픈 눈이다. 사무치는 표정이다. 그러나 몇몇 남편들은 이 얼굴을 그저 불평만 쏟아내는 찡그린 얼굴로 여기겠지 싶다. 아내의 이야기와 감정은 더 이상 남편에게 접수되지 않겠지… 부부치료자는 이런 ‘틈새’를 비집고 들어간다. ‘작업’을 시작한다.

‘남편이 나의 찌푸린 얼굴을 싫어한다, 그건 나를 싫어한다는 뜻이다, 나를 더 이상 사랑하는 게 아니다’라는 것은 지나치게 빠른 전개다. 그보다는 생각보다 남자들이 훨씬 더 여자의 ‘상태’를 민감하게 살핀다는 것, 그러기 위해 ‘표정’이라는 외적 단서에 매우 의존한다는 것을 인지하면 어떨까. 더불어 남자들이 여자의 표정을 살피면서 의외로 많이 긴장하고 두려워한다는 것을 기억하면 도움이 될 것이다. 여자의 불행한 얼굴은 남자의 자부심에 큰 타격, 근본적인 타격을 안긴다. 이 때문에 어떤 남자들은 ‘백치미’ 여자를 좋아하고 그녀에게 사랑과 순정을 바치는 것인지도 모르겠다. 정작 본인은 잃어버린 ‘해맑은 웃음’을 선사해주는 밝은 여자에 대한 갈망.

“남편이 일하러 나갈 때 아내가 문 앞까지 배웅하면서 ‘안녕히 다녀오세요.’ 하고, 남편이 돌아올 때는 만사 제쳐놓고 뛰어나와 ‘어서 오세요' 하고 맞아들인다면, 상당수의 이혼소송을 방지할 수 있을 것이다."

셰익스피어의 말이다. 남자를 무조건 떠받들라는 게 아니다. 남자에게 밝게 웃는 얼굴을 보여주도록 애써보자. 그것은 상대뿐 아니라 나 자신에게도 도움이 된다. 내 남자를 만나거나 남편이 귀가하면 '일단' 웃는 얼굴로 환영한 후 다음 스텝을 시작해도 늦지 않다. 일상 속 작은 실천 하나하나가 모일 때 친밀한 관계의 강은 기쁘게 출렁이며 멀리 흐른다. 남자의 자부심을 얼어붙게 하지 말자. 그러기 위해서는 여자, 나 자신이 어느 정도 행복해야 하는 것은 물론이고.

무반응은 No! 피드백하기　　　자부심이 채워질 때 비로소 가슴을 쭉 펴는 남자들. 자부심이 채워지고 가슴을 쭉 펴야 여자를 한껏 사랑할 수 있는 남자들. 나 자신 그리고 나와 관련된 부분들이 가치 있다 느끼고, 누군가를(특히 여자를) 채워줄 능력이 있다고 자부하고 만족감이 들 때 남자들은 긍지와 사는 보람을 느낀다. 경쟁에 힘 있게 임할 수 있다. 내 여자가 내가 있어서 만족하고 행복해한다는 느낌을 받을 때 남자는 행복하다.

그런 의미에서 남자에게 '내 여자의 피드백'은 무척이나 중요하다. 심리적인 면, 경제적인 면, 성적인 면 등 남자와 여자의 모든 관계에서 그러하다. 남자들은 자기 여자의 피드백을 물어보기보다는 은근히 살피는 쪽에 가깝다. 내 여자의 언어적, 비언어적 피드백 모두를 끊임없이 살핀다. 확인도 받고 싶고 인정도 받고 싶고… 대화 속 그녀의 긍정적이고 따뜻한 피드백, 진심 어린 피드백은 그녀가 자신에게 안정적으로 속해 있음을 방증해주는 기쁨 그 자체다. 무심하고 험한 세상에서 부딪치고 구르다 여자 곁에 온 남자의 분주한 마음에 따뜻한 방점을 찍어주는 여자. 분명하고 따뜻한 피드백으로 교류의 물꼬를 트는 지혜. 남자와 여자를 단단히 연결시켜주는 아교에 다름 아니다.

피드백은 간단해도 좋다. 길지 않아도 좋다. 거창하지 않아도 좋다. "그래? 오, 좋은데! 맞다, 맞다… 그렇지… 당신이 잘해낼 줄 알았어…" 부터 시작해보면 어떨까. 거기에 한 단어씩 살을 붙이며 문장을 만들어가면 된다. 질문이어도 좋다. 자연스럽게 물 흐르듯이 살짝 얹어가면 된다.

무반응은 상대방을 외롭게 만든다. 피드백을 하라, 즐겁게, 밝게, 따뜻하게. 확인시켜 주어라, 담대하게.

있는 그대로 바라보기   상대방을 있는 그대로 바라본다는 것은 참으로 터득하기 어려운 미덕이다. 우리가 관계 속에서 평생 터득해가야 할 진리가 바로 이것일지도 모르겠다. 타인과 평안히 공존하기 위한 심리적 비법이 바로 '있는 그대로 바라보기' 아닐까. 있는 그대로 바라보는 것이야말로 상대방을 진실로 인정해주는 것 아닐까. 편견 없이 바라보는 것이 인정하는 것이다.

　그런데 간혹 있는 그대로 바라보는 것을 무관심과 혼동하는 사람들이 있다. 있는 그대로 바라본다는 것은 상대방을 수동적으로 쳐다보거나 상대에게 아무것도 하지 않는다는 의미가 아니다. 그건 무관심 혹은 거부, 방치에 가깝다. 파트너와의 교감이 흐려지고 있는 것이다. 있는 그대로 바라본다는 것은 상대방을 적극적으로 관찰하면서 그에 대한 긍정적 눈빛을 잃지 않는 것, 상대방의 내면에 대해 긍정적인 상상력을 발휘하는 것, 그래서 이 관계를 늘 신세계처럼 여기는 자세다. 있는 그대로 바라보되 내가 모르는 그 무엇인가가 보물처럼 숨겨져 있다고 여기며 이 모든 것에 폭넓게 마음을 개방하는 것 말이다. 이는 '건강한 이상화'에 다름 아니다.

내 남자의 능력과 매력 부각시키기　관계 속에서 상대를 인정해주는 좋은 방법은 바로 파트너가 지니고 있는 장점과 매력을 찾아내 부각시키는 것이다. 그의 장점과 매력이 발산될 수 있는 기회를 만들고 그것이 잘 드러날 수 있는 환경을 폭넓게 조성해주는 것. 그것이 여자의 역할이다.

　우리 모두에게는 '나만의 장점'이 있다. 내가 인지하고 있을 수도 있고 무시하고 있을 수도 있으며 아예 모르고 있을 수도 있다. 배우자가 그것을 발견하고 기뻐하면서 장점을 불러일으키고 꽃피워준다면 어떨까. 그가 가지고 있는 '기술'이어도 좋고 '정보', '습관'이나 '태도'여도 좋다. 인성의 한 부분이어도 좋다. 그 장점이 즐겁게 활용될 수 있는 상황, 주도적으로 쓰일 수 있는 상황을 만들어 자연스럽게 '부탁'해보자. 상대의 장점을 활짝 꽃피워보자.

세상 풍파에 시달리며 때때로 좌절하고 꺾이고 실망하고 자신감을 잃어가는 실패 경험 속에서도, 나만의 장점과 존재 의미는 여전하다는 것을 일상 속에서 따뜻하게 보여주는 것. 사랑하는 이가 곁에서 그것을 반영하여 인정해줄 때 우리는 비로소 살맛을 느끼게 되는 것 아닐까. 수많은 사람의 바람 같은 인정 말고 내 사람의 진실하고 확고한 '하나의 인정'이면 족하다. 이것이 부부애의 핵심이기도 하다. 내가 사랑하는 그에게 따뜻한 '심리적 멍석'을 깔아주자.

응원하고 격려하기 누군가를 인정한다는 것은 그 존재를 기뻐하는 것이다. 상대방을 너그러이 받아주는 것, 행동의 의도와 결과를 가능한 한 좋게 그리고 개방적으로 해석하는 것, 아름답게 의미부여하는 것이 상대방을 인정해주는 방법이다. 뚜렷하게 좋은 행동, 확실히 뛰어난 행동, 갈채 받아 마땅한 행동은 누구나 인정해준다. 따지고 보면 그건 '없어도 그만'인 인정이다. 너와 나의 깊은 관계가 아니면, 우리만의 역사가 없다면 결코 건넬 수 없는 인정이 진정한 인정이다. 타인의 눈에는 좀처럼 보이지 않는 것에 대한 인정, 이는 보이지 않는 것을 볼 수 있는 마음의 눈에서 비롯된다. 상대방의 보이지 않는 노고, 애정, 선함goodness에 대한 인정. 그 사람의 존재 자체를 인정하는 것 말이다.

그리고 아낌없이 응원하고 격려하라.

남편 세훈 씨는 이렇게 말했다.

"전 단지 아내가 응원해주었으면 좋겠어요. 밖에서 다른 이들이 아무리 제게 뭐라 해도 아내만 응원하고 격려하고 안아주면 전 어떤 난관도 다 헤쳐갈 수 있습니다. 아내의 응원은 아내가 저를 믿는다는 의미니까요. 아이가 엄마 따라서 '우리 아빠 최고'라며 엄지손가락을 치켜 올려주면 저는 가슴이 터질 것 같고 힘이 솟아납니다. 프로야구단 팬들의 응원을 보세요. 자기 팀이 지고 있을 때 더 절실히 응원하지 않습니까. 선수들 입장에서는 눈물 나게 고마운 거죠… 물론 아내의 응원에 걸맞게 저도 최선을 다해야겠죠."

남자들의 자발성과 불굴의 의지, 창의력, 활력의 원천은 바로 '내 여자의 응원과 격려'다. 그런 면에서 아내는 '관계부스터'다.

일일이 짚지 않고 모른 척하기　　　"좋은 아내는 남편이 숨기고 싶은 사소한 일을 모르는 척한다. 그것이 결혼생활의 예의의 기본이다."

영국의 작가 서머싯 몸의 문장이다. 심리학에서는 '짚을 건 짚고 넘어갈 건 넘어가는 것'을 분별하는 기능을 일컬어 '평균적 정신기능average mental functioning'이라 한다. 깨알같이 작은 일부터 산사태처럼 어마어마한 일까지, 삶은 우리를 온갖 규모의 사건과 난관에 그대로 노출시킨다. 갈등과 난제의 연속이다. 짚고 넘어갈 것인가, 아니면 흘려보낼 것인가. 인생은 우리에게 분별력과 판단력을 발휘하라고 끊임없이 노크한다. 어떻게 해야 할까. '답'이 없는 애매모호한 이 세상에서 말이다.

우리가 할 수 있는 인간적인 최선이 무엇인지, 나는 그 힌트를 '평균적 정신기능'이라는 콘셉트에서 찾는다. 관계 속 갈등상황에서 한 걸음 뒤로 물러나, 평균적 정신기능을 떠올리고 북돋우며 건강하게 저울질하는 분별력을 발휘해보는 건 어떨까. 그렇게 애쓰는 마음이 바로 배려이자 사랑일 테다.

상대방이 도저히 마음에 들지 않게 행동할 때는 그저 가만히 있는 것도 좋은 방법이다. 가타부타 토 달지 말고 비평하지 말고 조언하지 말고 무심히 넘기는 것이 현명하다. 상대방의 행동이 아니라 내 마음이 삐뚤어진 것일 수도 있으니까. 그 '무심함'이 관계를 지킨다. 관찰하되 비평하지 않는 무심함 또한 상대방을 있는 그대로 인정해주는 적극적 배려다.

나를 받아들인다는 것, 너를 받아들인다는 것

'나 자신을 사랑한다'는 것은 어떤 의미일까요?

나 자신을 사랑한다는 것은
나 자신의 진정한 모습, 참모습을 발견하고
이것을 소중히 여긴다는
의미입니다.

나 자신을 사랑한다는 것은
쉽사리 인정하기 어려운,
인정할 수 없는 자신의 모습을 받아들인다는 것입니다.

나 자신의 모습 중에서
인정하고 싶은 부분만 받아들이고
인정할 수 없는 부분은 무시해버리는 건

나르시시즘일 뿐입니다.

자기를 자기 '의義'에 맞춰 편파적으로 편집하는 것이죠.

가짜 모습으로 말입니다.

하지만 사람의 모습은 감춰지지 않습니다.

그렇게 단편적이고 간단한 일이 아닙니다.

사람 마음은 열 길 물속보다 깊습니다.

내가 나를 모릅니다.

그래서… 나 자신을 감추는 데 한계가 있습니다.

당신에게 조금이라도 관심을 갖고 있는 이들의 눈에는 다 보이지요.

나 자신을 온전히, 편안히 받아들이면

타인에 대해서도 너그러워집니다.

내 안에 이미 사랑이 있기 때문이죠.

타인을 받아들인다는 것은 그 사랑으로, 사랑의 힘으로

타인의 단점을 받아들인다는 의미이며

타인의 '그 부분'을 더 이상 문제 삼지 않겠다는 결단입니다.

그렇게 되면

그간 당신이 사용해오던 '단점'이라는 말이

얼마나 편협한 표현이었는지 깨닫게 됩니다.

'장단점 패러다임'에서 놓여나게 됩니다.

얼마나 자유롭습니까.

'나 자신을 사랑하는 것'은 그렇게

'나를 받아들이고 너를 받아들이는 것'과 깊이 연결되어 있습니다.

이 과제, 결코 쉽지 않은, 참으로 어려운 일이라 여겨져요.

이 심리적 과제에 '완결'은 없습니다.

계속 가는 거죠.

모난 돌이 겸손하게 계속 굴러가면… 어느덧 둥글게 변하듯.

동글동글. 둥글둥글.

과정입니다. 배워가는.

여섯 번째 포옹
일은 남자의 자존심이다

남자는 건설할 것이나 파괴할 것이 없어지면 심각한 불행을 느끼는 존재다.

알랭

남자의 일을
사랑하는 여자

　　　　　　　　　"휴화산이랄까요… 제가 있어야

할 자리가 어딘지, 어디로 뚫고 나와야 하는지….."

　마음이 복잡할 때 난 바흐의 무반주 첼로 조곡을 듣는다. 오늘은 미

샤 마이스키다. 이유는 잘 모르겠지만 난 마음이 복잡하거나 몸과 마

음이 아플 때 이 곡이 떠오른다. 바흐가 광활하게 그려내는 첼로 선율

의 풍부함과 장엄함은 내 마음을 크게 감싸주고 통증을 어루만져준다.

그저 무심히 그 선율을 따라가다 보면 마음속 온갖 걱정과 잡념, 감정

의 움직임들은 자연히 가라앉는다. 잠자는 아이처럼 말이다. 음… 풍

부한 탄력. 미샤 마이스키의 바흐는 풍부한 탄력 그 자체 같다. 내가

느끼는 이 탄력감은 그의 한없는 곱슬머리 때문에 배가되는지도 모른
다. "만약 음악이 내게 종교라면 이 여섯 개의 모음곡은 성경과도 같
다." 그가 바흐의 무반주 첼로 조곡에 대해 이렇게 말했지. 음. 그렇군.
자신을 휴화산에 비유하는 경준 씨에게 바흐를 들려주고 싶다는 생각이
들었다. 그것도 꼭, 미샤 마이스키가 연주한 '탄력 버전'으로 말이다.

　몇 달 전부터 부부상담을 해온 경준 씨는 결혼생활을 할 만큼 한 중
년의 제 나이로 보였다. 노안도 동안도 아닌 딱 제 나이. 늘 가느다란
파란색 스트라이프가 촘촘히 들어간 셔츠 그리고 같은 문양의 초록색
셔츠를 번갈아 입고 오는 것을 보면 똑같은 셔츠가 여러 벌 있는 것 같
다. 저 셔츠를 무지 좋아하는구나. 항상 소맷단도 멋들어지게 걷어 올
린 모습이다. 이제는 그가 스트라이프 셔츠를 입고 오지 않는다면 혹
은 다른 색의 스트라이프 셔츠를 입고 오면 화들짝 놀랄 판이다. 오늘
그는 미스터 블루다.
　개인상담을 위해 내 앞에 앉은 경준 씨는 부부문제를 넘어 일, 직장
그리고 삶과 스스로에 대해 깊게 들여다보는 중이다. 항상 나무와 풀
냄새가 나는 듯한 경준 씨. 조경회사에 근무하는 그는 심리적 탐구욕
구와 관심도가 높은 남자였다. 그의 일은 아름다우면서도 유용하고 건
강한 환경을 조성하는 예술이자 기술이다. 심미성과 기능성, 공공성을
동시에 지향하며 환경과 인간을 폭넓게 아우르는 조경은 심리상담과

도 유사한 부분이 많은 것 같았다. 경준 씨는 지금 환경을 조경하듯 내면세계도 이리저리 디자인하며 손질해가는 중이다. 그는 부부상담을 통해 예전보다 부담과 긴장이 줄었고 심리적으로 편안하다 보고한다. 아내와도 편한 대화가 가능해졌다고 한다. "자연스럽게 나아지고 있는 것 같아요." 눈을 한 번 끔벅이더니 그가 말을 잇는다. "그런데 아내는 어떻게 느끼는지 궁금합니다." 그러고는 나를 물끄러미 바라본다. 마치 내가 아내의 마음을 알고 있는 대리인인 것처럼 말이다. "네… 아내에게 물어보시면 될 것 같은데… 물어보셨어요?" 내 무심한 질문에 그의 눈썹이 날갯짓하듯 미세하게 물결쳤고 콧잔등도 찡긋한다. 눈이 반짝 하고 빛나는 것도 놓치지 않았다. 입꼬리가 아주 옅은 미소를 만들어낸 것도 순식간이었다. "이목구비는 인간에게 자신의 감정을 표현할 수단으로 주어진다"고 말한 아서 코난 도일의 말이 떠오르는 순간이었다. "아… 물어보면 되는구나…." 그러더니 가만히 나를 쳐다본다. "물어본 적이 없어요."

남자들, 남편들은 의외로 상대에게 물어보는 데 약하다. 상담실에서 매일같이 목격하는 현상이다. 물어보면 되는데. 담담한 질문, 담백한 질문 또는 생동감 넘치는 질문은 관계를 활짝 열어준다. 관계가 열릴 때 깊은 관계로의 진화도 가능하다. 남자들은 감정적인 부분을 질문하고 질문 받는 데 특히 약한 것 같다. 감정, 기분, 심정을 물어보는 데

여섯 번째 포옹

어떤 무의식적 두려움이 있는 것 같다. 이 두려움은 겉으로는 감정을 경시하는 태도로 드러나곤 한다. 그들에게 감정이란 언제나 참으로 어려운 것, 건드리지 말아야 하는 것, 미지의 것이지 싶다.

이러한 경향은 남자와 여자의 대화에서 쉽게 찾아볼 수 있다. 여자들이 남자들에게 어떤 해결책을 물어보면 남자들은 쉬이 답을 하지만 '지금 네 감정이 어때?', '어떤 느낌이 들어?' 혹은 '내 감정은 이런데 넌 어때?' 등을 물으면 쉽사리 답하지 못한다. 답을 회피해버리기 일쑤다. 쓸데없다고 무시해버리기도 한다. 아니면 논리적 견해로 대신한다. 남자들에게 감정은 소모적인 것으로 치부당하는 불청객이다. 그들에게 중요한 건 '효율' 그리고 '감정적으로 흔들리지 않기'다.

또 하나, 남자들이 여자들에게 질문을 잘 못하는 배경에는 그들이 자라면서 마음의 깊은 곳을 열어주는 양질의 질문을 받아본 적이 거의 없기 때문이기도 하다. 누구로부터? 부모로부터. 감정 상태에 대한 질문, 심정에 대한 질문, 진짜 욕구에 대한 질문, 상처와 아픔에 대한 질문을 적극적으로 받아보지 못한 남자들은 '질문하지 못하는 남편'이 되곤 한다.

우리는 성장기 동안 부모와의 깊은 대화와 교류를 통해 감정을 느끼는 법, 드러내는 법, 나누는 법, 가라앉히는 법을 터득한다. 의미 있는 타자와의 언어적 교류는 그만큼 중요하다. 언어를 통해 언어 이상의 것이 교류된다. 감정에 대한 가치관도 형성하게 되는 것이다. 인간은 그 어떤 감정도 다 느낄 수 있다는 것, 감정 자체에는 죄가 없다는 것, 모든 감정은 이유가 있다는 것, 감정은 인생의 나침반이라는 것, 감정은 없애야 할 대상이 아니라 다루어야 할 대상이라는 것 말이다. 감정과 행동은 다르다는 것, 감정이 인식되고 해소되면 '감정적 행동'이 확연히 줄어든다는 것, 감정 자체는 죄가 없지만 감정을 담은 행동은 상황에 따라 심각한 문제를 일으킬 수도 있다는 것, 우리는 이 모두를 체험적으로 터득해야 한다. 감정이 억압된 성장기를 보내면 이 모든 기회를 잃는다. 살아 있는 기회 말이다.

"음… 제가 보기에 요즘 아내가 많이 편안해하는 것 같습니다. 그렇긴 한데… 제 입장에서 늘 염려되는 부분이 있어요. 이렇게 지내다가 사소한 일이 터지면 내가 또 굴러떨어지는 게 아닌가 싶어 긴장됩니다." 경준 씨가 이미 걷었던 왼팔 소맷단을 한 번 더 접어 올린다. 푸른색의 가지런한 스트라이프와 스트라이프가 이리저리 겹쳐지면서 기하학적인 문양을 만들어낸다.

"음… 염려… 긴장… 더 이야기를 들어보고 싶네요."

"기존의 아내와의 갈등상황에서 학습된 것 같아요. 아내와 부딪치게 되면 예전의 분노, 화, 짜증이 다시 나타날까 봐… 다시 느껴질까 봐… 미리 걱정하고 위축되는 것 같아요. 과거로 돌아갈까 봐…."

관성에서 벗어나기란 얼마나 어려운 일인지. 인간은 과거를 토대로 미래를 예측한다. 과거가 아프고 어두우면 밝고 편안한 미래를 낙관하기 어려워지는 건 당연한 일이지 싶다. 관계가 많이 악화된 부부들은 부부상담의 도움을 받아 진정국면으로 들어서더라도 일정기간 동안은 '또 싸울까 봐'라는 공포에서 벗어나지 못한다. 과거의 그림자가 지속적으로 힘을 발휘하며 현재를 밀어낸다. 과거가 너무 아팠다면 현재를 누리고 즐기기 어려워지는 건 당연한 일이다. 상처는 일순간 사라지는 게 아니라 점차 나아지는 것이기 때문이다. 혹은 더 악화되기도 하지. 그렇기에 갈등을 조정해나가는 과도기일수록 과거와 현재에 객관적으로 금을 긋는 노력과, '지금 여기에서' 미묘하지만 분명하게 일어나고 있는 '현실적인 변화의 조짐들, 변화의 씨앗들, 실제 변화들'에 초점을 맞추는 의식적 노력이 필요하다. 과거의 물이 넘쳐나 현재까지 정신없이 적시지 않도록 말이다. 과거는 과거, 현재는 현재다. 합리적인 희망, 낙관이 필요하다.

"저의 괜한 걱정이고 염려인지도 모르죠. 솔직히 요즘 긍정적 변화가 있는 게 맞거든요. 어제 일 때문에 늦게 들어갔어요. 예전에는 귀가가 늦으면 무조건 아내와 다퉜는데 어제는 아내와 대화하며 좋게 풀었습니다. 오랜만에 아내와 대화가 끊어지지 않았어요. 아내가 자신의 성향을 깨달았나 봐요. 부정적으로 논리를 세우는 성향… 아내는 제가 일하다 늦게 들어오면 '나를 사랑하지 않아서 집에 안 들어오는 것'이라고 생각이 가버려요. 말할 때 이미 '나에게 관심이 없으니 늦게까지 일만 할 수 있는 것'이라는 전제가 깔려 있어요. 당연히 감정도 크게 상해 있죠."

경준 씨는 예전 일을 되새기며 약간 침체되는 듯했다. 예전의 갈등과 상처가 다시 떠오르는 걸까. 파란색 스트라이프도 구불거리며 밑으로 내려앉는 것 같았다. 그가 말을 잇는다. "아내와의 관계는 점차 나아지고 있는 것 같은데… 근본적으로 제게 문제가 있는 것 같습니다… 제 상태 말입니다." 그의 눈은 나를 향하고 있었지만 그의 목소리는 신발밑창 아래로 깔려 들어갈 만큼 낮았다.

"음… 제가 근본적인 에너지가 충분하지 않은 것 같습니다. 좀처럼 회복이 안 되네요." 경준 씨가 침묵을 빚어낸다. 건조, 소진, 탈진, 방전, 무망… 이런 표현들이 상담실을 그득 메우고 있는 침묵 속에 하나씩 툭툭 던져진다.

"그렇군요… 어떨 때, 어떤 상황에서 그런 느낌과 생각이 드나요?"

"직장에서 갈등상황이 생겼을 때 그렇습니다. 제가 의욕적으로 추진하던 일에 제동이 걸렸을 때 그리고 다른 각도의 비판이 들어올 때 마음을 다칩니다… 물론 그런 티는 하나도 내지 않지요. 이미 제가 스스로에게 실망한 상태인지라 남들에게까지 보이고 싶지 않습니다. 제 딴에는 잘해보자고 기획안을 내는데요, 의욕이 막 올라오다가 마음이 죽어버립니다… 이런 게 오르락내리락 반복돼요. 의욕을 냈다가 일정한

여섯 번째 포옹

선 이상으로 넘어가지 못하는 느낌이랄까. 제가 즐겁고 재미있게 할 수 있는 일, 분야, 장소… 그게 여기인지, 어디인지… 계속 고민이 됩니다. 즉 아직 찾지 못했다는 말이지요. 내가 있어야 할 자리라고 느껴진다면 얼마나 좋을까요… 지금 저는 마치 휴화산 같습니다."

"긴 유학생활을 마치고 한국으로 돌아온 후, 사회에 첫발을 내디뎠을 때는 정말 재미있게 일했어요. 젊기도 했고… 그런데 요즘은 비판받거나 꺾이면 뚫고나가기 어렵습니다."

중년남자의 고백이다. 변화. 시간의 흐름 속에서 많은 것이 달라지고 중요한 것들을 잃어가는 우리. 풍화되고 퇴색되는 우리의 삶. 방향과 활력을 잃은 느낌. 노화와 삶의 어려움에 고개 숙이지 않는 사람이 어디 있을까. 경준 씨는 계속 말을 이어간다. 나는 그의 이야기 흐름을 조용히 따라간다. 그러면서 생각해보았다. 이런 변화와 어려움 앞에서 인간은 어떤 태도를 취할 수 있을까. 그리고 또 생각해본다. 이럴 때 '타인'이 힌트가 될 수 있을까, 타인과 이런 마음을 나눌 수 있을까, 타인과 연대할 수 있을까. 나는 내담자의 이야기에 온전히 집중하고 있을 때 물 흐르듯 떠오르는 '연상'을 중요하게 여긴다. 내 의식과 무의식이 긴밀히 협력하여 나를 도와준다고 믿기 때문이다. 경준 씨는 이런 이야기를 아내에게 해본 적이 있을까. 이야기를 조용히 듣던 내 머릿속에 경준 씨의 아내가 등장했다. 이 이야기들을 부부관계 안으로

융화시켜 보면 어떨까. 그런데 내 머릿속을 들여다보기라도 한 듯 그는 어느새 아내 이야기를 하고 있었다.

"저는 아내에게 바깥 스트레스를 다 풀 수는 없다고 생각합니다. 그건 불가능해요. 남자들은 다 이렇게 생각하죠." 나를 정면으로 바라보는 얼굴이 매우 단호했다. 음, 매우 흥미로운 말투와 내용이었다. 그는 마치 '남자들의 세계에 대해 모든 걸 알려주마'라는 책의 저자 같았다. 나는 침을 꼴깍 삼켰다. 내 눈도 더 동그래졌을 것이다. 경준 씨가 들려주는 남자들의 세계, 궁금해졌다.

"제가 바깥에서 받는 스트레스를 다 말하면 아내가 아마 감당하지 못할 겁니다. 안팎으로 시끄러워지는 거죠. 아내가 사회생활을 하더라도 저를 완벽히 이해하지는 못할 겁니다. 아내 앞에서 제가 힘든 이야기를 하는 건… 아내에게 못할 짓입니다… 그건 제 몫입니다."

그가 입을 닫았다. 나는 그를 물끄러미 바라보았다. 명료하기 그지없는 '안과 밖'의 프레임. 그렇구나. 경준 씨가 말한 '아내가 소화 못할 것'이라는 말은 아내를 낮춰 보는 의미가 아니었다. 자신의 힘든 부분을 아내에게 넘기는 것이, 자신처럼 힘들어할 아내를 바라보는 것이 남자로서 못할 짓이라 생각하고 있구나. 자기 몫은 자신이 감당해야 한다는 마음. '고통분담'보다 내 고통은 내가 감당하고 홀로 처리하는 게 그가 관계를 맺어가는 방식, 사랑의 방식이구나. 나는 그 마음을 어

여섯 번째 포옹

떤 편견도 없이 받아들이기로 했다. 아니, 그럴 수 있었다. 경준 씨의 속마음이 와 닿았으니까. 이건 그만의 사랑의 방식이었다. 남자가 사랑하는 방식.

"그래서 많은 남자들은 내 얘기를 들어주고 동의해주는 여자를 집밖에 두곤 하죠. 정도의 차이는 있겠습니다만… 바깥에서 다 해결하고 귀가하고 싶은 마음이 있어요… 바깥 스트레스를 집까지 끌고 들어가고 싶지 않은 건 다른 남자들도 마찬가지일 겁니다. 물론 위험하죠. 외도로 이어질 수 있다는 것도 인정합니다. 제 주변에도 문제가 터진 집이 한둘이 아니니까요. 제가 아내와 친밀한 관계를 만드는 데 관심이 없다면 저도 그랬을지 모르고요. 어쨌든, 남자들은 집안만큼은 청정지역으로 두고 싶어 해요. 안은 안, 밖은 밖이니까요. 아내에게는, 아이들에게는 강한 남편, 멋진 아빠이고 싶습니다. 끝까지… 그러고 싶습니다."

"물론 아내와 교류가 잘되고 관계가 좋다면, 아내와 많은 것들을 나누고… 그럴 수 있겠죠. 하지만 모든 부부가 그렇게 튼튼한 관계는 아니니까… 저처럼 금전적으로 어렵고 사회적으로 잘 풀리지 않으면 나도 모르게 자격지심이 생겨서 아내에게 다가가기 어려워지죠. 그런 상태가 오래 지속되면 결국 어디에선가 정서적 편안함을 찾고 싶어질 테고… 아내와의 사이에서 찾지 못하는 것들을 채우려 다른 여자와 가까워질 수도 있겠죠. 현실적으로 많이 일어나는 일이니까요."

남편이 아내에게 거리를 두는 것이 먼저일까, 남편과 아내의 불화가 먼저일까. 이 세상에는 닭이 먼저인지 달걀이 먼저인지 알 수 없는 일이 수없이 벌어진다. 사람과 사람이 만나 빚어내는 관계라는 건 더더욱 그럴 테다. 관계는 그만큼 복잡하고 어려운 미지의 영역이지. 영원히 정복할 수 없는. 그 난해함을 안고 살아가는 우리에게 삶은 무엇을 가르쳐주는가.

"여러 가지 화두를 던져주는 흥미로운 이야기입니다. 당신의 마음을 있는 그대로 펼쳐서 보여주신 것 같아요. 그런 느낌을 받았습니다." 그리고 난 계속 말을 이어갔다.

"안과 밖을 명료히 나누는 프레임이 이런 것이구나, 내 스트레스는 내가 알아서 해야 한다든지, 바깥의 스트레스를 아내에게 말하는 건 못할 짓이라든지… 이 모든 것이 당신의 관계 맺는 방식, 남자의 사랑의 방식이구나 싶네요. 내 스트레스를 아내에게 말하지 않는 배경에는 '아내를 보호하고 싶은 마음'이 있을 수 있겠다…."

보호하는 것이 사랑이지. 부드러운 얼굴, 편안한 자세, 경준 씨의 이완된 모습이 내 눈에 들어왔다. 나는 경준 씨를 조용히 바라보면서 잠시 숨을 고른다. 그를 온전히 '한 남자, 한 인간'으로 보았을 때 그의 입장에 감정이 이입되면서 공감되는 부분이 있었다. 그가 한 행동의 배경에 대해 더 알게 되면서 예전보다 그가 더 이해되었다. 부부치료자인 나는 어떤 사안에 대해 내담자가 충분히 이해되면 그 마음을 등에 지고 그의 파트너에게로 초점을 옮긴다. '합'을 이루기 위한 시도랄까. 관계의 변증법이랄까.

그의 이런 행동은 '관계' 차원에서 보면 선긋기, 다시 말해 물러남이다. 그는 어떤 이유에서, 무엇으로부터 물러나는가. '물러남'의 행동패턴이 관계에 어떻게 작용하고 있는가. 그와 아내에게 결국 무엇을 가져오고 있는가. 물러남 이후 적절히 다가가고 있는가. 아니면 너무 오래 물러난 채로 있는가.

관계를 위해 가장 효과적인 행동이 무엇인지 끊임없이 생각해야 한다. 관계의 발전과 진화를 원한다면 내 고정적 행동패턴에 신선하고 새로운 의문을 품을 수 있어야 하지 않을까. 경준 씨 부부는 관계리듬을 점검하고 좀 더 생생히 살릴 필요가 있었다. 나는 경준 씨에게 물러남의 행동패턴에 대해 설명하고 이야기를 나누었다.

"너무 오랫동안 물러나 있으면 삶이 위축됩니다. 관계도 물론이고요. 아내 입장에서는 남편의 그런 모습이 선을 긋는 모습, 등 돌리는 것으로 해석될 여지도 있겠구나… 하는 생각도 스쳐 지나갔어요. 아내가 보기에 겉으로 드러나는 게 없으니까요. 내게서 뚝 떨어져 있는 남편 외에는 눈에 보이는 게, 따뜻하게 느껴지는 게 없으니까요."

경준 씨는 텅 빈 얼굴로 나를 가만히 쳐다보았다. 그러다 조용히 입을 열었다. 조용했지만 반짝였다.

"아… 그런가요? 제가 아니라 상대편에서 보면… 그럴 수 있겠네요. 아…." 그가 눈을 두어 번 깜박거린다.

"당신의 이야기를 들으면서 떠오른 제 연상이에요. 관계교류의 차원에서의 얘기죠, 아내분이 꼭 그렇다는 뜻이라기보다는… 폭넓게 생각해볼 필요가 있어요. 이걸로 충분한가, 내가 진짜 원하는 것이 지금 이상태인가, 상대방은 어떤가, 조금 더 깊은 관계가 될 수는 없을까…."

나는 그에게 밝게 웃어 보였다. 하나의 현상은 두 관찰자에게 결코 같게 비추어질 수 없다던 아나톨 프랑스의 말이 떠오르는 순간이었다. "그런 의미에서 조금 다른 시선을 빌려와 이야기를 계속 이어볼까요? 연결, 접촉이라는 관점 말이죠." 이번엔 경준 씨가 침을 꼴깍 삼키는 것 같았다. 그가 숨을 크게 내쉰 후 되묻는다. "연결… 접촉…이요?"

"네, 내가 한 인간으로 살아가면서 사회생활, 직업생활에서 힘든 것이 있으면 아내에게 털어놓는 게 좋습니다. 나누는 거죠. 마음과 마음 사이에 다리를 놓는 것이죠. '내 마음의 현주소'를 아내에게 보여줄 필요가 있어요. 나의 인간적인 모습을 그대로 드러내는 거죠. 그게 삶이에요. 역사가 깊은 관계일수록, 삶과 생활을 함께하는 관계일수록 더 필요합니다. 매일매일 창문을 닦고 도자기를 닦듯이… 그래야 부부 사이에 불필요한 오해가 생기지 않고 부정적 도미노현상이나 과잉반응

여섯 번째 포옹

이 발생하지 않습니다. 남편 마음의 현주소를 모르는 아내는 남편의 무거운 얼굴을 보며 오해하곤 하죠. 불필요한 상상도 하고요. 나에게 관심이 없다, 사랑하지 않는다, 나를 원하지 않는다… 남편과 아내 사이에 장막이 두꺼워집니다. 그런 상태에서 어떤 문제가 터지면 두 사람은 협력하기가 더욱 어려워지죠."

그는 내 말을 찬찬히 들었다. 그러고는 고개를 주억거리더니 한참만에 말을 이었다. "음… 전혀 생각해본 적이 없는 이야기네요… 또 다른 세계 같아요. 선생님 말씀을 들으니 여러 가지가 분명해집니다. 제가 놓친 부분들 같아요… 잃어버린 퍼즐조각을 찾고 있는 기분이랄까요. 다시 생각해봐야겠어요. 저는 그저 아내가 걱정할까 봐 말을 못하겠다는 마음뿐이었거든요."

"충분히 공감되고 이해돼요, 당신의 입장 말입니다. 그럴 땐 말을 못하겠는 그 마음 자체까지 아내에게 전하시는 것도 한 가지 방법이에요. '이런저런 마음에 내가 당신에게 하고 싶은 말을 못하고 있다.' 머뭇거림 자체를 이슈로 삼아서 대화의 물꼬를 트는 겁니다. 얼마나 좋은 대화소재인가요? 있는 그대로 보여주는 것, 그게 가장 중요합니다. 그게 관계를 깊어지게 합니다. 보여주는 것부터 시작하세요. 걱정을 끼치는 게 아니라 공유하는 겁니다."

"아… 공유요… 선생님이 공유라고 말씀하시는 순간 제가 아내에게 말하지 못했던 이유가 하나 더 떠올랐어요." 그가 두어 템포 쉰다. 무엇이 떠올랐을까. "제가 사회생활의 고민을 말하면 아내는 답을 주고 가르치려 들어요."

남자들에게는 본능적인 피해의식이 있다. 사회에서 난관을 만나거나 꺾이면 곧바로 '패배, 실패'라고 단정 짓는 마음이 작동해버린다. 태생적인 자격지심이라고나 할까. 여자들도 이런 면이 있지만 남자에게서 훨씬 더 강력하다. 남자들은 여자에게, 남편들은 아내에게 힘과 활력이 넘치고 사회적으로 인정받는 존재로 여겨질 때 가장 큰 기쁨을 느낀다. 따라서 남자들은 여자에게 힘든 내색하는 것을 '약한 남자들의 전유물'이라 여긴다.

그럴진대 가르치려 하고 지적하고 답을 주려는 행동은 남자의 자부심을 건드리고 그들을 금세 위축되게 만들어버린다. 이는 남녀관계뿐 아니라 모든 대인관계에 적용되는 규칙이다. 어려움을 토로하는 이에게 성급하게 단정적인 조언을 하고 답을 주입하는 것은 '내가 너를 답답하게 여기고 있다'는 의미이기도 하다.

여자들, 아내들이 난관 앞에 선 남자들에게 보여줄 그림은 '당신이 능력 있어도 어려움을 느낄 수 있다, 사회적 난관은 누구나 다 만난다, 굴곡의 시절은 누구에게나 온다, 그럴 때 어떻게 힘을 비축하며 넘어가느냐가 중요하다, 내게 안겨 쉬어라'라는 메시지를 주는 것이다. 남자의 이야기를 충분히 들어주고 부드럽게 자부심을 채워주는 것이 중요하다. 답을 줄 게 아니라 힘을 주는 것. 그러기 위해서는 여자가 그를 전체적으로 신뢰할 수 있어야 할 것이다. 내 남자를 믿고 있는지 여부는 난관에서 드러난다.

중년의 경준 씨는 인생의 반환점에서 실존적 고민에 빠져 있다. 나는 과연 어디에 서 있는가. 어디까지가 나의 책임인가. 나는 어떤 결정을 내려야 하는가. 내 삶이 의미로운가. 여기에 부부관계의 고뇌와 갈등 한 줄기가 관통한다. 경준 씨는 이 고민을 가장 가까운 타인과 나누지 못하고 있었다. 바로 아내와 말이다. 직장에서의 고민과 고뇌가 현실적이고 실질적으로 풀려가는 것도 중요하겠지만 그것만으로는 충분하지 않다. 그 이면에 더 깊이 깔려 있는 인생과 삶, 존재에 대한 실존적 고민을 의미 있는 누군가와 나눌 때 경준 씨는 비로소 더 풍요로운 깨달음을 얻고 방향감각도 되찾을 수 있다. 연합군이 필요하다.

독일의 언어학자 훔볼트는 "인간에게 먹고 자는 것보다 더 필요한 것은 일"이라고 말했다. 일은 사랑과 더불어 인간의 삶을 지탱하고 표현하는 주요 축임을 누구도 부인할 수 없다. 여자에게나 남자에게나 마찬가지다. 그런데 내가 군이 '남자의 일'에 대해 말하는 이유는, 아내들이 남편과 함께하는 시간이 오래되면서 남편의 일에 무신경해지는 것을 종종 보기 때문이다. 남편이 내게 얼마나 잘해주는지, 돈을 잘 버는지, 나를 사랑하는지 등 아내의 입장에서만 남편을 바라볼 뿐, 남자의 포괄적인 삶에 대해서는 별다르게 궁금해하지 않는다. 남편이 사회생활하며 겪는 어려움, 중년에 접어들며 느끼는 위기감, 10년, 20년, 30년에 달하는 시간 동안 사회생활하며 누적된 스트레스와 상처들에 대해 무심하다.

여자에게 '폐경'이 찾아오듯, 남자에게도 '퇴직'이 찾아온다. 정리해고, 부도, 퇴출, 승진누락, 정년퇴임… 그 다양한 얼굴 속에 남자들의 고뇌와 눈물이 가려져 있는 건 아닐까. 쇠락의 길에서 크게 벗어날 수 없는 인간의 숙명. 하지만 많은 아내들이 남편도 나와 함께 늙어가는 한 인간일 뿐이라는 당연한 사실을 잊곤 한다. 그저 내게 뭔가 해주는 사람, 그나마 불만족스럽게 해주는 사람으로만 바라보다 보면 그가 사회 속에서 어떤 어려움을 겪고 고군분투하는지 무관심해지기 십상이다.

"사람의 일생에는 불꽃의 시기와 재의 시기가 있다"고 프랑스의 시인 마튀랭 레니에는 노래했다. 남자와 여자의 관계가 일생을 가로지르면서 그들은 온갖 굴곡을 함께 경험하게 된다. 내 남자의 커리어에도 당연히 굴곡이 생길 것이다. 내 남자가 치열한 사회생활에서 굴곡을 만나고 고뇌에 빠지고 위기감을 느낄 때 나는 과연 어떤 자세를 취할까. 그에게 진정 따뜻한 힘이 되어줄 방법은 무엇일까.

남편이 고통스러우면 내가 행복할 수 없고, 내가 불만스러우면 남편도 평안할 수 없다. 남자들이 사회생활, 일에서 잘 풀리지 않거나 타격을 받으면 아내에게 소원해질 수 있다는 걸 받아들일 필요가 있다. 내 남자를 고군분투하는, 절대고독을 감당하며 어깨에 무거운 짐을 짊어지고 사는 가녀린 인간으로 바라보자. 내 남자가 내게 주는 사랑, 내게 해주어야 할 것들만 보지 말고, 남자의 부양책임을 당연시하지 말고 그의 일을, 그의 삶을, 그의 인생 전체를 존중하고 사랑하는 여자가 되어보자. 남자와 여자가 함께 늙어간다는 건, 삶을 꾸준히 함께한다는 건 아마도 이런 모습이지 않을까.

돈 못 버는 남자의
속마음

"상담 오기 전에는 남편과 갈등이
깊었어요. 제 마음에 상처도 컸고… 부부상담을 하면서 비로소 인정하
게 되었어요. 남편과 남편의 삶이 내 삶의 토양이 된다는 것 말예요.
그 소중함을 잘 몰랐던 것 같아요. 제가 감정이 좋지 않다 보니 남편의
작은 단점을 확대해석한 것 같아요. 남편의 좋은 점들, 훌륭한 점들은
당연시하고. 이미 내 사람이니까. 그런 마음이… 그러다 상담을 하며
새삼 깨닫게 되었지요."

"사랑하는 법을 배우는 습관이야말로 정말 중요하다"는 제인 오스

여섯 번째 포옹

틴의 말을 곰곰이 곱씹고 있던 어느 날 오후였다. 담담하지만 삶과 관계의 핵심이 포착된 이 문장에 조용히 몰입하던 중이었다. 경준 씨와 함께 상담실에 들어선 지수 씨는 제인 오스틴이 보여준 담담함의 바통을 이어받은 듯, 담담히 이야기를 시작했다. 오늘은 초록색 스트라이프였다. 살짝 고개를 숙인 경준 씨가 이마를 조용히 긁적였다. 그 틈 사이로 미소가 번져 나왔다.

"아내의 이야기가 참 고맙네요. 연애 때는 아내가 이런 말을 많이 해주었는데… 결혼한 후로는 그런 것이 싹 없어졌어요. 지적만 하고. 아내의 지적을 받을 때마다 '내가 그 정도밖에 안 되나…'라는 자괴감이 들면서 눈치 보게 되고, 계속 불편한 자기검열 속에서 살아온 것 같아요."

"제가 일한답시고 굴곡이 많았죠. 가장 역할, 남편으로서 역할을 못 하는데 아내에게 뭐라고 말할 자격이 있겠나 하는 생각이 늘 있었어요. 이런 생각이 쌓이고 누적된 것 같아요. 그러면서 아내와 단절되고 장벽이 높아지고 작은 갈등도 악화됐죠. 제 일이 잘 안 풀리니까 자신감이 많이 떨어졌고 아내에게 하고 싶은 말도 머릿속에서만 뱅뱅 돌았어요. 생각이 정리되지 않으니 입을 열 수가 없었습니다. 자연스럽게 집에서는 말이 없어졌죠… 힘들다고 말할 곳이 없었습니다."

경준 씨의 말을 들은 지수 씨는 토끼눈이었다. 토끼눈을 깜빡인다.

조금 전의 담담함은 사라졌다. 그녀는 토끼눈을 내게 고정시키고 입을
움직인다.

"남편이 이런 식으로… 위축… 위축돼 있었는지 몰랐어요… 그냥 남
편이 무뚝뚝하다고 느끼긴 했는데, 속마음을 깊이 헤아리지는 못했나
봐요… 저도 사는 게 힘들다 보니 '다 힘드니까 각자 알아서 해야 하는
것 아냐?'라고 속으로 되뇌며 지냈던 것 같아요. 제가 좀 독립적인 편
이어서인지… 냉정하게 생각하면서 남편의 속마음을 보려 하지 않았
던 것 같아요…."

그녀가 느릿느릿 말을 이어갔다. 말을 마치고는 한 템포 쉰다. 한숨
을 크게 내쉰다. "남편이 제 웃는 얼굴을 좋아하는데, 그걸 알면서도
잘 웃지 않았어요. '나도 기대고 싶고 받고 싶은데… 나도 아이들 키우
느라 너무 힘든데…'라고 생각할 뿐 내가 먼저 주어야겠다는 생각에
미치지는 못했어요. 어떨 땐 화가 나서 남편과 기싸움 비슷하게 고집
부린 적도 있어요. 음… 제 마음이 넉넉하지 못했다고 변명할 수는 있
는데… 지금 남편 이야기를 들으니 남편과 제가 서로 돌보고 감싸주는
선순환이 끊어진 지가 오래됐구나 싶네요."

"아내에게 양가감정이 있어요. 너무 미안하고 고맙고… 제가 금전적
으로 잘 못해주니까 퇴근하면 집안일 하고 아이들 건사하는 걸로 제 마
음을 보여주고 싶었어요. 그래서 설거지, 청소, 빨래도 열심히 하고…
그런데 아내에게 제 마음이 전달이 잘 안 된 것 같아요. 아내는 제가 집

여섯 번째 포옹

안일하는 걸 너무 당연하게 생각해요. 솔직히 그렇게 해서라도 아내에게 인정받고 싶었는데… 아내가 당연시하니까 제 마음이 꺾이더군요. 제 입장에서 많이 서운했어요. 그러면서 기대하지 말자, 내가 해주는 것도 없는데…라며 지냈죠."

지수 씨는 연신 고개를 끄덕이며 남편의 말에 귀 기울인다. "그랬군요… 사실 저는 남편이 집안일을 도와주는 것보다 저와 정서적으로 교류하는 걸 더 원해요. 그게 충족되지 않고… 저는 남편이 자기가 할 수 있는 일만 골라 하면서 저와 선을 긋는 걸로 느꼈어요. 남편이 묵묵히 집안일하는 모습이 '너와는 더 이상 친해지고 싶지 않아'라고 말하는 것 같았거든요. 자기 할 일만 하고 문을 딱 닫는 느낌이 들면서 소외당한 것 같고… 남편이 나와 정서적 접점을 최대한 줄이고 싶어 한다고 생각하며 살았어요. 그러면서 저도 남편에게 다가갈 수 없었고요."

경준 씨가 고개를 휙 돌려 놀란 얼굴로 아내를 바라본다. 남자의 이야기와 여자의 이야기는 이렇게 따로 돌아가고 있었다. 경준 씨가 말했다. "저는 나름대로 아내를 도우려 애쓴 건데 아내 눈에는 내가 할 수 있는 일만 하는 걸로 비쳤군요. 한번 꼬이니까 이렇게 계속 부정적으로 꼬이는 것 같아요."

"꼬였다… 언제부터 꼬였나요?" 나는 머릿속에 이리저리 꼬여 있는 매듭 하나를 떠올리며 경준 씨에게 물었다. 지금 그의 표정은 기억을 더듬는 얼굴일까, 아주 확실히 기억하는 얼굴일까, 경계가 모호했다.

"아주 오래전입니다. 제가 제대로 못 버니까… 그때 아내가 작은 레스토랑을 오픈했는데 제가 아내를 지원하고 격려해주지 못했습니다. 마음의 여유가 없었어요. 제가 벌어오는 돈으로 생활이 안 되니까… 그때 아내도 무척 절박했던 것 같은데… 제가 아내 눈에 무심하게 보인 것 같습니다. 서로 눈치만 보며 딴생각을 했네요…."

"남편이 이렇게까지 크게 생각하는 줄 몰랐어요. 남편이 돈문제나 일이 잘 안 된다고 이렇게까지 힘들어하는 줄 몰랐어요… 그게 우리 관계에 이런 영향을 미치는 줄 전혀…."

"제가 바깥에서나 안에서나 인정을 못 받으니까… 아내, 아이들에게 물질적 보상을 크게 해주고 싶었어요. 가족에게 너무 미안하고 열등감이… 부채의식이 계속 쌓여간 것 같아요. 아내가 돈 버느라 힘들어하는 모습이 제 마음에 박혀 있습니다. 그렇게 둘 수밖에 없는 제 마음이… 말을 할 수가 없더군요. 괴로워서 술 마시고 늦게 들어가면 아내가 뭐라 그러고. 모든 게 허무하구나… 이런 절망감이 쌓인 것 같습니다."

지수 씨는 눈물을 흘리고 있었다. 저를 뽑아서 사용하세요, 슬퍼하지 마세요, 이제 좋아질 거예요…라고 말하는 듯한 사각 티슈통이 그녀 앞에 놓여 있었다. 지수 씨는 휴지를 뽑아 눈물을 꾹꾹 눌러 닦았다. "이렇게 오랫동안 남편이 그렇게 생각해왔는지 몰랐어요. 저는 기껏해야 얼마 전부터 꼬이기 시작했다고 여겼는데…." 창문 밖에선 어던가 공사 중인지 윙윙… 웅웅… 기계소리가 일정하게 울려 퍼지고 있었다. 건물도, 사람 마음도 모두 공사 중이었다.

"전 제멋대로 사는 자유분방한 스타일이었습니다. 보헤미안적인 면도 있고요. 연애 때는 아내가 그런 제 모습을 보면서 자유롭다, 편견이 없다고 인정해주었죠. 그런데 결혼 후에는 비현실적이다, 계획이 없다, 꿈만 꾼다, 자기 세계에 갇혀 있다고 비판하기 시작했어요. 아, 정말 비난을 받는구나… 느꼈죠. 아, 내가 능력이 없구나, 부족한 사람이구나… 가족 부양도 못하면서… 아내에게 도저히 다가갈 수 없었던 저는 혼자 바둑을 두기 시작했는데, 아내는 또 그걸 보고 그만둬라, 바둑 둔다고 뭐가 나오냐며 신경질을 내더군요. 그래서 바둑도 끊어버렸습니다."

"그때는 너무 화가 나서 한 소리였는데… 그때 남편은 우리 이야기라든가 저에 대한 관심, 아이들에 대한 관심은 전혀 없고 입에 지퍼를 채운 채 집안일 끝나면 바둑으로 도피하는 것 같았어요. 그래서 소리질렀죠. 남편과 교류하지 못해서 나온 분노였어요. 그런데 남편이… 이런 심정인 줄은 정말 몰랐네요…."

"우리는 자신에게 도달하기 위해 타자를 필요로 한다. 우리는 결코 혼자서는 우리 자신일 수 없다. 타자와의 교통 속에서만 우리는 실존이다."

헤르만 헤세의 문장이 떠오른 건 우연이 아니겠지. 경준 씨와 지수 씨는 그렇게 교통하며 관계 안에서 되살아나고 있었다. 남자와 여자, 두 사람은 자기 자신에 도달하기 위해 드넓은 광야에 '함께' 발 딛고 서 있다. 남자에게는 여자가 필요했고 여자에게는 남자가 필요했다.

일하는 내 남자 안아주기
── 지금보다 만족스런 관계를 위하여

기다려주면서 확신 전하기　　　　　"제 생각에는 말입니다. 남자들은 자신이 쓸모 있고 책임질 일도 많고 그것을 잘해서 인정받을 때 가장 신나는 것 같아요. 살맛나는 거죠. 내가 힘이 넘친다, 무엇인가 할 수 있다 여겨질 때 비로소 남자 역할을 제대로 하고 있다고 생각해요. 그만큼 다른 사람보다 뒤처지거나 비교당하면 수치심과 모욕감을 느낍니다. 단지 티를 내지 않을 뿐이에요. 그런데 어떤 여자들은 남자가 상처조차 받지 않는다고 여기더군요. 좋은 여자 만나고 사랑하고, 그런 것도 신나지만 그보다는 일에서 무엇인가 의미 있게 잘 돌아가야 근본적으로 자신감, 자긍심이 생기는 것 같습니다. 그걸 주변에서 인정해주는 것도 아주 중요하고요. 저는 제 자신을 자랑스럽게 여길 수 있도록 격려해주고 믿어주는 여자가 좋습니다. 아니, 필요합니다. 여자들이 보기에 남자들이 아이 같다, 이기적이다 생각될 수도 있지만, 어쩔수 없어요. 현실적으로 그렇습니다. 얼마 전에 헤어진 그녀는 제 자격지심을 건드렸어요. 언제나 저를 누군가와 비교했죠. 제 직업도 무시했고요. 직업 때문에 스트레스 받으면 '그 일 안 해도 그만이야'라고 말하지를 않나… 제 일이 그만큼 의미 없다는 뜻 아니겠어요? 저를 좋다고 하면 뭐하겠어요, 제 일을 인정해주지 않는데… 그녀가 저를 자랑스러워하지 않는다니 정말 힘이 쭉 빠지더군요. 이런 모든 것들이 관계에 영향을 미칩니다. 나중에는 그녀 얼굴만 봐도 제 감정이 가라앉았어요."

풀리지 않는 애정문제, 연인문제로 상담을 받고 있는 재준 씨의 말을 들으며 생각했다. 그래서 남자들이 가장 싫어하는 말이 '찌질하다'는 표현일지도 모르겠다. 가만 보면 남자들이 자신의 가장 보기 싫은 모습, 감추고 싶은 모습, 위축된 모습, 부끄러운 모습, 창피한 모습을 언급할 때 꼭 '찌질한'이라는 형용사를 쓰지 않던가. 얼마나 기가 막힌 형용사인가. '찌질한'이라는 표현이 품고 있는 그 자잘하고 짠한 그리고 어정쩡한 뉘앙스는 한국어가 모국어인 사람만이 느낄 수 있지 싶다. 그래서 아무리 화가 나도 남자에게 찌질하다는 표현을 쓰면 안 되는 것이지… 이런저런 생각에 빠져 있는 내게 니체가 말을 걸어온다. "남자의

여섯 번째 포옹

한 가지 병, 즉 자기모멸이라는 병은 현명한 여자의 사랑을 받는 것이 가장 확실한 치료법이다." 니체는 이렇게 말하고 홀연히 사라졌다.

　수많은 남자들, 남편들을 상담하면서 그들의 이야기를 들으며, 난 그들이 언제 가장 멋지게 기능하며 어떨 때 여자에게 가장 아름답고 진정한 사랑을 보여주는지 알게 되었다. 남자는 자신이 쓸모 있다고 느낄 때, 즉 스스로 일말의 찌질함도 없다 느낄 때 가장 멋진 모습을 드러낸다. 이때 여자를 가장 뜨겁게 사랑할 수 있다. 그래서 남자에게 일은 더욱 더 중요하고 결정적인 의미를 지닌다. 자신이 쓸모 있는 존재라는 사실은 자신이 가치 있는 사람이라는 생각으로 이어진다.
　남자는 자부심, 자긍심이 튼튼히 채워져 있을 때 당당히 활발하게 여자를 사랑할 수 있다. 나는 오랜 기간 상담하면서, 일에서 타격을 받으면 사랑하는 여자와 연락을 끊어버리는 남자들을 수없이 많이 접했다. 여자를 사랑하지 않아서가 아니다. 남자의 자긍심이 무너졌기 때문이며 수치심에 빠졌기 때문이다. 그런 자신의 모습을 여자에게 보여줄 수 없다 느끼는 것이다. 더불어 일에서 봉착한 위기를 빨리 극복하고 바로 서야 한다는 강박관념에 심신의 에너지가 전부 쏠리기 때문이기도 하다. 다른 것을 볼 여력이 없는 것이다. 하지만 갑자기 연락두절을 당한 여자는 남자의 '사랑'을 의심할 수밖에 없다. 배신감을 느낄 수밖에 없다.

의외로 많은 여자들이 남자의 이런 욕구의 흐름에 어둡다. 물론 여자들에게도 이러한 욕구는 있다. 하지만 여자들은 내가 사회적으로 쓰임새가 있다, 쓸모가 있다는 느낌보다는 사랑받을 수 있는지, 사랑받을 만한 매력적인 존재인지에 본능적으로 더 중점을 두기 마련이다. 어쩔 수 없는 '비중'의 문제다. 남자들과 남편들의 우울감, 좌절감, 나아가 우울증은 대개 '일, 직장'에서 유발되는 경우가 많다. 여자들보다는 남자들이 훨씬 더 직업생활과 커리어에 상처받거나 좌절하면 급격하게 지향점을 잃는다. 좌초하기도 한다. 중년기에 직업이나 돈문제로 타격을 받은 후 자살을 감행하는 남성들의 뉴스를 드물지 않게 접하는 것도 이러한 맥락을 반영하는 극단적 현상 중 하나다. 단순한 인과관계를 상정하는 건 매우 위험하지만 긴밀한 관련성이 있음을 부인할 수 없다.

일에서 타격을 받으면 여자들이 상상하는 것 이상으로 자긍심에 손상이 가버리는 남자들. 그럴 때 여자에게서 뚝 떨어져 나가는 남자들. 남자와 삶을 함께하는 여자라면 이런 메커니즘을 이해해야 한다. 같은 인간이지만 남자들이 책임지는 자로서 그들만이 느끼는 '무언가'가 있다는 것을 폭넓게 인정하면서 말이다.

타인과 삶의 질곡을 함께한다는 건 참으로 엄숙하고도 어려운 일이다. 그렇다면 여자가 일과 사회적 능력 측면에서 위기를 겪고 있는 남자에게 힘을 주기 위해 어떻게 해야 할까.

한발 뒤로 물러나 충분히 기다려주는 것이다. 그와 동시에 나의 확신을 전해주는 것이다. '언제나 당신을 굳게 믿고 있다'는 메시지를 그에게 분명히 전하는 것, 가장 힘든 사람은 나보다 당사자인 '그'라는 것, 지금 가질 수 없는 것들을 그에게 요구하지 않는 것, 모든 것을 보류할 수 있는 인내.

여자의 깊은 배려와 열린 사랑은 남자에게 커다란 힘을 불어넣어줄 것이다. 여자가 이렇게 내공 있는 사랑을 보여준다면 남자는 자신의 존재가 진정으로 수용되었음을 체감하게 된다. 그런 남자는 위기에서 무너지지 않는다. 위기와 침체 속에서 주고받은 사랑의 체험은 결코 부서지지 않는다. 겨울을 이겨낸 봄처럼 말이다.

문제를 '설명'하고 도움을 '부탁'하며

남자를 '일깨우기'　　　　　　　　　중소기업을 운영하고 있는 40대 초반의 수혁 씨가 나를 찾아온 건 모든 상황이 끝난 뒤였다. 업계에서 승승장구하며 탄탄대로를 달리던 그는 몇 년 전부터 점점 어려워지는 회사상황을 어떻게든 타개해보기 위해 반쯤 정신이 나간 상태로 동분서주했다. 어마어마한 위기감과 스트레스가 그를 압박한 지 이미 오래였다. 급박한 일들을 처리하면서 간신히 고비를 넘기고 있었지만 아무리 뛰어다녀도 도통 뾰족한 성과가 없었다고 했다. 가정에 관심을 기울이지 못한 지도 오래였다. 그에게 일중독이라고 쏘아붙이는 아내의 괴로운 외침은 귀에 들어오지도 않았다. 딸과 아들이 중학생인 것 같기는 한데 몇 학년인지 헷갈렸다.

그러던 어느 날 잇몸에서 피가 나면서 어금니가 살살 아파오기 시작했다. 하지만 너무 바쁜 데다 이러다 말겠지 하는 마음도 있었다. 그러면서 점점 증세를 키운 탓에, 이 전체가 흔들리고 더 이상 참을 수 없을 정도의 통증이 올라왔다. 결국 점심시간에 짬을 내 치과에 갔더니 의사는 이 지경이 되도록 어떻게 참았느냐며 도저히 살릴 수 없는 이가 다섯 개나 된다고 했다. 수혁 씨는 그 얘기를 듣고도 아무런 감정이 들지 않았다. 살릴 수 없는 치아가 다섯 개건 열 개건 별 관심 없었다. 그는 회사일 외에는 아무것도 생각나지 않았다. 덴탈체어에 누워 치과 의사의 진단을 듣는 순간에도 그는 다음 미팅과 자신을 괴롭히는 협력업체 사장의 얼굴만 떠올리고 있었다.

나는 상담을 하면서 엄청나게 효율적인 남자들을 종종 만난다. 일을 추진할 때 남자들이 보여주는 어마어마한 집중력은 참으로 놀랍고 매력적이다. 어쩜 저렇게 단호하고 효율적일 수 있을까. 그런데 그들의 아내가 들려주는 이야기는 다르다. 그녀들은 남편이 '무관심하다'고 말한다. 가정을 내팽개쳤다고 분노한다. 왜 그런 것일까. 남자들이 정말 그럴까.

가정에서 수도 없이 벌어지는 이런 일을 우리는 어떻게 이해해야 할까.

수혁 씨처럼 사회생활에서의 위기, 직업, 문제에 빠져들어 몰입하고 있을 때는 과업 이외의 다른 것들, 주변상황, 아내, 아이들에게 무심해지는 남자들을 수없이 보곤 한다. 더욱이 수혁 씨처럼 몸이 망가지는 것도 자각하지 못하고 지내다 병을 키우는 사람도 흔히 보게 된다. 자기 몸의 통증에도 무감각하니 타인의 건강이 나빠지거나 아픈 것에도 무심할 수밖에 없다. 지금 당장 내가 처리해야 하는 일 이외에는 안중에 들어오지 않는 것이다. 정신도 없으려니와 무의식적으로 부인^{denial}하는 것이기도 하다. 그냥 앞만 보고 달리는 것이다. 모든 에너지가 '그 일'에만 집중돼 있다. 다른 곳에 쓰일 에너지가 없다.

이런 상태의 남자들은 자신이 불균형 상태, 과잉몰입 상태인지 알아차리지 못한다. 삶의 전체를 보지 못하고 있다거나 아내의 요구를 무시하고 있다거나 주변에서 섭섭해한다는 것을 전혀 의식하지 못한다. 문제의식이 없는 것이다. 그런 남편을 보며 아내들은 절망한다. 남편에게 거칠게 덤벼드는 아내들도 허다하다. 애정을 의심하고 마음의 문을 닫는 아내 또한 자주 만난다. 남편에게 다른 의도가 있다고 생각하는 아내도 물론 많다.

"사랑과 일은 인간성의 토대가 된다"고 프로이트가 말했다. 하지만 막상 현실에서 이 둘의 균형점을 찾기란 여간 어려운 게 아니다. 사랑과 일이 상호배타적인 것은 아니지만, 현실적으로 일에서 급격한 난관이 닥치면 대개의 남자들은 '사랑'에 브레이크를 걸고 '일'에 몰입하게 된다. 자동적으로 그렇게 된다. 여자가 보기에 무심하고 무관심한 남자가 되는 것이다. 이 세상에는 일에 빠져 관계의 세세한 부분들, 파트너의 감정적 요구를 등한시하는 남자들이 의외로 많다는 걸 현실적으로 인정할 필요가 있다. '받아들이고 인정한다'는 것이 그런 남자들에게 100% 동의한다는 의미는 결코 아니다. 받아들이고 인정한다고 해서 기분이 금세 좋아지는 것도 아니다. 그저 지울 수 없는 현실 앞에서 불필요한 정쟁을 그만둔다는 의미이고 더 이상 대립각을 세우지 않겠다는 뜻이다. 진정으로 현실적인 관계를 시작해본다는 성숙한 결단이다. '나'보다는 '관계', '우리'를 생각하는 것이다.

남자들이 연애시절처럼 알아서 착착 다 해줄 것이라는 비현실적인 기대를 이제는 접고 새로운 관계의 규칙들을 만들어가자. 인내심을 가지고 파트너에게 나의 소망을 부드럽게 전하고 고민과 문제상황들을 찬찬히 '인식'시킬 필요가 있다. 원망이나 강요가 섞이지 않도록 조심하면서. 파트너를 격려하고 응원하는 동시에 현재 가족의 마음 상태, 욕구들, 가족이 처한 이 문제상황과 저 갈등상황의 전체적인 관련성을 설명하면서 도움을 부탁하는 자세가 중요하다. 가족문제인데 왜 '부탁' 해야 하느냐는 논쟁은 잠시 접어두자. 일단은 일에 치우쳐 있는 남편의 불균형을 부드럽게 조정하는 것이 먼저다.

남편을 공격하거나 신경질적으로 자극하지 않으면서 내 바람과 소망, 정황을 설명하는 것이 말처럼 쉽지는 않을 것이다. 그렇지만 궁극적으로 우리네가 터득해가야 할 또 하나의 '성장의 관문' 아닐까. 남자들이 여자만큼 관계의 중요성, 감정의 중요성을 인지하지 못하고 간과하기 때문에 외견상 무심해 보이는 것이다. 사랑과 관심이 부족해서가 아니다. 에너지가 골고루 양분되지 않아서다. 그런데 이를 두고 남편이 나를 사랑하지 않아서라고 판단하며 마음의 문을 닫고 말문도 닫아버린 아내들을 보면 마음이 아프다. 남자를 예단하지 말자. 남자가 '나빠서'가 아니다. '몰라서', '의식하지 못해서' 또는 '너무 힘들어서'다.

비참하거나 또는 폭발하거나

기분이 좋지 않다, 우울하다, 슬프다 정도가 아니라
비참하다, 느껴질 때는
비참하다는 느낌이 장기간 지속될 때는
도움을 받으시는 게 좋습니다.

화가 난다, 신경질이 난다, 짜증스럽다 정도가 아니라
폭발할 것 같다, 분노가 터질 것 같다 느껴질 때는
실제로 터뜨리는 폭발행동을 자꾸 하게 될 때는
도움을 받으시는 게 좋습니다.

관계는 보호되어야 해요.
내 마음도 보호되어야 합니다.
너무 심하게 망가지거나 깨지면
수선하고 복구하는 데 너무 많은 에너지가 듭니다.

또 다른 고통이 발생하는 거죠.

내가 감당하기 어려운 감정의 소용돌이가 느껴질 땐

도움을 받으시는 게 좋아요.

도움을 받아

감정의 소용돌이, 지진파의 진원지를 알아가다 보면

차분하고 담대히 진정할 수 있게 되고 감정의 조절이 가능해지며

더 나아가 깨달음을 만나게 됩니다.

삶이 서서히 성장의 가도 위에 올라서는 거죠.

인생을 조금 더 잘 다룰 수 있게 됩니다.

한결 나아집니다.

감정은 선생님이라고, 저는 생각합니다.

성냥불처럼 작은 불을

산불처럼 큰불로 키우지 마세요.

다시, 당신에게
남자를 안아주어라, 행복하게 사랑하고 싶다면

태초에 갈등이 있었다.

괴테

붙잡다,
되찾다

"이번에는 화해를 한번 해보고 싶
었습니다. 아내와 지금까지 한 번도 화해라는 걸 해본 적이 없거든요.
싸움이 벌어지면 그냥 유야무야 쓱 지나가버리는 식이었어요. 이 일
저 일에 묻혀서요… 그래서 이번에는 정말 용기를 내서 제 나름대로
여러 차례 화해를 시도해보고 대화도 해보았는데… 쉽지 않네요."

선준 씨가 고민스럽게 읊조린다. 결혼 5년 차의 그는 격한 불화 끝
의 이혼 위기 앞에서 상담실 문을 두드렸다. 그들은 싸우고 나서 화해
하지 못하는 전형적인 부부였다. 상대방을 잃어버리고 되찾지 못했다.
사과하고 화해하며 안아주는 모습, 서로를 수용하며 용서하는 모습이

다시, 당신에게

결핍된 부부였다. 작은 싸움부터 큰 싸움까지 싸움덩어리들이 쌓여가고 있었다. 어느새 마음의 문이 스르륵 닫히는 걸 느끼고 있었다.

진정한 친밀감　　　　　　　진정한 친밀함이란 무엇일까. 장기간의 관계를 지혜롭게 끌어가기 위해서는 무엇이 필요할까.

　친밀한 관계의 특징은 '갈등을 극복한다'는 것이다. 갈등이 없는 관계가 아니라 갈등을 극복하는 관계다. 갈등이 관계에 불가피한 부분임을 인정하고 갈등이 닥쳤을 때 성숙하게 풀어가면 두 사람 사이에는 인내력과 진정한 친밀함이 겨울을 이겨낸 봄꽃처럼 피어난다. 그러면서 관계는 깊어진다. 그들은 깊이 있는 행복과 성장의 가치를 진실로 체감한다. 서로에 대한 깊은 공감, 인간적 연민도 생겨난다. 이 관계가 진정 소중한 관계라는 신뢰의 마음이 깔려 있지 않다면 갈등을 풀어가는 것은 불가능하다. 내가 나를 과감히 내려놓고 상대방 마음을 보듬을 때 갈등은 해결되기 시작하고 친밀감이 깊어진다.

용서　　　　　　　이혼한 지 10년이 된 지금까지도 오로지 전남편이 저지른 잘못을 늘어놓는 사람. 수년 전 내 마음에 상처를 낸 배우자의 잘못을 따지듯 반복해서 말하는 사람. 부모에 대한 원망과 분노에 사로잡혀 있는 사람… 모두 과거에 매여 있는 사람들이다. 타인이 내게 준 상처나 상대방의 불찰을 끊임없이 반복해서 말하는 것은 반드시 고쳐야 할 문제다. '내 이야기'가 아닌 '타인 이야기'로 내 삶을 채우는 건 병든 삶이다. 인생 대부분의 경험들은 어쩌면 우리에게 '흘려보내는 지혜'를 가르쳐주기 위해 존재하는지도 모른다. 내게 상처 준 자를 마음에 그대로 품고 곱씹으며 지내면 그와 나는 원망과 증오의 동아줄로 한데 꽁꽁 묶이게 된다. 나의 '현재', '새로운 시간'은 과거에 묶여 소리 없이 사라지고 내 심신에도 어두운 그림자만 짙게 깔린다.

용서라는 건, 더 이상 그를 원망하지 않겠다는 결단, 과거의 그 일을 다르게 기억하겠다는 결단의 의미이자 과거의 그 일에서 의미와 교훈을 끌어내 내 것으로 소화하겠다는 과감한 다짐이다. 그 일을 내가 상처받은 일, 피해 입은 일, 억울한 일이 아니라 '내 경험'으로 온전히 허하는 것이다. 아팠지만, 피해 가면 좋을 뻔했던 일이었지만 어쩔 수 없었다고, 나에게 깨달음과 성장을 준 경험이라고 인정하면서 말이다.

용서는 가장 아름다운 나로 살아가기 위해, 내면의 균형과 평화를 위해 그 무엇보다 중요한 마음가짐이자 자세다. 상담을 하며 가장 깊은 감동을 받는 순간은 내담자가 결국 무심하고 가혹한 삶과 타인을 용서하고 감정적으로 해방될 때다. 내게 아픔을 준 삶, 나를 거칠게 내팽개친 삶, 나를 아프게 한 타인, 나를 무너뜨린 그를 놔버릴 때, 용서하며 눈물 흘릴 때 나는 내담자가 보여주는 관대함과 자유로움, 최상

다시, 당신에게

의 인간됨을 온몸으로 느낀다. 그들은 그렇게 성숙하게 흘려보냈다.

아픔을 극복하며 흘려보내지 않으면 내 내면과 정신세계는 증오로 깊이 오염돼버린다. 우리가 기억해야 할 것은 내 삶, 내게 주어진 지금을 충만히 살아내는 것이다.

용서 대 복수　　　　　　　　용서는 과정이다. 용서는 일순간에 이루어지는 단편적 행동이 결코 아니다. 용서는 일련의 복잡한 심리과정이며, 상대방이 인간으로서 그만의 한계가 있다는 것을 이해하는 데서부터 출발한다. 우리 모두는 완벽하지 않다. 각자의 마음에 자신만의 아픔과 고통이 있고 원형적 장애도 있다. 기저결함이 있는 것이다. 이것을 슬프지만 따뜻하게 받아들이자. 더불어 상처받은 내 마음을 솔직히 인정하고 충분히 아파할 필요가 있다. 슬픔, 화, 원망, 두려움, 증오… 모든 감정을 있는 그대로 떠올리고 조금 떨어져 바라보는 것이 고통을 해소하는 올바른 길이다. 부정적 감정을 위험하게 여기거나 죄라고 생각하지 말라. 감정은 죄가 없다. 이 감정들을 재단하거나 편집하거나 무시하지 말고 모두 떠올려 끌어안아라. 그 고통들이 내 안에 있음을 받아들이고 심리적으로 충격 받았다고 인정할 때 우리는 비로소 건강하게 눈물 흘릴 수 있다. 내 나약함을 받아들이는 건 내가 결코 나약하지 않다는 아름다운 반증이리라. 건강한 자기위로와 자기연민에서 비롯되는 눈물은 성장을 가져다준다.

이 과정 안으로 들어오지 못하는 사람은 복수심에 불타게 된다. 애증이 교차하다 증오로 뒤덮인다. 내게 상처 준 상대방을 반드시 벌하겠다는 마음에 묶이게 된다. 직접적이든 간접적이든 복수라는 헛된 환상 속에 자신의 시간과 에너지를 쏟는 이상 '진정한 나', '나의 시간들', '나의 현재'는 소리 없이 상실된다. 복수를 통해 상대방에게 내가 원하는 고통을 되갚아줄 수는 있겠지만, 그 행위로 나 자신이 심리적으로 해방되거나 회복되지는 못한다. 복수는 증오로 상대방에게 묶여 있는 행위이며 내가 너의 포로임을 자임하는 것에 다름 아니다. 서로 '부정적인 감정'만 증폭되는 것, 이것이 바로 심리적 자멸이다. 우리의 삶은 포로나 노예가 아닌 주인으로 해방될 때, 지체나 퇴행이 아닌 회복과 성장을 지향하며 나아갈 때 제대로 빛을 발할 것이다. 삶은 흘러간다, 앞으로.

화해　　　　　　　　　뜨겁게 화해하는 남자와 여자의 깊은 사연은 두 사람을 남남이 아닌 우리로 묶어주는 힘을 지닌다. 아름다운 힘이다. 갈등과 다툼의 가장 성숙한 마무리는 화해함으로써 상대방을 '되찾는 것'이다. 내가 너를 되찾고 네가 나를 되찾는 기쁨. 상대방을 되찾기 위해서는 상대방에게 사과하는 용기, 상대방을 용서하는 너그러움이 받쳐주어야 한다. 그러려면 상대방의 입장에 감정이입하고 공감해야 하며 나 자신의 행동을 돌아볼 수 있어야 할 것이다. 화해에는 성숙한 심리적 기능이 요구된다.

되찾다　　　　　　　　　상대방을 온전히 되찾기 위해서는 갈등이 유발된 상황 속 문제요소들을 부분적으로라도 해결해야 한다. 갈등이나 싸움 후에 미세하더라도 어떤 '변화'가 일어나야 한다는 뜻이다. 그래야 두 사람의 관계가 한 걸음씩 발전의 길로 나아갈 수 있다. 나날이 '판'을 새로 짜야 할 것이다.

　되찾는다는 의미에는 감정의 어루만짐, 치유 또한 내포돼 있다. 내가 입은 상처, 내가 상대방에게 입힌 상처를 진심으로 어루만지며 사과함으로써 상대방을 뜨겁게 되찾을 수 있다. '되찾음'을 경험한 관계는 그 이후 또 다른 갈등상황이 생겨도 쉽게 흔들리지 않는다. 진정한 협력을 이루어낸다. "슬플 때나 기쁠 때나 함께한다"는 클리셰가 두 사람에게만은 더 이상 진부한 것이 아니다.

이해하다　　　　　　　　　용서는 성장을 가져온다. 상대방을 되찾으면 관계는 깊어진다. 용서를 체험하고 상대방을 되찾은 사람은 타인에 대한 깊은 이해심을 지닌 사람으로 거듭나게 된다. 용서한다는 것은 이해할 수 없는 것들 앞에서 평가와 비판을 멈추고 그 모두를 있는 그대로 받아들이는 것이다. 진정한 이해는 이해할 수 없는 것을 이해하는 것이다. 이해할 수 없는 것을 이해하기 위해 인내의 시간을 들여, 나를 깨뜨리며, 아픈 눈물을 쏟으며, 내 안의 화를 달래며 간절히 애쓰는 마음, 이것이 진정한 이해다. 진정한 이해에 다다르면 관대함이 깃들게 된다. 내가 넓어지고 성숙해진다. 이해하기 어려운 상대방 덕분에 내가 성장하는 것이다.

더 나아가 진정 깊은 이해란, 나조차 나를 다 이해할 수 없듯이 내가 타인, 아무리 가깝다 하더라도 결국 타인인 그를 모두 이해할 수는 없음을 겸허히 받아들이는 것 아닐까. 우리는 그저 이해하기 위해 '노력'할 뿐이다. 아무리 각별한 사이라 하더라도 두 사람 사이에 숙명적 공백, 절대고독의 공간을 지울 수는 없다. 이것이 우리가 받아들여야 할 '인간적 이해'의 실체이리라. 영원히 이해되지 않는 애매모호함과 이질감을 견디는 것, 그럼에도 너와 내가 함께 행복하고 편안히 일상을 살아가는 것. 삶은 거기에 깃드는 '위대한 그 무엇'일 것이다. 이해할 수 없는 것을 이해하는 것이 사랑이다.

그렇게 우리는 배우자를, 그를, 내 남자를 붙잡아야 할 것이다. 새로이 되찾아야 할 것이다.

놓아버리다

기대 내려놓기 남자와 여자의 관계가, 결혼생활이 고통스러워지는 중요한 이유는 바로 파트너에 대한 나의 기대 때문이다. 상대방이 이런 사람이어야 한다, 이런 사람이었으면 좋겠다, 배우자가 이렇게 되어야 한다, 그가 이럴 때는 그렇게 해야만 한다, 이것은 절대 안 된다, 그는 이런 걸 갖추고 있어야 한다는 내 이상, 기준, 환상, 이미지. 이러한 기대는 관계를 강박관념, 분노와 실망으로 물들인다. 내가 아무리 '내 이상형'에 부합하는 파트너를 선택했다 하더라도 내 머릿속 파트너의 이미지와 그의 실제 모습은 대부분 불일치하게 되어 있다. 부부생활과 결혼에 대해 아무리 합리적인 기준을 세웠다 해도 결국 무너지게 돼 있다. 그것도 처참히 말이다. 내 생각에 아무리 이상적인 관계라 하더라도, 이리저리 만반의 준비를 갖추고 시작한 관계라 하더라도 좌절과 실망, 어려움은 기본으로 따라 들어온다. 물밀 듯이.

그렇기에 완벽주의자는 친밀관계, 특히 결혼에 더 큰 고통을 경험하곤 한다. 내게 오는 부부들 중에는 자신이 완벽주의자이거나 배우자가 완벽주의자인 사람들이 정말 많다. 완벽주의자는 행복이나 만족을 느낄 수가 없다. 그들은 대부분의 시간에 불행하고 불안하다. 연인, 배우자, 자녀에게 가혹하고 불가능한 기준을 요구하고는, 이것이 이루어지지 않으면 지적, 비난, 짜증, 분노, 처벌을 가한다. 당연히 애정과 친밀감, 따뜻함, 감사함은 자취를 감추고 일상은 가시방석 그 자체가 된다. 마음을 깊이 다치는 것은 물론이다. 이 모두 내 기대가 만들어낸 허상과 비현실적 기준에서 비롯된 것이다.

그렇다고 기대를 하지 말라거나 기준이 없어야 한다는 말은 아니다. 어떻게 기대가 0%가 되고 기준이 '없을 무無'가 되겠는가. 인간은 기대와 소망을 품고 미래를 예측하는 존재이기에 기대를 갖고 꿈을 꾸는 것, 원하는 것을 욕망하는 것 자체는 자연스럽고 당연하다. 인간에게 상상, 환상은 매우 중요한 정신작용이다. 인간은 상상하고 환상을 품고 기대와 소망을 가지기에 발전할 수 있다. 하지만 비교적 건강하고 현실적인 마음을 지닌 사람이라면 내 기대와 상상이 현실과 불일치할

다시, 당신에게

때 이를 재빠르게 조정하고 마음속에서 타협하거나 기대와 바람, 환상을 알맞게 편집하는 지혜를 발휘한다. 내 내면세계와 외부 현실을 균등히 조정하는 것이다. 상대방이 내가 원하는 모습을 지니고 있지 않다는 것을 알게 되더라도 상대에게 격한 반응을 보이는 대신 있는 그대로 그를 바라보며 현실을 인정하고 그다음에는 자신을 돌아본다. '내 안에 허상이 있다'는 명제를 겸허히 수용한다. 자신의 실망감과 분노를 자신 안에서 돌본다.

인생을 헤쳐간다는 것은 이런 것이 아닐까. 내 생각과 다른 삶, 내 기대와 다른 상대방을 보며 삶과 상대방을 버리고 잃는 것이 아니라 그 자체를 '미지의 그 무엇'에 대한 학습과 깨달음의 기회로 삼는 것 말이다. 상대방을 바꾸려 시도하거나 상대방을 비난하기보다, 나의 기대와 환상을 다듬는 기회로 살리는 것 말이다. 이것이 나를 쇄신하는 길이며 삶을 탐구하는 열린 자세일 테다.

더불어 나 또한 누군가에게 실망과 분노를 안겨주는 사람일 수 있다는 사실도 겸허히 깨닫는 게 중요하다. 깨달음의 정수는 이것 아닐까. 내가 기대한 만큼 상대방도 내게 기대했을 것이다. 내가 실망했다면 상대방도 내게 실망했을 것이다. 나만 실망했다 생각하지 않는 것, 나만 희생했다 생각하지 않는 것, 상대방 또한 나를 위해 무언가 희생한 사람임을 깨닫는 것. 이것을 잊지 말자. 내 기대보다 상대방의 희생을 생각해보는 것이 사랑이다.

지혜롭게 체념하기　　　　　　　사랑이 깃든 깊은 관계는 상대방의
한계를 너그럽게 묵인하는 넓은 마음을 지닌 두 사람이 만들어내는 것
이다. 그들은 편안하고 현실적인 관계를 충분히 즐긴다. 관계를 '판
단'하는 게 아니라 '경험'한다. 앞날을 '예측'하며 불안해하는 게 아니
라 '내다보며' 설레어한다.

'내가 원하는 대로 사는 법' 말고 '두 사람이 함께 살아가는 법'을 배
우자. '내 기대가 충족되는 삶'이 아니라 '인생이 보여주는 풍광과 정
취를 누리는 삶'을 추구하자. '내가 행복해지는 법'이 아닌 '상대방을
행복하게 하는 법'에 대해 깊이 있게 고민하자. 이런 열린 마음이 깊은
관계를 만들어주고 내 마음의 깊이를 더해준다. "삶을 즐기게 된 비결
은 내가 가장 갈망하는 것이 무엇인지 알아내 대부분은 손에 넣었고,
본질적으로 이룰 수 없는 것들은 깨끗하게 단념했기 때문이다." 버트
란트 러셀의 문장이다. 깨끗한 단념, 지혜로운 체념은 우리에게 새로
운 세상을 열어주는 비밀열쇠라 믿어 의심치 않는다.

적당히 만족하기　　　　　　　　굶주리고 갈급한 인간, 허기진 존
재인 인간은 '적당함'을 알기 어렵다. 늘 모자라다 느끼며 가득 채워지
길 갈망하다. 음식, 돈, 물건, 술, 담배, 인맥, 사랑, 성, 성공, 젊음, 아
름다움⋯ 삶은 쉽사리 만족하지 못하는 인간에게 난제를 던져주며 우

리를 담금질한다.

우리가 지향해야 할 것은 완벽함^{perfection}이 아니라 온전함^{wholeness}이다. 인간 자체가 완벽하지 않은 데다 인간의 행복도 '완벽'에서 오는 것이 결코 아니기 때문이다. 아무리 인성을 갈고닦아도, 제아무리 정성들여 수양을 해도, 아무리 성실히 살아도, 아무리 심리치료를 많이 하고 많이 받더라도 이 대전제를 바꾸거나 뒤집을 수는 없다.

인간으로서 불가피한 나의 단점, 결점, 오류, 부끄러움, 한계를 거부하거나 미워하지 말고 편안히 그저 바라볼 일이다. 나의 연약함과 어두움과도 결국 친해져야 한다. 나의 어두운 면과도 친한 내가 바로 온전한 나다. 그런 내가 되기 위해 결정적으로 필요한 것이 바로 '적당히 만족하기'라고 나는 생각한다.

적당히 기뻐하고 마무리 짓는 것, 적당히 좋다 말할 수 있는 것, 적당히 좋은 결과를 얻는 일, 적당히 화내고 가라앉히는 것, 적당히 다투고 물러나는 것, 아쉽지만 적당히 달래고 끝내며 다음을 기약하는 것. 삶은 이런 적당함의 문제 아닐까. 우리의 삶은 아름답고 멋지기도 하지만 한없이 엉성하고 투박하기도 하다. 악착같이 애써도 얻지 못할 때가 있는가 하면 원하지도 않았는데 행운이 안겨지기도 한다. 절묘하게 일치하는 관계도 있지만 번번이 어긋나며 아픈 관계도 허다하다. 나를 한없이 사랑하는 그가 나를 깊이 아프게 한다. 이 일에서는 세련되게 행동하지만 저 일에서는 서툴기 그지없다. 일정하면서도 불규칙

하다. 이렇게 양극단이 공존한다. 극단이 공존하는 세상에서 우리는 '적당함'의 지점을 스스로 또는 타인의 도움을 받으면서 찾고 또 찾아야 한다. 적당한 인생, 말이다. 삶은 우리에게 '적당함'이라는 지점을 감지하고 분별해내는 지혜를 훈련하고 갖추도록 요구한다.

갈등상황에서 논쟁이나 싸움, 비난과 공격을 통해 상대방에게 '상처'를 주고 파트너를 심리적으로 '파괴'하거나 '잃어버리는' 패턴을 반복하는 사람일 경우, 적당한 때에 놓고 한발 물러나면서 흘려보내는 미덕을 더욱 자각하고 훈련할 필요가 있다. 적당한 때 적당한 곳에서 멈추는 법, 적당히 다가가고 물러나면서 적당히 살아가는 지혜 말이다. 자신의 감정을 허심탄회하게 이야기하며 털어냄으로써 감정을 그대로 놓아버리는 것도 적당하게 살아가는 지혜 중 하나다. 적당한 관계, 적당한 인생 속에서 적당히 만족하며 감사함을 느끼는 것.

그렇게 우리는 기대, 허상, 완벽주의, 집착, 갈망, 내 의*를 놓아버려야 할 것이다.

나누다

남편과 딸아이의 엄청난 수다소리
가 들린다. 어쩜 저렇게 재미나게 대화를 할까. 남편과 딸아이는 온갖
주제로 대화를 나눈다. 친구 이야기, 음식 이야기, 휴대폰 이야기, 할머
니 할아버지 이야기, 학교 이야기, 가요 이야기, 진로 이야기, 공부 이야
기, 남편의 학창시절 이야기⋯ 정말 다채롭고 자유롭다. 그러다 딸아이
가 말한다. "아빠, 정말 잘생겼어요." 남편은 함박웃음을 지으며 "그
래? 하하, 고마워. 아빠는 우리 딸이랑 이야기하는 게 제일 즐거워"라
며 뿌듯함을 감추지 못한다. "아빠 우리 같이 사진 찍을래요? 셀카?
사진 정말 예쁘게 나오는 앱을 다운받았거든요!" "그래!" 찰칵, 찰칵.

딸아이가 학원을 마치고 클리닉에
왔다. 오늘은 딸아이와 함께 저녁을 사 먹기로 한 날이다. 소위 우리 둘
의 회식이다. 난 낮부터 설레기 시작했다. 쑥쑥 자라나 어느덧 의젓한
청소년이 된 딸아이와 나는 이제 어엿한 회식이 가능하다. 우리 둘은
맛난 저녁을 먹기 시작했다. "엄마, 정말 맛있어요. 오늘 학교에서 친
구들이… 얼마나 재미나고 웃겼는지 몰라요… 하하….""엄마, 엄마,
오늘 학원에서 선생님이….""어머, 그랬구나, 신기하다… 엄마는 오
늘 상담하면서… 점심시간이 되었는데….""우와, 엄마 그럼 그럴 땐
어떡하세요?" 딸아이와 나는 밥을 먹으며 대화 삼매경에 빠진다. 공기
밥도 하나 추가해서 사이좋게 나눠 먹었다. 저녁식사를 마친 우리는
팔짱을 끼고 후식을 먹으러 전진한다. 망고음료를 하나씩 들고 테라스
자리에 앉는다. 선들바람이 우리 둘을 감싸듯 다가온다. 딸아이의 긴
생머리가 조용히 흩날린다. 비단결 같은 머리칼이 딸의 고운 마음씨를
그대로 보여주는 것 같다고 생각했다. 그때였다. 딸아이가 내게 바싹
다가앉더니 요즘 학교생활에 대해 이야기하기 시작했다.

딸아이는 생생하고 진지했다. 우리 옆으로 사람들이 지나가고 자동
차가 붕붕 내달렸지만 딸아이는 이 세상에 자기와 엄마, 둘만 있다는
표정이었다. 이 친구들과 있었던 일상적이지만 즐거웠던 일들, 저 친
구들과의 사이에서 벌어진 일들, 답답하고 속상한 일들, 친구들에 대

한 남모를 애정과 마음 한 켠에 숨쉬는 조용한 섭섭함… 딸아이는 생활과 경험과 마음을 털어놓기 시작한다. 딸아이가 쏟아놓은 이야기를 보따리에 담으면 쌀 포대 서너 개쯤 될 것 같았다. 딸아이의 반짝이는 눈동자도, 시원한 웃음소리도, 속상해하는 한숨도, 여러 가지 일을 궁금해하는 둥근 이마도 쌀 포대에 차곡차곡 담겼다. 우리 연지, 정말 많이 컸구나. 잘 자라고 있구나.

딸아이의 이야기 속에는 온갖 에피소드와 감정이 담겨 있었다. 즐거움도 기쁨도 아쉬움도 궁금함도 그리고 상처도. 나는 딸의 이야기를 들으며 여러 가지 감정을 느낄 수 있었다. 생동감도 넘쳤고 흥미진진하기도 했다. 의문스럽기도 했지만 안심이 되기도 했다. 기쁘기도 했지만 울컥하기도 했다. 마음 어딘가 깊이 아프기도 했다. 딸아이는 그렇게 세상을 배워가고 있었고 관계에 대해 체험하고 있었다. '성장'하는 소리가 내 귓가에 커다랗게 울려 퍼졌다. 성장의 부름켜, 그것일 테다.

딸아이의 이야기 끝에 나는 이런저런 이야기를 조금 들려주었다. 친구와 우정에 대해, 관계에 대해, 마음에 대해, 엄마의 학창시절에 대해, 속상할 때 어떻게 하면 좋은지에 대해 그리고 알 수 없는 상대방의 마음을 헤아리는 것에 대해. 내 이야기 중간중간에 딸아이의 질문이 이어지면서 우리의 대화는 2라운드로 접어들었다. 딸아이는 배부른 듯 만족한 미소를 지으며 나무 테라스와 조화를 이루고 있는 짙은 밤색 철제의자 등받이에 비로소 예쁘고 다소곳한 등을 붙인다. "네, 엄마, 난 엄마가 참 좋아요. 엄마는 제 이야기를 참 잘 들어주시는 것 같아요. 엄마가 있어 얼마나 다행인지 모르겠어요. 엄마가 심리학 공부하고 심리치료자인 게 너무 좋아요. 고마워요, 엄마!"

연지야, 고마운 건 엄마야… 네 인생을 엄마에게 보여줘서 고마워. 난 속으로 읊조렸다. 망고 음료가 가득 담겼던 둥그런 뚜껑의 무색 플라스틱 컵은 투명하게 비워져 있었다. 테라스에 크게 걸쳐져 있던 푸른빛 하늘자락도 어느새 반짝이는 작은 별들을 흩뿌린 까만색 하늘자락이 되어 펄럭이고 있었다.

□

딸아이가 친구 만나러 나간 어느 일요일 오후에 팥빙수를 먹으며 나와 남편은 이런저런 대화를 했다. 일상적인 이야기부터 마음속 고민까지 대화의 흐름은 유연하고 편안했다.

"오빠, 얼마 전에 내가 사진 정리를 했어… 정말 옛날 일들이 다 기억나더라. 그중에 내가 가장 아끼는 사진들이 몇 개 있는데 어떤 건지 알아?" "어떤 사진인데?" "하나는 연지가 돌 전인데 내가 넓은 마당에 서서 연지를 가슴에 안고 활짝 웃고 있는 걸 오빠가 찍어준 거야. 그 시절이 내 인생의 화양연화花樣年華인 것 같아. 내 인생의 사진을 한 장 고르라 하면 난 그 사진이 떠올라… 연지를 낳고 그 해, 그때의 '행복의 기억'이 아주 아름답게 남아 있어⋯." 결국 가장 깊은 행복감은 관계 기억에서 비롯되는 것 아닐까. 그러면서 나는 남편에게 말했다.

"오빠⋯ 지금 오빠랑 나랑 맛있게 팥빙수를 나눠 먹으며 대화하는 이 장면도 20년 후 즈음에 '행복의 기억'으로 남을 것 같아⋯ 오빠랑 나랑 할아버지, 할머니 되고 그때 오늘을 돌아보면 말야⋯ 그치?"

세월이 흘러가는 소리가 우리 둘을 감싸고 있었다. 남편과 나는 그렇게 대낮에 수많은 타인들과 뒤섞여 팥빙수를 앞에 놓고 대화를 나누었다. 마음을 나누고 시간을 나누고 역사를 공유했다. 이 순간이 '행복의 기억'으로 새겨질 거라 느껴지는 순간 내 눈에 뭔지 모를 눈물이 차올랐다. 팥빙수를 먹다 말고 흘리는 눈물이었다. 그런 나를 쳐다보다 덩달아 눈이 빨개진 남편은 아쉬운 대로 팥빙수집 냅킨으로 내 눈물을 닦아주었다. 촘촘한 줄무늬 엠보싱으로 사방이 주욱 둘려진 정사각형 한가운데에 '감사합니다'라는 밤색 글씨가 다소곳이 찍힌 누런 빛 냅킨은 그 어떤 실크보다 부드러웠다.

인간은 언제 행복을 느낄까. 언제 삶이 그럭저럭 괜찮다고 만족스레 웃음 지을까. 어떤 상황에서 마음의 풍요로움과 편안함을 경험할까.

나는 일과 사랑을 떠올려본다. 사회적 성공, 성취는 우리에게 커다란 행복을 가져다준다. 자긍심을 채워주고 뿌듯함을 안겨준다. 이 무심한 세상 속에서 내 존재 의미를 미미하나마 느끼게 도와준다. 하지만 사회적 성취의 기쁨은 기껏해야 중급 행복이다. 가장 울림이 깊은 기쁨과 행복은 일상생활 속 소중한 사람과의 관계맺음에서 나온다고 나는 느낀다. 너의 욕구, 나의 욕구, 특히 가장 평범하고 일상적인 욕구들을 서로 채워주고 충족시켜줄 때 사랑은 커지고 넓어지고 깊어진다. 평범한 일상 속, 소중한 타인과의 깊은 대화는 우리의 존재를 풍요롭게 채워주고 열어줌을 난 늘 체험한다.

　가까운 타인과 일상을 함께하고 마음을 나누는 시간들. 일상생활 속 사소하고 지극히 평범한 일, 멋지게 티 나는 것도 아니고 특별한 의미도 없어 보이는 사사로운 일에 서로 깊은 관심을 쏟으며 돌보는 모습. 상대방의 욕구가 유치하다 하더라도 그것을 존중하고 채워주려는 노력. 한없이 유치한 내 욕구를 기꺼이 채워주는 상대방에 대한 깊은 감사. 상대방을 이해해보려 끊임없이 기울이는 노력들. 상대방을 섬세하게 바라보고 진정성 있게 대하는 태도. 이런 마음자락들이 하나하나 겹치고 모여 진짜 행복을 만들어주는 것 아닐까. 헤아릴 수 없는 모래알과 모래알이 모이고 또 모여 아름다운 백사장을 이루어내듯이. 그렇게 이루어진 드넓은 백사장은 깊고 거친 바다를 받쳐주고 또 받쳐준다. 바다가 토해내는 그 어떤 풍랑도 백사장은 받쳐주고 또 받쳐준다. 우리네 인생도 그러할 것이다.

너무 가깝지도, 너무 멀지도 않게
공학자의 안목으로 파헤친, 균형과 전진을 함께 성취하는 명료한 인생지혜

거리 두기 : 세상의 모든 관계에서 나를 지키는 힘
임춘성 지음 | 니나킴 그림 | 15,000원

공학자의 안목으로 소개하는 세상을 보는 기술, 세상을 사는 기술! 인생의 거의 모든 문제는 '거리 조절'에 실패했을 때 벌어진다. 너무 멀지도 너무 가깝지도 않게, 적당한 거리를 유지하면서 스스로 중심 잡고 우아하게 살 수는 없을까? 20여 년간 대학생, 대학원생들의 선생으로 살아온 공학자가 인간관계 고민들을 직설적으로 풀어준다.

지금 나에게 필요한 기운은 어디에 있는가?
베스트셀러 《돈보다 운을 벌어라》 김승호 신작!

그곳에 좋은 기운이 모인다
: 좋은 기운을 받고, 나쁜 운명을 피하는 특별한 장소의 비밀
김승호 지음 | 15,000원

사람마다 필요한 기운이 다르고, 그것을 받는 곳 역시 상황별로 다르다. 한창 잘나가는 사람과 뭔가 잘 안 풀리는 사람은 가야 할 곳이 다르다. 투자에 성공하고 싶은 사람, 돈을 많이 벌고 싶은 사람, 명예를 얻고 싶은 사람은 어디로 가야 할까? 새로운 아이디어를 얻고 싶다면, 불운을 털고 새로 시작하고 싶다면 어디로 가야 할까? 운이 상승하는 곳, 복이 쌓이는 곳, 기운이 나는 곳, 화를 피하는 곳은 어디일까?

누구에게나 하나쯤 박혀 있는 마음의 못, 콤플렉스!

신화, 문학, 그림 그리고 당신이 있는 '콤플렉스 심리학'

마음에 박힌 못 하나
: 곽금주 교수와 함께 푸는 내 안의 콤플렉스 이야기
곽금주 지음 | 14,000원

인간의 대표적 콤플렉스 18가지의 유래와 원인, 복잡한 심리 메커니즘을 신화 및 문학작품을 통해 흥미진진하게 풀어낸다. 콤플렉스를 이해함으로써 우리는 자신을 치유하는 동시에 타인에게 공감할 수 있게 된다. 그럼으로써 자신과 상대방을 이해하고 연민하고 받아들일 수 있게 된다. 그러니 책을 읽고 나서 물어보자. '나는 누구인가?'

"세상이 내게 준 욕망을 포기하고, 나는 나를 찾고 싶습니다." 내 존재의 뿌리를 찾아 고통 속으로 들어가는 심리 여행

포기하는 용기
: 실존적 정신분석학자 이승욱의 서툰 삶 직면하기
이승욱 지음 | 14,000원

우리는 흔히 돈을 더 많이 벌면, 얼굴이 더 예뻐지면, 사랑받으면 더 행복해질 거라 생각한다. 하지만 남들에게 보란 듯이 살고 싶다는 욕망은 우리 인생을 낭비하게 할 뿐이다. 이 책은 우리가 원해왔던 것이 사실은 내가 원한 게 아니라 세상의 강요였음을 깨닫게 하고, 그 자리에 내가 정말 원하는 게 뭔지 생각해서 채우도록 인도한다.